Marcel Reich-Ranicki:
Literatur der kleinen Schritte
Deutsche Schriftsteller in den sechziger Jahren

Deutscher
Taschenbuch
Verlag

dtv

Von Marcel Reich-Ranicki als Autor und Herausgeber
sind im Deutschen Taschenbuch Verlag erschienen:
In Sachen Böll – Ansichten und Einsichten (730)
Entgegnung (10018)
Nachprüfung (11211)
Lauter Verrisse (11578)
Meine Schulzeit im Dritten Reich (11597)
Lauter Lobreden (11618)

Über Marcel Reich-Ranicki:
Aufsätze und Kommentare, hrsg. von Jens Jessen (10415)

Erweiterte Ausgabe
November 1991
2. Auflage September 1992
Deutscher Taschenbuch Verlag GmbH & Co. KG,
München

Umschlaggestaltung: Celestino Piatti
Umschlagfoto: Herlinde Koelbl
Gesamtherstellung: C.H. Beck'sche Buchdruckerei,
Nördlingen
Printed in Germany · ISBN 3-423-11464-9

Das Buch

Die Zeit der deutschen Zweistaatlichkeit ist vorbei – und noch längst nicht bewältigt. Schon gar nicht auf dem Gebiet der Literaturkritik, wo sich jetzt die neudeutsche Selbstgerechtigkeit tummelt. Da erscheint es nur angemessen, eine Stimme wieder zu Wort kommen zu lassen, die schon damals zu hören war, als die vielen »kleinen Schritte« getan wurden, die schließlich zur Wiedervereinigung führten. Wie dachte man 1963, 1964, 1965, 1966, 1967, 1968 und 1969, als Heinrich Bölls ›Ansichten eines Clowns‹, die ›Hundejahre‹ von Grass, Martin Walsers ›Einhorn‹, Uwe Johnsons Prosa, Rolf Schneiders ›Brücken und Gitter‹, Hermann Kants ›Aula‹, Franz Fühmanns ›König Ödipus‹, Günter Kunerts Erzählungen und Christa Wolfs ›Nachdenken über Christa T.‹ frisch auf den Büchertisch kamen? Viele Sätze aus den Rezensionen, die Marcel Reich-Ranicki damals verfaßte, sind inzwischen fast klassisch geworden, werden ganz zu Recht in Seminararbeiten und Literaturgeschichten zitiert. Man sollte sich die Gelegenheit nicht entgehen lassen, sie hier im Zusammenhang zu studieren.

Der Autor

Marcel Reich-Ranicki, geboren am 2. Juni 1920 in Włocławek, war von 1960 bis 1973 ständiger Literaturkritiker der Wochenzeitung ›Die Zeit‹ und leitete von 1973 bis 1988 den Literaturteil der ›Frankfurter Allgemeinen Zeitung‹. 1968/1969 lehrte er an amerikanischen Universitäten, von 1971 bis 1975 war er ständiger Gastprofessor für Neue Deutsche Literatur an den Universitäten von Stockholm und Uppsala, seit 1974 ist er Honorarprofessor an der Universität Tübingen. Veröffentlichungen unter anderem: ›Deutsche Literatur in West und Ost‹ (1963), ›Lauter Verrisse‹ (1970), ›Über Ruhestörer‹ (1973), ›Nachprüfung‹ (1977), ›Entgegnung‹ (1979), ›Lauter Lobreden‹ (1985), ›Thomas Mann und die Seinen‹ (1987), ›Thomas Bernhard‹ (1990), ›Max Frisch‹ (1991), ›Ohne Rabatt. Über Literatur aus der DDR‹ (1991), ›Der doppelte Boden‹ (1992).

Inhalt

1966

1967

1968

1969

Anhang

Nähert sich die deutsche Literatur etwa einer neuen »Neuen Sachlichkeit«? Oder gibt es sie gar schon seit einiger Zeit, ohne daß wir es recht gemerkt hätten? Natürlich: Nichts ist einfacher, als die zahlreichen Unterschiede zwischen der damaligen Strömung und den heutigen Tendenzen nachzuweisen. Wie jedoch die »Neue Sachlichkeit« einst eine logische und notwendige Reaktion auf den Expressionismus war, so ist jetzt abermals eine Gegenbewegung mit ähnlichen Kennzeichen erkennbar.

Denn das Leben fordert wieder sein Recht. Die nachprüfbare Wirklichkeit, deren Existenz unentwegt bestritten wurde, läßt sich auf die Dauer nicht ignorieren. Sinn, Inhalt und Stoff gewinnen erneut Bedeutung. Eindeutig wendet man sich dem Konkreten zu. Die Geringschätzung der Psychologie gehört der Vergangenheit an. Der Begriff »Realismus«, eben noch ein Schimpfwort, ist nicht mehr verpönt und erweist sich letztens sogar als unentbehrlich.

Auch fällt es auf, daß viele der jüngeren deutschen Schriftsteller, die jetzt etwa zwischen dreißig und fünfunddreißig Jahre alt sind, vor den gewaltigen Problemen unserer Epoche zurückschrecken – was man keinem Autor verübeln sollte – und sich eher in einer nicht unsympathischen Beschränkung bewähren wollen. Sie bemühen sich um die Einzelheiten. Sie leuchten nur engbegrenzte Bereiche ab. Sie beschreiben Lebensläufe. Sie schildern die gleichmäßige Landschaft des Alltags, den das Individuum als Gatter empfindet. Und wieder steht die Frage im Vordergrund, die 1932 der Romancier Hans Fallada im Namen einer ganzen Generation gestellt hat: »Kleiner Mann – was nun?«

Was sich jetzt anbahnt, scheint mir ein aufgeklärter und bescheidener Realismus zu sein, der seine Grenzen kennt, eine vernünftige Sachlichkeit, die nicht unpoetisch sein muß, ein skeptisches und zurückhaltendes Engagement, das seine Möglichkeiten von vornherein niedrig veranschlagt, kurz: die Literatur der kleinen Schritte.

Das alles ist durchaus erfreulich und erweckt bestimmt

mehr Vertrauen als die Bemühungen der ewigen Bastler und der Jongleure des Abstrakten, als das geheimnisvolle Spiel mit Chiffren und ausgeklügelten Symbolen, das oft nur ein Spiel mit gezinkten Karten war. Aber aus der Literatur der kleinen Schritte darf nicht eine Literatur der kleinen Intelligenz werden. *(1965)*

Statt eines Vorworts
Ein deutscher Schriftsteller-Atlas

Wovon berichten deutsche Schriftsteller unserer Zeit, wenn sie sich über den Ort äußern sollen, der für sie aus irgendwelchen Gründen besonders wichtig ist?

In einem der ersten Beiträge des von Klaus Wagenbach herausgegebenen Sammelbandes ›Atlas‹ erzählt Siegfried Lenz ein Jugenderlebnis aus seiner masurischen Heimat. Ganz harmlos und munter hebt es an: »Natürlich soll alles leicht und schlank sein beim Eissegeln, und so hatten wir Sperrholz für die Sitze genommen, Bambus für den Mast, und als Segel zogen wir eine rote Leinwand auf: Die stand für nettes Wagnis und Gefahr.« Am Ende wird der Ich-Erzähler vom Schlitten abgeworfen, während sein Freund in die nicht zugefrorene Flußmündung rast. Die letzten Sätze: »Das Segel flatterte nur mäßig, neigte sich tief und tiefer. Es verlor sein Rot. Es wurde schwarz vor Nässe, noch bevor es flach und erstaunlich langsam ganz niedergedrückt wurde.«

Über den Ort seiner ersten Begegnung mit dem Tod schreibt also Lenz. Und aus dem düsteren Akkord, den er anschlägt, entwickelt sich in dem ›Atlas‹ ein acherontisches Ostinato. Denn dies sind die Motive des Buches: Vertreibung und Flucht, Exil und Heimatlosigkeit, Mord und Krieg, Zerstörung und Untergang, der Tod und die Toten. Ein deutscher Atlas, in der Tat.

Ein Toter eröffnet das Buch: Johannes Bobrowski. Seinem Andenken ist es gewidmet. Doch war sein Beitrag für den Anfang vorgesehen, als der Dichter der ›Sarmatischen Zeit‹ noch lebte, weil der Band, wie es sich für einen Atlas gehört, nach geographischen Gesichtspunkten geordnet ist. Er beginnt also im Nordosten mit Bobrowskis Königsberg und geht dann in westlicher und südlicher Richtung über Danzig, Berlin, Hannover, Mainz, Stuttgart und viele andere Städte bis nach Frieds Wien. Er endet mit zwei Gedichten, für die der Geograph keinen Ort finden kann und die ich nicht vergessen werde.

Peter Huchel hat sein Gedicht ›Exil‹ betitelt. Denn er lebt

in seiner märkischen Heimat wie ein Verbannter. Ich zitiere ohne Kommentar:

> Am Abend nahen die Freunde,
> . . . . . .
> Und führen Gespräche mit meinem Schweigen.

Das andere Gedicht stammt von Nelly Sachs. Ihr Ort ist

> durchschnitten vom Meridian der Seufzer
> der Tränen
> dem Lächeln des Kindes
> das in die Flammen geworfen wurde.

Ja, vom Meridian der Seufzer sind die Beiträge dieses Buches durchschnitten. Ilse Aichinger erinnert sich des Beerensuchens auf dem Lande: »Es sind dann viele Jahre gekommen, in denen es kein Beerensuchen für uns gab ... Aber der Geruch der Beeren, der schon in dieser ersten Nacht durch die Ritzen der Kellertür hinaufdrang ... hielt auch der Wirrnis und dem Schrecken einer viel längeren Nacht stand. Manchmal habe ich die Hoffnung, daß er auch diejenigen zuletzt umgab, die diese Nacht nicht überlebt haben. Daß die Dunkelheit, die sie nach allem Schrecken aufnahm, dem wunderbaren Schatten in den Kannen ähnlich ist.«

Zwei Denkmäler in ihrer Heimatstadt Mainz kann Anna Seghers nicht vergessen: den Dom und »einen einzigen flachen Stein, den man in das Pflaster einer Straße gesetzt hat ... Ich weiß nur, daß der Stein zum Gedächtnis einer Frau eingefügt wurde, die im Ersten Weltkrieg durch Bombensplitter umkam, als sie Milch für ihr Kind holen wollte.«

Günter Kunert sieht aus der Berliner S-Bahn ein erleuchtetes Zimmer und dort Menschen: »Nur waren viele von ihnen seit je verschollen oder verbrannt oder erschlagen ...«

Wolf Biermanns Gedicht endet:

> Und ich sitze auf der morschen Bank
> ganz nahe bei Eisler und Brecht
> Auf meinem Schoß sitzt die Konsum-Marie
> Uns ist vom Küssen so schlecht.

Der Titel dieses Gedichts: ›Der Hugenottenfriedhof in Berlin‹. Marie Luise Kaschnitz, diese immer noch unterschätzte Meisterin des deutschen Worts, schildert den Schulweg eines Kindes im alten Berlin: »Stehengeblieben wird auch vor den Sarggeschäften ...« Nur dreieinhalb Seiten – und wir sehen eine Epoche und eine Stadt, die es nicht mehr gibt.

Walter Jens' Prosastück, dessen Pointen nur die ›Zauberberg‹-Kenner ganz genießen können, ist heiter und scherzhaft. Aber man muß taub sein, um das acherontische Ostinato nicht zu hören. Sein Ort ist ein Sanatorium, »ein Haus, in dem man auch in Ruhe sterben kann. Der Doktor legt keinen Wert auf die Statistik; wir sprechen oft über den Tod ...«

Durchschnitten vom Meridian der Seufzer, grimmiger Seufzer freilich, ein erschütterndes und kluges Gedicht von Günter Grass über Danzig:

> Gespielt hab' ich mit Bombensplittern.
> Und aufgewachsen bin ich zwischen
> dem Heilgen Geist und Hitlers Bild.

Von Hans Erich Nossack finden wir die Darmstadt-Satire, die, versteht sich, virtuos geschrieben ist, doch in dieser Umgebung etwas harmlos wirkt.

Hans Werner Richter hat eine knappe Chronik des jetzt in der DDR gelegenen Ostseebads Bansin verfaßt und damit bewiesen, was seine Stärke ist: nicht die erzählende Prosa, sondern der sachlich unterkühlte gesellschaftskritische Bericht. In seiner Geschichte Bansins spiegelt sich ein Stück der deutschen Misere.

Stephan Hermlins Chemnitz-Erinnerung zeigt einen Mann, dem seine Heimatstadt fremd geworden ist. Seine Heimatstadt oder seine Umwelt? Da heißt es: »Die Bücher schützen mich vor dem Leben, das ich fürchte, vor einer Zukunft, die mich unausdeutbar anblickt.« Der Satz bezieht sich auf Hermlins Jugend. Nur auf seine Jugend?

Ein Heimatloser auch Wolfgang Hildesheimer. Er schreibt über den Ort, nach dem er sich sehnt: »Auf der Reise aus dem Norden, wo meine Träume angesiedelt sind, in den Süden, wo meine Wirklichkeit angesiedelt ist, habe ich eine Stunde dort verbracht ...«

Von der Erzählungskunst des im Westen immer noch wenig bekannten Franz Fühmann zeugt ein epischer Bericht, in dem er die Okkupation des Sudetenlandes im Oktober 1938 mit außerordentlicher Anschaulichkeit zeigt.

Und jetzt noch über die beiden Stücke des Bandes, die mich am stärksten, am tiefsten beeindruckt haben.

Wolfgang Koeppen, der seit einiger Zeit keine einzige Zeile veröffentlicht hat, schrieb für diesen ›Atlas‹ einen einzigen, knapp vier Seiten umfassenden Satz. Er wiegt mehr als Hunderte von Büchern, die in unserer Zeit in deutscher Sprache verfaßt und gedruckt wurden. Koeppens Ort ist ein Kaffeehaus: das Romanische Café in Berlin. Wie er in diesem kurzen Prosastück Fakten, Impressionen und Momentaufnahmen miteinander verbindet, wie er die Atmosphäre einfängt, das wechselnde Lokalkolorit vergegenwärtigt und den zeitgeschichtlichen Hintergrund andeutet, wie er alle Elemente arrangiert und immer wieder steigert, wie er der Sprache ebensoviel Präzision wie Musikalität abgewinnt – das, wahrlich, ist bewundernswert. Mit diesem einen Satz, den wir, hoffe ich, noch in vielen Lesebüchern finden werden, erinnert uns Wolfgang Koeppen an sein bedeutendstes Buch, an die ›Tauben im Gras‹.

Und wird man in deutsche Lesebücher aufnehmen, was Peter Weiss unter dem Titel ›Meine Ortschaft‹ geschrieben hat? Weiss, der Flüchtling, hat in vielen Städten gelebt, aber »alle diese Städte werden zu blinden Flecken, und nur eine Ortschaft, in der ich nur einen Tag lang war, bleibt bestehen ... Es ist eine Ortschaft, für die ich bestimmt war und der ich entkam. Ich habe selbst nichts in dieser Ortschaft erfahren. Ich habe keine andere Beziehung zu ihr, als daß mein Name auf den Listen derer stand, die dorthin für immer übersiedelt werden sollten ... Ich bin hierhergekommen aus freiem Willen. Ich bin aus keinem Zug geladen worden. Ich bin nicht mit Knüppeln in dieses Gelände getrieben worden. Ich komme zwanzig Jahre zu spät hierher.«

Auschwitz ist die Ortschaft, über die Peter Weiss schreibt. Der letzte Satz seines Berichts lautet: »Es ist noch nicht zu Ende.« Dem bleibt nichts hinzuzufügen.

Heinrich Böll
›Ansichten eines Clowns‹[1]

Allzu leicht macht er es den Gegnern seines Talents, schwer seinen Verehrern. Denn er nötigt uns, mit dem Vortrefflichen, ja dem Unvergeßlichen immer auch das Schwache, oft das Mißlungene, bisweilen das Peinliche hinzunehmen. Wer ihn zu tadeln wünscht, braucht also nicht lange zu suchen: In jedem seiner Bücher sind Motive und Zitate zu finden, die sogar unerbittliche Angriffe gerechtfertigt erscheinen lassen – auch und vor allem in dem Buch ›Ansichten eines Clowns‹.

Dem bisher bestehenden Bild des Schriftstellers Heinrich Böll fügt dieser Roman keine überraschend neuen Züge hinzu. Vielmehr bestätigt und ergänzt er es – zuweilen auf erfreuliche, weit häufiger auf bedauerliche Weise. Daher werden die ›Ansichten‹, ich bin dessen sicher, von vielen entrüstet abgelehnt und mit zahlreichen überzeugend klingenden Argumenten gänzlich mißbilligt werden. Indes hat es, meine ich, schon lange keinen deutschen Roman gegeben, dem eine einseitige Beurteilung so wenig gerecht werden könnte. Denn mehr als für die früheren Bücher Bölls ist für die ›Ansichten‹ eine eigentümliche Parallelität der guten und der schlechten oder zumindest fragwürdigen Passagen bezeichnend. Und niemals war die Spanne der Qualitätsschwankungen innerhalb eines Böll-Werks so ungewöhnlich groß. Das Ergebnis: ein furchtbar enttäuschendes und sehr lesenswertes Buch. Die Ursachen sind zunächst einmal in seiner grundsätzlichen Konzeption zu suchen.

Der Clown Hans Schnier, Sohn eines reichen Industriellen, berichtet über seine Familie und, weit ausführlicher, über ein Milieu, das er erst in den letzten Jahren kennengelernt hat: die bürgerlich-katholische, vornehmlich intellektuelle Gesellschaft von Köln und Bonn. Zugleich erzählt er von dem Zusammenleben mit seiner Freundin Marie, die ihn verlassen hat. Somit setzt sich der Roman aus zwei Bestandteilen zusammen: einer sozialkritischen Darstellung und einer erotischen Geschichte, die sich ganz im privaten, ja im intimsten Bereich abspielt. Diese beiden Elemente sind unentwegt, vom Anfang bis zum Ende des Romans, miteinander verwoben. Doch sind sie es – allem Anschein zum Trotz – nur auf mechanische Weise. Und sowenig im Grunde genommen die katholischen Kreise von Köln und Bonn mit der Liebesgeschichte zu tun haben – obwohl Böll das Gegenteil behauptet –, sowenig ist das literarische Niveau dieser beiden Elemente vergleichbar. Daher vor allem der für diesen Roman so charakteristische Bruch, daher sein innerer Widerspruch.

Eine Auseinandersetzung mit der katholischen Welt hat es bisher in der Böllschen Epik *nicht* gegeben. Gläubige Katholiken waren seine Helden, das katholische Ritual spielte meist eine wichtige Rolle. Aber die Kirche und ihre Organisationen wurden nur mit Bemerkungen bedacht, die einzelnen Phänomenen galten. Es war eine Kritik der Seitenhiebe. Denn im Zentrum seiner Aufmerksamkeit standen andere Fragen: Krieg, Nationalsozialismus, Nachkriegselend, bundesrepublikanische Prosperität, Neofaschismus. Alles Katholische tauchte als eine selbstverständliche Begleitung auf. Und es war überdies immer eine Kritik von innen. Anders ausgedrückt: Böll litt an den deutschen Zuständen. Die katholischen Fragen hingegen ärgerten ihn nur und erbosten ihn.

In den ›Ansichten eines Clowns‹ versucht Böll zum ersten Male, die katholische Welt seines heimatlichen Bezirks mit nichtkatholischen Augen zu sehen. Der Ich-Erzähler Hans Schnier, früher evangelisch, ist Atheist. Zugleich wird der Problematik des Katholizismus (allerdings im lokalen Maßstab) weit mehr Raum gewidmet. Was in den früheren Büchern Bölls nur *ein* Element seiner Zeitkritik war und nicht das wesentlichste, rückt entschieden in den Vordergrund und beherrscht große Teile des Buches. Die Veränderung der Zentralgestalt hat sich jedoch als illusorisch, die Verschiebung der Thematik als riskant erwiesen.

Zu intensiv ist die kritische Teilnahme des Clowns Schnier

am dargestellten katholischen Milieu, und zu sehr regt ihn die Fragwürdigkeit seiner Repräsentanten auf, als daß wir glauben könnten, wir hätten es mit einem Nichtkatholiken zu tun. Zu den innigsten Wünschen dieses Schniers gehört eine Audienz beim Papst, von dem er unbedingt gesegnet werden möchte. Auch will er dem Papst erzählen, »wie eingebildet und gemein ›führende‹ deutsche Katholiken seien, und er solle sich nicht täuschen lassen«. Mit Vorliebe singt Schnier katholische Litaneien, weil sie seine Kopfschmerzen und seine Melancholie lindern. Verräterisch ist jedoch der Satz: »Aber auch die Lauretanische Litanei half nichts, sie war wohl doch zu katholisch, und ich war wütend auf den Katholizismus und die Katholiken.« Ein Ungläubiger erhofft sich also vom katholischen Ritual Heilung und verübelt es dann dem Katholizismus, daß die Heilung ausbleibt.

Gewiß wollte Böll einen Atheisten zeichnen, unversehens ist ihm aber wieder sein alter Held geraten, ein Mann, den als Katholiken eben sein angeblicher Antikatholizismus erkenntlich macht. Böll kann nicht aus seiner Haut heraus. Das sollte man ihm nicht vorwerfen. Nur sollte er es auch nicht versuchen.

In der Tat unterscheidet sich Schniers grundsätzlicher Blickwinkel kaum von demjenigen seiner Vorgänger. Wenn er sich über Geistliche ärgert (übrigens meist über solche auf der niedrigsten Sprosse der Hierarchie), wenn er die Mitglieder des »Kreises Fortschrittlicher Katholiken« verspottet und sich über die Funktionäre vom »Dachverband Katholischer Laien« empört, so hat er über diese Welt quantitativ mehr als frühere Helden Bölls zu sagen. Aber auch er zählt lediglich Symptome auf und dringt zu den Ursachen der Phänomene niemals vor. Wiederum ist es also eine Kritik, die sich nur aus Seitenhieben zusammensetzt. Sie scheint auch oberflächlicher und vordergründiger geworden zu sein. In Wirklichkeit ist sie jedoch nicht mehr und nicht weniger oberflächlich als etwa in dem Buch ›Und sagte kein einziges Wort‹. Sie muß aber hier irritieren, weil sie so viel Platz einnimmt und die Ergebnisse in keinem Verhältnis dazu stehen.

Falsch wäre es, wollte man dies ausschließlich auf die intellektuelle Konzeption des Buches zurückführen. Es ist natürlich auch eine Frage des schriftstellerischen Handwerks. Nicht darum also geht es mir, daß Böll immer wieder nur die menschlichen Schwächen katholischer Funktionäre aufs Korn nimmt und vom Konformismus, von der Heuchelei und der Hartherzigkeit, vom Snobismus und von der Eitelkeit spricht. Wichtiger scheint mir, daß er davon eben nur *spricht.* Statt mit epischen Mitteln zu überzeugen, versetzt er serienweise Seitenhiebe und bietet Fakten und Einzelheiten. Aufzählungen verfehlen jedoch ihren Zweck: Sie können keiner Gestalt zum Leben verhelfen. Und es sind auch nicht Gestalten, die diesen Roman bevölkern, sondern meist nur aufrechtgehende Namen.

So erbost es Böll, daß auf katholischen Parties viel Unsinn geredet wird (auf welchen wird es nicht?), daß jemand eine Dreiviertelstunde über Beckett und Ionesco gesprochen hat (ich würde dagegen erst dann protestieren, wenn ich wüßte, was er gesagt hat), daß ein Pfarrer seine Predigten aus Rilke, Hofmannsthal und Newman mischt (das sind doch die schlechtesten Autoren nicht). Je mehr Böll gegen diese Kreise vorbringt, desto weniger kann ich ihm folgen. Einem Funktionär wirft er vor, was dieser gegen Ende des Krieges als vierzehnjähriger Jungvolkführer geäußert und getan hat. Ich bin wahrlich nicht dafür, daß die Geschehnisse jener Jahre in Vergessenheit geraten. Wenn es aber etwas gibt, was man uneingeschränkt verzeihen kann, dann sind es wohl die Taten der Kinder. Zum erstenmal habe ich bei Böll den Eindruck, daß sein Buch nicht der moralischen Entrüstung entspringt, sondern einem unentwegten Mißbehagen. Es ist nicht ein Buch des Aufruhrs, sondern der Verärgerung. Und dabei reibt er sich so sehr an Belanglosem und an Kleinigkeiten, daß er keine Distanz zum behandelten Gegenstand gewinnt und die großen Fragen unserer Zeit seiner Aufmerksamkeit entgehen. Der Roman ›Ansichten eines Clowns‹ hat keinen Hintergrund, keine Perspektive. Der katholische Klüngel von Bonn und Köln verstellt dem Autor den Blick in die Welt. Fast könnte man meinen, er hätte vergessen, daß in der Stadt, in der die Handlung spielt, außer einigen katholischen Organisationen und Pfarrern, die ihre Predigten aus unpassenden Quellen zusammenstellen, noch etwas existiert, was schließlich nicht ganz unwichtig ist: eine deutsche

Regierung. Und dabei hat doch diese Regierung mit der katholischen Welt auch etwas gemeinsam.

Den früheren Romanen von Böll haftete ebenfalls etwas Provinzielles an, ihre Perspektive war eng. Aber die Schicksale der Helden ließen all das ahnen, wovon in den Büchern nichts gesagt wurde. Denn es handelte sich um Schicksale unserer Epoche. Es waren die Zeitverhältnisse, der Krieg vor allem, die aus diesen Menschen unglückliche Sonderlinge und Außenseiter der Gesellschaft gemacht hatten.

Der Clown Schnier repräsentiert hingegen eine andere Generation – er wurde 1935 geboren. Böll hat ihn jedoch – wie auch seine früheren Helden – mit zahlreichen Erfahrungen, Besonderheiten, Abneigungen und Ressentiments der eigenen Generation ausgestattet. Das mußte eine widerspruchsvolle, unwahrscheinliche Gestalt ergeben. Er scheitert auch nicht etwa an seiner Umgebung, sondern vor allem an seiner Unzulänglichkeit, für die man nicht die Zeit verantwortlich machen kann. Traurig ist sein Schicksal, aber nicht symptomatisch, geschweige denn tragisch.

Mit der Gestalt des Helden ist die Kritik des Industriellenmilieus verbunden. Viel wäre diesen Kreisen vorzuwerfen. Es spricht jedoch nicht gegen das bundesrepublikanische Großbürgertum, daß sein Vertreter (im Roman ist es Schniers Vater) es ablehnt, eisgekühlten Kognak zu trinken. Auf dieser Ebene bewegt sich im wesentlichen Bölls Kritik.

Während in der Darstellung des katholischen Milieus eine Abneigung gegen das Intellektuelle bemerkbar wird, dominieren hier Elemente eines kleinbürgerlich-primitiven, proletenhaft-naiven Protests, der besonders anachronistisch wirkt, weil Böll gegen den Stil der Familie Schnier und ihre Moral die saubere, derb-deftige, gesunde Welt der proletarischen Familie Wieneken ausspielt. Wann werden endlich die deutschen Schriftsteller aufhören, das einfache Leben zu preisen?

So hat sich also Bölls Sozialkritik totgelaufen. Die Themen und Objekte haben sich verändert und können nicht mehr so betrachtet und dargestellt werden wie etwa vor einem Jahrzehnt. Dem großen Chronisten der Nachkriegszeit, der einst mit Recht im Namen einer ganzen Generation sprach, ist es nicht gelungen, mit der Entwicklung Schritt zu halten.

Daß Böll jedoch zu den stärksten Talenten der deutschen Gegenwartsliteratur gehört, hat er – so paradox es an dieser Stelle klingen mag – in den ›Ansichten‹ abermals bewiesen. Freilich sind die Schwächen dieses Buches laut und aufdringlich, die Schönheiten hingegen still und diskret. Aber sie dürfen auf keinen Fall ignoriert werden. Da gibt es neben einigen glanzvollen satirischen Momentaufnahmen und vortrefflich geschriebenen kleinen Genreszenen, die übrigens immer isoliert bleiben, vor allem jenen anderen Bestandteil des Romans, von dem bisher noch nicht die Rede war. Denn das Buch des Mißmuts ist zugleich ein Buch der Liebe.

Sechs Jahre waren sie zusammen, haben jedoch nicht geheiratet. Dann geht sie zu einem anderen. Warum? Weil Schnier sich geweigert hat, zu unterschreiben, er werde die eventuellen Kinder katholisch erziehen, was die Eheschließung unmöglich gemacht hat? Gewiß wird der Roman so interpretiert werden, es sollte jedoch nicht übersehen werden, daß Böll seinen Helden im Zusammenhang mit der erwähnten Weigerung vieldeutig sagen läßt: »Der Anlaß war's schon – aber es kommt wohl vieles hinzu, was ich nicht verstehe.«

Scheitert dieser Bund – die Symbolik der Fehlgeburten scheint mir übrigens allzu vordergründig zu sein –, weil er nicht von der Kirche gesegnet war? Böll will die Frage weder bejahen noch verneinen. Am Ende muß aber der ungläubige Clown, der sich der Eheschließung widersetzt hat, betteln. Es wird dem Leser überlassen, darin eine Strafe Gottes zu sehen. Wie dem auch sei: Nichts wäre abwegiger, als anzunehmen, Böll habe etwa das Sakrament der Ehe anzweifeln wollen. Es kann aber vermutet werden, daß er eine liberalere und verständnisvollere Regelung der sehr strengen und übrigens erst seit 1918 gültigen katholischen Vorschriften für Mischehen im Sinne gehabt hat.

Für die eigentliche Liebesgeschichte, die in dem Roman erzählt wird, ist jedoch die konfessionelle Problematik so gut wie irrelevant. In dem Buch heißt es einmal: »Ich bin ein Clown ... und sammle Augenblicke.« Augenblicke aus dem Zusammenleben zweier junger Menschen sind es auch, die Böll festhält. Mit diesen Momentaufnahmen, die immer aus kleinster Entfernung gemacht werden, gelingt es ihm, mit ungewöhnlicher Intensität eine leise, eine unpathetische, eine häusliche Liebe zu vergegenwärtigen. Er zeigt, was so selten gezeigt wird: den Alltag einer Liebe.

Während die sozialkritischen Passagen meist blaß und trocken geschrieben sind, leuchtet hier sofort sein Talent auf. Nie hat sich Böll so sicher des charakterisierenden Details bedient, nie hat er den Winzigkeiten so gewaltige Ausdruckskraft, den toten Gegenständen so viel Leben abgewonnen. Er bietet eine Fülle von Beobachtungen, die sich ebenso auf psychische Erlebnisse wie auf die sichtbare und greifbare Welt beziehen. Merkwürdigerweise hatte ich aber immer den Eindruck, daß sich diese Geschichte, die mit dem anderen Teil des Romans so schwach verkoppelt ist, nicht zwischen 1956 und 1962 abspielt, sondern zehn Jahre früher. Auch die Liebesgeschichte scheint also aus verschiedenen Gründen etwas anachronistisch zu sein.

Neben den qualvoll-exakten Erinnerungen des Helden an die mit Marie gemeinsam erlebten Augenblicke stehen seine Visionen ihres Zusammenlebens mit dem Mann, den sie geheiratet hat: »Wenn ich mir vorstellte, daß sie seine Zigarette aus dem Aschenbecher nehmen und weiterrauchen würde, wurde ich fast wahnsinnig, und die Einsicht, daß er Nichtraucher war, ... bot keinen Trost.«

Einigen Abschnitten, in denen der Held von seinem Schmerz und seiner Eifersucht spricht, kann in der neuesten deutschen Prosa nur wenig an die Seite gestellt werden. Böll erweist sich als ein Meister, dessen Originalität die vollkommene Schlichtheit ist. Da hört man keine falschen Töne, da hat man nie den Verdacht, die Natürlichkeit sei mühselig erreicht worden. Nicht künstlich produziert ist der Hauch eines gewissen Dilettantismus, der dieser saloppen, so lässigen, so selbstverständlich klingenden und dabei so präzisen Diktion einen besonderen Reiz gibt. An einigen Passagen, die vor allem in den Schlußkapiteln zu finden sind, können jüngere deutsche Autoren lernen, was Prosa ohne Affektation, ohne Pose ist.

Allein von einem Schriftsteller, der derartige poetisch-eindringliche Abschnitte schreiben kann, muß mehr, viel mehr verlangt werden, als er in den ›Ansichten eines Clowns‹ geboten hat. Und noch eins, um Mißverständnissen vorzubeugen: Böll sagte einmal: »Daß der Autor engagiert sein sollte, halte ich für selbstverständlich.«[2] Nicht sein Engagement hat den Roman fragwürdig werden lassen, sondern eher ein – in diesem Fall – allzu peripheres oder kleinliches Engagement.

Günter Grass ›Hundejahre‹

Natürlich weiß ein so exakt arbeitender Schriftsteller, ein so sorgfältig kalkulierender Artist wie Günter Grass, welch außerordentliche Bedeutung gerade dem Einstieg zukommt – den ersten Zeilen eines Romans oder einer Erzählung.

»Zugegeben: ich bin Insasse einer Heil- und Pflegeanstalt, mein Pfleger beobachtet mich, läßt mich kaum aus dem Auge...«, beginnt ›Die Blechtrommel‹. Die Novelle ›Katz und Maus‹ wiederum setzt mit den Worten an: »... und einmal, als Mahlke schon schwimmen konnte, lagen wir neben dem Schlagballfeld im Gras.« Zwei verschiedene Eröffnungen, die sich aber beide bemühen – wenn auch in einem raffiniert beiläufigen Tonfall –, die Aufmerksamkeit des Lesers sogleich auf den Kern des jeweiligen Werks zu lenken: Hier erfahren wir, daß sich der Erzähler außerhalb der Gesellschaft befindet und überwacht wird; da verweist die zweifache Bedeutung des Verbums »schwimmen« auf den doppelten Sinn der Geschichte vom Schüler Mahlke, der so gut tauchen konnte und doch untergegangen ist.

Es fällt auf, daß sich Grass im Roman ›Hundejahre‹ für einen Einstieg ganz anderer Art entschieden hat: »Erzähl Du. Nein, erzählen Sie! Oder Du erzählst. Soll etwa der Schauspieler anfangen?« Die ersten Worte zielen also nicht mehr – wie in der ›Blechtrommel‹ und in ›Katz und Maus‹ – auf ein wesentliches Motiv hin, sondern eher auf ein Problem des schriftstellerischen Handwerks. Und dies trifft auf die einleitenden Sätze des zweiten Buches der ›Hundejahre‹ ebenfalls zu: »Liebe Cousine Tulla, man rät mir, Dich und Deinen Rufnamen an den Anfang zu setzen, Dich ... formlos anzusprechen, als beginne ein Brief. Dabei erzähle ich mir, nur und unheilbar mir; oder erzähle ich etwa Dir, daß ich mir erzähle?« Erst der dritte und letzte Teil der ›Hundejahre‹ geht, so scheint es wenigstens, von einem Element der eigentlichen Handlung aus: Den Auftakt bildet hier die knappe Behauptung »Der Hund steht zentral«. Aber im Grunde ist auch damit eine vornehmlich handwerkliche Frage gemeint – die angestrebte Position des Hundemotivs innerhalb des Romans.

Vielleicht spiegelt sich in dieser so offensichtlichen und konsequenten Veränderung der Einstiege und Ausgangspunkte der Verlust jener Unbefangenheit und Direktheit, die für ›Die Blechtrommel‹ charakteristisch waren. Es mag auch sein, daß in den ›Hundejahren‹ der jeweilige Ansatz – zunächst gibt sich Grass zögernd und ein wenig kokett, und beim dritten Male beginnt er lapidar und ostentativ – etwas mit der Taktik des Autors im Umgang mit seinen Lesern und Rezensenten zu tun hat. Denn Grass, der sich in der Regel nicht nur der starken Seiten seiner Arbeiten bewußt ist, sondern auch mancher ihrer Mängel, liebt die Flucht nach vorn: Diese drei Eröffnungen betreffen allesamt die Schwächen des Buches. Indem die Anfangssätze auf die erzählerische Perspektive, auf die formalen Schwierigkeiten und auf die Funktion des wichtigsten Motivs anspielen, lassen sie zugleich erkennen, woran der Roman ›Hundejahre‹ gescheitert ist.

Wer erzählt diesmal? Grass hatte offenbar keine Zweifel, daß nur Oskar Matzerath selber mit den Begebenheiten aus seinem Leben aufwarten dürfe. Niemand wird den berichtenden Helden der ›Blechtrommel‹ mit dem Verfasser des Buches verwechseln wollen. Doch ebenso unzulässig wäre es, zu übersehen, daß Autor und Figur weit mehr miteinander gemein haben als nur die Welt ihrer Herkunft und viele Stationen ihrer Biographien: Grass erzählt aus der Sicht von Oskar, und Oskar erzählt in der Sprache von Grass. Was auch dem Roman ›Die Blechtrommel‹ vorzuwerfen ist, die Einheit von Perspektive und Diktion bleibt in ihm stets gewahrt. Stoff und Aufbau der ›Hundejahre‹ verraten, daß dieses Buch als Seitenstück zum erfolgreichen Erstling konzipiert war: Wieder erweist sich Danzig-Langfuhr als – wie es jetzt in den ›Hundejahren‹ heißt – »so groß und so klein, daß alles, was sich auf dieser Welt ereignet oder ereignen könnte, sich auch in Langfuhr ereignete oder hätte ereignen können«. Noch einmal dasselbe (vorwiegend kleinbürgerliche) Milieu und genau derselbe Zeitraum – von den zwanziger bis zu den fünfziger Jahren. Und auch hier ist das Ganze in drei Teile gegliedert, von denen zwei abermals jener Danziger Welt gewidmet sind und der dritte die Nachkriegszeit unter westdeutschen Vorzeichen behandelt, wiederum vor allem am Rhein und an der Spree.

Da es jedoch Grass diesmal nicht gelingt, eine Figur zu finden, der er – wie einst dem kleinen Oskar in der ›Blechtrommel‹ oder Pilenz in ›Katz und Maus‹ – die Funktion des Erzählers anvertrauen könnte, entscheidet er sich für ein Autoren-Kollektiv. Zu seinen Sachwaltern macht er drei ehemalige Danziger: Den ersten Teil erzählt der Vogelscheuchenproduzent und frühere Ballettmeister Eduard Amsel, den zweiten der Kinderfunk-Redakteur Harry Liebenau und den letzten der einstige Schauspieler Walter Matern. Das ganze schriftstellerische Vorhaben soll Amsel leiten.

Indes war Grass nicht bereit, seine volle epische Macht auf die Mitglieder dieses Kollektivs zu übertragen: Er selber mischt sich ebenfalls ein, ohne daß die Notwendigkeit solcher Interventionen erkennbar wäre. Mehr noch: Es bleibt sogar offen, wozu Grass überhaupt drei verschiedene Ich-Erzähler gebraucht hat. Sein Monograph Kurt Lothar Tank erklärt, daß der Autor der ›Hundejahre‹ sich »gleichsam in drei selbsterfundene Ghostwriter aufspaltet, ohne seine Originalität, seine großartig-schrullige Erfindungskraft und seinen Sprachrhythmus an irgendeiner Stelle zu verleugnen«.[1] Dies aber ist nichts anderes als die denkbar freundlichste Bezeichnung eines eher fragwürdigen Sachverhalts: Stil, Blickwinkel und Betrachtungsweise der drei Chronisten unterscheiden sich voneinander überhaupt nicht oder bloß unerheblich, die Erzählerstafette ergibt nichts.

Was sich dahinter verbirgt, hat Walter Jens durchschaut: »Ich habe den Verdacht, daß die Drei- (oder, nimmt man den Autor hinzu, Vier-) Sprecher-Verteilung erst spät hinzugekommen ist; daß ursprünglich planer erzählt werden sollte... und daß der Einfall mit dem Kollektiv erst vom

Ende her in den ersten Teil eingefügt worden ist. Warum, muß man doch fragen, gibt es ... im zweiten Teil so wenig Hinweise auf die Arbeit der Schriftsteller-Kooperation, und weshalb fehlen diese Hinweise im Schlußteil fast ganz?«[2]

Doch geht es nicht nur darum, daß der Perspektivenwechsel illusorisch ist und wir in Wirklichkeit alles aus einer einzigen Sicht sehen – aus derjenigen von Günter Grass –, nicht nur darum, daß die Fiktion des allwissenden Romanciers von gestern ersetzt wird durch die Fiktion eines Autoren-Kollektivs. Vielmehr gibt diese oberflächliche und lediglich mechanische und nicht einmal konsequente Aufteilung der erzählerischen Perspektive den ›Hundejahren‹, zumal dem Rahmen und der Komposition, den Anstrich einer recht fatal wirkenden Künstlichkeit, die übrigens niemand besser zu spüren scheint als der Verfasser selber – nur daß er sie nicht verhindern kann.

Diese Künstlichkeit fällt besonders in dem zweiten Teil des Romans auf, weil die einzelnen Abschnitte einen Adressaten haben sollen: Harry Liebenau berichtet in Briefen, die angeblich an seine Cousine Tulla Pokriefke gerichtet sind. Allerdings ist es schwer, daran zu glauben: Häufig teilt er ihr mit, worüber sie längst informiert sein müßte, manches erzählt er, was sie nicht interessieren könnte, und manches, was sie, ein ungebildetes und simples Wesen, nicht zu begreifen imstande wäre. Und es sind auch überhaupt keine Briefe. In der Tat verzichtet Liebenau schließlich auf die Briefanrede und leitet die letzten Kapitel des zweiten Teils nur noch mit der stereotypen Wendung »Es war einmal ...« ein.

Womit Grass die Fragwürdigkeit, ja Peinlichkeit dieser Lösung mildern möchte, macht die Sache bestimmt nicht besser: Er läßt Liebenau mit der Feststellung beginnen, er wende sich an die Adressatin nur deshalb, weil ihm diese Form empfohlen wurde. Und wenige Zeilen weiter: »Ich erzähle Dir. Du hörst nicht zu. Und die Anrede – als schriebe ich Dir einen und hundert Briefe – wird der formale Spazierstock bleiben, den ich jetzt schon wegwerfen möchte ...«

Indes wird ein Übel nicht schon dadurch kleiner, daß man es benennt, und das Geständnis des Autors, daß er die formalen Spazierstöcke am liebsten wegwerfen möchte, hilft uns wenig, wenn er sich doch immer wieder solcher Spazierstöcke oder, richtiger gesagt, Krücken und Prothesen bedient. Grass war auf sie schon in der ›Blechtrommel‹ angewiesen und ist es um so mehr in den ›Hundejahren‹. Die Ursache hängt letztlich mit der Eigenart seines Talents zusammen.

Denn er, der seinen Weltruhm – und dies mit Recht – einem Roman verdankt, ist im Grunde nicht Romancier, sondern Geschichtenerzähler und in weit höherem Maße Lyriker als Epiker. In allem, was er geschrieben hat, ist der lyrische Untergrund ebenso spürbar wie der erzählerische Impuls. Während sich die besten Abschnitte seiner Romane als poetische Bilder oder Szenen erweisen, verbergen sich in seinen schönsten Versen Geschichten. Die Höhepunkte seines Dramas ›Die Plebejer proben den Aufstand‹ sind zwei Gedichte. Andererseits gehen seine Reden und auch manche Artikel – so etwa die 1967 in Israel gehaltene ›Rede von der Gewöhnung‹ – unbekümmert in Erzählungen über.[3]

Aber so außerordentlich stark dieser erzählerische Impuls auch ist, so kann er sich in der Regel nur in begrenzten Episoden wirksam entfalten. Daher reiht Grass in seinen Romanen einzelne, meist in sich geschlossene Abschnitte oder Szenen aneinander: Sie ergeben Bilderbogen.

In der ›Blechtrommel‹ wurden diese Bestandteile durch die Figur Oskar Matzeraths zusammengehalten: Das Ganze hatte eine Achse. Die ›Hundejahre‹ sollten ebenfalls eine Konstruktionsachse haben, um die sich das Material gruppieren und organisieren ließe: Die angeführte Erklärung – »Der Hund steht zentral« – deutet darauf hin. Ein verräterischer Satz ist es übrigens, dem man mehr entnehmen kann, als Grass sagen wollte. Denn wenn es in diesem Buch auch kein Zentrum gibt, so steht hier in der Tat alles. Mit anderen Worten: Weder dem Hund Prinz noch Eduard Amsel oder Walter Matern läßt sich eine zentrale Position nachsagen, von einer ordnenden Funktion ganz zu schweigen. Wohl aber haben wir es mit einem statischen Roman zu tun.

Was immer ursprünglich geplant war – das Buch ›Hundejahre‹ ähnelt einer Sammlung kleiner literarischer Arbeiten von unterschiedlicher Art und Qualität. Wir finden hier

Märchen, Sagen und Legenden, Anekdoten, Schelmengeschichten und Genreszenen, Parabeln, Satiren und Grotesken, Skizzen, Dialoge und Parodien. Viele dieser – bisweilen meisterhaft geschriebenen – Miniaturen hat Grass überhaupt nicht oder nur flüchtig in das Romangeschehen integriert.

Wenn er eine Rundfunk-Diskussion parodiert, einen Sexualakt im Beichtstuhl oder auf einer Mülltonne beschreibt oder uns über den Inhalt eines Balletts informiert, wenn wir von der »Leichenhalle« hören, einem Luxusrestaurant, wo man an Operationstischen mit sterilem Sezierbesteck speist, oder von Wunderbrillen, die es den deutschen Kindern ermöglichen, die politische Vergangenheit ihrer Eltern zu erkennen, wenn Grass erzählt, wie in der ersten Nachkriegszeit den später in der Bundesrepublik mächtigen Publizisten, Wirtschaftlern und Politikern ihre Zukunft vorausgesagt wird, wenn er schildert, wie sein an einem »handfesten, städtischen und französisch besetzten Tripper« leidender Held »privat und ohne Lizenz durch die Lande zog, um mit gonokokkengeladener Spritze ... den weiblichen Anhang ehemaliger Parteimittelgrößen« zu infizieren – dann sind dies Nummern und Einlagen, die auf den Gang der Handlung meist keinen Einfluß haben: Sie bleiben isoliert und erweisen sich daher häufig auch als austauschbare Einheiten.

›Die Blechtrommel‹ war ebenfalls eine Art Nummernoper, nur schien dies dort eher motiviert, was vor allem mit der Figur Oskar Matzeraths zusammenhängt. Die Hauptgestalten der ›Hundejahre‹ sind jedoch grundsätzlich anders konzipiert als der Held und Ich-Erzähler der ›Blechtrommel‹.

Oskar hat allein über sein Schicksal entschieden. Die Schicksale von Amsel und Matern werden von den Verhältnissen und Ereignissen ihrer Zeit bestimmt. Oskar deformiert sich selber, weil er die Welt ablehnt. Amsel und Matern lehnen die Welt nicht ab, aber sie werden schließlich von ihr deformiert. Während Oskar jenseits aller ethischen Gesetze und Maßstäbe steht, sind Amsel und Matern keineswegs der moralischen Verantwortung enthoben. Oskar wird von Grass gegen die Epoche ausgespielt, Amsel und

Matern zeigt er hingegen als Produkte dieser Epoche. Oskar ist eine Märchenfigur, Amsel und Matern sind, auch wenn ihnen gelegentlich Märchenhaftes zustößt, reale Gestalten.

Somit kommt es bei Oskar, dieser epischen Spottgeburt aus Dreck und Feuer, auf psychologische Stimmigkeit nicht an – ohnehin ist er infantil und weise, primitiv und raffiniert, ein kleines Kind und ein Wesen ohne Alter zugleich. Über Amsel und Matern konnte Grass nicht mehr so frei verfügen: Sie ließen sich nicht beliebig mit allerlei Charakterzügen, Erfahrungen und Abenteuern ausstatten. Denn sollte die Geschichte ihrer am Nationalsozialismus zerbrechenden Freundschaft und ihrer Wiederbegegnung in der Bundesrepublik überzeugen, dann mußten auch die beiden Figuren nicht nur deutlich sichtbar, sondern auch wahrscheinlich sein. Sie sind es in der Tat, doch nur, solange von ihrer Kindheit und Jugend erzählt wird.

Die beiden »Freunde von der Weichselmündung«, der geistreiche und sensible Halbjude Amsel und der kräftige und eher simple Müllerssohn Matern, bleiben trotz mancher Spannungen und trotz des gelegentlich zwischen ihnen auftauchenden Wortes »Itzig« zunächst »unzertrennliche Blutsbrüder«. Noch die Zwanzigjährigen halten trotz der politischen Verhältnisse zusammen, doch schließlich gehen ihre Wege auseinander. Indes sind die konkreten Umstände, die unmittelbar zu dem Bruch führen, zumindest wunderlich.

Amsels besondere Vorliebe gilt den Vogelscheuchen. Er baut sie – man schreibt inzwischen das Jahr 1937 – nicht etwa »gegen die ihm vertrauten Spatzen und Atzeln; gegen niemanden baute er, aus formalen Gründen. Allenfalls hatte er vor, einer gefährlich produktiven Umwelt seinerseits Produktivität zu beweisen.« Als er diesen nur »aus formalen Gründen« gebauten Vogelscheuchen unbedingt nationalsozialistische Uniformen anziehen will – was mir allerdings eine recht lausbubenhafte Reaktion auf die politischen Vorgänge zu sein scheint, aber auch die erwachsenen Grass-Helden muten oft pubertär an –, ist ihm dabei Walter Matern behilflich. Er tritt der SA bei: »aus Freundschaft ..., halb aus Jux und halb aus Neugierde, besonders aber, damit Amsel zu jenen extrem braunen Uniformstücken kam, nach denen er und die Gerüste zukünftiger Scheuchen verlangten«.

Von nun an kümmert sich Grass immer weniger um die Beweggründe, die seine Personen so und nicht anders handeln lassen. Eben war Matern zur SA aus Freundschaft zu Amsel und »nach innen mit allen Zähnen knirschend« gegangen, und schon beteiligt er sich eifrig an der Verfolgung des Halbjuden: Amsel wird der braununiformierten Vogelscheuchen wegen von der SA mißhandelt, und auch Matern schlägt kräftig auf ihn ein. Was wir im weiteren Verlauf des Romans – und das sind noch etwa zwei Drittel – über Amsel und Matern hören, hat kaum einen Zusammenhang mit ihren Charakteristiken: Die ihnen zugeschriebenen Erfahrungen, Erlebnisse und Handlungen sind oft auswechselbar.

Zum erbitterten Gegner der Sprache und Philosophie Heideggers, die er – ziemlich leichtfertig – mit dem Geist des Dritten Reiches assoziiert und identifiziert, macht Grass Walter Matern, doch könnte es ebenso auch Amsel sein – mit dem Unterschied freilich, daß die Heidegger-Kenntnisse dem gebildeten und intelligenteren Amsel weit eher zuzutrauen wären als dem derben, ehemaligen SA-Unterscharführer Matern. Andererseits ist die offenbar recht skrupellose kaufmännische Karriere des musisch veranlagten Amsel in der Bundesrepublik zumindest überraschend und wäre wohl eher dem wendigen Matern angemessen.

So erweisen sich Amsel und Matern und auch manche andere Figuren der ›Hundejahre‹ letztlich nur als Marionetten. Überdies hat der Hintergrund oft etwas Kulissenhaftes. Es entsteht der Eindruck, als würde Grass zeitgeschichtliche Elemente nur dann in den Roman einbeziehen, wenn sie ihm eine Gelegenheit zu Gags geben, deren Zahl allerdings verblüfft. Weil sich Grass diesmal auf seine Motive nicht verlassen kann, weil er die Künstlichkeit des Aufbaus und die Fragwürdigkeit der Figuren spürt, versucht er, zumal im dritten Teil des Romans, den Leser mit einem Hagel von Kuriositäten zu überschütten.

Gewiß, kein deutscher Schriftsteller unserer Zeit kann mit so originellen Einfällen aufwarten. Nur will es mitunter scheinen, daß nicht der Autor die Einfälle regiert, sondern die Einfälle den Autor beherrschen. Und wenn sie auch von beneidenswerter Phantasie zeugen, so reichen sie doch nicht aus, um der Welt beizukommen, die hier gezeigt werden soll. Mehr noch: Sie tragen zu unbeabsichtigten und riskanten Verzerrungen bei.

Nichts liegt dem Autor der ›Hundejahre‹ ferner, als die Epoche des »Dritten Reiches« zu verharmlosen. Da aber sein Zeitpanorama weniger einem Pandämonium und eher – obwohl es diesmal nicht von einem trommelnden Zwerg präsentiert wird – einem Panoptikum gleicht, scheinen manche Szenen, in denen Grass die Unmenschlichkeit jener Jahre vergegenwärtigt, bloß die Funktion von Schreckenskammern zu erfüllen. Die unaufhörliche Jagd nach Pointen, Gags und kabarettistischen Effekten entschärft und verflacht auch die im letzten Teil enthaltene und dort besonders reichlich gebotene Gesellschaftskritik: In vielen Kapiteln werden die bundesrepublikanischen Verhältnisse nicht angeklagt, sondern nur noch – ich bitte, mir dieses Verbum zu genehmigen – skurrilisiert. Das gilt auch für die große, lange vorbereitete und daher um so mehr enttäuschende Schlußszene des Romans: Die Beschreibung der Vogelscheuchenwelt, die als groteskes Abbild unserer Gesellschaft verstanden werden soll, muß ihren künstlerischen Zweck verfehlen, da die Symbolik hier vordergründig und aufdringlich, billig und prätentiös zugleich ist. Das vollkommen statische und, wie sich gezeigt hat, unergiebige Vogelscheuchenmotiv, das immer wieder in den ›Hundejahren‹ auftaucht, vergleicht Rudolf Hartung mit dem Trommelmotiv im ersten Grass-Roman: »Nicht zu übersehen ist allerdings der wesentliche Unterschied, daß Oskars rhythmisches Trommeln die Zeit gliedert, während die Scheuchen der ›Hundejahre‹ vorab räumliche Gebilde sind und somit für den Roman, der seinem Wesen nach gegliederte Zeit ist, auf die Dauer eine Belastung darstellen.«[4]

Im Zusammenhang mit den Vogelscheuchen, die Amsel seit seiner Jugend so beharrlich und phantasievoll produziert, finden sich übrigens in den ›Hundejahren‹ einige bezeichnende Äußerungen: Von seinen späteren Scheuchen heißt es, daß sie »bei aller Raffinesse im Detail und morbiden Eleganz in der äußeren Linie weniger eindringlich gelangen«. Und: »Amsel war der erste, der diesen Substanzschwund bemerkte. Später wies Walter Matern ... gleichfalls auf das zwar bestürzende Können und das nicht zu übersehende Fehlen früher Amselscher Schöpferwut hin.« Etwas weiter lesen wir, daß Amsels »Kunst stagnierte« und daß seine »Perfektion ermüdete«. Er habe dies lächelnd ertragen, »aber wir, hinterm Zaun im Gebüsch, hörten ihn seufzen«.

Was damit gemeint ist, liegt auf der Hand. »Bei aller Raffinesse im Detail« sind die ›Hundejahre‹ nicht gelungen, der »Substanzschwund« fällt ebenso auf wie das Fehlen früher Grassscher »Schöpferwut«: Seine »Kunst stagnierte«, seine »Perfektion ermüdete«. Aber kein Zweifel auch, daß der Roman erneut das »bestürzende Können« des Erzählers Grass beweist.

Die poetischen Beschreibungen der in der Erinnerung immer breiter werdenden Weichsel, die Geschichte vom Studienrat Brunies, der so gern Süßigkeiten aß und dafür im Konzentrationslager büßen mußte, die miteinander synchronisierten Schilderungen der Überfälle auf Amsel und die Balletteuse Jenny, die Tiraden über die Flucht aus Danzig oder gar jene Parabel vom Zusammenbruch des »Dritten Reiches«, der in der Jagd der Wehrmacht auf den entlaufenen Führerhund glanzvoll persifliert wird – dank dieser und anderer in sich geschlossener Abschnitte und Episoden gehören die ›Hundejahre‹ trotz allem zu den wichtigen deutschen Prosawerken der sechziger Jahre.

Zugleich ist jetzt, 1967, die Rolle erkennbar, die dieses Buch in der schriftstellerischen Entwicklung von Grass gespielt hat. Nur darf man sich durch sein Erscheinungsjahr – 1963 – nicht irreführen lassen. Einen beträchtlichen Auszug aus dem Roman hatte Grass schon 1960 auf der Tagung der »Gruppe 47« gelesen, offenbar lagen schon damals große Teile vor. Die Arbeit an dem Buch, in dem von Anfang an der Wurm war, mußte er später für einige Zeit unterbrechen. Erst nach der Novelle ›Katz und Maus‹ kehrte er zu dem Projekt zurück, das schon so weit gediehen war, daß er es weder verwerfen noch retten konnte.

Dennoch sollte dieser Roman zeitlich in der unmittelbaren Nachbarschaft vor allem des Erstlings gesehen werden: ›Die Blechtrommel‹ und ›Hundejahre‹, die beiden umfangreichen Prosabände – zunächst eine ungewöhnliche Eruption der aufgespeicherten epischen Energie und dann der fast verzweifelte Versuch, eine solche Eruption noch einmal zu erzwingen –, gehören zueinander und stammen im Grunde aus derselben Periode.

Nicht der Roman ›Hundejahre‹ verweist indes auf die Richtung des Weges, den Grass in den nächsten Jahren eingeschlagen hat, sondern die zwar früher erschienene, aber offenbar später konzipierte Novelle ›Katz und Maus‹, ein auf jeden Fall ungleich reiferes und strengeres Werk. Die politischen Reden, das Drama ›Die Plebejer proben den Aufstand‹, die Gedichte der Sammlung ›Ausgefragt‹ – das sind die Stationen, die diesen Weg markieren. Sie zeigen deutlich, wohin er führen soll: zur Synthese von künstlerischer Disziplin und moralischer Verantwortung.

So dokumentiert der Roman ›Hundejahre‹ einen bereits überwundenen Abschnitt in der Entwicklung des Schriftstellers Günter Grass.

Wolfdietrich Schnurre
›Funke im Reisig‹

Der keuchende Sänger Berlins, der inbrünstige Protokollant der deutschen Teilung, der heiser predigende und ekstatisch hadernde Publizist, der beschwörend alarmierende und hektisch zürnende Moralist, der versponnene Poet, verträumte Phantast und scharfkantig-unbarmherzige Realist, der militante Kauz, Wolfdietrich Schnurre also, hat einen neuen Geschichtenband veröffentlicht: ›Funke im Reisig‹. Das ist für das literarische Leben ein wichtiges Faktum, denn die Authentizität des Schnurreschen Talents kann, meine ich, seit vielen Jahren keinem Zweifel mehr unterliegen.

Indes gehört er nicht zu den Erfolgsautoren unserer Tage, was ebenso bedauerlich wie verständlich zu sein scheint und woran auch die jetzt edierte Sammlung wohl kaum etwas ändern wird. Sie läßt wiederum eine eigenwillige Phantasie und eine ungewöhnliche epische Kraft erkennen, enthüllt aber zugleich – mit einer bisweilen fast peinlichen Deutlichkeit – die Schwächen und Makel dieses Schriftstellers. Gutes und Schlechtes steht hier – wie in den meisten seiner Bücher – hart nebeneinander.

Zur »Sicht eines bestürzten Chronisten« bekannte sich Schnurre in der Einleitung des von ihm 1962 herausgegebenen Bildbandes ›Berlin – Eine Stadt wird geteilt‹. Den Abstand, den eine distanzierte Betrachtungsweise voraussetzt, könne er sich – bemerkte er damals – »als Berliner nicht leisten«. Das klingt stolz und schmerzvoll. Und es überzeugt mich dennoch nicht. Hier hat Schnurre, befürchte ich, eine schriftstellerische Not als lokalpatriotische Tugend ausgegeben. Denn er dürfte und müßte sich eine derartige einigermaßen ruhige Betrachtungsweise »leisten«, nur daß sie seine Möglichkeiten übersteigt. Und nicht durch den Umstand, daß er Berliner ist, wird sein vornehmlich emotionales und oft hektisches Verhältnis zu den behandelten Phänomenen bestimmt, sondern durch sein Temperament und seine Mentalität.

Würde dies lediglich für den Herausgeber des erwähnten Bildbandes gelten, so wäre es unerheblich. Aber es gilt zugleich und vor allem für den Erzähler Schnurre. Sein Temperament ist stärker als seine Besonnenheit. Seine Mentalität kennt keine Gelassenheit. Sosehr sein heftiges zeitkritisches Engagement es verdient, ohne Abstriche befürwortet, ja gerühmt zu werden, sowenig darf man verschweigen, daß ihn in der Hitze des Gefechts häufig der Geschmack im Stich läßt. Je mehr Schnurre eine Aufgabe am Herzen liegt, desto schwerer fällt es ihm offenbar, jenen Abstand zu gewinnen, der nötig wäre, um sie künstlerisch zu meistern.

In seiner Not versucht er, sich mit einer bedenklichen Poetisierung der geschilderten Vorgänge zu behelfen. Der Gang in den Tod eines älteren jüdischen Ehepaars, von dem Schnurre in der Geschichte ›Der Aufbruch‹ erzählt, war wohl als eine Art Requiem für die Opfer des Nationalsozialismus gedacht. Die Stilisierung der Gestalten und der Szene bringt indes das Prosastück um die beabsichtigte Wirkung. Obwohl die Handlung während des Zweiten Weltkriegs in Berlin spielt, versieht Schnurre den Helden der Geschichte mit »aufgelösten Schläfenlocken, die sich allzu innig mit dem Barthaar vermengten«, und läßt ihn in Kaftan und Gebetsmantel auftreten. Als Kontrastmotive zum Schicksal seiner Gestalten beschwört er eine »keusche Schneefläche« und »weiße Grenzenlosigkeit«, »endlose Schneeverwehung« und »heranbrandende Schneewellen«.

Niemand meint es ernster und aufrichtiger als Schnurre. Aber ich glaube kein Wort davon. Ich habe den Eindruck, daß die Schneemassen nicht aus Berlin-Weißensee stammen, sondern aus Kafkas ›Schloß‹. Und daß auch diese so exotischen Juden im Grunde nicht zu den Bewohnern Berlins gehören; vielmehr scheinen sie Chagalls Witebsk oder Babels Odessa entsprungen zu sein. Letztlich wird wohl eine derartige Wiedergutmachungsprosa nur jene erschüttern können, die ohnehin erschüttert sind, wenn sie sich an die Geschehnisse von damals erinnern.

Das Thema der Geschichte ›Der Zwiespalt‹ ist ebenfalls von größtem Gewicht: Es geht um Berlin. Man weiß, was diese Frage für Schnurre bedeutet. Aber Tränen vernebeln den Blick; auch Tränen des Vaterlandes. Im ersten Teil der Erzählung kann es eine Kellnerin 1959 in Ost-Berlin nicht mehr aushalten. Ungeachtet der Warnungen ihres Mannnes, eines Setzers, fährt sie in den westlichen Teil der Stadt, um dort zu bleiben. Doch fühlt sie sich in der neuen Umgebung, kaum daß sie am Bahnhof Zoo ausgestiegen ist, so fremd, daß sie blitzschnell nach Hause zurückkehrt. Der zweite Teil spielt 1963. Da es inzwischen die Mauer gibt, flieht jetzt der Setzer, während seine Frau diesmal an Ort und Stelle ausharren will.

Das kann der Vorwurf ebenso zu einem meisterhaften Prosastück wie zu einer fatalen Propagandageschichte sein. Bei Schnurre ist Ost-Berlin »ne Mondlandschaft« (»höchstens mal n paar Transparente dazwischen«) und »n Stück Steppenstadt« (»man versandet hier, weil man verstaubt und verdorrt«). Von den Gästen in einem HO-Lokal wird gesagt, daß sie weder lachen noch lächeln, »müde und kaputt« sind, »grau und unlustig«. In West-Berlin hingegen sieht die soeben angekommene Kellnerin »lachende, hübsch angezogene Paare; die Mädchen sorgfältig zurechtgemacht und mit wippenden Röcken, die jungen Männer vollwangig und kurzgeschoren, Glanz auf den Schuhen, die Hemden so weiß, daß die Augen weh taten«. Alles ist »bunt, heil, glatt, gepflegt«. Nein, so geht das nicht. Das ist – grob gesagt – weder Berlin noch Literatur. Das ist nicht mehr als eine Wiederholung jener Propagandaklischees, die uns mit solchen oder umgekehrten Vorzeichen von einem Teil der Presse westlich und östlich der Elbe oft genug geboten werden.

Überdies verbindet Schnurre in den Dialogen naturalistische Ausdrucksmittel mit prätentiösen Umschreibungen. Besonders schlimm wird es, wenn von der Mauer die Rede ist. So sollen wir glauben, daß ein Berliner Setzer sagt: »Seit der Mauer ... schmeckt das Brot nach Mörtel; da deckste dich zu mit Zement; da denunziern dich die Häuser; da wirste verhaftet von Steinen, schuldig gesprochen von Plätzen, gefangengesetzt von deinen vier Wänden.« – Man könnte meinen, der Verfasser habe weder je gehört, wie ein einfacher Mann spricht, noch je einen richtigen Berliner gesehen.

Die auffallende Unstimmigkeit der Dialoge und die künstliche, oft krampfhafte Diktion in den kommentierenden und beschreibenden Passagen machen es unmöglich, an die Existenz der Gestalten zu glauben, und bewirken, daß die dargestellten Sachverhalte – mögen sie auch einwandfrei der Realität entsprechen – gänzlich unwahr anmuten. Aber scheitert Schnurre in diesen beiden Erzählungen und ebenfalls in der Skizze ›Sterben‹ sowie in der biographischen Geschichte ›Ein Leben‹ an der Sprache? Nein, ich bin nicht der Ansicht.

Die penetrante (und übrigens inkonsequente) Stilisierung scheint mir lediglich eine Folgeerscheinung zu sein, also nicht Ursache der Krise Schnurres – und mancher anderer deutscher Autoren –, sondern Symptom und Resultat. Es handelt sich hier weniger um Werkstattprobleme als, vor allem, um Fragen, die mit dem grundsätzlichen Verhältnis des Schriftstellers zu seiner Zeit und seiner Umwelt im Zusammenhang stehen. Anders ausgedrückt: Schnurre scheitert am Thema und somit, letztlich, an seinem Engagement. Ratlos angesichts der Stoffe und Gegenstände, die ihn überwältigen, kann er nicht mehr schreiben, wie ihm der Schnabel gewachsen ist. Und er ist ihm doch gut gewachsen.

Die fundamentalen Schwierigkeiten, mit denen Schnurre kämpft, werden noch deutlicher, wenn man sich den besseren Geschichten des Bandes ›Funke im Reisig‹ zuwendet und sie mit den mißlungenen Stücken vergleicht. Es ist höchst aufschlußreich, daß Schnurre, sobald er in den Mittelpunkt Figuren stellt, deren Hilflosigkeit und Verzweiflung seiner eigenen ähnelt, die Poetisierung entbehren kann. Er bietet dann nicht mehr primitive zeitkritische Plädoyers – wie etwa im ›Zwiespalt‹ –, vielmehr vergegenwärtigt er individuelle Situationen, die zwar durch außergewöhnliche Umstände hervorgerufen werden, sich jedoch immer als exemplarisch erweisen.

Die Helden der Erzählungen ›Das Versäumnis‹, ›Ein Mord‹ und ›Schwestern‹ sehen sich mit Ansprüchen des Lebens konfrontiert, denen sie nicht gewachsen sind und die daher akute Störungen ihres psychischen Gleichgewichts bewirken. Diese Menschen befinden sich in jenem Zustand, den die Psychologie »reizbare Schwäche« nennt und dessen wichtigstes Symptom übermäßige Affektbereitschaft ist. Sie sind nicht Hysteriker, aber sie können – als Opfer ihrer Zeit oder des Lebens schlechthin – nur noch hysterisch reagieren.

So glaubt der kommunistische Arbeiter, der kurz nach 1933 mehr am Versagen seiner Partei als unter der nationalsozialistischen Herrschaft leidet, Selbstmord begehen zu müssen und wird durch diese Entscheidung in einen rauschartigen Zustand versetzt, der es ihm erlaubt, erstmalig die Reize des Lebens wahrzunehmen (›Das Versäumnis‹).

Eine lapidare Studie der Hysterie ist die Geschichte ›Ein Mord‹: Durch die Diagnose, daß seine Frau nur noch wenige Stunden zu leben hat, verfällt ein biederer Elektrotechniker in eine zwangsneurotische Angst. Nachdem er einen sinnlosen Streit begonnen hat, flieht er plötzlich und bildet sich deshalb später ein, seine Frau ermordet zu haben.

Um die Selbstverwirklichung und Selbstbehauptung des Individuums geht es in der Erzählung ›Schwestern‹, in der zwei grundsätzliche Verhaltensweisen demonstriert werden. Den offensichtlich hysterischen Zustand der Heldin hat diesmal nicht die Todesfurcht ausgelöst, sondern ein Faktum, das bereits geschehen ist: eine Abtreibung. Der Frau, die nicht stark genug war, ihren eigenen Weg zu gehen, stellt Wolfdietrich Schnurre in einer zufälligen Begegnung einen Mann gegenüber, der sich gegen die Gesellschaft behauptet: einen Homosexuellen.

In diesen Geschichten sieht Schnurre das Leben mit den Augen seiner hilflosen, verzweifelten und hysterisch reagierenden Helden. Aus ihrer Perspektive gewinnt er scheinbar unwichtigen realistischen Details eine fast dämonische Ausdruckskraft ab: Unmerklich wird die exakt geschilderte Welt – eine düstere Straße, eine schmutzige Kneipe, ein gewöhnliches Zimmer – ins Unheimliche und Fieberhafte gesteigert. Es ist die hundertfach bewährte Methode, die Schnurre hier – wie schon in manchen seiner früheren Arbeiten – überzeugend anwendet: Durch die Darstellung des Alltäglichen und Banalen in der unmittelbaren Umgebung der Gestalten wird das Bedeutungsvolle und Hintergründige ihrer psychischen Erlebnisse betont.

Indes muß die Frage aufgeworfen werden: Sollte Schnurre in seiner Reaktion auf die Gegenwart etwa eine Ausnahmeerscheinung in der deutschen Literatur sein? Ist nicht Bölls Clown Hans Schnier eigentlich – aus welchen Gründen auch immer – ein typischer Hysteriker? Und gilt nicht dasselbe für die meisten Gestalten in den Erzählungen der Ingeborg Bachmann? Mit einem gänzlichen Nervenzusammenbruch des Helden endet die Titelgeschichte des Bandes ›Ein Liebhaber des Halbschattens‹ von Alfred Andersch. Eine andere Novelle dieses Bandes klingt mit der Erkenntnis des Helden aus, er fange an, »regelrecht hysterisch zu werden«.

Wie also? Sollte die Alternative gar lauten: Hysterie oder – wie auch bei Siegfried Lenz im ›Stadtgespräch‹ – krampfhafte Stilisierung? Ohnmächtiger Verzweiflungsschrei oder Unwahrheit? Gibt es wirklich keinen anderen Ausweg? Das ist wohl die Kernfrage, die heute an die deutsche Literatur gerichtet werden muß.[1]

Reinhard Lettau
›Auftritt Manigs‹

Er ist Philologe. Und er hat dennoch Phantasie. Er ist Germanist. Und er kann trotzdem schreiben. Er heißt Doktor, heißt Professor gar, aber er ist ein Poet. Ein dichtender Wissenschaftler also, ein gelehrter Dichter? Wenn ich den Begriff *poeta doctus* höre – Gott und Jens mögen es mir verzeihen –, muß ich gähnen, und vor mir sehe ich einen Autor, der gern möchte und leider nicht kann.

Nein, ein *poeta doctus* ist dieser Reinhard Lettau nicht – eher ein *magister ludi.* Gewiß: Obwohl vierunddreißig Jahre alt, hat er noch nichts für die Unsterblichkeit getan. Aber er ziehet schon das zweite Mal herauf, herab und quer und krumm seine Leser an der Nase herum. Und seine Kritiker auch. Denn anders als sonst in Menschenköpfen malt sich in diesem Kopf die Welt. Das hatte uns Lettau im Jahre 1962 mit seiner ersten Geschichtensammlung klargemacht. Sie sicherte ihm ein kleines *Chambre séparée* im Haus der deutschen Gegenwartsliteratur.

Wer ihn wieder im selben possierlichen und doch gediegenen Zimmer zu treffen hoffte, wird eines Besseren belehrt. Diesmal blickt er aus einem anderen Fenster und wirft uns lächelnd Nüsse zu, jene Früchte also, die hart sind, taub sein können und, wie allgemein bekannt, eigens dazu geschaffen wurden, damit wir sie knacken. Was sind das für Nüsse? Hier stocke ich schon. Denn für die in dem Band ›Auftritt Manigs‹ gesammelten siebenundfünfzig Prosastücke, deren Umfang neun bis neununddreißig Druckzeilen beträgt, will keine Bezeichnung einigermaßen zutreffen.

Es sind weder epische Miniaturen noch poetische Reflexionen, weder Aphorismen noch Dialoge; wir haben es nicht mit Anekdoten zu tun und auch nicht mit Gedichten in Prosa. Und doch enthalten die einzelnen Versuche epische, lyrische und dramatische, anekdotische und parabolische Elemente. Nur daß sich der Eigenart dieser Prosa mit der Terminologie der traditionellen literarischen Kategorien nicht beikommen läßt, sondern eher mit Begriffen aus dem

Bereich der darstellenden Künste: des Theaters und des Kabaretts, des Balletts und der Pantomime und – vor allem – des Films.

Etwas geschieht. Lettau zeigt den Vorgang. Etwas soll geschehen. Lettau zeigt die Situation. Etwas ist bereits geschehen. Lettau zeigt die Folgen. Herr Manig – so heißt Lettaus Jedermann – tritt aus seinem Haus heraus, sieht, was sich auf der Straße abspielt, und kehrt daher in das Haus zurück (›Beim Hinaustreten‹). Herr Manig ist eingeladen. Von der Straße beobachtet er, wie sich die Gäste im Fenster unterhalten. Wiederum kehrt er zurück (›Kurzer Besuch‹). Jemand versucht, einer sinnlosen Aufforderung nachzukommen. Jemand reagiert scheinbar sinnlos auf eine vernünftige Aufforderung. Die Vorgänge wiederholen sich: Man (oder Manig) kommt an, man sieht sich wieder, man oder Manig verabschiedet sich. Etwas wird besichtigt, Begegnungen und Besuche, Gespräche und Parties, Sitzungen und Verhandlungen, der Verkehr auf der Straße. Reales wird ins Phantastische gesteigert und entpuppt sich als absurd. Absurdes erweist sich als erschreckend real. Es sind die Grundsituationen unseres Alltagslebens, die Lettau vergegenwärtigt. Auf welche Weise? Hier ein stummes Gebärdenspiel, da ein Wortwechsel, hier das Bild eines Zustands, da eine Bewegungsstudie, dort die Fixierung einer auf das Wesentlichste reduzierten Aktion. Alles wird angedeutet und sichtbar gemacht, nichts geschildert. Das Prosastück ›Handlungen Manigs (VII)‹ lautet:

»Es wäre folgendes zu beschreiben: wie Manig auf einem Platz steht, wie man zu ihm tritt, ihn bittet, gleich zu einem Gebüsch zu treten, wie er, gerade als er sich dazu anschickt, von anderer Seite gebeten wird, zugleich auch am Teich zu stehen, wie er erwidert, nach beiden Seiten hin, daß er versuchen wolle, beides jetzt zu vereinen, wie er zunächst auf das Gebüsch zutritt, den Schritt verhält, sich umwendet, dann zum Teich geht, dort haltmacht, zurück zum Gebüsch geht, nun sich dreht, endlich aber, nach mehreren Versuchen, zwischen beiden Orten verharrt, wie er sich streckt, sich so dünn wie möglich macht, auch die Arme noch steil nach oben streckt und fast ohne Atem ausruft, so nehme er keinem die Luft weg.«

Die einleitenden Worte sind gerechtfertigt. Denn tatsächlich wird der aus den folgenden Zeilen hervorgehende Sachverhalt nicht eigentlich beschrieben; vielmehr ergibt er sich aus einer Reihe von Anweisungen. Für wen? In diesem Fall für einen Choreographen oder für den Inszenator einer Pantomime.

Alle Abschnitte des Buches ›Auftritt Manigs‹ bestehen, obwohl Lettau fast nie vom Imperativ Gebrauch macht, aus geheimen Anweisungen – für Regisseure und Schauspieler, Bühnenbildner und Requisiteure, für Pantomimen und Tänzer, für Kameramänner und Beleuchter. Das Ergebnis: ein imaginäres Welttheater *en miniature*. Mag es dem Film und der Pantomime stark verpflichtet sein – die sparsamen, exakten Direktiven, vorgetragen in einer sachlich-kühlen und oft in rhythmischer Hinsicht originellen Sprache, erweisen sich letztlich als das, was sie sein sollen: als integrale Literatur.

Da wird etwa – gleich im ersten Stück – der Beleuchter angewiesen: »Die Sonne tritt ins Zimmer, der Herr nutzt es aus und erscheint in Beleuchtung. Da das Fenster das Licht quadratisch sammelt, ist ein Scheinwerfereffekt entstanden. Zweidimensional springt der Herr ans Fenster, ein Scherenschnitt zum Zusammenlegen. Man könnte ihn jetzt schnell fangen, auf Papier kleben, einrahmen, über den Kamin hängen. Aber da die Sonne verschwindet, rundet sich der Herr wieder ins Zimmer hinein, gewinnt an Tiefe, man könnte ihn nun wieder kneifen, er überzeugt wieder.«

Oder: Herr Manig geht eine Straße entlang und sieht in den Schaufenstern die Widerspiegelung seiner Figur: »Bläulich läuft sein Ebenbild über diese Glaswand, überspringt als Schatten den Abstand zwischen zwei Geschäften, wandert nun gerundet über das gebogene Fenster eines neuen Ladens, verdünnt sich zum Faden auf einer Messingtafel.«

Gut weiß unser *magister ludi* mit der Kamera umzugehen. Er liebt die Totale, er vermag mit Hilfe der Großaufnahme den winzigen Details unheimliche Ausdruckskraft abzugewinnen, er läßt seine Kameramänner von Fenster zu Fenster wandern (›Beobachtung‹) und bisweilen auch von oben filmen (›Veränderung der Gegend‹).

Aber es gibt für die Auftritte Manigs, versteht sich, keine Regisseure, keine Pantomimen oder Kameramänner. Es gibt nur den Leser. Für ihn sind die Anweisungen bestimmt, die Lettau aneinanderreiht. Er muß versuchen, mit dem Autor Schritt zu halten, seiner Phantasie zu folgen, seine Absicht zu erraten. Das ist nicht einfach. Denn Lettau gibt Rätsel auf, liefert indes – was freilich niemand von ihm erwarten sollte – keinen Schlüssel zu ihrer Lösung. Er provoziert Auslegungen, er fordert Spekulationen heraus, er lädt die Interpreten in sein kleines Welttheater ein.

Dabei macht er uns mitunter blauen Dunst vor, trägt mit strenger Miene Nichtigkeiten vor und verschanzt sich in manchen Stücken hinter einer Vieldeutigkeit, die, genau betrachtet, die Befürchtung aufkommen läßt, daß diese Stücke nichts mehr bedeuten. Es finden sich auch Abschnitte, die kaum mehr als Stilübungen zu sein scheinen, die man nicht unbedingt veröffentlichen muß. Wenn ein guter Pianist Übungsstücke spielt, hört man gern eine Weile zu. Aber eben nur eine Weile. Die Ermüdung tritt schnell ein.

Vielleicht wird es sich später herausstellen, daß der ›Auftritt Manigs‹ nur eine treffliche Arabeske in Lettaus Werk ist, ein reizvoller und höchst bemerkenswerter Schnörkel auf einem Weg, der im Grunde in anderer Richtung führt. Es kann jedoch auch sein, daß dieses Buch Ausgangspositionen markiert und daß uns das eigentliche Welttheater unseres Autors – mit oder ohne Manig – noch bevorsteht.

Die Gefahren, die Lettau bedrohen: artifizielle statt artistischer Prosa, läppische Spielereien, Wort- und Motiv-Bastelei, wenig Leben und viel Konstruktion, Atmosphäre des Laboratoriums. Größer als alle diese Gefahren sind die Möglichkeiten des Reinhard Lettau. Denn er kann zeigen, daß anders als sonst in Menschenköpfen sich in seinem Kopf die Welt malt.

1964

Uwe Johnson
›Karsch und andere Prosa‹

Um Uwe Johnson ist in den letzten Jahren häufiger und heftiger gestritten worden, als es gedruckte Äußerungen über diesen Schriftsteller vermuten lassen. Während seine beiden Romane ›Mutmaßungen über Jakob‹ und ›Das dritte Buch über Achim‹ fast von der gesamten Kritik mit Bewunderung oder wenigstens mit Zustimmung aufgenommen wurden und jetzt in vielen Sprachen erscheinen, während sich manche deutschen Universitäts-Germanisten veranlaßt sahen, ihre traditionelle Abneigung gegen junge Autoren zu überwinden und sich seiner Prosa ernsthaft anzunehmen, ist es nicht nur ein beträchtlicher Teil des Leserpublikums, dem es schwerfällt, sich mit ihr zu befreunden.

Denn auch in Kreisen, die sich mit der Literatur beruflich befassen und denen Sachkenntnis bestimmt nicht abgesprochen werden kann, zweifelt man Johnsons Talent oft an: Der Kritik wird vorgeworfen, sie habe ihn stark überschätzt. Es ist jedoch bemerkenswert, daß wohl seine Anhänger, nicht aber seine Gegner bereit waren – von gelegentlichen Ausfällen können wir absehen –, ihr Urteil in der Presse zu begründen. Über die Bücher von Böll oder Grass wurde in aller Öffentlichkeit diskutiert, über den Autor der ›Mutmaßungen‹ hingegen eher hinter den Kulissen unseres literarischen Lebens.

Die Skeptiker, scheint es, vertrauen der Zukunft, meinen also, die nächsten Arbeiten Johnsons würden ohnehin seine künstlerische Fragwürdigkeit zeigen. Diese Rechnung wird nicht aufgehen. Was immer ein Schriftsteller schreiben mag – er kann, schlimmstenfalls, nur sich selber kompromittieren, nicht sein früheres Werk. ›Narziß und Goldmund‹ spricht zwar gegen Hesse, doch nicht gegen den

›Steppenwolf‹, ›Die Rote‹ gegen Andersch, nicht gegen ›Sansibar‹.

Vielleicht werden uns die beiden Romane, denen Johnson seinen Ruf und bereits einen Platz in der neuen deutschen Literaturgeschichte verdankt, mit der Zeit weniger, vielleicht auch mehr bedeuten. Aber auf eine etwaige Revision des Urteils über diese Bücher, zu der ich übrigens vorerst keinen Grund sehe, sollten unseres jungen Autors gegenwärtige und künftige Bemühungen ohne Einfluß sein. Leider ermangelt dieser Hinweis nicht des aktuellen Anlasses.

Als nach dem 1961 edierten ›Dritten Buch über Achim‹ die Stunde für Johnson besonders günstig war, vermochte er der Verlockung zu widerstehen: Im Gegensatz zu manchen seiner älteren und ebenfalls in kurzer Zeit berühmt gewordenen Kollegen ließ er dem erfolgreichen Roman nicht rasch ein nächstes, möglicherweise halbfertiges Buch folgen. In den Jahren 1962 und 1963 wußte er eindrucksvoll zu schweigen. Wie sehr wir ihm für diese konsequente Zurückhaltung dankbar zu sein haben, können wir erst jetzt ganz ermessen. Denn seine neue Publikation liegt nun vor: der Band ›Karsch und andere Prosa‹.

Handelte es sich um die Zusammenstellung einiger unerheblicher Arbeiten, um einen jener neuerdings üblichen schriftstellerischen Saison-Ausverkäufe, in denen liegengebliebene Ware zu niedrigen Preisen feilgehalten wird, hätten wir es also lediglich mit einem ›Nachlaß zu Lebzeiten‹ zu tun – so der Titel einer Sammlung freilich wertvoller Marginalien von Robert Musil –, dann dürften wir das Büchlein ruhig ignorieren. Schließlich sollte man es den guten Autoren nicht verübeln, daß auch sie sich gelegentlich erlauben, Belangloses zu veröffentlichen.

Aber als belanglos können nur die drei Prosastücke hingenommen werden, die den Band einleiten. Obwohl wir in diesen Skizzen, die jeweils nicht mehr als einige Seiten umfassen, Jakob Abs und seine Freundin Gesine Cresspahl wiederfinden, ist kaum anzunehmen, Johnson habe in den Umkreis des Romans ›Mutmaßungen über Jakob‹ zurückkehren wollen. Vielmehr sind es wahrscheinlich vor Jahren entstandene und damals vom Autor verworfene Versuche.

Jedenfalls zeichnen sie sich weder durch die Intensität der

Stimmung aus, die für den Roman über Jakob charakteristisch war, noch fügen sie dem Bild des Schriftstellers Johnson neue Züge hinzu. Am ehesten lesenswert scheint mir noch die Geschichte ›Osterwasser‹ zu sein, in der etwas unbeholfen, wenngleich nicht ohne spröden Reiz, ein Abenteuer der dreizehnjährigen Gesine erzählt wird. Doch waren die drei Miniaturen vermutlich nur als Zugabe gedacht, welche die über die Hälfte des Bandes füllende Erzählung, ›Eine Reise wegwohin, 1960‹, ergänzen sollte. Und darf auf keinen Fall als belanglos abgetan werden. Schon durch die Wahl des Themas erweckt es beunruhigende Assoziationen.

Alternde Schriftsteller, die das Nachlassen ihrer Kraft spüren, greifen gern auf die Fabeln ihrer berühmtesten Werke zurück – als wäre es möglich, durch eine mehr oder weniger verschleierte Reprise noch einmal den Erfolg vergangener Tage zu erzwingen. Derartige Bemühungen haben immer, so verständlich sie auch sein mögen, einen fatalen Beigeschmack: Ihre Resultate provozieren Vergleiche, die in der Regel für die getarnte Neufassung ungünstig ausfallen und sie als Produkt einer Krise erkennen lassen.

Auch Uwe Johnson, der noch nicht das dreißigste Lebensjahr erreicht hat, glaubte sich eine solche Reprise leisten zu dürfen oder, was noch ärger wäre, leisten zu müssen. Denn seine Erzählung ›Eine Reise wegwohin, 1960‹ erweist sich, zunächst einmal, als eine lapidare Neufassung des ›Dritten Buches über Achim‹. Noch einmal hören wir also von dem Hamburger Journalisten Karsch, der sich 1960 auf Einladung seiner früheren Freundin für einige Tage nach der DDR begibt, dort jedoch erheblich länger bleibt und den Auftrag annimmt, eine Biographie des gefeierten Radrennfahrers Achim zu verfassen. Und nachdem auch diesmal Karschs Versuch, jenes Buch zu schreiben, mißlungen ist, kehrt er, mit allerlei Eindrücken bereichert, nach Hamburg zurück.

Verändert hat sich jedoch die Gestalt des Johnsonschen Protagonisten: Karsch ist in der Neufassung ein einsamer, müder und kranker Mensch, ein unglücklicher Neurastheniker, den Schlaflosigkeit quält. Aber »auch tagsüber liefen ihm manchmal die Gedanken weg, vergaß er Anblicke, hätte gern die Augen geschlossen, und er empfand es lange so, als lebte er neben sich her«. Er wartet auf etwas, »das ihm zu ungenau war, um überhaupt davon zu reden. Nachts lief er umher in dem Gehäuse, das er sich auf den Leib gebaut hatte, ... horchte auf Schmerzen hinter der Stirn, legte sich schlafen mit offenen Augen. Im Gespräch mit Freunden vermied er sich ...« Und oft fährt er »mitten in der Nacht weg aus Hamburg«.

Die psychische Krankheit, an der Karsch offenbar leidet, rückt seine Erlebnisse in ein neues Licht. Im ›Dritten Buch über Achim‹ lautete einer der Schlüsselsätze, der sich auf Karschs Aufenthalt in der DDR bezog: »Er war kaum je vorher so unsicher gewesen in einem fremden Land: In diesem war ihm der Rückhalt seiner Lebensweise gänzlich abgegangen.« Jetzt hingegen fehlt ihm dieser »Rückhalt seiner Lebensweise« schon in der Bundesrepublik.

Als sich Karsch im Roman bewußt wurde, wie fremd ihm das Leben im anderen Teil Deutschlands geworden war, entschloß er sich, diesen Zustand zu überwinden oder zumindest seine Ursachen zu begreifen; deshalb blieb er drüben: »neugierig auf dies Land und wie darin leben wäre« und in der »Voraussicht unvermuteter Kenntnisse«. In der Erzählung hingegen haben wir es von vornherein mit einem resignierten Mann zu tun, der den Auftrag, das Buch über Achim zu schreiben, nicht ernst nimmt und dem die Krankheit oft »keinen Entschluß durchgehen« läßt. Deshalb vor allem bleibt er einige Zeit dort: »Er brachte die Rückfahrt nicht über seine Trägheit.«

Kurzum, während im Roman ein unvoreingenommener Intellektueller mit der ihm fremden Realität konfrontiert wurde, der sich weder von westlichen noch von östlichen Deutungen beirren lassen wollte, begegnen wir jetzt einem gehetzten und bedauernswerten Sonderling, der auf der Flucht vor sich selbst zu sein scheint. Damit aber hat die Geschichte vom Journalisten Karsch ihren fundamentalen Sinn eingebüßt.

Nicht weniger überraschend ist der Wandel der Johnsonschen Perspektive. Was er im ›Dritten Buch über Achim‹ sichtbar und spürbar zu machen wußte, referiert er jetzt oder teilt es nur noch mit. Da heißt es etwa, Karsch sei »verwundert, mit wie geringfügigen Fetzen Alltagssprache die Einwohner einander ihr Verhältnis zur Regierung abfragten und je nachdem zu Schweigen oder mürrischem Verständigen übergingen«. Manche Seiten lesen sich wie eine blasse und oberflächliche Inhaltsangabe des Romans.

Und war Karsch einst bestrebt, den Phänomenen auf den Grund zu gehen, so stellt er jetzt fest, daß in der DDR nur wenige Waren angeboten werden, der Verkehr spärlich ist, die Hotels unmodern und dürftig eingerichtet sind, der westdeutsche Gast zum Frühstück keine Eier erhalten kann und auf seine Wäsche vierzehn Tage warten muß. Will sich der Erzähler Johnson mit der Welt zwischen Elbe und Oder neuerdings auf dieser Ebene auseinandersetzen? Die knappen Schilderungen der beiden Lager – eines in West-Berlin für Flüchtlinge aus dem Osten und eines in der DDR für Flüchtlinge aus dem Westen – mögen einwandfrei der Wirklichkeit von 1960 entsprechen und sind dennoch wenig glaubwürdig: Auch ein umständlicher und zugleich lakonischer Satzbau macht die »handelsüblichen Namen«, denen Johnson einst mißtraute, nicht überzeugender.

Aber vielleicht hat er diese Geschichte nur deshalb noch einmal erzählt, um sie mit einem anderen Schluß versehen zu können. Denn jetzt endet das Ganze nicht mehr mit Karschs Rückkehr nach Hamburg: Auf den letzten Seiten werden noch seine Erlebnisse in der Bundesrepublik nach der DDR-Reise kurz mitgeteilt. Und diese Erlebnisse sollen offenbar ein Pendant zu seinen DDR-Erfahrungen bilden. Während der Rückreise droht Johnsons Held der westlichen Welt: »Na, wartet!« und plant »einen Fortsetzungsbericht herzustellen aus der Sensation, die er bei sich zu haben meinte«. Der Leser muß an dieser Stelle einigermaßen verwundert sein, da Karsch in der DDR kaum mehr als jene unerfreulichen Erscheinungen wahrgenommen hat, über die seit vielen Jahren in westdeutschen Reportagen berichtet wird.

Indes möchte der Autor Karsch unbedingt zum Opfer bundesrepublikanischer Verhältnisse machen. Er plant daher, in seiner Artikelserie die Anerkennung Ostdeutschlands vorzuschlagen; die Redaktion der Zeitung, für die er arbeitet, lehnt dies jedoch ab, denn sie könne nicht »ohne Weisung des Vorstands sich entfernen von den Richtlinien der westdeutschen Regierungspolitik«. Entwaffnend sind die

Motive, deren sich Johnson nun um der angestrebten Ost-West-Parallele willen bedient. Wie die Biographie des Radrennfahrers in der DDR nicht erscheinen konnte, so darf in der Bundesrepublik Karschs Reisebericht nicht erscheinen. Aber die Analogie ist falsch, die Symmetrie stimmt nicht. Denn es gab und gibt in Westdeutschland, zumal in Hamburg, Publikationsorgane, die eine derartige Arbeit drucken würden. Da Johnson dies weiß, jedoch auf dramatische Effekte zusteuert, informiert er uns kurzerhand, sein Held habe »Anfragen bei einer anderen Zeitung« unterlassen. Warum eigentlich? Er sei »an diese, an ihr griffestes Papier, die strengen Teilungslinien, den großbürgerlichen Umbruch« gewöhnt. Auch denkt Karsch daran, seinen Bericht als Buch zu veröffentlichen. Aber natürlich entsteht das Manuskript überhaupt nicht, denn gerade ein Hamburger Verleger könnte es gern akzeptieren – und Karsch wäre dann nicht ein Mann mit Märtyrerzügen.

Statt dessen läßt ihn Johnson in einer Fernsehdiskussion über Lokalfragen unvermittelt die Anerkennung der DDR fordern, weshalb die Sendung unterbrochen wird. In weiterer Folge gibt es in Karschs Wohnung »eine polizeiliche Haussuchung mit dem Verdachtstitel Landesverrat«. Nun hat der nervenkranke Mann endgültig genug von der Bundesrepublik: Er begibt sich schleunigst nach Italien, wo er sich in einer Klinik gründlich behandeln läßt. Aus Italien schreibt er auch für seine alte Zeitung: »Seine Berichte lesen sich wie vordem ...«

Nicht die Tendenz dieses Schlußteils verstimmt, wohl aber die Naivität der Sicht und die hier besonders deutlich spürbare literarische Hilflosigkeit. Vielleicht sind die bundesrepublikanischen Verhältnisse noch erheblich schlimmer und abstoßender, als es sich Johnson vorstellt. Nur darf man sich die Anklage nicht so leichtmachen, wie er es hier getan hat. In seinen beiden Romanen war es Johnson gelungen, der Vieldeutigkeit, Verworrenheit und Undurchschaubarkeit der Phänomene gerecht zu werden. Jetzt scheint ihm vieles eindeutig, übersichtlich und durchschaubar geworden zu sein. Einst hatte er gegen die vereinfachende und verfälschende Darstellung des Lebens protestiert, gegen die landesüblichen – sei es östlichen, sei es westlichen – Auslegungen und Benennungen. Nun bietet er selbst eine Auslegung, die alles verflacht und vereinfacht. Nicht mit Mutmaßungen wartet er in der neuen Erzählung auf, sondern mit Gewißheiten, die oft an primitive Denkschemata erinnern.

War ›Das dritte Buch über Achim‹ eine epische Dokumentation der »deutschen Verschiedenheiten«, so ist die Geschichte ›Eine Reise wegwohin, 1960‹ bestenfalls die Dokumentation einer schriftstellerischen Krise, von der übrigens auch der Stil zeugt. Allerdings mag es für den Erzähler Johnson sprechen, daß er dem Ideologen und Propagandisten nur widerwillig zu folgen bereit war: Hier und da klarer und deutlicher geworden, hat seine tatsächlich unverwechselbare Diktion doch viel von ihrer Kraft verloren, wirkt dürrer und dürftiger. Und wenn man lesen muß, daß »Skispringer und Schauspieler Erfolg vormachten, öffentlich lebten, zudem noch wie welche von allen« –, drängt sich die Frage auf, wo hier stilistische Eigenwilligkeit aufhört und sprachliches Unvermögen beginnt.

Vor allem aber stellt sich die beunruhigende, fast beklemmende und für die deutsche Gegenwartsliteratur höchst wichtige Frage, welchen Weg Uwe Johnson weiterhin gehen wird.

Alexander Kluge
›Schlachtbeschreibung‹

Es irrt der Mensch, solang er schreibt. Auch und vor allem der Kritiker. Indes sind es nicht unbedingt die schwersten Irrtümer der Kritik, die die schlimmsten Folgen nach sich ziehen. So richtet in der Regel jener keinen allzu großen Schaden an, der Stümper zu Meistern ernennt und Genies für Nichtskönner hält. Unrecht geschieht zwar, aber Unheil wird in der Regel vermieden. Denn die Genies lassen sich durch unverdienten Tadel nicht beirren. Und den Stümpern können die Lobreden auf die Dauer doch nicht helfen. Eine Grenze hat der Presse Macht: Am Ende werden die einen anerkannt und die anderen durchschaut.

Wie aber, wenn die Kritik einen begabten und gewitzten Schreiber als bahnbrechendes Talent preist, wenn sie einem tüchtigen und geschickten Handwerker einredet, er sei ein begnadeter Poet? Wenn also Intelligenz, Umsicht und Agilität mit dichterischer Meisterschaft verwechselt werden? Dann kann es geschehen, daß der Betroffene aufhört, ein nützlicher Handwerker zu sein, ohne daß er zu beweisen vermag, er sei tatsächlich ein Künstler – daß also seine Hervorbringungen weder den einen noch den anderen Ansprüchen genügen und daher wertlos werden. In einem solchen Fall muß die Literatur vorerst einen Verlust beklagen, den die Kritik mitverschuldet hat.[1]

Gemeint ist Alexander Kluge, der in seinem Erstling ›Lebensläufe‹ (1962) exemplarische deutsche Schicksale als Tatsachenberichte, Gerichtsprotokolle, behördliche Gutachten oder Befunde von Soziologen verkleidet hatte; dokumentarische Texte dienten ihm als Versatzstücke, deren mitunter originelle Gruppierung an die Technik der Collage erinnert. Das Buch bewies Kluges literarische Begabung, hinterließ jedoch einen zwiespältigen Eindruck. Man spürte seine ebenso erfreuliche wie aufrichtige zeitkritische Leidenschaft. Und mußte zugleich sehen, daß er bisweilen mit billigen Tricks arbeitete und wenig wählerisch nach Effekten jagte. Da sich der Behördenjargon auch dann bemerkbar machte, wenn Kluge ihn offensichtlich zu vermeiden suchte, konnte zumindest der Verdacht auftauchen, es sei sprachliche Unzulänglichkeit, die hier als bewußt angewandtes Stilmittel getarnt werden sollte. Der Umstand, daß der Autor fremde Texte eingeblendet hatte, ohne es jeweils zu vermerken, war ebenfalls nicht dazu angetan, Vertrauen zu erwecken. Aber mochte vieles schablonenhaft und manieriert wirken – in den vier oder fünf gelungenen Stücken des Bandes hatte sich Kluges Methode als ergiebig und suggestiv erwiesen. Die meisten Kritiker, die sich zu den ›Lebensläufen‹ äußerten, verbeugten sich ehrfurchtsvoll oder fielen vor Kluge auf die Knie und rühmten die endlich in der jüngeren deutschen Literatur verwirklichte Einheit von Form und Inhalt.[2] Und Kluge – hat er sich daraufhin ins Fäustchen gelacht? Nein, es ist, befürchte ich, etwas Schlimmeres passiert: Er hat die Loblieder seiner Bewunderer für bare Münze genommen.

Das Ergebnis liegt nun vor und trägt den Titel ›Schlachtbeschreibung‹.

Aufschlußreich ist ein Kommentar des Verlages: »Das Buch beschreibt eine Schlacht des letzten Weltkrieges. Es geht um Stalingrad als Muster eines Denkens, um den organisatorischen Aufbau eines Unglücks ... Hat die Literatur Mittel, eine Schlacht wie die von Stalingrad zu beschreiben? Alexander Kluge findet hier eine neue Methode ... geht hier einen neuen Weg, der sich in seinem Buch ›Lebensläufe‹ schon andeutet. Er erfindet Mittel, die Betroffenen, die Dokumente, die Sache selbst zum Sprechen zu bringen.«

Zunächst einmal: Immer wieder hören wir, es gäbe bestimmte Phänomene unserer Epoche, denen die Literatur überhaupt nicht gewachsen sei – mal soll es Auschwitz sein, mal das Warschauer Getto, mal Hiroshima, mal Stalingrad. Dennoch entstehen alljährlich literarische Arbeiten, die sich mit diesen Fragen befassen und die nicht ausnahmslos alle mißlingen. Und selbst wenn es der Fall wäre, so könnte man daraus lediglich auf die Skala des Talents der einzelnen Autoren schließen und auf den Widerstand, den diese Thematik leistet. Das würde höchstens von der Ohnmacht der zeitgenössischen Literatur zeugen, aber nicht gegen die Literatur schlechthin sprechen. In Wirklichkeit haben ihre Möglichkeiten nie Grenzen gehabt. Und haben sie auch heute nicht. Gewiß, es gibt mehr Ding' im Himmel und auf Erden, als Horatios und unsere Schulweisheit sich träumen läßt, indes gibt es, meine ich, keine, die sich der Feder des Schriftstellers entziehen.

Am wenigsten will mir einleuchten, die Literatur der Gegenwart könne eine Schlacht wie die von Stalingrad nicht beschreiben. Schließlich handelt es sich um ein Geschehen, das sich erforschen und überschauen, rational erfassen und nicht weniger rational deuten läßt. Und auch darstellen – wie Theodor Plievier bereits 1945 mit seinem zwischen Tatsachenbericht, Reportage und Roman schwankenden Buch gezeigt hat, selbst wenn es schon etwas antiquiert wirkt: Auf seine literarischen Mittel ist heute kein Verlaß mehr.

An nichts war Kluge weniger gelegen als an einer Wiederholung des Plievier-Buches aus der Perspektive von 1964. Überhaupt wußte er genau, was er vermeiden, weniger offenbar, was er erreichen wollte. Auf das Dilemma, das seinem Versuch zugrunde liegt, weist der zitierte Verlagstext unfreiwillig hin. Kluge habe die Schlacht von Stalingrad beschrieben, doch gehe es – wird uns mitgeteilt – »um Stalingrad als Muster eines Denkens«. Wie also? Was war eigentlich beabsichtigt – die Erforschung und Wiedergabe der Historie oder ihre Verwandlung ins Modellhafte? Die Rekonstruktion eines tatsächlichen Geschehens oder die Konstruktion einer Modellwelt nach dem Vorbild dieser Realität? Bericht oder Dichtung? Chronik oder Parabel?

Kluge kann sich nicht entscheiden. Er strebt beharrlich die Authentizität an. Aber auch die Verfremdung. Er will protokollieren und zugleich verdichten. Um das »Muster eines Denkens« zu verdeutlichen, möchte er die vorbelastete Bezeichnung »Stalingrad« umgehen. Damit kann jedoch der Chronist und Protokollant nicht einverstanden sein. Einerseits läßt sich Kluge auf keinen stellvertretenden Begriff ein, von einem Andorra will er nichts wissen; und er erfindet auch keine Modellandschaft (wie es etwa Schnurre im ›Los unserer Stadt‹ für das geteilte Berlin versucht hat). Andererseits sagt er doch nicht »Stalingrad«. Seine Lösung: Statt Stalingrad heißt es »St.«.

Dieser Kompromiß scheint mir symptomatisch für das Mißverständnis zu sein, an dem Kluge gescheitert ist. Er bleibt seinem Einfall treu: »Die durch häufige Nennung abgestumpften Namen«, erklärt er im knappen Vorwort, »sind teilweise abgekürzt oder geändert.« In diesem Buch ist niemals vom Führer oder von Mussolini die Rede, von Goebbels, Ribbentrop oder Manstein. Vielmehr lesen wir: »Fü.«, »Be. Mu.«, »Goeb.«, »Rib.« und »GFM v. Ma.«. Oder: »In Wolfsschanze Erörterungen zwischen Hi., Zei., Feldmarschall Kei., Generaloberst Jo., Reichsmarschall Gö., Jeschonnek.« Der Name »Zeitzler« ist also »durch häufige Nennung« abgestumpft, der Name »Jeschonnek« hingegen nicht. Auch die Namen russischer Generäle sind offenbar abgestumpft – denn statt Wassilewskij, Rokossowskij oder Woronow heißt es »Wa.«, »Ro.« oder »Wo.«. Das gilt nicht nur für Gestalten aus der Zeit des Zweiten Weltkrieges: Kluge schreibt »N.«, »v. Bi.« oder »Stre.«, wenn er Napoleon, Bismarck oder Stresemann meint.

Ganz so harmlos, wie dieses etwas kindisch anmutende Verfahren zu sein scheint, ist es wieder nicht, weil es zwar die Lektüre erschwert, den Informationswert des Buches verringert und manches verwirrt, zugleich aber dem Buch auf diskrete Weise einen modischen und nonchalanten Anstrich gibt. Allerdings genügt es nicht, Namen zu Chiffren zu reduzieren, um historische Gestalten literaturfähig zu machen. Und wer seinen Helden statt Krause schlicht und geheimnisvoll »K.« nennt, sollte sich nicht einbilden, es sei ihm bereits gelungen, etwas zu bieten, was als kafkaesk gelten könnte.

Indes behauptet der angeführte Verlagskommentar, Kluge habe Mittel erfunden, »die Betroffenen, die Dokumente, die Sache selber zum Sprechen zu bringen«. Es erweist sich jedoch, daß er in einem großen Teil des Buches lediglich Dokumente aneinanderreiht: Zitate aus Wehrmachtsberichten und den »Tagesparolen des Reichspressechefs«, Richtlinien der Wehrmacht für den Winterkrieg, Predigten von Militärgeistlichen und schließlich Interviews mit Offizieren, Soldaten und Ärzten, die an der Schlacht teilgenommen haben. So hat Kluge erst einmal 140 Seiten seines Buches mit Dokumenten gefüllt.

Aber sind es tatsächlich alles Dokumente? Einen Teil kann man nachprüfen. Woher stammen jedoch die Predigten, woher die Zeugenaussagen? Vergeblich sucht man eine Quellenangabe. Welche Anweisungen des Reichspresseamts werden eigentlich zitiert? Alle, die sich auf Stalingrad beziehen? Oder nur diejenigen, die das »Muster eines Denkens« bestätigen, das Kluge zeigen will? Sicher ist, daß er mit den Dokumenten waltet und schaltet, wie es ihm gerade paßt. Er wählt aus, ohne das Auswahlprinzip auch nur anzudeuten, er kürzt, ohne es zu vermerken. Vielleicht hat er manche Dokumente ergänzt, vielleicht diese oder jene Passage erfunden. Wer Namen ändert, weil sie angeblich abgestumpft sind, und wer seine Quellen konsequent verheimlicht, setzt sich zwangsläufig einem derartigen Verdacht aus. Wie dem auch sei: Die im ersten Teil des Buches gesammelten Texte haben keinen dokumentarischen Wert; vom literarischen ganz zu schweigen.

Fungierte Kluge bisher als fragwürdiger und leichtsinniger

Herausgeber, so erweist er sich im zweiten Teil (›Tagesläufe‹) als dilettantischer Chronist, der auf über 100 Seiten die Vorgänge referiert, die sich Tag für Tag im Stalingrad-Kessel und in den vorgesetzten Stäben abgespielt haben. Informationen, Daten, Schilderungen, Zitate aus Dokumenten, Anekdoten, Erwägungen »Was wäre, wenn ...?«, Wichtiges, Nebensächliches und Gleichgültiges – alles ist durcheinandergewürfelt. Ein Stilbeispiel: »Der Angriff begann 5.20 Uhr. Der Durchbruch durch die russische Front bei Kotelnikowo war eine Kleinigkeit; die 200 Panzerwagen des Panzerregiments fuhren einfach durch ... Hü. immer vorn. Am Abend das übliche Bild. Brände in fast allen Richtungen, zitternde Leuchtkugeln; Geschieße bis spätnachts, um die Unsicherheit zu verscheuchen. Nach den Abendmeldungen verbreitete sich in den Stäben Enttäuschung.« Im Ergebnis vermittelt dieser Teil nur ein einziges Bild – der vollkommenen Hilflosigkeit des Autors, den der Teufel geritten hat, als er sich ein Thema wählte, dem er überhaupt nicht gewachsen ist.

In den letzten Kapiteln versucht sich Kluge vornehmlich als Historiker und Stratege, Philosoph und Psychologe. Was er in den Abschnitten ›Geschichtlicher Abriß‹ und ›Genealogie‹ zu bieten hat, kann schwerlich ernst genommen werden: Es ist Kabarett ohne Geist und Humor. In dem Abschnitt ›Hätten die Generäle bis Weihnachten anders geführt als Hi.?‹ wird aus der Stammtisch-Perspektive erwogen, was geschehen wäre, wenn dieser oder jener General anders gehandelt hätte, als er tatsächlich gehandelt hat. Ein Abschnitt über Napoleon endet mit der indiskutablen Entdeckung, der Feldzug von 1812 habe »einen Konstruktionsfehler« gehabt: »Die Soldaten N.s wären bis Indien marschiert, wenn ihnen jemand hätte sagen können, aus welchem Grund sie das tun sollten.«

Wohin man blickt, wimmelt es von sachlichen Fehlern. Da liest man: »Generalmajor F. brachte vor Kaliningrad im Dezember 1941 ...« Aber 1941 gab es keine Stadt »Kaliningrad«. In Thorn konnten vor dem Zweiten Weltkrieg keine Panzerturniere der Wehrmacht stattfinden, da die Stadt zu Polen gehörte. Wagners Oper heißt ›Parsifal‹ und nicht Parsival. Das alles seien Kleinigkeiten? Natürlich, nur daß sie, da man sie immer wieder finden kann, zeigen, wie verantwortungslos und liederlich dieser Autor gearbeitet hat.

Für die Schlußkapitel seines Buches hat sich Kluge auch eine fundamentale Geschichtsinterpretation ausgedacht, auf die sein Vorwort bereits hinweist: Die Ursachen des Unglücks von Stalingrad »liegen 30 Tage oder 300 Jahre zurück«. Anders ausgedrückt: Nicht etwa der Nationalsozialismus und Hitler und vielleicht jene noch, die ihn 1933 in den Sattel gehoben haben, sind für Stalingrad und den Zweiten Weltkrieg verantwortlich, vielmehr ist es die preußisch-deutsche Geschichte seit der Zeit des Großen Kurfürsten. Ich zweifle nicht an der Redlichkeit der politischen Absichten Kluges. Er sollte jedoch wissen, daß seine These lediglich von dem Phänomen Nationalsozialismus ablenkt und damit die objektive und nachprüfbare Wahrheit verdunkelt. Die Ursachen von Stalingrad liegen eben weder 30 Tage noch 300 Jahre zurück. Wenn man sich überhaupt auf derartige Fixierungen einlassen will, wäre es eher angebracht, von 10 oder 25 Jahren zu sprechen. Die entscheidenden Daten lauten also: 1918 und 1933. Wer hingegen die Schuld auf die Jahrhunderte verteilt, tut nicht nur der preußischen Tradition ein Unrecht an, sondern trägt auch indirekt zur Entlastung Hitlers bei. Der Weg, auf den sich Kluge mit seiner Amateurthese begeben hat, ist gefährlich und hat kein Ende: Wir werden noch erfahren müssen, daß die Ursachen von Auschwitz im Ausgang der Schlacht vom Teutoburger Wald zu suchen sind. Genug davon.

Kommen wir zum Fazit: Die ›Schlachtbeschreibung‹ gibt vor, Dokument und Kunst zugleich zu sein. Da aber Kluge mit den vielen Dokumenten unentwegt manipuliert, ohne zu verraten, wo seine Eingriffe erfolgt sind, entsteht nicht eine Dokumentation, vielmehr eine Fiktion, die besonders bedenklich ist, weil sie stets den Anschein der Faktizitätsaussage erwecken will. Kluge mißbraucht das Vertrauen der Leser zu den Fakten und macht aus der Historie ein Vexierrätsel, dessen Lösung einzig ergeben kann, wann er einigermaßen korrekt war und wann er kombiniert, spekuliert und munter improvisiert hat. Wie man dieses Buch nicht für handgreifliche Zeitgeschichte halten sollte, so sollte man sich auch hüten, die mehr oder weniger geschickten Montagen, Arrangements und Kniffe mit moderner Literatur zu verwechseln.

Aber warum war es nötig, der ›Schlachtbeschreibung‹ soviel Aufmerksamkeit zu widmen? Weil es vielleicht Kritiker gibt, die sagen werden, diesmal habe Kluge zwar nicht an Büchner und Hebel (so hieß es nach den ›Lebensläufen‹), wohl aber an Herodot und an die ›Anabasis‹ des Xenophon angeknüpft?[3] Sei's drum. Weil man uns möglicherweise erklären wird, die Monotonie, die Liederlichkeit, die fatale Komposition, die Sprache und die Dummheiten – das alles seien raffinierte Kunstmittel? Noch einmal: Sei's drum.

Warum also? Weil Kluge ein begabter und intelligenter Mann ist, ein Schriftsteller, der tatsächlich etwas leisten kann, was er in diesem Buch erneut beweist: mit einem guten Paulus-Porträt und einigen anderen Charakteristiken, in denen er das in den ›Lebensläufen‹ erprobte Verfahren noch einmal anwendet. Für Kluge sprechen auch manche treffenden Beobachtungen und manche geistreichen Bemerkungen in den letzten Kapiteln der ›Schlachtbeschreibung‹. Wir sollten es verhindern, daß ein solcher Mann seine Kräfte vergeudet, weil er seine Möglichkeiten maßlos überschätzt.

Nicht um ein Buch geht es hier, sondern um einen Autor, der Nützliches schreiben kann, sich indes auf einem Weg befindet, der ihn der intellektuellen Hochstapelei und der literarischen Scharlatanerie nähert. Es liegt in Kluges Macht, diese Feststellung und Befürchtung zu widerlegen. Mit seinem nächsten Buch.

Martin Walser ›Lügengeschichten‹ und Heinrich Böll ›Entfernung von der Truppe‹

Erbärmlich der Künstler, der nie gescheitert ist. Denn nur dem kann es gelingen, nie die Latte abzureißen, der nie einen hohen Sprung wagt. Aber der Umstand allein, daß die Latte abgerissen wurde, beweist noch nichts – am wenigsten, daß jemand einen tatsächlich hohen Sprung versucht hat. So spricht auch die Niederlage eines Künstlers zunächst einmal weder gegen noch für ihn: Erst muß geklärt werden, worauf sie zurückzuführen ist.

Worauf also ist es zurückzuführen, daß sich die neuen Bücher von zwei hervorragenden deutschen Schriftstellern der mittleren Generation – Heinrich Böll und Martin Walser – als Fehlschläge erweisen? Die Frage scheint mir höchst wichtig. Nicht nur weil es um Böll und Walser geht, obwohl dies Anlaß genug wäre, sich mit den beiden nicht umfangreichen Veröffentlichungen genauer zu befassen. Aber es handelt sich zugleich um exemplarische Fälle, die uns die Misere der deutschen Prosa von heute mit einer Deutlichkeit vergegenwärtigen, auf die wir gern verzichtet hätten.

Es mag verwundern, daß hier Böll und Walser zusammen genannt werden. Zwar stehen beide seit Jahren im Mittelpunkt des literarischen Lebens, doch auf verschiedenen Ebenen. Der eine verdankt seine Position großen Erfolgen, der andere eher vielbeachteten Mißerfolgen. Der eine kann auf seine Gemeinde stolz sein, der andere auf seine Feinde. Der eine verfügt, obwohl erst 47 Jahre alt, bereits über ein Lebenswerk. Der andere steckt, obwohl schon 37 Jahre alt, immer noch in seiner Frühperiode. Der eine ist ein umstrittener Klassiker geworden, der andere ein klassischer Anfänger. Über Böll sagen die Skeptiker: Man weiß, womit bei ihm bestenfalls zu rechnen ist. Über Walser sagen seine Anhänger: Mann kann nie wissen, womit er aufwarten wird.

In der Tat hat sich Walsers Talent in keinem seiner bisherigen Bücher voll entfaltet. Nur Ansätze wurden sichtbar, nur Möglichkeiten kündigten sich an – allerdings so außergewöhnliche, daß manche Beobachter glaubten, gerade er sei berufen, den Roman unserer Tage zu schreiben. Sogar ein Nachschlagewerk (Franz Lennartz: ›Deutsche Dichter und Schriftsteller unserer Zeit‹, neunte Auflage, 1963) hielt es für richtig, diese Hoffnung zu fixieren. Sie hatte ihre guten Gründe. Denn Walser vermochte – vor allem in seinem Hauptwerk ›Halbzeit‹ – miteinander zu vereinigen, was jüngere deutsche Romanciers meist nur getrennt bieten können: Sprachkunst mit Scharfsinn, Intuition mit Erkenntnisvermögen, Temperament mit Erfahrung, ursprüngliches episches Talent mit hoher analytischer Intelligenz.

Indes fällt es schwer, ›Halbzeit‹, eine menschliche Komödie ohne Menschen, als Roman zu betrachten. Dieser gigantische Mikrokosmos scheint eher die mächtige und imponierende Fingerübung eines Erzählers zu sein, der verschiedene Ausdrucksmittel erproben wollte. Aber auf jeden Fall war ›Halbzeit‹ ein Versprechen. Hat es Walser vorerst nicht eingelöst, weil er sich dem Drama zuwandte? Oder hat er sich vielleicht dem Drama zugewandt, weil er dieses Versprechen vorerst nicht einlösen konnte?

Nach Walsers inzwischen entstandenen Bühnenstücken wurde rasch, vielleicht allzu rasch befürchtet, wir hätten einen Erzähler verloren, ohne einen Dramatiker zu gewinnen. Dieser Sorge kann uns der Band ›Lügengeschichten‹ nicht entheben.

Der Titel läßt an Münchhauseniaden denken. Man erwartet zumindest Phantasie und kühne Einfälle. Aber ich glaube nicht, daß Phantasie Walsers stärkste Seite ist. Er versagt, wenn er sich um die Darstellung des Ungewöhnlichen bemüht. Und er bewährt sich als Dichter des Durchschnittlichen und Alltäglichen. Wenn er Originalität anstrebt, wirkt er banal. Wenn er der banalen Wirklichkeit gerecht wird, spürt man sofort seine Originalität. Walsers Effekte und Einfälle haben schon in seinen früheren Büchern manche Passage unerträglich gemacht. In den ›Lügengeschichten‹ gibt es solche Einfälle auf jeder Seite, in jedem Absatz.

Der Ich-Erzähler der ersten Geschichte berichtet, er sei »Begleiter eines völlig unbrauchbaren Riesen geworden«, von dem es heißt: »Der gehört doch gar nicht hierher. Eigentlich gehört er in die Musik. Jawohl. Tief in die Musik gehört er. Aber wie ihn dorthin bringen?« Da es dem Ich-Erzähler verständlicherweise nicht gelingt, den Riesen in die Musik zu bringen, möchte er ihn verkaufen. Doch keiner will ihn haben, da er nur weinen kann. Und damit kein Zweifel entsteht, daß jener hilflos weinende Riese die andere Seele in der Brust des Dichters ist, lesen wir: »Ich rede und er weint ... Man steht um uns herum, lacht gebührend und bietet uns Getränke an. Es heißt, wir seien gern gesehen. Zweifellos, komisch sind wir. Aber man fürchtet uns nicht.«

Es folgen noch sechs Druckseiten, denen man letztlich nur entnehmen kann, daß Walser große Schwierigkeiten hatte, einen Schluß für diese Geschichte zu finden. Tatsächlich hat er keinen gefunden.

Die nächste Geschichte erzählt von einem Sensationsjournalisten, der »ein Meister des Brutalen« war und sich »mit Hilfe seines biegsamen, aber vergoldeten Wäschedrahts« erhängt hat. In der Geschichte ›Mitwirkung bei meinem Ende‹ tritt ein mysteriöser Mann namens Mozart auf, der Zunge und Nasenspitze gegeneinander kreisen lassen kann. Wahrscheinlich hat die Geschichte einen Sinn, aber ich gebe zu, daß er mir nicht aufgegangen ist.

Einfacher hat man es mit der Geschichte ›Bolzer, ein Familienleben‹. Ein Arbeiter verprügelt allwöchentlich in Gegenwart vieler Menschen seine schöne Frau: »Wofür er seine Frau bestraft, geht uns einfach nichts an. Wir sind bei Bolzer am Zaun und nicht im Kino.« Am Ende heißt es: »Solange Bolzers einander verprügeln, sind sie gewiß attraktiv.« Eine Pointe ist nicht zu finden. – Die Geschichte ›Rohrzucker‹ enthält die groteske Vision einer Beerdigung: »Melitta grinst und legt ihre älteste Brust auf den Sargrand.« An einer anderen Stelle: »Einer streicht sich mit wendiger Zunge den Rotz unter der Nase weg und in den Mund.« Oder: »Melitta liegt mit einem asthmatischen Feuerwehrmann vor Marmor und isländisch Moos.«

Die nächste Geschichte, in der es um einen Mord geht, war wohl als schwarzer Humor gedacht. Hier die Schilderung eines Bahnhofsplatzes: »Zu allem Unglück erinnerten mich die überall an Hügeln hoch und übereinander getürmten Häuserquader an Babylon, wie es in einem von Hitze, Purpur, Frauen und Innenhöfen erzählenden Roman abgebildet war.« In welcher Stadt mag wohl dieser babylonisch anmutende Bahnhofsplatz zu finden sein? Wohl dem, der es erraten kann. Denn Stuttgart ist gemeint.

Tiefsinn zu Ausverkaufspreisen findet sich in der Geschichte ›Ein schöner Sieg‹, einer abermaligen Parabel vom anderen Ich. In der letzten Geschichte stellt eine Firma ihren meuternden Boten für künftige Beratungen den großen Sitzungssaal des Unternehmens zur Verfügung. Um der simplen zeitkritischen Satire einen modischen Anstrich zu geben, werden rasch ein paar surreale Elemente eingeführt. So heißt es etwa: »Lucius war der einzige Bote, dem in all den Jahren weder eine Hand noch ein Auge, ja nicht einmal ein Ohr abhanden gekommen war.«

Genug der Beispiele. Ob pseudopoetisches Märchen oder realistische Zeitkritik oder surrealistische Parabel – es bleibt stets der Eindruck mühseliger Erfindung. Von der psychologischen Finesse, der stilistischen Biegsamkeit, der minuziösen Beobachtung, der Intelligenz der Reflexionen und der realistischen Kleinmalerei, durch die sich ›Ehen in Philippsburg‹ und ›Halbzeit‹ auszeichneten, ist in den ›Lügengeschichten‹ nicht einmal eine Spur vorhanden.

Gewiß, wir haben es diesmal – leider – mit ganz anderer Prosa zu tun. Aber auch der sich aufdrängende Vergleich mit Walsers Erstling aus dem Jahre 1955, dem Geschichtenband ›Ein Flugzeug über dem Haus‹, fällt entschieden zuungunsten des neuen Buches aus. Mag damals die Abhängigkeit des Autors von Kafka allzu deutlich sichtbar gewesen sein – für die besten Stücke des Bandes war doch jene zwingende Schlüssigkeit der Bilder und Symbole und jene Suggestivkraft der parabolischen Elemente charakteristisch, die man jetzt vermissen muß.

In einem Essay Walsers vom Jahre 1963 findet sich der Satz: »Es handelt sich bei notwendiger Schreiberei immer um Verteidigung.«[1] Einverstanden. Nur daß mir Walsers jetzige Geschichtensammlung nicht Verteidigung, sondern eher Flucht zu sein scheint. Flucht wovor?

1962 schrieb Walser in der ›Zeit‹: »Ein deutscher Autor hat heute ausschließlich mit Figuren zu handeln, die die Zeit von 33 bis 45 entweder verschweigen oder zum Ausdruck bringen. Die die deutsche Ost-West-Lage verschweigen oder zum Ausdruck bringen. Jeder Satz eines deutschen Autors, der von dieser geschichtlichen Wirklichkeit schweigt, verschweigt etwas.«

Obwohl ich zögere, eine so rigorose These zu unterschreiben, möchte ich doch nicht verhehlen, daß sie mir im hohen Grade sympathisch ist. Und hier kann auch die tiefste Ursache für Walsers Fehlschlag zu finden sein. Er sieht sehr klar, vor welcher Aufgabe er steht. Aber er sieht auch nicht weniger klar die ungewöhnlichen Schwierigkeiten, die die vertrackte deutsche Realität jedem Schriftsteller bereitet, der ihr mit den Mitteln der Kunst beizukommen sucht.

Diesmal hat Walser – bewußt oder unbewußt – das Risiko gescheut: Die ›Lügengeschichten‹ versuchen, seine eigene Forderung zu ignorieren. Jeder Satz dieses Buches weicht der Gegenwart aus, jeder verschweigt die von Walser apostrophierte »geschichtliche Wirklichkeit«. Dabei zeigt es sich wieder einmal, daß die Trennung und Gegenüberstellung von dem, was man als Inhalt und als Form zu bezeichnen pflegt, nie ergiebig ist und meist nur verwirrt. Denn der Erzähler, der Künstler Walser hat sich doch nicht korrumpieren lassen. Das Artifizielle und Prätentiöse dieser zäh sich dahinschleppenden Prosa verraten seine Unsicherheit, das Erkalten des Temperaments, die Lustlosigkeit und vielleicht sogar sein schlechtes Gewissen. Und es scheint mir besonders aufschlußreich zu sein, daß er sich hier mit formalen Lösungen zu behelfen sucht, die er schon vor sieben Jahren mit den ›Ehen in Philippsburg‹ glücklich überwunden hatte.

So sind die ›Lügengeschichten‹ im doppelten Sinne ein Buch des Rückzugs geworden, wenn nicht gar der Kapitulation. Nun mag man entscheiden, ob es für oder gegen Martin Walser spricht, daß ihm ein solches Buch nicht gelingen wollte. Es gibt in der Literatur Katastrophen, die – so merkwürdig es klingen mag – auf eine Ehrenrettung des Verfassers hinauslaufen. Mitunter sind halben Niederlagen ganze schon deswegen vorzuziehen, weil sie letztlich – wie in diesem Fall – doch zu größeren Hoffnungen berechtigen.

Während aber Walsers Geschichtenband beunruhigt und verärgert, hat mich Bölls Erzählung ›Entfernung von der Truppe‹ geradezu bestürzt. Held und Ich-Erzähler ist diesmal ein etwa fünfzigjähriger Kölner Bürger, Inhaber einer Kaffee-Großhandlung. Nun hat uns Böll schon daran gewöhnt, daß Alter, Beruf, soziale Position, Bildung und Konfession kaum einen Einfluß auf die Charaktere und Anschauungen seiner zentralen Gestalten haben: Ob Angestellter oder Architekt, ob Clown oder Großkaufmann – es sind immer wieder unglückliche Sonderlinge und bedauernswerte Außenseiter, hilflos passive und doch protestierende, naive und unentwegt räsonierende, leidende, aber auch stets sich selbst gründlich bemitleidende Menschen. Meist reagieren sie auf ihre Umwelt nur allergisch, manchmal hysterisch. Sie begreifen nicht viel, spüren jedoch das Böse und sind dagegen – im »Dritten Reich« ebenso wie in der Bundesrepublik.

Das alles trifft auch auf den neuen Ich-Erzähler zu, der allerdings – wie schon Bogner in ›Und sagte kein einziges Wort‹ – weniger eine typische Zeitgestalt als vor allem ein pathologischer Fall zu sein scheint. Er selber hält sich für einen »tumben« Menschen und meint, er sei Neurotiker. Infolge einer Kopfverletzung stottert er. Oft überfällt ihn ein ekelerregendes »fast epileptisches Zucken«. Er weigert sich grundsätzlich, seine Schuhe zu putzen, säubert sich hingegen gern seine Fingernägel – mit einer Gabel. Was die Konfession betrifft, sei er »ein unbeschriebenes Blatt«, würde gern Jude werden und bezeichnet sich »privat als kommender Christ«. Auch sei er, hören wir, Romantiker und müsse sich beherrschen, um sich »nicht in die dunklen Fluten des Rheins hineinzuwerfen«.

Dieser unglückselige Mensch erzählt einige Abenteuer aus seinem Leben, zumal aus jener Zeit, da er Uniformträger war. Im Arbeitsdienst fiel dem damaligen Philologiestudenten, der sich offenbar an der Welt rächen wollte, nichts Besseres ein, als seinen Vorgesetzten mit der Schneide des Spatens in die Kniekehle zu schlagen, und zwar »nicht einmal absichtlich«, sondern »von einer unsichtbaren himmlischen Vernunft getrieben«. Zur Strafe wird er »in die fäkalischen Gefilde verdammt«: Er muß alltäglich die Riesenlatrine des Lagers leeren. Indes sollen in Bölls Erzählung »Kloakendüfte dieselbe Funktion haben wie anderswo Rosendüfte«. Ich gestehe, daß es mir schwergefallen ist, dies nachzuvollziehen.

Der Hinweis des Ich-Erzählers auf die Funktion der Düfte hat jedoch seinen konkreten Grund: In der Welt der Kloaken lernt er einen Mann namens Engelbert (genannt Engel) kennen, dessen Gesicht »strahlend« wirkt und der es nicht unterläßt, während seiner fäkalischen Tätigkeit bisweilen einen Rosenkranz zu beten. »Du solltest meine Schwester heiraten«, lauten seine ersten Worte an den Ich-Erzähler, der hierzu bemerkt: »Ich schwieg, wie nur einer schweigen kann, der Botschaft und Befehl eines Engels entgegennimmt.«

Bölls Held, der meint, »durch einen Fäkaliengeruchsgürtel« in einem »elfenbeinernen Turm gefangengehalten« zu sein, begibt sich zu jener Schwester: »Als ich auf den Klingelknopf drücken wollte ..., öffnete Hildegard, fiel mir in die Arme, und aller schlimme Geruch war von mir genommen.« Doch nur für kurze Zeit. Nachdem er rasch geheiratet hat, kehrt der Ich-Erzähler nicht mehr zum Arbeitsdienst zurück, wobei auffällt, daß er sich nicht die geringsten Gedanken über die möglichen Folgen dieser Entfernung von der Truppe macht. Und prompt wird er verhaftet. Während des Krieges ist er – eines Augenleidens wegen – vom Schießen befreit. Sein Vorgesetzter »drehte einfach den Diphthong in Schießen um« und verurteilte ihn zu jener Beschäftigung, die »unter Altgedienten ... gemeinhin als ›Scheißetragen‹ bekannt« ist. So werden uns wiederum Kloakendüfte geboten. Menschen, die ihm nicht passen, den Vorgesetzten zumal, kippt unser Held gelegentlich ganze Eimer Fäkalien vor die Füße, um sich »durch Auslegen eines Fäkaliengürtels ... unnahbar zu halten«.

Mit wem haben wir es eigentlich zu tun? Mit einem pfiffigen Burschen, einem Schelm? Oder vielleicht – und zu dieser Vermutung gibt das Buch häufig Anlaß – mit einem Schwachsinnigen? Wollte etwa Böll den Lesern die Karikatur seines bisherigen Helden vorführen?

Allein, es sind nicht nur die in diesem Prosastück dominierenden Motive, die, gelinde gesagt, befremden müssen. Den munteren und lockeren Plauderton, der bisweilen gelassen und salopp, bisweilen jedoch nur nachlässig klingt, kennen wir bereits aus ›Ansichten eines Clowns‹. Der Umstand, daß Böll jetzt meist nicht darstellt, sondern nur feststellt, also nicht mit epischen Mitteln sichtbar macht, sondern sich auf die nackte Mitteilung beschränkt, überrascht ebenfalls nicht, da auch dies schon in manchen Teilen des ›Clowns‹ auffiel.

Aber gleich im ersten Satz der ›Entfernung von der Truppe‹ sagt der Ich-Erzähler, er möchte einige Erklärungen zu seiner Person abgeben, »von denen ich zuversichtlich hoffe, daß sie mißverstanden werden und Mißtrauen erwecken«. Mehrfach heißt es, hier bekomme der Leser nur ein paar Striche und Punkte geboten, Konturen also, die er sich selber ausfüllen könne: Das Prosastück sei lediglich »als Malvorlage« gedacht. Nach einer Charakteristik seiner Schwiegermutter sagt der Ich-Erzähler: »Wenn der Leser jetzt gar nicht mehr weiß, was er von ihr halten soll, habe ich mein Ziel erreicht.«

Zwischen diesen Bemerkungen und der eigentlichen Materie des Buches ist jedoch kein rechter Zusammenhang, ja sogar ein Widerspruch vorhanden. Die zahlreichen Angaben des Helden über seine Person mögen allerlei Reaktionen herausfordern – Mißtrauen erwecken sie nicht. Der Charakteristik jener Schwiegermutter mangelt es weder an Deutlichkeit noch an Klarheit. Und das Ganze hat im Grunde mit einer Malvorlage nichts zu tun. In der zweiten Hälfte unterbricht Böll seine Geschichte und fügt Zitate aus der Presse ein. Dieses zeitgeschichtliche Material kommentiert er nicht, vielmehr schlägt er dem Leser vor, »sich seine eigene Wirklichkeit daraus zu bilden«.

Was ist mit Böll geschehen? Sollte etwa die Berücksichtigung wenig appetitlicher und geradezu ekelerregender Phänomene auf den Einfluß von Günter Grass zurückzuführen sein? Wenn Böll sich bemüht, nur Anhaltspunkte für vage Mutmaßungen zu geben – folgt er vielleicht Uwe Johnson? War es Alexander Kluge, der Böll zu der Einblendung von Zeitdokumenten angeregt hat?

Wie dem auch sei – hier versucht Böll mit verstellter Stimme zu sprechen. Er, dessen Prosa mit Recht Schule gemacht hat, glaubt, seine Eigenart verleugnen zu müssen. Statt zu schreiben, wie ihm der Schnabel gewachsen ist, strebt er Modernität an. Und zwar eine gründlich mißverstandene Modernität.

Das Buch endet mit den Worten: »Der Erzähler verbirgt etwas. Was?« Das, in der Tat, ist die entscheidende Frage. Und mag sie auch ironisch gemeint sein, sie sollte doch ernsthaft beantwortet werden. ›Entfernung von der Truppe‹ ist Symptom einer Krise, deren Existenz schon die ›Ansichten eines Clowns‹ erkennen ließen. Ähnlich wie Walser verbirgt Böll nichts anderes als jene Unsicherheit, die für viele deutsche Schriftsteller, die nach 1945 zu schreiben begonnen haben, immer charakteristischer wird – ebenso für diejenigen, die häufig Bücher veröffentlichen, wie auch für diejenigen, deren Schweigen seit einigen Jahren unüberhörbar ist. Und wie bei Walser hat auch bei Böll diese Krise einen offensichtlichen Rückzug verursacht, wenn nicht gar eine Kapitulation.

Sollte sich Heinrich Böll jetzt nicht einige Zeit Ruhe gönnen? Er hat sie längst verdient, mehr als alle anderen deutschen Schriftsteller seiner Generation.

Max Frisch
›Mein Name sei Gantenbein‹

Über Max Frischs Roman ›Mein Name sei Gantenbein‹ brachte ›Die Zeit‹ am 18. September 1964 eine gründliche Abhandlung von Hans Mayer.[1] Wie nicht anders zu erwarten war, hatte Mayer Belehrendes und Bedeutendes zu sagen. Gegen Ende seiner ausführlichen Darlegungen ahnte er jedoch die Ungeduld schlichter Leser, die sich zwar mit einer Fülle von Zitaten und Vergleichen, Anmerkungen und Verweisen beschwert sahen, schließlich aber auch ein Urteil hören wollten. So fragte denn Mayer rundheraus: »Ist das ein guter oder ein schlechter Roman?« Allerdings wurde uns die Freude über diese schöne Frage sofort vergällt. Denn es folgte gleich eine nächste Frage, nämlich: »Wie soll man antworten?«

Der Grundeinfall des Romans sei »tragfähig«. Allein, Mayer fügt hinzu: »aber nur begrenzt tragfähig«. Und »begrenzt tragfähig« sei »wohl auch, nach dem ›Stiller‹, der Versuch, ein Leben der reinen Konsumtion, der bloßen geistigen Reproduktion, einen Alltag der wohlsituierten Wiederholung romanhaft zu gestalten«. Frisch sei – meint der Kritiker – bei dem Versuch gescheitert, »den baren Alltag in einer Welt darzustellen, wo die Beziehungen der Geschlechter gleichfalls zur bloßen Konsumtion geworden zu sein scheinen«. Am Ende beschleiche den Leser ein »flaues Gefühl«, das allerdings eine »notwendige Folgerung aus Max Frischs künstlerischem Grundplan« sein könne. Welchem Grundplan? »Einen heutigen Homo ludens im Zwiespalt zwischen Leben und Erzählen zu zeigen.« Dann heißt es: »Oder hat der Parasit Gantenbein schließlich, allen künstlerischen Absichten zum Trotz, im Roman über den Erzähler gesiegt? Und damit über Max Frisch?«

Die Frage – ein guter oder ein schlechter Roman? – bleibt

unbeantwortet, der Leser wird mit einem Fragezeichen entlassen. Wer aber in der Kunst, Kritiken zu lesen, einigermaßen geübt ist, kann keinen Augenblick zweifeln, daß Hans Mayer den Roman, obwohl er ihn auch mit manchem lobenden Wort bedacht hat, skeptisch beurteilt und ihn, wenn nicht für ein geradezu schlechtes, so doch jedenfalls für ein enttäuschendes Buch hält.

Ich möchte, mit Verlaub, widersprechen. Dabei geht es mir in erster Linie nicht um die Wertung. Der eine mag den ›Gantenbein‹ positiver, der andere negativer sehen. Dies wäre noch kein Grund zur Polemik. Aber Mayers Enttäuschung resultiert aus einer ganz bestimmten Interpretation des Romans, die wiederum im Zusammenhang mit der Deutung der Absichten seines Verfassers steht. Und eben diese Interpretation scheint mir anfechtbar.

In seinem ›Tagebuch‹ schrieb Frisch: »Man schneidet eine Kartoffel zurecht, bis sie wie eine Birne aussieht, dann beißt man hinein und empört sich vor aller Öffentlichkeit, daß es nicht nach Birne schmeckt.«[2] Das ist, befürchte ich, auch hier geschehen, mit der Einschränkung freilich, daß Mayer sich nicht empört, sondern nur seine Unzufriedenheit durchblicken läßt.

Zunächst einmal: Kann man behaupten, Frisch habe versucht, »einen heutigen Homo ludens im Zwiespalt zwischen Leben und Erzählen zu zeigen«? Mir fällt auf, daß Mayer in seinen 1963 veröffentlichten (übrigens vorzüglichen) ›Anmerkungen zu Stiller‹ schon den Helden dieses Romans als einen »Homo ludens« bezeichnet hat.[3] Ob mit Recht, braucht hier nicht geklärt zu werden. Wer aber, muß ich fragen, sollte in dem neuen Buch jener angebliche »Homo ludens« eigentlich sein? Etwa der in nur wenigen Szenen auftretende Ich-Erzähler? Oder Gantenbein? Tatsächlich behandelt Mayer Gantenbein als einen neuen Romanhelden Frischs, vergleichbar mit dem Bildhauer Anatol Ludwig Stiller und dem Ingenieur Walter Faber. Dies indes scheint mir im Widerspruch zu der Konzeption des ganzen Romans zu stehen.

Natürlich hat der Roman ›Mein Name sei Gantenbein‹ mit ›Stiller‹ und ›Homo Faber‹ manche Züge und Motive gemeinsam. Wichtiger jedoch als alle Ähnlichkeiten und Gemeinsamkeiten scheinen mir die Unterschiede. Frisch ist einige Jahre älter geworden. Er hat sich gewandelt. Und gewandelt haben sich somit auch die Aufgaben, die er sich als Romancier stellt, die Ziele, die er anstrebt.

Die Menschen haben sich ein Bildnis von der Person des Anatol Stiller gemacht. Stiller widersetzt sich ihm. Walter Faber hat sich ein Bild vom Leben gemacht. Das Leben zerstört es. Stillers Flucht in eine andere Existenz erweist sich als vergeblich. Fazit: Wir müssen uns zu uns selbst bekennen. Fabers Rechnung geht nicht auf. Fazit: Das Leben ist keine Gleichung. Hier wie da ergeben sich diese Einsichten aus einer konkreten Romanhandlung. Sie beruht in beiden Fällen auf der Konfrontation eines Individuums mit einer Realität, die seine Bemühungen zunichte macht, seine Anschauungen kompromittiert. In ›Stiller‹ wie in ›Homo Faber‹ haben wir also einen im Mittelpunkt stehenden Helden, eine eindeutige Fabel und eine philosophische Grundidee.

Aber diese Zentralgestalten sind zumindest fragwürdig, den Fabeln haftet der Makel einer mühsam ausgeklügelten Konstruktion an, die Grundideen nähern sich der Banalität. Beide Romane gehören zweifellos zu den wichtigsten Dokumenten der deutschen Literatur der fünfziger Jahre – jedoch nicht dank, sondern eher trotz ihrer epischen Konzeptionen. Denn in beiden Romanen manifestiert sich Frischs außerordentliche künstlerische Kraft vor allem in einzelnen Szenen, Episoden und Geschichten, die mit dem Ganzen jeweils nur in einem losen Zusammenhang stehen oder von ihm sogar unabhängig sind.

Was hat das alles mit dem ›Gantenbein‹ zu tun? Insofern sehr viel, als dieser Roman im schärfsten Gegensatz zu den beiden vorangegangenen steht. Denn der ›Gantenbein‹ kennt keinen gegen die Welt gestellten Helden mehr. Und es gibt auch keine alles umfassende Fabel. Und ihm liegt keine philosophische Idee zugrunde. Man mag dies beklagen oder begrüßen – aber man muß es zuerst einmal klar erkennen. Wer diesem Buch mit Kategorien beizukommen sucht, die aus den früheren Romanen Frischs, zumal aus dem ›Stiller‹, abgeleitet sind, verkennt seinen Gegenstand, seine Eigenart, sein Klima. Das Thema des ›Gantenbein‹ läßt sich nicht in philosophischen, ideologischen, soziologischen, kulturkritischen oder ästhetischen Kategorien erfassen. Und mögen wir uns auch daran gewöhnt haben, Max Frisch als Moralisten zu betrachten – um moralische Fragen geht es in seinem neuen Roman ebenfalls nicht. Um welche also?

Ein Mann liebt eine Frau. Sie hat ihn verlassen. Er sitzt allein in der leeren Wohnung: »Von den Personen, die hier gelebt haben, steht fest: eine männlich, eine weiblich.« Das ist die Kernsituation des Buches, sein Anlaß und Ausgangspunkt, seine Basis und sein Leitmotiv. Dieser Mann, der Ich-Erzähler des ›Gantenbein‹ also, will, nein, muß mitteilen, was er erfahren hat. Aber das ist unmöglich. Warum? Frisch antwortet mit einer Parabel. Ein Kranker erwacht aus einem Traum, ruft die Krankenschwester, steht nackt vor ihr und erklärt: »Ich bin Adam und Du bist Eva!« Da sie keinerlei Verständnis für ihn hat, flieht er splitternackt auf die Straße und rennt durch die Stadt, »ohne auf Verkehrszeichen zu achten«. Er wird von der Polizei wieder eingefangen.

In dem Roman heißt es: »Man kann ja nicht nackt durch die Welt gehen.« Also sucht der Ich-Erzähler Kleider, die seine Blöße bedecken könnten. Er probiert sie vor »verstellbaren Spiegeln« an. Anders ausgedrückt: Er sucht Geschichten, die sein Erlebnis verhüllen und zugleich doch verdeutlichen würden. Er probiert sie aus. Er macht seine Erfahrung erkennbar. Aber er weiß, daß man die Realität nicht vergegenwärtigt, indem man sie kopiert. In Frischs ›Don Juan‹ steht der Satz: »Wahrheit läßt sich nicht zeigen, nur erfinden.« Und im ›Tagebuch‹ bekannte er: »Man gibt Aussagen, die nie unser eigentliches Erlebnis enthalten, das unsagbar bleibt; sie können es nur umgrenzen, möglichst nahe und genau, und das Eigentliche, das Unsagbare, erscheint bestenfalls als Spannung zwischen den Aussagen.«[4]

Auch in dem Roman ›Mein Name sei Gantenbein‹ ist jenes »eigentliche Erlebnis« nicht enthalten. Es bleibt unsagbar. Die der Wirklichkeit nachgebildeten und um der Wahrheit willen erfundenen Szenen und Episoden können und sollen es nur umgrenzen, »möglichst nahe und genau«. Es wird mit verstellbaren Spiegeln umgeben. Sie machen dieses »eigentliche Erlebnis« nicht sichtbar. Sie bewirken mehr: Sie machen es spürbar. Es erscheint als Spannung zwischen den Aussagen. Also zwischen den Geschichten.

Zwei Personen, eine männlich, eine weiblich – das ist das einzige Thema des Romans. Alles andere ergibt sich aus dem, was diese beiden Menschen verbindet oder trennt. Somit ein Liebespaar im Mittelpunkt? Keineswegs. Dieser Roman erzählt nicht von Adam und Eva heute, sondern letztlich nur von Adam. Aber wer ist hier Adam?

Die Helden der Romane ›Stiller‹ und ›Homo Faber‹ waren nicht reale Individuen, sondern Modellfiguren, Versuchspersonen, Demonstrationsobjekte. Den Mann namens Stiller hatte Frisch aus verschiedenen und bisweilen heterogenen Bestandteilen zusammengesetzt. Offenbar wurden mehrere Gestalten und mannigfaltige Lebensbereiche in eine einzige Romanfigur gepreßt. Im ›Homo Faber‹ ist Frisch in umgekehrter Richtung gegangen: statt Expansion Reduktion der Hauptgestalt. So vielseitig der Bildhauer Stiller, so einseitig der Ingenieur Faber: Sein Porträt wurde bewußt vereinfacht und auf nur wenige Eigenschaften beschränkt. Stiller schien *mehr* als *ein* Mensch zu sein. Faber hingegen, der reduzierte Held, *weniger* als *ein* Mensch. Auf diesem Weg hat Frisch jetzt den nächsten Schritt gewagt.

»Wir spielen immer; wer es weiß, ist klug«, heißt es in Arthur Schnitzlers Stück ›Paracelsus‹. Dem entspricht in ›Gantenbein‹ die Feststellung: »Jedes Ich, das sich ausspricht, ist eine Rolle.« In Rollen sieht sich und äußert sich auch jener im verlassenen Zimmer sitzende Ich-Erzähler: in der Rolle des Kunsthistorikers Enderlin, der die Schauspielerin Lila verführt, in der Rolle des betrogenen Mannes dieser Lila, des von Eifersucht gepeinigten Architekten Svoboda, und schließlich in der Rolle des Theo Gantenbein.

Alle diese Rollen sind somit Variationen über dasselbe Thema und Projektionen desselben Grunderlebnisses, es sind – die Formulierung findet sich in dem Roman – »Entwürfe zu einem Ich«. Nicht immer ergänzen sie sich, ja sie schließen sich sogar teilweise gegenseitig aus (sowohl Svoboda als auch Gantenbein sind mit Lila verheiratet). Sie bestehen gleichzeitig nebeneinander als verschiedene Möglichkeiten, verschiedene epische Vorschläge. Nur ihre Summe macht die Erfahrung des Ich-Erzählers lesbar. Ein aufgesplitterter, ein dreigeteilter Adam also? Ja, aber dennoch entscheidet sich der Erzähler eindeutig für eine der drei Varianten: Schon der Titel kündet es an. Tatsächlich wird Gantenbein zur zentralen Person des Buches. Wer ist Gantenbein?

Der Roman beginnt mit der Montage seiner Figur. Auf einer Pariser Straße findet der Ich-Erzähler eine in Frage kommende Gestalt, auf einer New Yorker Straße ein in Frage kommendes Gesicht. Aber er setzt die Suche nicht fort, und was sie bisher ergeben hat, wird von ihm verworfen. Es wäre vielleicht für eine reale Figur geeignet, indes ist eine reale Figur für das, was der Ich-Erzähler plant, offenbar nicht brauchbar.

Für die Projektion seiner Erfahrung mit der Frau, die ihn verlassen hat, schafft er sich eine Gestalt ohne Gesicht, ohne Vergangenheit und ohne Familie, ohne Beruf und ohne Pflichten. Hatte Frisch Faber zu einem einseitig-primitiven Menschen gemacht, so geht er hier noch weit konsequenter vor: Denn von Gantenbein wissen wir nur, daß er Lila liebt und Blindheit vortäuscht. Er sieht, leidet und schweigt. Und er ist, was immer er wahrzunehmen gezwungen wird, bereit, weiter zu schweigen, um an der Seite der Frau zu bleiben, die er liebt.

Ein Parasit, der sich als armer Blinder aushalten läßt? Dies scheint mir nun doch ein Mißverständnis zu sein. Gantenbein läßt sich nicht moralisch beurteilen. Jedenfalls glaube ich, daß hier eine dreidimensionale, eine wirkliche menschliche Gestalt überhaupt nicht angestrebt war, sondern eher eine Art moderne Märchenfigur, gezeigt inmitten einer realistisch gezeichneten Umwelt. Gantenbeins gespielte Blindheit ermöglicht es Frisch, jene ungewöhnlichen und meist auch unwahrscheinlichen Situationen zu erfinden, für die er eine besondere und keineswegs bedauerliche Vorliebe hat. Wir sollten glauben, daß Stiller nicht Stiller sein wollte und sich dennoch gerade in das einzige Land der Welt begeben hat, in dem man ihn eben als Stiller kennt: in seine Heimat, die Schweiz. Aber es wird von uns nicht mehr erwartet, daß wir glauben, Gantenbein habe seine ganze Umgebung einschließlich seiner Frau zu überzeugen vermocht, er sei blind. Im Gegenteil: Der Autor wird nicht müde, immer wieder zu betonen, er stelle sich Gantenbein in den verschiedenen Situationen nur vor.

Wozu soll man sich mit dieser etwas kleinlich anmutenden

Frage befassen, da es doch bei der Beurteilung epischer Kunstwerke nicht auf die Wahrscheinlichkeit ankommt, sondern auf die Wahrheit? Gewiß – nur daß es sich hier um eine Frage eben der künstlerischen Wahrheit handelt. Die Worte »Ich stelle mir vor« deuten fast ein ästhetisches Programm an.

›Stiller‹ und ›Homo Faber‹ gehören zu den vielen belletristischen Büchern, die als Nichtbelletristik, als Dokument maskiert sind. Der eine Roman besteht aus ›Stillers Aufzeichnungen im Gefängnis‹ und dem ›Nachwort des Staatsanwaltes‹, der andere wieder aus Walter Fabers ›Bericht‹ und seinem ›Tagebuch‹. So groß auch die Zahl der Meisterwerke der Literatur ist, in der diese Methode der Tarnung der Epik angewandt ist, so sehr erinnert sie mich meist an ein etwas naives Versteckspiel mit dem Leser. Hat es die epische Kunst nötig, ihre Eigenart zu verleugnen? Max Frisch jedenfalls verzichtet diesmal auf das traditionelle Täuschungsmanöver und bietet Fiktion als Fiktion und Epik als Epik. Dies scheint mir nicht nur aufrichtiger, sondern auch sinnvoller und zweckmäßiger zu sein.

Ähnliches gilt für die Komposition des Romans. Wie ›Stiller‹ ist auch ›Gantenbein‹ aus vielen Einzelstücken – Geschichten, Episoden, Szenen, Situationen – zusammengefügt. Nur wird dieser Umstand jetzt nicht mehr kaschiert: Keine alles einrahmende, überdachende und scheinbar auch ordnende Fabel schützt eine formale Ganzheit vor. Dennoch zerfällt der Roman nicht. Freilich werden die einzelnen Bestandteile nicht nur durch das Thema und die Atmosphäre miteinander verbunden, sondern auch durch die streckenweise virtuos gezeichnete Gestalt Lilas, der Frau, deren Empfindungen und Gedanken wir nie kennen, die in verschiedenen Rollen auftritt und doch dieselbe bleibt und die wir stets nur mit den Augen jener sehen, die in sie verliebt sind.

Gerade weil Frisch hier einerseits nicht mit verstellter Stimme spricht und bei keiner »dokumentarischen« Lösung Zuflucht sucht, andererseits aber sich des Zwangs der einheitlichen, strukturierenden Fabel entledigt hat, konnte er sich – zumindest in vielen Teilen des Buches – besser denn je als Erzähler bewähren und damit noch einmal demonstrieren, daß das Erzählen, allen meist lächerlichen Theorien zum Trotz, heute ebenso möglich ist, wie es immer war.

In seinen früheren Romanen wollte Frisch in der Regel etwas verkünden, etwas beweisen, etwas widerlegen. In ›Gantenbein‹ will er nichts verkünden, nichts beweisen, nichts widerlegen. Hier werden nicht Erkenntnisse, Thesen und Ideen exemplifiziert, sondern Gefühle, Affekte und Leidenschaften vergegenwärtigt. Liebe, Erfüllung und Trennung, Alltag der Ehe und Ehebruch, Mißtrauen und Eifersucht, Einsamkeit, Sehnsucht und Verzweiflung des verlassenen Mannes, das sind die Motive dieses Buches.

Bevor jedoch Frisch Gantenbeins Ehe und Enderlins Verhältnis mit Lila entwirft, stellt er sich den Tod des einen wie des anderen vor. Ein meisterhafter Kunstgriff scheint mir dieser Prolog zu sein: Er deutet sofort die Grundstimmung des Romans an, er läßt seine Folie erkennen. Denn was auch von Glück und Enttäuschung, von Liebe und Eifersucht erzählt wird – das Bewußtsein der Vergänglichkeit des menschlichen Daseins bleibt immer evident, das Motiv des Alterns wird intoniert und variiert, die unentwegte Todesnähe bildet den Hintergrund. »Ich bin das Altern von Minute zu Minute«, sagt Enderlin.

Und eine der geheimen Schlüsselstellen des Buches lautet: »Langsam habe ich es satt, dieses Spiel, das ich nun kenne: handeln oder unterlassen, und in jedem Fall, ich weiß, ist es nur ein Teil meines Lebens, und den andern Teil muß ich mir vorstellen; Handlung und Unterlassung sind vertauschbar; manchmal handle ich bloß, weil die Unterlassung, genauso möglich, auch nichts daran ändert, daß die Zeit vergeht, daß ich älter werde ...«

Nur sollte man sich hüten, Frisch irgendeine philosophische Interpretation der Vergänglichkeit und des Todes zu unterstellen. Vornehmlich in emotionalen Kategorien sieht er diese Fragen, er nähert sich ihnen nicht etwa als Philosoph, sondern als Künstler und Psychologe. Er versucht die Folgen zu zeigen, die das Bewußtsein des Alterns und die Todesangst in der Psyche des Menschen bewirken. Frischs »Entwürfe zu einem Ich« sind jedoch nicht auf eine leere Wand projiziert, seine Geschichten spielen sich nicht in einem luftleeren Raum ab, sondern in einer realen und greifbaren Welt, in einem genau fixierbaren Milieu: unter wohlhabenden Künstlern und Intellektuellen. Das alltägliche Leben in diesen Kreisen wird in mehreren Szenen des Buches deutlich sichtbar.

Aber Hans Mayer hat, meine ich, nicht recht, wenn er behauptet, Frisch habe »ein Leben der reinen Konsumtion« und »der bloßen geistigen Reproduktion« in einer Welt zeigen wollen, in der sogar »die Beziehungen der Geschlechter gleichfalls zur bloßen Konsumtion geworden zu sein scheinen«. Und dabei sei Frisch eben gescheitert. Es ist gerade umgekehrt: Die Beziehungen der Geschlechter werden in diesem Roman vor allem von Liebe bestimmt. Und weder dem Kunsthistoriker Enderlin noch dem Architekten Svoboda kann man »ein Leben der reinen Konsumtion« nachsagen.

Die »bloße geistige Reproduktion«, also die Wiederholung von Gefühls- und Verhaltensklischees statt der Individualität, die Imitation der Literatur und der Illustrierten im Alltag vieler Menschen – diese Fragen standen in manchen Abschnitten des ›Stiller‹ im Vordergrund. Was jedoch dort oft Selbstzweck war – also die unmittelbare Auseinandersetzung mit bestimmten Zeitphänomenen –, liefert hier nur den Hintergrund für individuelle Schicksale oder, richtiger gesagt, Schicksalsentwürfe. Nicht die Diskrepanz zwischen dem gelebten und dem interpretierten Leben ist das Problem des ›Gantenbein‹, und es kann nicht Frischs »künstlerischer Grundplan« gewesen sein, »einen heutigen Homo ludens im Zwiespalt zwischen Leben und Erzählen zu zeigen«. Wenn es schon eine Formel sein soll, dann schlage ich vor: die leidende Kreatur zwischen Liebe und Tod.

Zum ersten Mal hat Frisch die Problematik eindeutig ins Individuelle und Private verschoben. Daher schreibt er in ›Gantenbein‹: »Manchmal scheint auch mir, daß jedes Buch, so es sich nicht befaßt mit der Verhinderung des Kriegs, mit der Schaffung einer besseren Gesellschaft und so weiter, sinnlos ist, müßig, unverantwortlich, langweilig, nicht wert, daß man es liest, unstatthaft. Es ist nicht die Zeit für Ich-Geschichten.« Aber Frisch fügt hinzu: »Und doch vollzieht sich das menschliche Leben oder verfehlt sich am einzelnen Ich, nirgends sonst.«

So erweist sich Introversion, Privates und Individuelles letztlich doch wieder als Kritik unserer Zeit, unseres Daseins, unserer Gesellschaft. In diesem Sinne ist Max Frisch dem von ihm einst geforderten »Engagement an die Wahrhaftigkeit«[5] auch mit dem Roman ›Mein Name sei Gantenbein‹ treu geblieben.

Das Buch habe auch viele wichtige Schwächen, vor allem enthalte es eine Anzahl überflüssiger und störender Episoden? Ja, das ist richtig. Aber man zeige mir einen einzigen in deutscher Sprache nach 1945 geschriebenen Roman, auf den dies nicht zutrifft. Wie fragte Hans Mayer? »Ist das ein guter oder ein schlechter Roman?« Ich zögere nicht, zu antworten: ein guter Roman.

Peter Bichsel
›Eigentlich möchte Frau Blum den Milchmann kennenlernen‹

Wovon jeder Verleger träumt, worum sich jeder Lektor müht, worauf jeder Kritiker wartet und was leider nur selten bescheinigt werden kann – das ist diesmal dem literarischen Leiter des Walter-Verlages zu Olten in der Schweiz, Otto F. Walter, geglückt: die Entdeckung eines jungen, bisher gänzlich unbekannten und zugleich hochbegabten Schriftstellers.

Er heißt Peter Bichsel, wurde 1935 in Luzern geboren, ist von Beruf Lehrer und lebt jetzt in dem schweizerischen Ort Zuchwil, der winzig sein muß, da ich ihn in mehreren Atlanten vergeblich gesucht habe. Die ersten Arbeiten Bichsels, kleine Prosastücke, die meist nicht mehr als 40 bis 80 Druckzeilen umfassen, füllen kaum ein dünnes Heft. Aber dem Bild der zeitgenössischen deutschen Literatur fügt das Buch ›Eigentlich möchte Frau Blum den Milchmann kennenlernen‹ auf ebenso stille wie entschiedene Weise neue Züge hinzu.

Diese Miniaturen haben ihr eigenartiges Maß in sich. Um Geschichten handelt es sich. Doch geschieht in ihnen nichts oder fast nichts. Idyllen scheinen es zu sein. Doch kennen sie keine Idyllik. Anekdoten lesen wir. Doch finden wir keine Pointen. Mit Provokationen haben wir es zu tun. Doch nicht die Worte dieses Autors wirken provozierend, sondern seine Pausen.

Es ist die Diktion Bichsels, die sofort Sympathie und bald auch Vertrauen erweckt. Endlich jemand, der keinerlei Originalität anstrebt, der nicht nach Effekten jagt und uns nicht mit stilistischen Kapriolen überrumpeln will, der nicht gewaltsam versucht, mit der Sprache aufzutrumpfen. Er verläßt sich auf den Wortschatz des Alltags. Er schreibt einfache, klare Sätze, denen etwas Solides anhaftet, wobei er das Risiko auf sich nimmt, daß man die Einfachheit seines Ausdrucks mit Dürftigkeit verwechselt und die Solidität für Biederkeit hält. Ihm gelingt es, einsilbig, bündig und wortkarg zu sein und doch immer den Eindruck der Künstlichkeit, der Affektation oder gar des Krampfes zu vermeiden. Im Gegenteil: Akkuratesse und Disziplin verbinden sich hier mit erstaunlicher Gelassenheit. Allerdings sind Glanz, Bravour und Brillanz Bichsels Sache nicht. Aber man kann dieser Prosa aus der schweizerischen Provinz eine, wie mir scheint, wichtigere Eigenschaft nachrühmen, der man in der heutigen deutschen Literatur nur in Ausnahmefällen begegnet: die Anmut der Natürlichkeit.

Wer indes die Texte Bichsels pedantisch auf die Übereinstimmung mit den Sprachregeln prüfen wollte, die in der Schule gelehrt werden, müßte ihm gelegentliche Verstöße ankreiden. Auch könnte man einwenden, er formuliere zwar nie umständlich oder schwerfällig, jedoch bisweilen etwas linkisch. Nur daß dies nicht unbedingt zu seinen Ungunsten ausschlägt. Walter Benjamin hat bei Robert Walser ein »keusches, kunstvolles Ungeschick in allen Dingen der Sprache« festgestellt.[1] Das gilt wohl auch für Bichsel.

Damit ist zugleich seine künstlerische Herkunft angedeutet. Denn so gewiß er sich um die literarische Mode nicht kümmert und einen freilich noch schmalen, aber doch eigenen Weg geht, so sicher glaubt man, in der Prosadichtung Robert Walsers sein Vorbild erkennen zu können. »Besteht nicht Schriftstellern vielleicht vorwiegend darin, daß der Schreibende beständig um die Hauptsächlichkeit herumgeht ...?« Dieses programmatische Bekenntnis des großen

Schweizers scheint auch der Schlüssel zum Verständnis der ersten Arbeiten Bichsels zu sein.

Er beschreibt Sachverhalte aus dem Alltag kleiner Leute, er schildert unscheinbare Situationen, er vergegenwärtigt Zustände, er erzählt geringfügige Vorgänge, er veranschaulicht kaum wahrnehmbare Stimmungen, er zeigt Reaktionen. Aber er bietet dem Leser nicht eine zusammenhängende und fortlaufende Darstellung, sondern lediglich Anhaltspunkte und Hinweise: spärliche Beobachtungen, wenige Auskünfte, knappe Bemerkungen. Was die Sachverhalte herbeigeführt, die Situationen ausgelöst, die Zustände bedingt hat – wir wissen es nicht. Was sich zwischen den Vorgängen ereignet hat – der Autor erwähnt es nicht. Was die Stimmung hervorgerufen und die Reaktionen verursacht hat – wird uns nicht gesagt. Bichsel deutet etwas an, er führt es jedoch nie aus. Er steuert auf einen bestimmten Vorfall zu, er nähert sich ihm – und weicht wieder zurück.

So strotzen seine Geschichten von Aussparungen, von Hohlräumen. Das Wichtigste verschweigt er. Geheimnistuerei? Nein, Zurückhaltung, Diskretion, Scheu. Und eben dieser Zurückhaltung hat die Imagination des Lesers manches Geschenk zu verdanken. Denn sowenig Peter Bichsel uns mitzuteilen bereit ist, soviel läßt er uns doch ahnen. Auf die Schwingungen in den Intervallen kommt es also an. Indes erweist es sich, daß in der Literatur mitunter, den Gesetzen der Physik zum Trotz, gerade die stillsten Töne die lautesten Intervalle zu bewirken vermögen. Anders ausgedrückt: Je leiser dieser Autor spricht, desto beredsamer ist sein Schweigen. Daher zeichnen sich seine Prosastücke, die im ersten Augenblick statisch anmuten, durch eine heimliche Dynamik aus. In den Zustandsschilderungen sind tatsächlich Geschichten enthalten.

Bichsel wagt dabei viel. Denn wer nie seine Stimme erhebt, wer nie einzelne Wendungen betonen will, wer es verschmäht, die entscheidenden Sätze zu unterstreichen, der läuft ständig Gefahr, der Monotonie zu verfallen und die Leser zu verscheuchen. Die andere Möglichkeit: Man hört ihm mit gesteigerter Aufmerksamkeit zu und empfindet ausnahmslos jeden Satz als wesentlich. Und darin vor allem zeigt sich Bichsels Kunst: daß seine verblüffend konsequente

Unaufdringlichkeit uns niemals gleichgültig läßt, sondern aufstört, daß seine Stille beunruhigt, mehr noch, alarmiert. Daß es ihm mit sanfter Gewalt und listigem Charme gelingt, uns zur Suche nach jenen in seinen Miniaturen verborgenen Geschichten zu zwingen, also zur selbständigen Fortsetzung der von ihm begonnenen Linien.

Welche seiner Mittel Bichsel bewußt anwendet und ob er auch Wirkungen erreicht, die er vielleicht nicht angestrebt hat, wann hier List und Schlauheit, Plan und Absicht am Werk sind und was man hingegen eher der Intuition des Verfassers zuschreiben sollte, braucht, selbst wenn es möglich wäre, nicht geklärt zu werden. In der Kunst sind Naivität und Raffinesse häufig eng benachbart und lassen sich nicht säuberlich voneinander trennen. Und daß sich Schlichtheit und Virtuosität nicht gegenseitig ausschließen müssen, ist eine alte Einsicht, an die uns allerdings die moderne Literatur nur allzu selten erinnert.

In allem, was Bichsel erzählt, spürt man Trauer und Schwermut, die er indes weder ironisch relativiert noch etwa selbstgefällig zur Schau stellt. Schon die Wahl seiner Gegenstände beweist, daß er sich ein hohes Maß an Unbefangenheit und Arglosigkeit zu bewahren wußte. Denn sein Thema ist ebenso groß und alt wie verführerisch und riskant. Nichts banaler als die Entdeckung, daß die Menschen leiden, sich vom Leben enttäuscht sehen und verbittert und einsam werden. Aber schließlich war es immer eine der Hauptaufgaben der Literatur, für triviale Wahrheiten den dem Zeitalter angemessenen Ausdruck zu finden und auf diese Weise ihre Existenz erneut ins Bewußtsein zu heben.

Das verfehlte Leben – Bichsel wird diesem Thema gerecht, indem er in den meisten seiner Geschichten ein einziges Motiv behutsam andeutet und variiert: Das Warten ist die Grundsituation seines Dichtens. Das Prosastück ›Die Tochter‹ beginnt mit den Worten: »Abends warteten sie auf Monika. Sie arbeitete in der Stadt ...« Aber bald werden sich die Eltern damit abfinden müssen, daß die Tochter in die Stadt ziehen wird und »daß es dann kein Zimmer mehr mit Plattenspieler gäbe, keine Stunde des Wartens mehr«.

In der Geschichte ›Das Meer‹ wartet ein Mädchen auf Briefe von einem Mann, dem sie offenbar gleichgültig ist.

Ein anderes Mädchen sieht man stets in einem Kaffeehaus: »Sie wartete hier, bald auf eine Freundin, auf eine Kollegin, auf den Zug, auf den Abend.« Der Satz wird gegen Ende des Prosastücks wörtlich wiederholt. Doch sein Titel belehrt uns eines Besseren – denn er lautet ›Die Männer‹.

In der Geschichte ›Die Tante‹ heißt es: »Es schien ihr schon viel, daß, wenn man auf eine Taste des Klaviers schlägt, ein Ton aus dem Kasten antwortet.« ›Das Kartenspiel‹ erzählt von einem Herrn Kurt, der täglich in einem Restaurant beim Kartenspiel zusieht: »Er kennt die Karten, und er kennt das Spiel. Es ist wahrscheinlich, daß er es kennt. Bei Herrn Kurts Beerdigung wird man alles über ihn erfahren: die Todesursache, sein Alter, seinen Geburtsort, seinen Beruf.« – Von einem Mann hören wir, der Dompteur werden wollte, »um all die zu ärgern, die ihm nichts zutrauen, um alle zu ärgern«. Und etwas weiter: »Einmal in seinem Leben muß er erkannt haben, daß er kein Dompteur wird. Seit jener Stunde fand er den Eintritt in den Zirkus zu teuer. Er heiratete ein schönes Mädchen und machte sich in einem Kalender Notizen über das Wetter, Temperatur und Windstärke.«

In der Geschichte ›San Salvador‹ schreibt ein Mann auf ein Blatt Papier: »Mir ist hier zu kalt, ich gehe nach Südamerika.« Aber es ist nicht wahr, er wird nicht fliehen, er wartet auf seine Frau, die von der Probe des Kirchenchors zurückkommt und fragt: »Schlafen die Kinder?« – Frau Blum möchte gern den Milchmann kennenlernen. Daraus wird nichts, denn er kommt immer nur morgens um vier. Ihre Bekanntschaft beschränkt sich auf lakonische Mitteilungen, auf Zettel, die die Milchlieferung betreffen.

So wie sie sich nicht verständigen können, so haben alle Gestalten, die Bichsel einführt – ob sie an einem Tisch sitzen oder sich nie treffen, ob sie miteinander reden oder miteinander schweigen –, keine gemeinsame Sprache. Sie leben und warten jeder für sich allein. Hier das Ende der Geschichte ›Sein Abend‹, in dem Bichsel eine an Tschechow erinnernde Intensität der Atmosphäre erreicht: »Er wußte nicht, weshalb während des ganzen Abends das Radio laufen mußte. Wenn es ihm auffiel, störte es ihn. Er drehte es ab. Wenn es nicht lief, störte es ihn. ›Es ist heiß‹, sagte er. ›Ich habe gesagt, es sei heiß‹, sagte er, schrie er vielleicht. Dann betrachtete er die Frau vorwurfsvoll, dann drehte er am Radio. Langweilige Geschichte. ›Langweilige Geschichte‹, dachte er. ›Er liest die Zeitung‹, dachte sie. ›Du darfst dich von Bühlmann nicht unterkriegen lassen‹, sagt sie. ›Bühlmann kann Englisch.‹ ›Ich gehe jetzt schlafen‹, sagte er mehrmals, bevor er schlafen ging.«

Eine gewisse Neigung zur Wehmut und gelegentlich sogar Züge der Sentimentalität lassen zwar nie Zweifel an der Lauterkeit der Prosakunst Bichsels aufkommen, signalisieren jedoch eine Gefahr, die ihn möglicherweise bedroht. Andererseits geht er in zwei oder drei Geschichten in seiner rühmlichen Diskretion so weit, daß die Texte nun doch zu hohe Ansprüche an die Phantasie des Lesers stellen. Auch drängt sich die Frage auf, ob und wie sich des Schweizers leise verschrobene Art in größeren epischen Formen bewähren wird. Ich bin in dieser Hinsicht optimistisch.

Vorerst gilt es jedoch, sich an das vorliegende kleine Buch zu halten, an diese Prosa, die streng und sachlich, aber nicht kühl, die nüchtern, aber nie lieblos ist. In einer Zeit, da manche junge Schriftsteller mit ihrem Haß gegen die Welt zu imponieren und mit einer Optik zu fesseln versuchen, der alles Menschliche fremd zu sein scheint, schämt sich Peter Bichsel nicht, in seinem Verhältnis zur Welt Herzlichkeit erkennen zu lassen. Mehr noch: Mitleid.

Schließlich bleibt zu vermerken, daß Otto F. Walter, der Herausgeber des Buches, ein kluges und schönes Nachwort beigesteuert hat.

Hans Erich Nossack
›Das kennt man‹

Ähnlich wie einst der von ihm bewunderte Hans Henny Jahnn, ähnlich wie heutzutage etwa ein Wolfgang Koeppen oder, in noch stärkerem Maße, ein Arno Schmidt, gehört auch Hans Erich Nossack zu jenen eigenwilligen und oft unbequemen deutschen Schriftstellern, an deren Werk sich die Geister immer wieder scheiden.

Obwohl in den letzten Jahren mit hohen und ihm übrigens längst gebührenden Preisen ausgezeichnet, obwohl von der Presse, die ihn freilich meist mit betonter Zurückhaltung behandelt, keineswegs ignoriert, wird er nicht nur von manchen Kritikern, sondern allem Anschein nach auch von einem beträchtlichen Teil des Publikums weiterhin verkannt oder zumindest erheblich unterschätzt. Der programmatische Einzelgänger des deutschen Gegenwartsromans ist ein Außenseiter des literarischen Lebens geblieben.

Andererseits trifft Nossacks schriftstellerische Gesamtleistung auf so entschiedene und beharrliche Zustimmung einer anspruchsvollen Minderheit, daß man versucht wäre, geradezu von einer Gemeinde zu sprechen – würde uns nicht dieser auf fatale Weise vorbelastete Begriff an jene mitunter ehrenwerten Autoren erinnern, die sich der künstlerischen Form nur bedienten, um dem Leser Trost und Zuspruch in ansprechender poetischer Verpackung bieten zu können. Die also einen mit literarischen Mitteln arbeitenden seelischen Beratungsdienst versahen und gelegentlich noch heute versehen, der, mag er mit Kunst wenig oder nichts zu tun haben, in Deutschland stets ein zahlreiches Publikum findet.

Davon kann bei einem Mann wie Nossack überhaupt nicht die Rede sein. Denn – was immer man ihm vorwerfen muß – er hat nie den geringsten Zweifel an der Lauterkeit und Aufrichtigkeit seiner Kunst, an dem Ernst, ja der Besessenheit seiner Bemühungen aufkommen lassen. Seine Prosa ist nicht gefällig, sondern streng und spröde. Und wenn etwa der Roman ›Spätestens im November‹ manchen eben gefällig zu sein schien, so war dies nur ein Mißverständnis, für das man nicht den Autor verantwortlich machen sollte.

Aber auf der hohen Ebene, auf der Nossacks erzählerische Versuche liegen, befinden sich Gelingen und Scheitern in beängstigender Nachbarschaft. Fehlschläge konnten somit nicht ausbleiben. Das gilt vor allem für den 1961 veröffentlichten Roman ›Nach dem letzten Aufstand‹, der sich indes, möglicherweise, als eine Art Wendepunkt erweisen wird. Inwiefern?

Ein gewissenhafter und exakter Beobachter und epischer Chronist unserer Zeit, ist Nossack zugleich ein Visionär und Märchendichter. Dieser Dualität, einem Grundzug seines Wesens, entsprachen seine früheren Bücher. Sie spielten meist in einer wirklichen und greifbaren Welt, die mit überwirklichen Akzenten verdeutlicht wurde. Im ›Letzten Aufstand‹ war es hingegen umgekehrt: Nossack hatte ein utopisch-parabolisches Universum entworfen, in dem sich zwar verschiedene Berührungspunkte mit unserer Realität entdecken ließen, das sich jedoch letztlich als ein wunderlich-krampfhaftes Phantasiegebilde herausstellte, dem keine Überzeugungskraft innewohnte.

Der ehrgeizige Versuch, die Gegenwart im Spiegel einer eigenen Mythologie erkennbar zu machen, war also mißglückt, Nossack schien in eine Sackgasse geraten zu sein. Dies ist der Hintergrund, auf dem das Buch ›Das kennt man‹ gesehen werden sollte. In einem gewissen Sinne strebt Nossack jetzt eine Synthese an. Wiederum haben wir die poetische Vision einer phantastisch-utopischen Welt, daneben aber auch – und zwar als eindeutig dominierenden Bestandteil der Erzählung – das realistische Bild des Lebens in einem konkreten gesellschaftlichen Milieu.

So natürlich Nossack die Verbindung zwischen diesen unterschiedlichen Elementen durch die Person der Ich-Erzählerin und ihren Zustand herstellt, so leicht lassen sie sich doch, ohne daß man dem Werk Gewalt antut, voneinander trennen und gesondert betrachten. Und eben das ist erforderlich, denn das Buch leidet nicht etwa an einem inneren Bruch, einer Disharmonie, sondern lediglich an der Fragwürdigkeit einer der beiden Komponenten.

Wie in den meisten Romanen und Erzählungen Nossacks ergibt sich auch hier die Grundsituation aus einer Katastrophe: Melitta, eine Hamburger Prostituierte, die von einem Auto überfahren wurde und nun im Krankenhaus im Sterben liegt, erzählt einem Studenten, der an ihrem Bett Sitzwache hat, einiges aus ihrem Leben. Vor allem berichtet sie ihm über den Verlauf einer Nacht, die sie vor wenigen Tagen mit einem mysteriösen Mann namens André verbracht hat. Sie war ihm früher einmal in einer anderen Welt begegnet. Was heißt das?

Diese Frage läßt sich weder umgehen noch zufriedenstellend beantworten, obwohl Melitta auf jene andere Welt, in der sie einst tätig war, immer wieder zu sprechen kommt. Haben wir es nur mit den Fieberträumen einer Todkranken zu tun? Mag sein. Indes enthalten sie nicht weniger deutliche Details als die utopische Vision im ›Letzten Aufstand‹.

Nur ein Fluß, jedoch beileibe nicht die Elbe, trennt St. Pauli von jener »anderen Seite«. Auf der Brücke, die die beiden Welten verbindet, findet eine regelrechte Zollkontrolle statt. Dann erblickt man »rote Fabriken« und »dunkle Wälder«, in denen sich Wachttürme finden. Das Wetter ist dort viel gleichmäßiger, es gibt weder Sommer noch Winter, und niemand wird krank. Junge Leute meinen, »es sei drüben viel schöner als hier«, aber es »sieht nur nachmittags und in der Abendsonne so aus, als ob es da schöner sei«. An einer anderen Stelle heißt es, in dieser Welt sehe »alles so rot aus, daß ihnen gleich schlecht wird. Der Magen dreht sich ihnen um. Sie können nur noch denken: Wie komme ich hier wieder heraus? Warum bin ich bloß über die Brücke gegangen?« Diesseits des Flusses gibt es »Aufpasser«, die man für ordentliche Menschen hält, »doch sie sind gefährlich; sie berichten alles nach drüben, dafür werden sie bezahlt«. Wozu? »Die von drüben wollen nämlich auch diese Seite in ihre Macht bringen, und es fehlt nicht mehr viel, dann gehorcht ihnen die ganze Welt. Dann ist alles verloren.«

Wer den dortigen Bezirk verlassen hat, muß es früher oder später mit dem Tode büßen. So behauptet Melitta, sie sei im Auftrag ihrer einstigen »Herrin« überfahren worden. Sterben muß auch der geheimnisvolle Mann André: Zu ihm kommt in einer »schwarzen Limousine« jene Herrin: »Sie rauschte herein. Es gab etwas Wind dabei. Sie hatte ihren schwarzen Pelzmantel an.« Aber diese Welt jenseits des Flusses, die offenbar abstoßend und anziehend zugleich sein soll, vermag jedenfalls das Mädchen Melitta zu faszinieren: Es fürchtet sie und sehnt sich doch nach ihr zurück.

Wer an die Schöpfungen der dichterischen Phantasie sachliche und direkte und, sofern nötig, auch simple Fragen richtet, wird hierzulande gern und häufig für einen plumpen und amusischen Kerl gehalten und womöglich auch für einen zersetzenden Geist, dessen Rationalismus die subtile Eigengesetzlichkeit der Kunst mißachtet und dessen Aufdringlichkeit das Mysterium der Poesie entweiht. Aber kein anderer als gerade Nossack empfiehlt und befürwortet solches Fragen.

Als ihm 1963 der Wilhelm-Raabe-Preis verliehen wurde, sagte er, an ein bekanntes Wort von Stendhal anknüpfend: »Eine Wahrheit sollte immer so klar, nüchtern und schmucklos wie ein Gesetz ausgesprochen werden, ohne andere Auslegungsmöglichkeiten. Auch eine poetische Wahrheit, und sie sogar besonders. Denn da es der Poesie darum geht, etwas nicht Käufliches und Verbrauchbares bewußt und sinnenhaft wahrnehmbar zu machen, bedarf sie größerer Nüchternheit und Geistesgegenwärtigkeit, als im Alltag nötig sind.«[1]

Wollte man allerdings nur jene poetischen Wahrheiten anerkennen, die eine einzige Auslegungsmöglichkeit zulassen, dann wäre es, befürchte ich, etwa um die Parabeln Kafkas schlecht bestellt. Aber es ist bestimmt legitim, in Nossacks These ein persönliches Bekenntnis zu sehen und es auf sein eigenes Werk zu beziehen. Was wird also in Melittas Schilderung der Welt jenseits des Flusses »bewußt und sinnenhaft wahrnehmbar« gemacht?

Überflüssig und sogar unsinnig wäre es, nach der Bedeutung jedes einzelnen in ihrer Schilderung auftauchenden Motivs, Bildes oder Symbols zu forschen und pedantisch ihre Funktion innerhalb des Ganzen zu untersuchen. Die Herkunft vieler dieser Elemente ist übrigens unzweifelhaft – sie stammen aus der Realität der modernen totalitären Staaten. Manche hingegen sind ganz anders gearteten Lebensbereichen und Vorstellungswelten entnommen: Balladeskes und Märchenhaftes fällt auf und soll wohl hier und da eine politische oder jedenfalls zeitgeschichtlich-konkrete Identifikation des Landes hinter dem Strom verhindern. Dagegen ist natürlich nichts einzuwenden.

Aber wie die einzelnen in dem Buch verstreuten parabolischen Elemente, für sich allein betrachtet, meist der zwingenden Schlüssigkeit und einer nennenswerten Suggestivität ermangeln, so fügen sie sich auch – im augenscheinlichen Widerspruch zu den Absichten des Verfassers – zu keiner einigermaßen überzeugenden Vision jener anderen Welt zusammen. Die Beliebigkeit und Disparität der Motive lassen eine poetische Wirklichkeit, der man eine Eigengesetzlichkeit nachrühmen dürfte, überhaupt nicht entstehen. Die Einzelheiten sind so mit Bedeutung überladen, daß ihre Summe, befürchte ich, nichts mehr bedeuten kann. Die Utopie fordert keine Auslegung heraus.

So vermag das von Nossack entworfene Bild weder zu bestürzen noch zu beunruhigen. Es verwundert nicht einmal. Vielmehr wirkt es blaß und steril und ruft eine einzige Reaktion hervor: Gleichgültigkeit. Gewiß sollte man nicht vergessen, daß es eine fiebernde und sterbende Prostituierte ist, die von dem Land auf dem anderen Ufer erzählt, und daß es also ihrer Einbildungskraft entsprechen mußte. Aber was hilft schon eine solche Überlegung? Der beklagenswerte Zustand, zu dem Autoren bisweilen ihre Ich-Erzähler verurteilen, darf niemals als Rechtfertigung für die literarische Schwäche des Gebotenen hingenommen werden.

Indes, sosehr auch die Vision, von der bisher die Rede war, enttäuscht, so sicher findet sie doch ein Gegengewicht in der anderen Komponente des Buches, dessen Vorgänge sich, wie bereits angedeutet, auf zwei verschiedenen Ebenen abspielen. Und sowenig Nossack die Traumwelt der Hamburger Prostituierten in eine poetische Realität verwandeln konnte, so überzeugend gewinnt er der Darstellung ihres realen Lebens poetische Züge ab.

Das Thema ist mit Fallen umstellt. Die wichtigste heißt: Sentimentalität. Auch hervorragenden Erzählern, die dieses Motiv aufgreifen, gelingt es nur selten, der Gefahr ganz zu entgehen, mögen sie ihr auch mit Robustheit oder vermeintlichem Zynismus, mit gutmütigem oder bitterem Humor, mit psychologischer Feinfühligkeit oder gesellschaftskritischem Grimm begegnen wollen. Nossack macht es anders. Zunächst einmal spart er Melittas Vergangenheit aus: Ihre Biographie bleibt unbekannt. Er läßt sie – abgesehen von der Vision jener anderen Welt und allem, was damit zusammenhängt – nur über ihren Alltag sprechen.

Unbefangen und mit größter Selbstverständlichkeit berichtet sie also über ihren Beruf, seine Pflichten und Schwierigkeiten, über ihre Sorgen und Freuden, über die Sitten und Gewohnheiten, die Kolleginnen und Kunden. Keine Anklage und keine Rechtfertigung, weder Selbstmitleid noch Scham oder Reue, kein Pathos, kein Groll und keine Prahlerei. Nur etwas Stolz, daß sie niemanden betrogen hat und stets bemüht war, redlich zu arbeiten. So könnte eine stille, bescheidene Beamtin Rechenschaft ablegen, eine Frau, die mit ihrem Schicksal und mit ihrem täglichen Dienst am Schalter durchaus zufrieden ist, nur daß sie es – alles in allem – doch etwas leichter haben möchte.

Die Geschichte dieser Prostituierten veranschaulicht und beglaubigt ein Großstadtmilieu mit einem charakteristischen Lebensstil. Indem Melitta erzählt, vergegenwärtigt sie eine Mentalität: ihre eigene. Ob es den Herrn André tatsächlich gegeben hat, weiß man nicht. Sicher ist nur, daß ihre Gedanken unaufhörlich um seine Person kreisen, daß sie in ihren letzten Stunden von ihm reden muß. Offenbar hat sie immer schon von einem solchen Mann geträumt oder, richtiger gesagt, von einem solchen Erlebnis, wie sie es jetzt mit auffallend vielen und exakten Einzelheiten schildert. Ein erotisches Abenteuer ist es allerdings nicht. André, der von ihr auf Weisung eines Unbekannten aus einer St.-Pauli-Kneipe herausgeholt wird, erweist sich als ein restlos erschöpfter, todkranker Mensch. Er ist auf ihre, Melittas, Hilfe angewiesen.

Also doch ein wenig Rührseligkeit? Mitnichten. Denn Nossack erreicht und verwirklicht, was er anstrebt: die bohrende Sachlichkeit der Darstellung, die herausfordernde Nüchternheit der Diktion, die geradezu brüskierende Selbstverständlichkeit des Tonfalls, die Intensität des scheinbar Beiläufigen, der Kleinigkeiten, der heimlichen Untertöne. Und das gilt auch für seine Psychologie: Er verbirgt sie in Nebensätzen, in lässigen Randbemerkungen, in geringfügigen Beobachtungen.

In welcher Richtung wird Nossacks Weg weitergehen? Nach dem ›Letzten Aufstand‹ lassen große Teile der zwiespältigen und zugleich so bemerkenswerten Erzählung ›Das kennt man‹ hoffen und vermuten, daß sich ihr Autor wieder ganz jener Welt zuwenden wird, die phantastischer ist als alle Utopien und poetischer als alle Träume: der Welt, in der wir leben. Ihre unsichtbaren und doch vorhandenen Linien »bewußt und sinnenhaft wahrnehmbar zu machen«, ist der

Erzähler Hans Erich Nossack berufen wie nur sehr wenige deutsche Schriftsteller seiner Generation.

Günter Herburger
›Eine gleichmäßige Landschaft‹

Günter Herburger, geboren im Jahre 1932 im Allgäu, legt sein erstes Buch vor, einen Prosaband. Ein neuer deutscher Schriftsteller also. Und doch weiß er, was er will. Und er kann sogar schreiben. Ein Erzähler ist er. Dennoch hat er etwas zu sagen. Ein noch junger Autor. Dennoch hat er Temperament. In der Bundesrepublik lebt er. Dennoch spielen seine Geschichten meist in der Bundesrepublik. Ein ungewöhnlicher Fall? In der Tat: In unserer zeitgenössischen Literatur ist das Selbstverständliche schon ungewöhnlich, während das Ungewöhnliche langweilig wird und man das Langweilige für modern hält.

Mit einem nicht alltäglichen Fall haben wir es auch in einer anderen Hinsicht zu tun. Für viele deutsche Schriftsteller der jüngeren Generation gilt das Wort Chamforts, dem zufolge nicht nur die meisten Leser ihre Bücher in ihre Bibliotheken, sondern auch die meisten Autoren ihre Bibliotheken in ihre Bücher stecken.

Von Herburger kann man das nicht sagen. Wer weiß, vielleicht hat er nie ›Finnegan's Wake‹ gelesen und nie Becketts ›Molloy‹. Ein *poeta doctus* scheint er mir nicht zu sein. Nein, ich bin wirklich nicht gegen die Bildung. Was aber ist ein *poeta doctus*? Mit Verlaub: ein Mann, der, bevor er mit einer Frau ins Bett geht, erst einmal den Kinsey-Report analysiert und dabei so ermüdet, daß er sich allein schlafen legt.

Herburgers Erzählungen verraten also nicht seine Studien und seine Lektüre. Hingegen lassen sie seine bisherigen Erfahrungen ahnen. Er hat in München und Paris Theaterwissenschaft, Literatur und Soziologie studiert, er war Gelegenheitsarbeiter und Privatsekretär in Frankreich, Fremdenführer in Spanien, Straßenarbeiter in Nordafrika, Badaufseher in Italien, Waschmaschinenvertreter in Berlin, Hotelportier in München, Lokalreporter für Provinzzeitungen und schließlich Redakteur bei einer Illustrierten und dann beim Fernsehen.

Wie man sieht, hat er sich tüchtig umgetan. Und das kommt jetzt seiner Prosa zugute. Was immer man seinem Erzählungsband ›Eine gleichmäßige Landschaft‹ vorwerfen mag – Literatur aus zweiter Hand ist das nicht. Indes treten bei Herburger weder Badaufseher noch Fremdenführer oder Hotelportiers auf. Es ist auch nicht die Rede von Frankreich, Spanien oder Nordafrika. Er hat nicht seine Biographie in den Erzählungen untergebracht, wohl aber diese Erzählungen aus seinen Erfahrungen herauswachsen lassen. Und ihn beunruhigen vor allem die deutschen Zustände, ihn fasziniert die Gegenwart.

Viele deutsche Schriftsteller der jüngeren Generation erinnern uns unfreiwillig an die simple Tatsache, daß es nicht genügt, in der Gegenwart zu leben, um sie wirklich zu erleben. Dabeisein und Wahrnehmen ist ebenso zweierlei wie Wahrnehmen und Formulieren. Herburgers Begabung zeigt sich in seiner Fähigkeit, unsere Zeit zu erleben, das Bekannte neu zu sehen, das längst Vertraute unbefangen zu betrachten. Seine Weltläufigkeit bewährt sich gerade in seinem Blick auf das Heimatliche.

Die sieben Stücke des Bandes gehören zueinander, bilden eine Einheit. Die einleitende Erzählung ›Monte Prisu‹ spielt in den Alpen, die abschließende ›Eine gleichmäßige Landschaft‹ in Norddeutschland. Beide stecken – nicht nur im geographischen Sinne – den Rahmen ab. Beiden haftet, wenn auch auf ganz verschiedene Weise, etwas Summarisches an: Läßt sich die eine mit einer Ouvertüre vergleichen, so die andere mit einem Finale. Inwiefern?

In der ersten Erzählung kommt ein Mann namens Dolterer, der soeben sein Lehrer-Staatsexamen bestanden hat, ins Hochgebirge. Er weiß, daß er dort alte Bekannte treffen wird. Aber nicht sie sucht er und auch nicht Erholung. Was also? Seine Vergangenheit, seine Jugend, sich selbst? Jedenfalls hatte er hier gegen Ende des Krieges an einem Lehrgang für Skiläufer teilgenommen. Mit einem Freund war er damals, trotz eines Verbots, auf den Monte Prisu gegangen: »Weit oben saßen sie jetzt, bedroht von Lawinen, vor sich den Gipfel, auf den kein Lift ging, und auch daneben Gipfel, auf denen niemand war, die nur sie übersahen, zählen konnten, denen sie Namen geben konnten … und die alle viel gefährlicher waren, als sie unter dem Schnee aussahen.«

Am Ende der Erzählung steht der neugebackene Lehrer, der diesmal mit einem eigenen Wagen ins Gebirge gekommen ist und dem jetzt niemand verbietet, den Berg zu besteigen, wieder dort, wo er einst als Schüler stand – jetzt freilich allein, müde, resigniert. Der letzte Satz lautet lakonisch: »Um diese Jahreszeit gab es am Monte Prisu bestimmt keine Lawinengefahr.« Dolterer 1945 auf dem Monte Prisu – das ist die Ausgangssituation des Buches. Die meisten Helden Herburgers haben das Jahr Null als Halbwüchsige erlebt. Es ist zugleich ihr persönliches Jahr Null, nur wird es in den nächsten Erzählungen nicht mehr erwähnt, was auch überflüssig wäre, da man es doch immer spürt – denn alle stehen unter dem Vorzeichen, das die erste gesetzt hat.

›Monte Prisu‹ kündigt überdies alle wichtigeren Motive des Buches an. Es geht um den seelischen Zustand des einzelnen inmitten der bundesrepublikanischen Welt, um die seelische Verkümmerung des Individuums, dem es in unserer bürgerlichen Gesellschaft nicht gelingt, sich selber zu verwirklichen, um seine kaum verborgene Haltlosigkeit auf dem Hintergrund der allgemeinen Betriebsamkeit. Natürlich sind diese Motive und Probleme in der Literatur des letzten Jahrzehnts oft behandelt worden. Gewiß kann man heute die Unsicherheit und die Fragwürdigkeit, ja den Zerfall bürgerlicher Verhaltensformen nicht mehr entdecken. Doch kann man ihn sichtbar machen. Niemand bezweifelt, daß Gaskammern und Atombomben unser aller Bewußtsein verändert haben. Aber es kommt darauf an, diese Veränderung zu vergegenwärtigen.

In einigen Erzählungen vermag Herburger sowohl das eine wie das andere, ohne sich in eine Polemik gegen die bundesrepublikanische Gesellschaft einzulassen, ohne von Auschwitz oder Hiroshima zu sprechen und ohne schließlich in ein antibürgerliches Trauma zu verfallen.

Die beiden längsten und besten Stücke des Bandes – ›Nüssen‹ sowie ›Für die Kleinen und die Großen‹, aber auch die Erzählung ›Waldfriedhof‹ – zeigen das gewöhnliche Verhalten und die üblichen Reaktionen, die Vorstellungen und Hoffnungen, die Sitten und Manieren einer Anzahl von Menschen im Alter etwa zwischen 30 und 35 Jahren. Sie haben Diplome, Stellungen und Autos, sie arbeiten, verdienen Geld, amüsieren sich und schmieden Pläne, sie sehnen sich nach etwas Zufriedenheit, Genugtuung, Glück. Es bleibt ihnen jedoch – ob sie erfolgreich sind oder nicht – immer wieder versagt. Warum eigentlich? Weil ihnen eine Dimension zu fehlen scheint, weil ihnen wohl eine Fähigkeit abhanden gekommen ist. Man könnte sagen: Sie genießen den Überfluß und doch nicht das Dasein. Statt wirklich zu leben, vegetieren sie im Luxus.

Während die Helden dieser Erzählungen die Grundsätze und Konventionen, den Stil und die Normen ihrer Umwelt trotz mancher, meist übrigens intuitiver Bedenken akzeptieren und sich innerhalb dieser Welt so gut wie möglich einrichten, exemplifiziert Herburger in der nächsten Geschichte einen Ausbruch aus dieser Welt: Die Protagonisten des ›Vormittags‹, zwei Homosexuelle, hoffen, sich außerhalb der Gesellschaft – und zugleich außerhalb der Bundesrepublik – etablieren zu können. Indes scheitert auch dieser Versuch der Selbstverwirklichung.

Die Frage nach der Identität des Individuums betrifft letztlich die Identität einer deutschen Generation, die weder gut noch schlecht, aber mit sich uneinig ist und bei der bisweilen eine Neigung zum Masochismus auffällt. Herburgers Helden sind nicht etwa verkommene, sondern gebrochene und zerrissene Existenzen, deren unterdrückter Lebenshunger sich allerdings als gefährlich erweist: Aus ihrem Drang nach Aktivität, nach Bestätigung und Energieentladung entsteht unversehens, inmitten der scheinbar so friedlichen und soliden bürgerlichen Ordnung, der Drang nach Gewalttätigkeit und nach Grausamkeit.

Am deutlichsten wird das in denjenigen Stücken des Bandes, die in kleinen Provinzstädten spielen. Weder klagt Herburger die bundesrepublikanische Provinz an, noch verspottet oder dämonisiert er sie. Vielmehr bemüht er sich, den Alltag dieser Welt einzufangen, die er von innen kennt und von außen zu beobachten imstande ist. Er läßt uns das Elend der Provinz in der Provinz des Wohlstands wahrnehmen. Er schildert gelegentlich Abstoßendes, ohne daß man Verdacht schöpft, er kokettiere mit dem Makabren und habe es auf Bürgerschreck abgesehen. Zum Unterschied von manchen Autoren seiner Generation – den Grass-Imitatoren etwa – braucht er das Monströse nicht zu erfinden, um das Unheimliche der Zeit augenscheinlich zu machen.

So erzählt er in der Geschichte ›Nüssen‹, wie junge Akademiker und Kaufleute mit ihren Frauen und Freundinnen in einem kleinen Ort im Allgäu ihre Freizeit verbringen. *Dolce vita* zwischen Württemberg und Bayern? Mitnichten. Meist geht es ziemlich bieder zu: Wein, Weib und Gesang, Flirt, Klatsch und Intrigen. Und eben diese harmlosen, teilweise heiteren, fast nie überzeichneten Szenen lassen die getarnten und verdrängten Spannungen zum Vorschein kommen und das Monströse im alltäglichen Ablauf erkennen.

Sobald sich jedoch Herburger um eine differenzierte psychologische Motivation – zumal pathologischer Phänomene – bemüht, spürt man die vorläufigen Grenzen seiner Möglichkeiten. Das gilt für die Erzählung ›Die Wohnung‹ und, wenn auch in geringerem Maße, für die ›Gleichmäßige Landschaft‹. In ihnen soll die letzte Konsequenz der Suche nach Selbstverwirklichung demonstriert werden: das Verbrechen. Aber Herburger kann das Verhalten der beiden im Mittelpunkt stehenden Figuren – hier einer alten Organistin, dort des Vertreters einer Bausparkasse – nicht ganz beglaubigen.

Freilich kommt der den Band abschließenden Geschichte vom Mörder, der sich als Bausparkassenvertreter betätigt, besondere Bedeutung zu: Herburger zieht hier aus dem Ganzen jene Bilanz, die er aus jeder einzelnen Erzählung – mit Recht – nicht gezogen hat. Oder anders ausgedrückt: Er gibt am Ende den sinnbildlichen Hintergrund, auf dem alle seine Gestalten agieren. Daher mußte der Titel dieser Geschichte zugleich der Titel des Buches sein.

Die gleichmäßige Landschaft – das ist ein mitten im Wald gelegener, sorgfältig gepflegter Heidepark; viele Birken, Hecken und Lichtungen, ein Obelisk, breite, mit rotem Kies bestreute Spazierwege. Touristen suchen die Anlage auf: »Alle Leute sind per Arm gegangen, langsam und erholsam, und haben die Kinder an der Hand geführt. Ein hübsches

Bild, wenn die Kinder brav sind und bunt und leicht angezogen und sie in die Sommerlandschaft passen wie in diesen Heidepark, der vielleicht ein bißchen eintönig ist...« In der Tat, eine saubere und schöne Anlage. Sie befindet sich auf dem Gelände des ehemaligen Konzentrationslagers Bergen-Belsen. Wie dieser sinnbildliche Hintergrund erst als – allerdings entscheidender – Schlußakzent des Buches auftaucht, so ist in Herburgers Erzählungen das Gesellschaftliche nie aufgepfropft. Es findet sich von selbst ein, macht sich jedoch nicht unbedingt und nicht unmittelbar in den Fakten und Vorgängen bemerkbar, sondern, und das scheint mir wichtiger, in der Atmosphäre.

Und wie sich dieses jungen Autors Kaltschnäuzigkeit nie dem Zynismus nähert, so lassen auch die Momente des aggressiven Menschenhasses nicht am humanen Klima der Erzählungen zweifeln, ja, sie haben gerade in ihm ihren Ursprung. Nicht Haß, sondern ein schmerzvoller Trotz ist die Grundstimmung dieser Prosa, der man andererseits weder wehleidige Töne noch Selbstmitleid vorzuwerfen braucht. Und es steckt in Herburgers Buch nicht wenig Humor, vor allem in der ausgezeichneten, im Fernsehmilieu spielenden Geschichte ›Für die Kleinen und die Großen‹.

Perfekt sind freilich diese Erzählungen nicht. Die Konfektionäre, die ihre Arbeiten aus austauschbaren Bestandteilen zusammensetzen, aus Elementen, die sie den jeweils erfolgreichen Schriftstellern abgeguckt haben, schreiben ungleich perfekter. Folgerichtig und überzeugend ist der Aufbau des ganzen Buches, jedoch nicht der der einzelnen Geschichten, die Herburger bisweilen (›Monte Prisu‹ etwa) linkisch und ungeschickt komponiert hat. Die epische Rückblende, die jeder Kunstgewerbler makellos zustande bringt, wirkt bei Herburger oft wie eine Eselsbrücke, wie eine primitive Behelfslösung.

Mit dem charakterisierenden Detail weiß er gut umzugehen, ohne sich von ihm überwältigen zu lassen. Sein häufig salopper und schnoddriger, außerordentlich dynamischer Stil kennt keine Extravaganzen und artifiziellen Volten, kann jedoch von allzu gängigen Wendungen und schablonenhaften Bildern nicht freigesprochen werden. Neben Passagen, die den Sachverhalt, dem sie gerecht werden wollen, hart und genau treffen, neben glänzenden Dialogpartien fallen auch nachlässig geschriebene Abschnitte mit oberflächlichen Effekten auf. Indes zeigt es sich immer wieder, daß dem Autor der ›Gleichmäßigen Landschaft‹ die größten Schwierigkeiten das Handwerkliche bereitet – glücklicherweise also das Erlernbare.

Alles in allem: Ist dieser Band ein Ereignis? Nein, das wäre übertrieben. Aber bestimmt ist es ein höchst bemerkenswertes und erfreuliches Buch. Bestimmt haben wir einen neuen Erzähler, von dem wir einen beachtlichen zeitkritischen Roman erwarten dürfen. Und vielleicht signalisiert die ›Gleichmäßige Landschaft‹, zusammen mit einigen anderen jetzt erschienenen Büchern junger Autoren, eine günstige Entwicklung der neusten deutschen Literatur. Hinwendung zur Gegenwart und zur Wirklichkeit? Zum Erzählen? Zum Realismus? Auf jeden Fall meine ich, daß der Alte so dumm nicht war, als er einst die einfachen, geradezu simplen und primitiven Worte schrieb: »Greift nur hinein ins volle Menschenleben ...« Und so weiter.

Günter Seuren
›Das Gatter‹

Der junge Mann ist von des Gedankens Blässe angekränkelt. Das Leben hat ihn enttäuscht. Die Welt gefällt ihm nicht. Er mißtraut der bestehenden Ordnung. Er mißbilligt die Regeln und Normen der Gesellschaft. Er verachtet ihre Sitten und Konventionen. Das ist das Thema des Romans ›Das Gatter‹ von Günter Seuren.

Ein alter Hut also? Gewiß, das Problem gehört zu den ehrwürdigsten der Weltliteratur. Nur daß es noch nie seine Aktualität und Dringlichkeit eingebüßt hat. Und es genügt, jenen, die meinen, es sei gerade in unserer Zeit und gerade in der Bundesrepublik Deutschland überholt oder nicht mehr wichtig oder nicht mehr darstellbar, mit einem mitleidigen Lächeln zu antworten.

Wie kann aber ein Romancier der klassischen Konstellation – hier das einsame denkende Individuum, dort die schlechte feindliche Welt – heute beikommen? Günter Seuren, 32 Jahre alt, bisher als Verfasser nicht übler Gedichte und durchaus gescheiter Artikel bekannt, war sich wohl der Gefahren bewußt, die diesem Thema innewohnen. Wenn es ihm meist gelingt, sich von der Tradition nicht erdrücken zu lassen und den großen Schablonen zu entgehen, so vor allem deshalb, weil ihm die Kenntnis der literarischen Vorbilder nicht den Blick für die eigenen Erfahrungen verstellt. Weil er seine entscheidenden Impulse der Realität unserer Tage verdankt. Und weil er seinem Roman von vornherein eine auffallend bescheidene Konzeption zugrunde gelegt hat.

Denn für diesen jungen Erzähler gilt, was man Anfängern selten nachrühmen kann: Er bewährt sich in der Beschränkung, in der strengen Auswahl der behandelten Fragen und Motive, der eingeführten Gestalten. Nur einen kleinen Bereich leuchtet er ab. Nur wenig bietet er, könnte man einwenden. Mag sein, aber dieses wenige ist beachtlich genug, um sich am Ende, zumal auf dem Hintergrund der deutschen Gegenwartsprosa, doch als viel zu erweisen.

Vom erfreulichen Mut zur Bescheidenheit zeugt, glaube ich, schon der Umstand, daß der in Düsseldorf lebende Journalist und freie Schriftsteller Günter Seuren zum Ich-Erzähler und Helden seines Romans einen in Düsseldorf lebenden Journalisten und freien Schriftsteller gemacht hat. Nichts gegen Clowns, Handelsvertreter oder Musiker als Protagonisten in der zeitgenössischen Epik. Nur ist mir nicht ganz wohl dabei, wenn sie sich letztlich als verkleidete Schriftsteller entpuppen.

Auch gefällt mir, daß Seuren seinen Sachwalter mit Verstand und Intelligenz ausgestattet hat, was deutsche Romanciers der mittleren und jüngeren Generation nur selten tun, wobei wir auf die Ursache dieser bedauerlichen Enthaltsamkeit hier aus Taktgründen lieber nicht eingehen wollen. Seuren verbirgt sich also nicht hinter dem Rücken eines mehr oder weniger schlichten Gemüts, er stellt sich nicht dumm.

Der Held des ›Gatters‹ hat im Alter von 28 Jahren begriffen, daß seine Jugend bereits als ein abgeschlossenes Kapitel gelten muß. Diese Einsicht ergibt das Vorzeichen, unter dem alles steht, was in dem Roman erzählt wird. Daher der traurige Grundton, die schwermütige Abschiedsstimmung. Sentimentalität braucht jedoch nicht befürchtet zu werden. Denn Seuren hat den Abgesang mit Ironie relativiert und mit Nüchternheit und schnoddriger Nonchalance gemildert. Dies ist zwar eine Elegie, aber mit Augenzwinkern.

Worum geht es nun? Der Ich-Erzähler hat ein Verhältnis mit einer zweiundzwanzigjährigen Sekretärin namens Clara. Sie lebt mit ihrer Mutter in einer Welt, deren Gewohnheiten und Requisiten, deren Moral und Verhaltenskodex er längst kennt, da er selber eben dieser kleinbürgerlichen Sphäre inmitten bundesrepublikanischen Wohlstands entstammt. Er ist allen Wünschen und Absichten zum Trotz wieder dort gelandet, woher er kommt: in einem Milieu, vor dem ihn ekelt. Also Protest, Aufruhr, Rebellion? Mitnichten.

In Ingeborg Bachmanns Erzählungsband ›Das dreißigste Jahr‹ – um nur ein Beispiel anzuführen – gab es noch Menschen mit großen Gefühlen, Leidenschaften und Affekten, Helden, die von Ausbruch träumten und nach dem Absoluten strebten, Rebellen, die »die alte schimpfliche Ordnung« einreißen wollten und sich ihre Stirn dabei wund schlugen. Für Seurens jungen Intellektuellen kommt das alles nicht mehr ernsthaft in Betracht. Er hat weder Lust noch Kraft, sich seiner Umwelt zu widersetzen. Er verabscheut sie, ohne sie etwa zu hassen. Denn zu so starken Reaktionen ist er überhaupt nicht oder jedenfalls nicht mehr fähig. Er glaubt in einem Gatter zu sein, er hält sich für einen Gefangenen. Aber er zerrt nicht an seinen Ketten, er weist nur auf ihre Existenz hin – mit einer lässigen, bisweilen fast graziösen Geste.

Als eine Art Krankheit oder Plage, vor der er keine Rettung sieht, empfindet er die Bürgerlichkeit. Er findet sich mit ihr nicht ab. Aber er fügt sich ihr. Er distanziert sich von diesem Milieu. Aber nur in seinen Gedanken. Er durchschaut es. Aber er macht mit. Nicht Revolte heißt das Stichwort, sondern Anpassung. Er gefällt sich nicht in der Rolle eines Mitläufers. Aber die Rolle eines Mannes, der daran leidet, ein Mitläufer zu sein, mißfällt ihm nicht unbedingt. In dem Roman ist die Rede von »dekorativem Fatalismus«, von »Weltschmerzlern mit dem Schuß Eitelkeit«, von »jenen gepflegten Außenseitern mit Luftschraube, immer nach oben, über der Masse«. Das alles trifft auf Seurens Ich-Erzähler und Helden zu.

Also: forscher Tonfall, blasierter Habitus und melancholische Pose, etwas Selbstmitleid und viel Selbstgefälligkeit. Indes kommen Zweifel an der Aufrichtigkeit des Ganzen nicht auf, und zumindest große Teile des Buches sind ergreifend. Seuren überzeugt und beeindruckt, nicht obwohl, sondern weil er die Mentalität und das Bewußtsein, den Zwiespalt und die Schwäche vieler Intellektueller seiner Generation in einer Sprache und mit einer Gestik zeigen kann, die die Sprache und die Gestik ebendieser deutschen Generation zu sein scheinen. Was immer man über dieses Autors Attitüde und Tonfall denken mag, sie ergeben sich aus seinem Stoff wie von selbst: Der Stil entspricht dem Gegenstand, Erzählhaltung und Thema stimmen überein.

Hier haben wir also einen Roman, der tatsächlich nur als Ich-Erzählung möglich war. Denn wie Seuren die Generation, der er selber angehört, von innen kennt und doch von außen zu sehen imstande ist, so läßt er auch seinen Protagonisten aus unmittelbarer Nähe darstellen und gleichzeitig aus der Distanz kommentieren: Bericht und Selbstbeobachtung gehen ineinander über. Der Ich-Erzähler agiert auf der Bühne und sitzt gleichzeitig im Zuschauerraum. Dieser doppelten Perspektive, deren Duplizität übrigens nie aufdringlich wirkt – und nicht etwa kompositorischen Kunstgriffen –, verdankt das Buch seine innere Einheitlichkeit: Es ist immer Konfession und Zeitkritik zugleich.

Zwischen dem Privaten und dem Sozialen gibt es keinerlei Trennung. Im Gegenteil: Das Gesellschaftliche wird gerade im intimen Bereich sichtbar. Clara ist ein durchschnittliches, hübsches und vernünftiges Mädchen, ein realer Mensch und kein Symbol. Aber für den Helden des ›Gatters‹ wird sie zum Inbegriff des sozialen Milieus, das er ablehnt und von dem er sich doch nicht trennen kann und trennen will. Die Beziehung zu Clara läßt also sein Verhältnis zur Umwelt erkennen.

Daß und wie es Seuren gelungen ist, das Sexualleben seines Helden zu zeigen und, vor allem, damit sein Verhältnis zur Welt auszudrücken, zeugt am besten von der erzählerischen Qualität dieses Erstlings. Der junge Mann liebt Clara nicht, aber er akzeptiert sie als eine Notwendigkeit, die den Vorzug hat, ebenso opportun wie dekorativ zu sein. Indes: »Ich hätte ihr am liebsten gesagt, mach dein Bett und schlaf ein, ... du kannst mit mir nichts anfangen, wirklich nicht, ich brauche nur die Tapete anzusehen und ich bin impotent.«

Und an einer anderen Stelle des Romans heißt es: »Sie drehte sich zwar nicht um, wenn sie sich auszog und ich auf der Schlafcouch saß, ... aber ihr Gesicht war betont teilnahmslos: Ich kann länger darauf verzichten, als du denkst, ich brauch' das nicht, was du vielleicht gerade annimmst, wenn du mich so siehst ... Ich mußte ein paarmal grinsen, wenn sie den Verzicht betonte, denn ob sie wollte oder nicht, ein Angebot war sie jedesmal, wenn sie die Kleider und das Unterzeug über die Sessellehne gelegt hatte ...« Etwas weiter findet sich einer der Schlüsselsätze des Buches: »Manchmal hatte ich das Gefühl, daß sich das alles nicht gegen Clara richtete, sondern gegen eine Portion Unabänderlichkeiten.«

Am Ende des Romans steht der junge Mann auf einem Bahnsteig: Er wartet auf Clara, die er für kurze Zeit ins Gebirge geschickt hat – damit sie sich voneinander erholen, bevor sie sich entscheiden. Er selber hat sich jedoch längst entschieden. Die letzten Sätze lauten: »Ich hoffe, sie wird nicht darauf achten, ob ich ein paar Schnittblumen in der Hand habe. Es wäre nicht schlecht, wenn wir uns ohne Umstände von der Menge die Treppe hinuntertreiben ließen.« So manifestiert sich der Abscheu vor der Bürgerlichkeit nur noch in einer müden, belanglosen Geste: dem Verzicht auf ein paar Schnittblumen.

Gibt es keinen anderen Weg? Vik, ein gleichaltriger Freund des Ich-Erzählers, will sich nicht »dieselbe Zigarre andrehen« lassen, »die unsere Alten schon hatten«. Er geht daher nach Australien. Indes ist dies nicht etwa eine Gegenposition innerhalb des Romans, sondern nur eine Variation des Hauptmotivs auf höherer sozialer Ebene: Vik flieht ohne Illusionen, sein Ausbruch erweist sich als eine Parodie der Selbstverwirklichung.

Aber ist es nicht möglich, außerhalb der bürgerlichen Normen und Konventionen zu leben? Lore, des Ich-Erzählers ehemalige Freundin, versucht es. Und bleibt einsam und unglücklich: »Sie sieht aus, als könnte sie einem etwas beibringen, deshalb läuft man hinter ihr her, und dann stellt sich heraus, daß sie eine Rettungsaktion erwartet. Lästige Vorstellung, für den Erlöser gehalten zu werden, wenn man das Licht ausgemacht hat.« Diese Lore ist es auch, die dem Ich-Erzähler sagt: »Du hast keinen Schimmer – komm, laß mich ausreden – keinen Schimmer von Liebe, oder wie man das nennen soll ...« Ja, das fehlt ihnen allen – die Fähigkeit zur Liebe. Sie wissen es; und sie leiden darunter.

Warum ist das so? Seuren stellt diese Frage, ohne sie zu beantworten. Er sucht die Schuld weder bei den Vätern noch – was manche Autoren besonders gern tun – bei der Zeit schlechthin. Er verbirgt seine Ratlosigkeit nicht. Aber er prunkt auch nicht mit ihr. Er klagt, ohne anzuklagen.

Gegen Ende findet sich die Schilderung einer Treibjagd. Die Szene war offenbar als Höhepunkt des Ganzen gedacht. Sie ist es nicht. Vielmehr läßt sie noch einmal erkennen, was Seurens Stärke und was seine Schwäche ist. Frisch sagte im ›Tagebuch‹: »Schreiben heißt, sich selber lesen.«[1] Wo Seuren den Mut hat, dieser Aufforderung zu folgen, entstehen Abschnitte mit Fluidum, mit Atmosphäre. Wo er hingegen große Szenen komponiert und dramatische Effekte anstrebt, wo er Chargen einführt, die offenbar das Milieu verdeutlichen und das Bild beleben sollen – was gar nicht nötig ist –, wirkt er blaß und kalt. An leeren Seiten fehlt es in dem Buch nicht. Indes, er scheint sich seiner Schwächen bewußt zu sein.

Mit Peter Bichsel und Günter Herburger gehört Günter Seuren zu den Debütanten des Jahres 1964, die uns hoffen lassen. Ihre Bücher beweisen, daß von einer Stagnation in der deutschen Gegenwartsprosa nicht die Rede sein kann. Es geht vorwärts. Und vielleicht sogar aufwärts.

1965

Herbert Eisenreich ›Sozusagen Liebesgeschichten‹

Wenn jemand bedauert, daß Apfelbäume neuerdings keine Früchte mehr tragen, und kurzerhand behauptet, dieser Umstand müsse als Symptom der Epoche gewertet werden, ist es nicht nötig, auf seine Argumente einzugehen. Es genügt, ihm Apfelbäume zu zeigen.

Nicht anders braucht man mit manchen gängigen literarkritischen Theorien zu verfahren. So auch mit jener, die behauptet, das Erzählen sei lediglich ein Relikt vergangener Zeiten und heute einfach nicht mehr möglich. Müßig ist es, dagegen zu polemisieren. Es genügt, auf bestimmte Autoren und ihre Bücher hinzuweisen.

Damit allerdings erreicht man bei diesen düsteren Theoretikern leider nicht viel. Sie wollen in der Regel die Werke, die ihre Ansichten widerlegen, nicht zur Kenntnis nehmen. Sie lassen sich von der Existenz so ausgezeichneter amerikanischer Erzähler wie etwa Nabokov, Malamud, Bellow oder Salinger nicht beirren. Sie vergessen, daß die besten französischen Schriftsteller dieser Jahre – von Aragon bis Butor – eben auch Erzähler sind. Sie äußern sich verächtlich über Frisch, sie ignorieren die Prosa Dürrenmatts, sie klammern Doderer und Gütersloh stillschweigend aus, sie übersehen Grass und Weiss.

Natürlich wollen diese professionellen Totengräber der Erzählungskunst – meist handelt es sich um unglückliche Kunstgewerbler, die an ihrer Unfähigkeit leiden – auch von einem Mann wie Herbert Eisenreich nichts wissen. Warum? Weil er sie Lügen straft. Weil er, der sich um das Modische nicht kümmert und dem das Artifizielle völlig fremd ist, Talent hat. Weil seine Geschichten beweisen, daß sich auch die heutige Welt dem Epiker keineswegs entzieht. Und weil dieser Österreicher zu jenen deutschen Schriftstellern der Gegenwart gehört, deren Prosa den Pseudoavantgardisten Sorgen bereiten muß, da sie sich mit ihrer Lieblingsthese nicht in Einklang bringen läßt. Sie lautet: Literatur ist nichts als Sprache.

Aber diese These hat nie gestimmt und stimmt auch jetzt nicht. Die Sprache ist ein Werkzeug, ein Instrument, ein Vehikel. Freilich ein Werkzeug, dessen Anwendungsmöglichkeiten unbegrenzt sind; ein Instrument, dem der Meister Töne zu entlocken vermag, deren Existenz ihm überhaupt nicht bekannt war; ein Vehikel, das sich selbständig machen und denjenigen, der sich ihm anvertraut, in Bereiche bringen kann, von denen er bisher nichts gewußt hat.

Gewiß, die Sprache zeigt uns bisweilen, daß es mehr Ding' im Himmel und auf Erden gibt, als des Horatio Schulweisheit sich träumt. Wer jedoch glaubt, Literatur sei Sprache und nur Sprache, degradiert den Schriftsteller zum willenlosen Medium geheimnisvoller Mächte, leistet einem trüben Irrationalismus Vorschub und trägt zu einer Mythologie bei, die nur Verwirrung stiftet.

Wie eh und je gibt es auch heute hervorragende Erzähler, deren rein stilistische Leistung nicht bedeutend oder sogar fragwürdig ist. Solche Schriftsteller sind immer beliebte Forschungsgegenstände mancher unbegabter, aber um so ehrgeizigerer Kritiker, die mit beneidenswerter Geduld sprachliche Ungeschicklichkeiten ihrer Opfer aneinanderreihen und glauben, mit einer Anzahl von Zitaten das Lebenswerk etwa eines Frisch oder Böll kompromittieren zu können.

Derartige Kritiker können sich auch an Eisenreich schadlos halten, zumal an seinem neuen Buch ›Sozusagen Liebesgeschichten‹. Man braucht sich nicht anzustrengen, um in den Geschichten dieses Bandes auf sprachliche Nachlässigkeiten und gelegentliche Verstöße zu treffen und poetische Vergleiche und Metaphern zu finden, die man gern entbehren würde.

Bei Eisenreich ist von der »drüberen Seite« die Rede und von der »völligsten Gewißheit«. Eine Baumreihe – lesen wir – »krümmte sich unter den Peitschenhieben des Windes«. Von der Dämmerung heißt es leider, daß sie »aus den Winkeln des Zimmers hervorgeflossen« war. Nicht unbedingt geglückt ist die Wendung von den Schreien, die »gegen sein Trommelfell kollerten, hart und rund wie Kieselsteine«. Auch fällt es mir etwas schwer, mich mit den »Hügeln ihrer Brüste« und mit der »Bucht ihrer Schenkel« abzufinden.

Ferner müssen wir über die Heldin einer Geschichte hören, daß die Gegenwart eines bestimmten Mannes »ihr sonst rundum geschlossenes Wesen aufplatzen ließ in zahllosen winzigen Explosionen, ihre sonst glatte Haut vom Scheitel bis zu den Sohlen in eine Kraterlandschaft verwandelte, aus deren vulkanischen Poren überquellend, sprudelnd, schäumend das feurigste Gefühl brach«. Ich muß gestehen, daß mich die »winzigen Explosionen« dieser Dame ebenso beunruhigen wie das, was aus ihrer »Kraterlandschaft« hervorbricht, und noch dazu »überquellend, sprudelnd, schäumend«.

Obwohl es daneben Schilderungen von außerordentlicher Exaktheit und Prägnanz gibt, obwohl man mitunter herrliche Dialoge oder, häufiger noch, Dialogfetzen findet, obwohl einzelne Abschnitte dem österreichischen Tonfall und der höchst erfreulichen Verwendung mannigfaltiger Regionalismen einen spezifischen, unaufdringlichen Reiz verdanken, muß man, glaube ich, sagen, daß die Sprache nicht gerade Eisenreichs starke Seite ist.

Aber sosehr man sich hüten sollte, bei der Beurteilung epischer Prosawerke das Gewicht des sprachlichen Ausdrucks und die ihm innewohnenden Möglichkeiten zu unterschätzen, sowenig sollte man verkennen, daß es andere Faktoren sind, die in erster Linie das Glück des Erzählers machen. Dies ist, zunächst einmal, die Fähigkeit, das Leben seiner Zeit wahrzunehmen, es zu empfinden und zu erfahren. Dies ist, zum anderen, die Fähigkeit, die Wahrnehmungen, Empfindungen und Erfahrungen zu sichten und zu ordnen und sie in Bildern und Situationen, Vorgängen und Handlungen zu vergegenwärtigen.

Wer etwas erzählen will, spielt nicht mit Klängen und jongliert nicht mit Worten. Erzählen ist vor allem: sehen und sichtbar machen, schauen und veranschaulichen, wahrnehmen und wahr machen, glauben und beglaubigen. Erzählen heißt: der Wirklichkeit zur Wirksamkeit verhelfen. Denn indem der Erzähler feststellt, stellt er dar, indem er verdeutlicht, deutet er, indem er unterscheidet, entscheidet er, indem er seine Erlebnisse verwertet, wertet er das Leben, indem er von den Menschen berichtet, richtet er sie – ob er es will oder nicht.

Herbert Eisenreich verfügt über diese Gaben in einem hohen Maße. Er hat den Blick des Epikers. Er ist distanziert und doch aggressiv, gelassen und doch erregt. Er naht den Phänomenen des Daseins mit einer ambivalenten Teilnahme: Bei ihm sind Haß und Mitleid immer auf einmal im Spiele. Was er sieht, scheint oft abstoßend und zugleich auf unheimliche Weise anziehend zu sein.

Und was er zeigt, ist weder gut noch schlecht. ›Böse schöne Welt‹ lautet der Titel seines ersten Erzählungsbandes, ›Erlebnis wie bei Dostojewski‹ der seiner wohl berühmtesten Geschichten, ›Wovon wir leben und woran wir sterben‹ der seines virtuos geschriebenen Hörspiels. Das längste Stück des neuen Bandes heißt ›Doppelbödige Welt‹, ein anderes ›Tag und Nacht‹. Die Titel sind Bekenntnisse. Die Bekenntnisse wiederum sind literarische Postulate und Programme. Eisenreich weiß, was er will. Aber da er ein Künstler ist, will er nicht nur das, was er schon kann. Zwar hat er seine Lieblingsmotive, zu denen er immer wieder zurückkehrt, der neue Band jedoch ist nicht Wiederholung, sondern Ergänzung und Fortsetzung auf höherer Ebene, ist Vertiefung und Bereicherung. Jetzt heißt es also, ein wenig überraschend und irritierend: ›Sozusagen Liebesgeschichten‹. Fehlte es Eisenreich an Mut, der vielleicht nötig ist, um einfach von ›Liebesgeschichten‹ zu sprechen? Haben wir es mit einem dämpfenden und abschwächenden, einem schamhaften »sozusagen« zu tun? Mitnichten. Nach der Lektüre des Buches weiß man, daß in dem einschränkenden Titel ein ironischer, ein fast grimmiger Unterton mitschwingt.

Denn als das gemeinsame und zentrale Motiv fast aller Stücke des ungewöhnlich konsequenten Bandes erweist sich eben nicht die Liebe. Im Vordergrund steht ein anderes Thema: eine gefährliche und beklemmende Macht, eine Kraft, die sich schwer beherrschen und überhaupt nicht berechnen läßt, ein Instinkt, der immer wieder die Absichten und Pläne der Menschen durchkreuzt: der Sex. Den Erzähler Eisenreich interessieren jedoch nicht die physischen Vorgänge und Mechanismen, sondern die psychischen Voraussetzungen und Reaktionen. Er beschreibt nicht den Koitus, wohl aber vergegenwärtigt er den sexuellen Hunger und Überdruß, die zwischen den Geschlechtern bestehenden Spannungen und Widersprüche, die Konventionen und ihre Folgen, die Qualen und Verstrickungen des Individuums, seine Hemmungen und Komplexe.

Ein Mann empfindet zwei Wochen nach der Heirat die Nähe seiner Frau »wie eine unappetitliche Berührung«. Vor einem halben Jahr hat er zuerst ihren Schatten gesehen, nach dem er sich jetzt zurücksehnt: »Und immer stand sie, sie selber, zwischen ihm und dem Schatten, aus dem sie hervorgegangen war.« So in der ersten Geschichte des Bandes (›Der schwerste Parcours der Welt‹).

Ein Mann, der für kurze Zeit in eine Stadt kommt, hat dort ein belangloses Verhältnis, das belanglos bleiben soll. »Sie war ihm halt grad übern Weg gelaufen, zufällig sie, es hätte auch irgendwer anders sein können.« Als er abfliegt, weiß er, »daß er nie mehr hierher zurückkehren, aber genauso, daß er nie mehr davon loskommen würde«. Sie steht auf dem Flughafen »hinter dem Drahtzaun wie eine Gefangene«. So in der letzten Geschichte des Bandes (›Abschied zur Liebe‹).

In einem gewissen Sinne haben wir es also mit einer Umkehrung zu tun: In der einen Geschichte wird aus einem Traum eine alltägliche Realität, in der anderen aus einer alltäglichen Realität ein Traum. Aber hier wie da ist das Ergebnis unerwartet und unerwünscht. In der Tat, eine meisterhafte Komposition: Denn die erste Geschichte, eine harte Introduktion, setzt das ernüchternde und sogar drohende Vorzeichen, unter dem die ganze Sammlung steht. Die letzte, ein elegisches, jedoch nichts verklärendes und nichts lösendes Finale, deutet eine Möglichkeit an, die wiederum für alle Stücke des Bandes gilt. Beide exemplifizieren Grenzfälle und stecken damit den Rahmen ab. Beiden verdankt das Buch seine heimliche Symmetrie, sein inneres Gleichgewicht.

Weder dämonisiert Eisenreich den Sex, noch verzaubert er ihn. Er entrüstet sich nicht, und er klagt auch nicht an. Seine Geschichten sind weder Proteste noch Hilfeschreie. Er sieht physische und psychologische Gegebenheiten. Er zeigt Zustände, Beziehungen, Entwicklungen, Ergebnisse. Er entwirft Bilder, die sich in den besten Stücken als Sinnbilder erweisen. Er bietet epische Befunde.

Aber in diesen Befunden ist – wie immer die einzelnen Geschichten ausgehen und wie unbeschwert einige auch anmuten mögen – eine Frage verborgen, die uralte Frage der Literatur. Nämlich: Warum leiden die Menschen? So erzählt Eisenreich von der sexuellen Not einer klugen und tüchtigen Frau, die erkennt, »daß sie zwar keineswegs schon zu alt für ein Abenteuer war, jedoch: zu seriös dafür« (›Tag und Nacht‹). Von einem jungen Mann, der meint, sich an der Reinheit seines Mädchens versündigt zu haben, aber von ihm zu hören bekommt: »Darauf hab' ich all die Zeit lang gewartet ...« Der Titel dieser Geschichte: ›Das Mißverständnis‹. Von einer betrogenen Ehefrau, die mit einem anderen, vor dem sie sich ekelt, nur deshalb ins Bett geht, um sich an ihrem Mann zu rächen (›Die Betrogene‹). Von einem ältlichen Fräulein (ihre Kleidung »ließ einen Körper darunter nicht einmal ahnen«), das plötzlich in einen zweifelhaften Ruf kommt, wodurch es für einen Nachbarn »zur Frau« gemacht wird (›Der Segen eines schlechten Rufes‹). Von einem Mann, dessen Leben zerstört wurde, weil er als Kind Zeuge war, wie sein Vater seine Mutter mißhandelt hat (›Die ganze Geschichte‹). Von einer Frau, die sich bei ihren Affären »einfach hingelegt« und »gar nichts dawider, freilich auch gar nichts dazu getan« hatte und der jetzt nur mit dem eigenen Bruder »die natürlichsten Posen der Liebe« gelingen (›Die Statue einer Frau‹). Von einem Handelsvertreter, der sich beklagt, daß seine Frau sich »rein platonisch« mit Intellektuellen abgebe, die er nicht für eine »achtbare Konkurrenz« halten könne; diese Freundschaften seien für ihn »eine schmählichere Entwürdigung, als wenn sie einmal einen Seitensprung machte mit einem richtigen Kerl«. Die Pointe: »Kann man mir also verübeln, daß ich eine Freundin habe?« (›Die Freunde meiner Frau‹).

Alle Geschichten dieses Bandes, die schwächeren nicht ausgeschlossen, zeichnen sich durch jene unbefangene und natürliche Sicht aus, die man in der neueren deutschen Prosa, die sich sexueller Motive annimmt, oft vermissen muß.

Das soll heißen: Eisenreich erzählt ohne Heuchelei und Prüderie, aber er gerät auch nie in die Nähe des Obszönen oder gar des Vulgären. Und im Unterschied zu manchen Autoren der jüngeren Generation, bei denen, sobald diese Motive auftauchen, ein etwas infantil anmutender Trotz spürbar wird, erregt er nie den Verdacht, er wolle den Lesern mit seiner Freimütigkeit und Kühnheit imponieren.

Was zu den vornehmsten Kennzeichen der großen Wiener Schule gehört, kann auch ihm nachgerühmt werden – daß er Deutlichkeit mit Diskretion zu verbinden weiß. Die wohltuende Deutlichkeit erreicht Eisenreich, auch in dieser Hinsicht der Tradition der österreichischen Epik treu, vor allem durch realistische Details, mit denen er souverän umgeht. In seinen Geschichten lassen Requisiten Konflikte und Probleme erkennen. Das hat nichts mit den monotonen Inventarisierungen gemein, die uns meist von jenen Autoren als umwälzende Errungenschaft der Moderne geboten werden, die leider nichts anderes zu bieten imstande sind. Eisenreichs Detailfreudigkeit ist hohe Artistik im Dienste der Epik.

Aber gerade weil er sich auf einer solchen Ebene der Artistik bewegt, machen sich in seiner Prosa falsche Töne oder wenig wählerische Kunstgriffe sofort ärgerlich bemerkbar. Wenn er danebenhaut, dann gleich so kräftig, daß es einem fast die Sprache verschlägt. Das trifft beispielsweise auf seine fatale Vorliebe für Schlußakkorde zu.

Es heißt, Tschechow habe nie das Manuskript einer Geschichte aus der Hand gegeben, ohne vorher die ersten und letzten Sätze zu streichen. Eisenreichs Anfänge sind oft großartig, seine Schlüsse fast immer entbehrlich, ja sogar unkünstlerisch. In den letzten Zeilen vergißt er seine Zurückhaltung und schlägt, das Publikum unterschätzend, laut und plump auf die Pauke. Er leistet sich mitunter Entgleisungen, die uns die braven Handwerker ersparen. Was immer Eisenreichs Epik bedrohen mag – Mittelmäßigkeit ist es nie. Und auch nicht Langeweile.

Er schrieb einmal, der Schriftsteller kenne nur eine einzige Wahrheit: »das Grundgesetz allen Werdens, Seins und Vergehens«.[1] Eisenreich hat die von ihm gefühlte und erkannte Wahrheit in ein reales Geschehen verwandelt. Daher lassen seine Geschichten jenes Grundgesetz ahnen. Daher braucht schließlich nichts anderes gesagt zu werden als das, was er einen seiner Helden aussprechen läßt: »Ich aber spürte den doppelten Boden der Welt, welche unsere ist.«

Rolf Dieter Brinkmann
›Die Umarmung‹

Und man sieht die im Lichte, die im Dunkeln sieht man nicht. Die Autoren sind es, die, wenn es gutgeht, im Lichte stehen. Und die Lektoren bleiben, was immer auch geschieht, im Dunkel. Sie entdecken und fördern, beraten und erziehen, stimulieren und kontrollieren. Sie werden als Marktkenner und Feinschmecker, als Korrepetitoren und Mentoren gebraucht, sie müssen sich sogar als Beichtväter bewähren. Sie dienen der Literatur als Hebammen. Und bisweilen lieben sie die Kinder ihrer Schützlinge – als wären es ihre eigenen.

Von allen Aufgaben des Lektors scheint mir keine wichtiger zu sein als diejenige, begabten Autoren, jungen zumal, zur Selbstverwirklichung zu verhelfen. Letztlich will er – in dieser Hinsicht dem Kritiker ähnlich – nur eins: zu schriftstellerischen Leistungen beitragen. Somit ist er imstande, auf die zeitgenössische Literatur einen beträchtlichen Einfluß auszuüben. Über den tatsächlichen Anteil der Lektoren an den publizierten Büchern allerdings, der sich übrigens fast nie genau ermitteln läßt, wird die Öffentlichkeit in der Regel nicht informiert. Es besteht kein Anlaß, diesen Zustand zu beklagen oder ihn gar verändern zu wollen.

Wenn es jedoch einmal möglich ist, nicht nur vage Vermutungen zu äußern, sondern auf konkrete Verdienste der Lektoren hinzuweisen, ohne sich dabei eine Indiskretion zuschulden kommen zu lassen, dann sollte man eine solche Gelegenheit nicht versäumen. So sind jetzt die offenbar systematischen Bemühungen von Dieter Wellershoff, der seit mehreren Jahren das deutsche Lektorat des Hauses Kiepenheuer & Witsch in Köln leitet, deutlich sichtbar geworden.

Auf der Suche nach neuen Talenten hat Wellershoff vor

einiger Zeit eine Anzahl fast oder ganz unbekannter Autoren aufgefordert, über ein bestimmtes Thema einen Prosatext im Umfang von zwanzig bis siebzig Seiten zu schreiben. Sechs der auf seinen Vorschlag hin entstandenen Arbeiten gab er 1962 unter dem Titel ›Ein Tag in der Stadt‹ heraus. Den Sammelband wollte Wellershoff »als eine Art Probierbühne« verstanden wissen.

Die damals vorgestellten Autoren kommen jetzt nacheinander mit selbständigen Prosabüchern zu Wort. Es begann im vergangenen Herbst mit den höchst bemerkenswerten und in der Tat vielbeachteten Erstlingen von Günter Herburger und Günter Seuren, denen nun das erste Buch auch von Rolf Dieter Brinkmann folgt, der Erzählungsband ›Die Umarmung‹.

Brinkmann scheint gründlich belesen zu sein. Jedenfalls merkt man der Prosa dieses jungen Schriftstellers, der übrigens wirklich noch jung ist – er wurde 1940 geboren –, verschiedene bewußte oder vielleicht auch unbewußte Vorbilder an. Doch wäre es müßig, ihre Namen aufzuzählen und mit Zitaten diese oder jene Ähnlichkeit nachweisen zu wollen. Alle Debütanten ahmen erst einmal die Meister nach oder zumindest diejenigen, die sie für Meister halten: Der Weg zur eigenen Sprache ist fast immer ein Umweg, der Entdeckung eigener Mittel muß in der Regel die Verwendung fremder vorangehen. Es kommt nur darauf an, ob der Anfänger mehr zu bieten hat als nur Lesefrüchte. Dies kann hier, meine ich, keinem Zweifel unterliegen.

Denn Brinkmann verfügt über eine intensive und außergewöhnlich zielstrebige Begabung, die sich freilich auch als schmal und eng erweisen kann. Aber es spricht nicht gegen einen Debütanten, daß sich die Dimensionen seines Talents noch keineswegs absehen lassen. Zugleich verdankt er seine stärksten Impulse – man spürt das sofort – eben doch nicht der Literatur, sondern, glücklicherweise, seinen unmittelbaren Erlebnissen.

Es ist vor allem seine auffällige Reizbarkeit, die an Brinkmann glauben läßt, seine Empfänglichkeit für sinnliche Eindrücke jeder Art, seine geradezu erstaunliche Sensibilität. Er kann sehen und hören und riechen und tasten und schmekken. Und das scheint mir – ich scherze mitnichten – sehr viel zu sein, heute zumal. Nicht sein handwerkliches Geschick, an dem noch sehr viel auszusetzen ist, unterscheidet ihn von den meisten deutschen Prosaisten seiner Generation, sondern daß er bestimmte Reize der Umwelt zu empfinden und in sich aufzunehmen vermag, also seine Fähigkeit, schlicht gesagt, das Leben zu erleben.

Dieser Autor kann also die Gegenwart erleiden. Kann er auch Erlittenes vergegenwärtigen?

Die sechs Stücke des Bandes sind eher exakte Studien als Erzählungen. Beschreibungen und Impressionen, Zustandsschilderungen und Momentaufnahmen, Assoziationen und Reminiszenzen werden aneinandergereiht und stets aus der Perspektive ein und derselben Person geboten, eines jungen Mannes, über den wir wenig erfahren und der meist Medium und Zentralfigur, Objekt und Subjekt zugleich ist.

Aber auch wenn er im Mittelpunkt der spärlichen Vorgänge steht, macht er nicht den Eindruck einer handelnden Gestalt, sondern eines hellwachen und ohnmächtigen Beobachters der Realität, die sich in seinen Augen oft in eine überscharfe Traumlandschaft verwandelt. Gelegentlich läßt die Großaufnahme die Details und Gegenstände in monströsen Ausmaßen erscheinen, hier und da wird – in derselben Absicht – die Zeitlupe angewandt.

Im ersten Stück (›Der Arm‹) erwartet der Held die Nachricht vom Tod seiner krebskranken Mutter. Mit schonungsloser Anschaulichkeit zeigt Brinkmann einerseits ihren körperlichen Verfall, ihr allmähliches Sterben, und andererseits die Gefühle und Gedanken des Sohnes. Er spürte, heißt es einmal, »daß mit ihr etwas unvorstellbar Gemeines, Viehisches vor sich ging, worüber er mit niemandem hatte sprechen können ... und das auch gar nicht ihre Krankheit war, ... sondern mit dem zusammenhing, was durch die Krankheit mit ins Haus eingeschleppt worden war und mit ihrem Hinsiechen täglich gewalttätiger, brutaler und aufdringlicher wurde, was sie alle tyrannisierte, bedrohte auf eine heimtückische, lautlose Art«.

In diesem Stück findet sich, wenige Seiten weiter, die Gegenstelle: »In derselben Sekunde sah er auch die sinnlose Schönheit der Zahnbürste, des Wasserglases, das auf dem Nachttisch stand, die Schönheit eines Knopfes an seiner Jakke, und er begriff das nicht als etwas Nützliches, als etwas, das zu gebrauchen war, sondern als etwas, das in ihrer (der sterbenden Mutter) Gegenwart unerwartet wirkte, neu, ganz fremd, noch nie dagewesen.«

Damit ist das Thema des ganzen Bandes angedeutet. Denn Brinkmanns Buch, das mit einem Tod beginnt, mit einer Geburt endet und seinen Höhepunkt in der Beschreibung eines Koitus erreicht, verdankt seine Entstehung zunächst einmal dem Ekel vor dem Menschen. Hier lehnt sich ein junger Schriftsteller mit Wut und Besessenheit gegen die biologischen Gegebenheiten des Daseins auf, gegen das Körperliche und das Kreatürliche, gegen das scheinbar Animalische.

Aber es ist nicht etwa eine grandiose Einseitigkeit, die diese unerbittliche, ja grausame Kritik des Lebens in den besten Passagen ergreifend und überzeugend macht, sondern, im Gegenteil, ein im Grunde ambivalentes Verhältnis des Autors zu den Phänomenen. Das soll heißen: Er betont konsequent seinen Abscheu, ohne jedoch verheimlichen zu wollen, daß er zugleich der Faszination erliegt. Dem verzweifelten Protest entspricht schließlich eine widerwillig-leidenschaftliche Zustimmung.

Brinkmanns Vorliebe für Extreme führt jedoch nicht immer zu guten Ergebnissen. Seine Versuche, alltäglichen und gewöhnlichen Vorgängen beklemmende Ausdruckskraft abzugewinnen, wirken oft noch krampfhaft. Das gilt beispielsweise für das Stück ›Geringes Gefälle‹, das sich in einem Kaffeehaus abspielt, und ebenfalls für das ›Lesestück‹, in dem der Protagonist in der Rolle eines Lehrers auftritt und während einer Schulstunde gezeigt wird.

Hier wie da macht sich die Belanglosigkeit mancher Wahrnehmungen und die Beliebigkeit der Assoziationen störend bemerkbar. Gelegentlich fällt auch die modische Vorliebe für Inventarisationen unangenehm auf, die mir in der Regel schon deshalb bedenklich erscheint, weil von derartigen präzisen Aufzählungen und kalten Beschreibungen, welch wichtigen und edlen Zielen sie auch dienen sollten, meist eine vom Autor nicht beabsichtigte Monotonie ausgeht.

Wenn hingegen Brinkmann darauf verzichtet, das Unheimliche und Beklemmende ins Alltägliche zu manipulieren, und statt dessen sein Lebensgefühl in extremen Situationen vergegenwärtigt, denen die von ihm angestrebten Elemente bereits innewohnen, zeigt er sich seinen Gegenständen in viel höherem Maße gewachsen – so im ersten Stück, so auch im letzten, der Szene in der Entbindungsanstalt. Dann verbindet er die Genauigkeit der Beobachtung mit der Treffsicherheit und Natürlichkeit des Ausdrucks. Und es gelingen ihm zumindest Abschnitte von verblüffender Suggestivität.

Sein aggressives und im tiefsten Sinne zwiespältiges Verhältnis zur Realität wird indes vor allem in den Teilen des Buches sichtbar, die Sexuelles betreffen. Sie sind mit jener radikalen Rücksichtslosigkeit geschrieben, die auch die vollkommene Schamlosigkeit einschließt und einschließen darf. Und die den (freilich naheliegenden) Vorwurf des Exhibitionismus nicht fürchtet und nicht zu fürchten braucht.

In dem Stück ›Weißes Geschirr‹ nimmt sich der Held vor, »sie nicht zu besuchen, nicht wie ein Köter ihr nachzulaufen, schnüffelnd, mit wedelndem Schwanz«. Aber er läuft ihr doch nach, er verliert seine Beherrschung, er kommt sich selber lächerlich vor und handelt unter dem Zwang eines Instinkts, dessen Regungen er unentwegt beobachtet und sachlich registriert.

Hier und insbesondere in dem Titelstück spürt Brinkmann mit trotziger Beharrlichkeit den intimsten physischen Vorgängen nach und beweist, daß er schon fähig ist, manche der geheimen Reaktionen des Menschen in Sprache zu fassen, wobei die Rezeption der Sinnesreize und die kritische Reflexion nicht etwa als zwei verschiedene Faktoren im Bewußtsein des Helden erscheinen, sondern stets ineinander übergehen und sich gegenseitig bedingen. ›Die Umarmung‹ ist auch das einzige Stück der Sammlung, in dem sich aus den Momentaufnahmen, aus der Fixierung des Bewußtseinsstroms eine Erzählung ergibt. Anders ausgedrückt: Die Beschreibung sexueller Vorgänge läßt eine Geschichte erkennen – die Geschichte einer Liebe.

Alles in allem: gewiß noch kein bedeutendes Buch. Und doch eine wichtige Publikation. Weil sie große Möglichkeiten ankündigt. Letztlich eine einzige Erzählung und – abgesehen von einzelnen guten Seiten oder Abschnitten – nur kleine Übungsstücke? Ja, das ist richtig. Aber Übungsstücke eines Talents.

Willi Heinrich
›Maiglöckchen oder ähnlich‹

Der deutsche Schriftsteller Willi Heinrich genießt zwar eine Art Weltberühmtheit, doch steht er bei jenen, die sich hierzulande mit Literatur befassen, in keinem guten Ruf, ja, er gilt sogar als Illustrierten-Autor – und das ist in unserem Gewerbe ein besonders hartes Wort. Daher möchte ich hier gleich offen bekennen, daß ich seinen neuen Roman ›Maiglöckchen oder ähnlich‹ mit Interesse und nicht ohne Vergnügen gelesen habe. Und trotz mancher Bedenken, zu denen dieses Buch Anlaß gibt, zögere ich keinen Augenblick, seine Lektüre zu empfehlen.

Natürlich weiß ich, daß Heinrich unserer, der Kritiker, Empfehlung längst nicht mehr bedarf. Er und seine Leser haben sich schon vor einigen Jahren gefunden und sind offenbar miteinander zufrieden. Von seinem Roman ›Gottes zweite Garnitur‹ (1962) wurden allein in deutscher Sprache 770000 Exemplare gedruckt. Ob die Weltauflage seiner Bücher noch vier Millionen beträgt (wie ein Nachschlagewerk vom Jahre 1963 informiert) oder vielleicht schon fünf Millionen erreicht hat, ließ sich nicht genau ermitteln.[1] Aber eine Million mehr oder weniger, das spielt in diesen Regionen keine so große Rolle mehr.

Es mag auch sein, daß sich von der Höhe eines solchen Auflagengebirges jene Niederungen, in denen unser literarisches Leben mit all seinen Diskussionen und Erörterungen stattfindet, kaum wahrnehmen lassen. Das beruht jedoch auf Gegenseitigkeit – und erst dieser Umstand scheint mir wirklich bedauernswert: Der auf solchen einsamen Gipfeln thronende Autor Heinrich ist also den Blicken der deutschen Kritik entrückt.

Er, der seit 1955 sieben Romane publizieren ließ, von denen er freilich einen (›Rape of Honor‹, 1961) der deutschen

Leserschaft vorenthalten hat – es handelte sich um eine Spezialanfertigung für die USA –, kann sich im Unterschied zu manchen anderen von unseren Literaturblättern ebenfalls wenig geschätzten Schriftstellern nicht einmal rühmen, prominente Kritiker zu Attacken oder zu spöttischen Analysen angeregt zu haben. Und es ist bezeichnend, daß man in dem 1965 erschienenen ›Handbuch der deutschen Gegenwartsliteratur‹, das nicht weniger als 470 Einzeldarstellungen enthält, keinen Artikel über Willi Heinrich findet.

Diese totale Mißachtung, mit der ihn die deutsche literarische Öffentlichkeit straft, hat er nicht verdient. Er ist besser als sein Ruf, er kann mehr als manche Autoren, die von den Branchenkennern ernst genommen werden.

Heinrich gehört zu jenen ursprünglichen Erzählern, denen es scheinbar mühelos gelingt, die Aufmerksamkeit der Leser nicht nur zu erwecken, sondern sogar über lange Strecken hinweg wachzuhalten. In den besten Teilen seiner besten Bücher schreibt er tatsächlich, wie es in den Klappentexten heißt, »fesselnd« und »spannend«, was letztlich nichts anderes bedeutet, als daß die Leute ihm auch dann gern zuhören, wenn sie der Gegenstand nichts angeht und sie ihm kein einziges Wort glauben. Und dies ist, was immer Theoretiker fordern mögen, doch eines der wichtigsten Kriterien der erzählerischen Kunst – heute wie eh und je.

Sein Handwerk versteht also Heinrich: Er kann Fabeln entwickeln, rasch erkennbare Figuren zeichnen und ohne viel Aufwand Milieus veranschaulichen. Aber leider ist er nicht eben zimperlich in der Wahl seiner Mittel.

Er hat einen guten Blick für das Zeitsymptomatische und das Charakteristische, für Fragen und Themen, die zwar nicht mehr ganz neu sind und auch von der deutschen Gegenwartsliteratur längst entdeckt wurden, doch immer noch eine gewisse Aktualität für sich in Anspruch nehmen können. Aber ganz abgesehen davon, daß Heinrich in der Regel an der Oberfläche bleibt, widersteht er dem Sog des Sentimentalen nur selten. Und auch das Melodramatische ist bei ihm nicht unbedingt verpönt.

Seine Dialoge klingen meist natürlich, er konstruiert wirkungsvolle Szenen, er hat einen beachtlichen Instinkt für die Dramaturgie des Romans. Aber keine Hemmungen hindern ihn, auch solche Elemente zu verwenden, deren Herkunft aus dem Bereich der braven alten Kolportage unverkennbar ist. So sind Heinrichs Romane von einer auffallenden Zwiespältigkeit nie ganz frei, wobei es zumindest als wahrscheinlich gelten muß, daß er viele Anhänger diesseits und jenseits des Ozeans weniger seinen schriftstellerischen Fähigkeiten zu verdanken hat als der Großzügigkeit, mit der er dem Publikum grelle Kontraste, süßliche Motive und brutale Effekte gönnt.

Gerade unter diesen Umständen sollten wir es, glaube ich, um so mehr anerkennen, daß Heinrich jetzt nicht mehr den Weg des geringsten Widerstands gegangen ist: Das Buch ›Maiglöckchen oder ähnlich‹ weist neben ernsten Qualitäten immer noch fragwürdige Ingredienzen auf, doch hat sich das Mischungsverhältnis ebenso entschieden wie günstig verändert.

Die stilistischen Möglichkeiten des Autors sind allerdings sehr bescheiden geblieben. Der Diktion des neuen Romans lassen sich zwar Geläufigkeit und meist auch Korrektheit bescheinigen, aber keine individuelle Färbung: Die Sprache ist niemals glanzvoll und niemals peinlich, Aufschwünge und Fehltritte sind ihr gleich unbekannt. Kein Zweifel: An der Originalität seiner Darstellungsweise oder gar an formalen Experimenten ist dem Romancier Willi Heinrich nicht das mindeste gelegen. Wer ihm dies jedoch vorwerfen wollte, würde, glaube ich, das Wesen der Gattung, der sein Buch angehört, gründlich verkennen. Denn soviel auch von ihr erwartet werden darf, sowenig kann es ihre Aufgabe sein, die Sprache zu bereichern oder der Kunst neue Wege zu zeigen.

Überdies haben wir wirklich keinen Anlaß, den Mangel an Schriftstellern zu beklagen, die entschlossen sind, uns um jeden Preis mit der Kühnheit ihrer Mittel zu verblüffen. Wo es, wie in unserer heutigen Literatur, von solchen wimmelt, die den Himmel zu stürmen versuchen, ohne sich auf der Erde bewegen zu können, die unentwegt Außerordentliches bieten möchten und daher nichts Ordentliches leisten, da ist es an der Zeit, vor der Geringschätzung von tüchtigen Handwerkern zu warnen, die uns nicht übers Ohr hauen wollen.

›Maiglöckchen oder ähnlich‹ – das ist eben ein Roman

ohne Bluff, eine Prosa, die nie über ihre im Grunde anspruchslosen Verhältnisse lebt. Für Heinrich nimmt schon das Faktum ein, daß er nicht hinter dem Rücken eines naiven oder hysterischen oder jedenfalls nicht ganz zurechnungsfähigen Ich-Erzählers Schutz sucht, sondern sich nicht scheut, zu seiner Sachwalterin eine vernünftige und intelligente Frau zu machen, eine siebenundzwanzigjährige Journalistin. Sie ist in der Redaktion einer süddeutschen Provinzzeitung tätig, einem offenbar ehrenwerten Blatt, für das sie Leitartikel und Glossen verfaßt; gegen Heuchelei, Konformismus und Engstirnigkeit, gegen den § 218 (Abtreibung) und die Einmischung des Staates in das Privatleben der Bürger. Als die sympathische Journalistin, die leider etwas prätentiös Simone heißt, den Arbeitsmethoden der örtlichen Behörden und ihrem Kampf gegen einen unbequemen Gerechtigkeitsfanatiker – dies übrigens die schlechteste Gestalt des Romans – zuviel Aufmerksamkeit widmet, muß sie schleunigst das Feld räumen. Denn jene Behörden besitzen eine Fotografie, mit der sie die Artikelschreiberin kompromittieren könnten.

Diesmal beweist Heinrich, daß er nicht nur Effekte erreichen kann, sondern gelegentlich auch imstande ist, auf sie zu verzichten. Erstaunlich, wieviel er uns erspart hat: Er wird nie feierlich und pathetisch, er wartet mit keiner Pseudophilosophie auf, er bringt es sogar fertig, die Zahl der Platitüden, mit denen deutsche Autoren in der Regel die Verdauung derartiger Romane erleichtern wollen, in erträglichen Grenzen zu halten.

Und im Unterschied zu manchen anderen und auch ungleich bedeutenderen Prosaisten, deren Bücher im letzten Jahrzehnt gegen ähnliche Zeiterscheinungen gerichtet waren, versagt es sich Heinrich, die bundesrepublikanische Welt zu dämonisieren oder in eine gespenstische Landschaft zu verwandeln. Seine Simone ist keine Heldin, und ihre Arbeitgeber und Kollegen sind im Grunde liberale und anständige Leute.

Dennoch hat sie keinen anderen Ausweg als ... ja, als was? Flieht sie nach Italien? Begeht sie Selbstmord? Muß sie in ein Nervensanatorium eingeliefert werden? Nein, Heinrich hat sich doch etwas anderes einfallen lassen. Zwar flieht sie, doch nur nach Hamburg – zu jenem Pressekonzern, den sie unlängst verlassen hatte, weil sie »den Kreuzzug wider die politische Vernunft« nicht mitmachen wollte. Jetzt wird sie sich der dort erwünschten »Verlagsoptik« anpassen. So endet das Buch ohne Zusammenbruch, ohne dröhnende Empörung: Im Finale dominieren stille und resignierte Töne. Der Ich-Erzählerin bleibt lediglich die (auch sehr fragwürdige) Hoffnung auf ihr privates Glück.

Ein Unterhaltungsroman, der nicht mit der eindeutigen Trivialliteratur verwechselt werden möchte, darf nicht zu oft und zu laut auf die Pauke schlagen. Heinrich vertraut daher gelegentlich der Kraft, die der Verhaltenheit innewohnt. Er weiß auch genau, daß nur derjenige Unterhaltungsroman wirklich unterhält, der den Eindruck erweckt, daß er nicht nur unterhält. Freilich hat diese Einsicht aus vielen Büchern zumal deutscher Autoren epische Zwitter gemacht, die zu anspruchsvoll für eine flüchtige Lektüre sind und zu flüchtig für ein anspruchsvolles Publikum.

Heinrich entgeht der Gefahr. Mitunter spart er aus, deutet er nur an und erreicht damit gerade das, was er erreichen will: Man wird nicht überfordert und hat doch das angenehme Gefühl, ein intelligenter Mensch zu sein, der stets die Intentionen des Verfassers begreift und, wenn nötig, errät. Er regt seine Leser zum Nachdenken an, ohne sie sonderlich aufzuregen. Sie sollen zweifeln, aber nicht gleich verzweifeln. Zwar will er sie beunruhigen, doch hütet er sich, sie etwa aus der Fassung zu bringen.

Das entscheidende Element des angelsächsischen Unterhaltungsromans, dem Heinrich glücklicherweise nacheifert, ist jedoch nicht in zeitkritischen, sondern fast immer in psychologischen Kategorien zu suchen. Wir sollen überzeugt sein, daß die Lektüre zur Vertiefung und Bereicherung unserer Menschenkenntnis beigetragen hat. In England und Amerika gibt es nicht wenige Bücher, die dies in der Tat bewirken und dabei die Grenzen der Unterhaltungsliteratur niemals überschreiten. Gilt das auch für Heinrich?

Wie in seinen früheren Romanen neigt er auch in ›Maiglöckchen oder ähnlich‹ zur übermäßigen und allzu simplen Typisierung vieler Gestalten: Es sind meist Chargen, die seine Szene bevölkern. Während sich ein Erzähler wie etwa Somerset Maugham in kluger Selbstbeschränkung begnügte, psychologische Phänomene lediglich zu beschreiben, ohne zu erklären, wie sie entstanden sind, ist Heinrich stets darauf bedacht, die von ihm dargestellten Erscheinungen auf zeitgeschichtliche Umstände zurückzuführen. Indem er beispielsweise die sexuellen Nöte einiger Figuren dieses Romans in einen direkten ursächlichen Zusammenhang mit der deutschen Misere bringt, nähert er sich der unfreiwilligen Komik. Trotzdem betreffen die stärksten Abschnitte des Buches eben den erotischen Bereich.

Simone, die gelernt hat, die permanenten Zudringlichkeiten ihrer Redaktionskollegen abzuwehren, ohne sich dadurch deren Feindschaft zuzuziehen, leidet an ihrer Frigidität, gegen die sie vergebens ankämpft. Als eine junge Fotografin, von Heinrich freilich allzusehr auf *femme fatale* stilisiert, sich in sie verliebt, blickt Simone erstaunt auf ihr eigenes Verhalten und registriert mit Verwunderung die Reaktionen ihres Körpers. Erniedrigung und Lust, Beschämung und Glück gehen ineinander über. Denn sie empfindet diese Liebe als Entwürdigung und zugleich als eine neue Art von Würde. Sie gerät in ein Netz von Lügen, sie fürchtet die Abhängigkeit von diesem Mädchen, das vor Gemeinheiten nicht zurückschreckt, und sehnt sich doch nach einer derartigen Abhängigkeit.

Daß Heinrich in einigen Szenen das Erwachen und die Intensität einer solchen Beziehung zu beglaubigen vermochte, beweist eine Sensibilität, die nicht vielen deutschen Autoren, deren Werke wir seit Jahren analysieren, nachgerühmt werden kann. Ganz gewiß steht sein Roman ungleich höher als die heutzutage erfolgreiche deutsche Unterhaltungsliteratur, als beispielsweise die Bücher von Luise Rinser, Hans Habe oder Erich Maria Remarque.

Es wäre schlimm, wollten sich junge deutsche Schriftsteller Heinrichs zwischen guter Konfektion und handwerklicher Perfektion schwankende Prosa zum Vorbild nehmen. Indes wäre es noch schlimmer, wollten wir ihre Daseinsberechtigung und Zugehörigkeit zur Literatur anzweifeln.

Walter Helmut Fritz ›Abweichung‹ Gabriele Wohmann ›Abschied für länger‹ und Martin Gregor-Dellin ›Einer‹

Zu neuen Ufern lockt ein neuer Tag. Und lockt verführerisch. Denn die bundesrepublikanischen Verlage machen Fortschritte – jedenfalls in der Kunst, interessante Ankündigungen zu redigieren, gefällige Prospekte zu verfertigen und reizvolle Klappentexte zu schreiben. Nicht wenige dieser Texte haben den Rang schriftstellerischer Erzeugnisse. Oft lohnt sich ihre Lektüre, da die Hinweise auf die Motive und Gedanken, die in einem Roman oder Erzählungsband enthalten sein sollen, tatsächlich imstande sind, die Phantasie des Lesers in hohem Maße anzuregen. Ließe sich eine ähnliche Wirkung noch den Büchern selbst nachsagen – zu eitel Freude wäre Anlaß.

Kein Werbespezialist kann jedoch verheimlichen, daß, von Uwe Johnson abgesehen, die bekanntesten Autoren nicht mit von der Partie sind.

So steht uns entweder eine schwache Buchsaison bevor oder, was allerdings weniger wahrscheinlich ist, ein Herbst der Überraschungen. Auf jeden Fall gilt es, die Gelegenheit wahrzunehmen: Wenn sich die Prominenten einmal zurückhalten – und dies ist verständlich und zum Teil sogar erfreulich –, sollte die Stunde der Debütanten schlagen und jener auch, die, vielleicht zu Unrecht, in dem Ruf stehen, zweite Garnitur zu sein. Anders ausgedrückt: Wenn Sensationen ausbleiben, ist Zeit für Revisionen.

Drei deutsche Schriftsteller, geboren zwischen 1926 und 1932, seit Jahren bekannt, aber nicht eben berühmt, gelegentlich preisgekrönt, aber von der Kritik nicht gerade verwöhnt – Gabriele Wohmann, Walter Helmut Fritz und Martin Gregor-Dellin –, warten jetzt mit Romanen auf, die manche Kennzeichen miteinander gemein haben.

Die drei Romane spielen ganz oder vorwiegend in der

Gegenwart und in der Bundesrepublik. Alle drei Autoren bemühen sich, gewöhnlichen Vorgängen und durchschnittlichen Sachverhalten gerecht zu werden: Es geht um die Darstellung des Üblichen, des Alltäglichen und Banalen, hier und da auch der Arbeitswelt. Zentralfiguren sind kleine Leute, die sich als große Versager erweisen. Das Exemplarische wird im Mittelmäßigen gesucht.

Charakteristisch ist ferner das Streben nach Reduktion und Konzentration: auf wenige Motive, eng umgrenzte Schauplätze und höchstens zwei Gestalten. Das gilt ebenfalls für die Sprache. Von stilistischen Extravaganzen wollen diese Erzähler nichts wissen, hingegen ist ihnen an einer unauffälligen und sparsam-exakten Diktion gelegen, an dem Zwischentext und dem Understatement, an der vielsagenden Andeutung und der epischen Abbreviatur. Kein Zufall, daß alle drei Romane sehr kurz sind.

Was hier und in einigen anderen gleichzeitig erschienenen Büchern eine mehr oder weniger glückliche Fortsetzung findet, scheint mir jene Literatur der kleinen Schritte zu sein, die sich in Deutschland seit etwa zwei Jahren als Reaktion auf den Pseudo-Avantgardismus bemerkbar macht. Vernünftige Sachlichkeit, vorsichtig-diskrete Psychologie, ein bescheidener und offener Realismus, zurückhaltende Gesellschaftskritik, einsichtige Selbstbeschränkung – das sind wohl einige Merkmale dieser so notwendigen Gegenströmung, der wir vielleicht keine kühnen Würfe verdanken werden, doch immerhin nennenswerte Versuche.

Indes: Redliche Anstrengungen in Ehren – aber was taugen die Ergebnisse? Walter Helmut Fritz hat den Mut, eine nahezu archetypische Geschichte (›Abweichung‹) zu erzählen: Zwei Menschen, übrigens beide schon über dreißig und nicht ohne Eheerfahrung, lieben sich, heiraten, sind glücklich, werden sich gleichgültig und dann fremd, und schließlich können sie es nicht mehr miteinander aushalten. Ob sich diese Geschichte innerhalb von Monaten oder Jahren abspielt, bleibt offen. Das ist alles. Aber ist es etwa wenig? Den Hintergrund bildet eine nur sparsam angedeutete, doch unverkennbar bundesrepublikanische Neubausiedlung: Die Impressionen und Skizzen, Stimmungsbilder und Momentaufnahmen, aus denen Fritz den Roman zusammengefügt hat, sollen immer wieder die Stationen der seelischen Entwicklung der beiden Protagonisten zeigen. Letztlich soll dem Leser zu dem Schluß verholfen werden, auf den der Titel und das Motto hinzielen. Denn mit dem Wort »Abweichung« ist hier nichts anderes gemeint als der Unterschied, der zwischen der Absicht des Individuums und ihrer Verwirklichung besteht.

An einigen Stellen des Romans gelingt es Fritz ohne viel Aufwand, jene elegische Stimmung zu verdeutlichen, die auch in vielen seiner Gedichte dominiert. Da spüre und höre ich tatsächlich, was dem Erzähler vorgeschwebt haben mag: das schreiende Understatement, das klagende Schweigen. Er erreicht dies immer dann, wenn er auf die gewaltsame Verknappung der Sprache und manche ärgerlich-naiven Manierismen verzichtet. Und wenn er sich von den Vorbildern freigemacht, die sich allerdings schwerlich übersehen lassen: hier Johnsons kokett-minuziöse Beschreibungen, da Lettaus skurrile Manig-Optik, dort Walsers hartnäckige Detailfreudigkeit, hier läßt Peter Weiss grüßen, dort Max Frisch.

Nicht dieser (freilich fatale) Hang zum Eklektizismus macht jedoch das Buch so fragwürdig. Die entscheidende Schwäche findet sich in anderen Kategorien. Einmal heißt es: »Er hat – wie oft – den Eindruck, aus Auseinanderstrebendem zu bestehen.« Oder: »Und doch ist plötzlich dieses Fremde zwischen sie gekommen.« Und: »Ist er zu Hause, so gibt es Stunden der Unsicherheit. Ist er unterwegs, so meint er, er könne niemanden lieben als sie.«

Nicht ausgeschlossen, daß derartiges mit der literarischen Herkunft des Autors zusammenhängt. Wie viele andere Lyriker, die den Schritt in die Epik riskieren, begnügt sich auch Fritz allzuhäufig mit der Benennung von psychischen Zuständen und Erfahrungen, deren Veranschaulichung erforderlich wäre. Er bietet Feststellung statt Vergegenwärtigung.

»In diesem Augenblick der äußersten Regungslosigkeit ...« – erklärt Fritz an einer bezeichnenden Stelle des Romans – »öffnet sich ein Dasein. Man sieht durch Jahrzehnte zurück in ein schwieriges Leben. Man sieht Jahrzehnte voraus.« Das sind, befürchte ich, leichtsinnige und sogar provozierende Mitteilungen: Allen Behauptungen zum Trotz öffnet sich hier eben kein Dasein, und statt jener großzügig beschworenen Jahrzehnte sieht man lediglich die derzeitigen sprachlichen Schwierigkeiten eines Erzählers, der weit mehr beglaubigen möchte, als er auszudrücken imstande ist. Was bleibt, sind einige poetische Momentaufnahmen, die Sensibilität verraten und künstlerischen Takt beweisen.

Die Geschichte einer Liebe erzählt auch Gabriele Wohmann in dem Roman ›Abschied für länger‹: »Strass und ich, wir haben in Hotelzimmern gewohnt, am Strand gelegen, im Meer gebadet, Promenaden abgewandert und auf Piers geangelt, Roulette gespielt, Reusen gehoben ..., aber immer war nur noch wenig Zeit geblieben bis zu irgendeinem Aufbruch.«

Sie, die Ich-Erzählerin, ist eine dreiunddreißigjährige Journalistin, die für eine Filmgesellschaft arbeitet. Sie soll in Interviews Klarheit über das Leben junger Mädchen in unseren Tagen gewinnen. Nur daß sie sich über ihr eigenes Leben mitnichten klar ist. Er, Anfang Vierzig, ebenfalls ein Intellektueller, ein »Statistiker aus Passion«, ein Spezialist für Rationalisierung und Organisation. Nur daß er, versteht sich, seine Privatangelegenheiten weder rationalisieren noch organisieren kann. So leben sie hin. Im Schatten des Todes. Denn er ist ein todkranker Mann. Er weiß es. Sie weiß es auch. Aber man redet nicht darüber.

In diesem Roman gibt es blasse Passagen und nicht wenige leere oder zumindest dürftige Episoden. Die abrupten und häufig nicht hinreichend motivierten Zeitsprünge beeinträchtigen hier und da den Erzählstrom und die Komposition. In den eingeblendeten Bildern aus dem kleinbürgerlichen Milieu, dem die Ich-Erzählerin entstammt, ist der Sog des Klischees spürbar. Und manche Wiederholungen, die wohl als bewußte Stilmittel dieser Prosa gelten sollen, scheinen mir eher Verlegenheitslösungen zu sein.

Keine reine Freude, gewiß, aber doch ein bewegendes und am Ende fast schon ein ergreifendes Buch. Und zugleich das Dokument einer schriftstellerischen Entwicklung. Denn Gabriele Wohmann hat jetzt vieles, was in ihren früheren Arbeiten gestört hat, glücklich überwunden: sprachliche Unarten und modische Verkrampfungen ebenso wie die Schwäche für grelle Schock-Effekte und die Vorliebe für etwas billige, zumal makabre und bizarre Motive.

An dem Roman ›Abschied für länger‹ fällt zunächst die Einfachheit und Gelassenheit der Diktion auf, die Musikalität der Sprache, die Natürlichkeit des Tonfalls. Wir wissen es längst: Nichts bereitet jungen Prosaisten größere Schwierigkeiten, als zu schreiben, wie ihnen der Schnabel gewachsen ist. Der Weg zur Einfachheit erweist sich fast immer als ein Umweg. Auch Gabriele Wohmann hat sich diese Natürlichkeit – das geht aus dem Vergleich des neuen Buches mit ihrer früheren Prosa sofort hervor – schwer erarbeitet. Hinter ihrer Gelassenheit verbirgt sich eine beachtliche Kunstfertigkeit. Die Geschichte ist ohne Pose erzählt, mit gedämpfter Stimme und mit sanfter Konsequenz. Die besten Abschnitte des Romans verbinden herbe Innnigkeit mit einer bisweilen an Nossack erinnernden spröden Nüchternheit und trockene Melancholie mit einem sehr leisen, wissenden Humor.

Schon die Kurzgeschichten – unter anderem in dem Band ›Sieg über die Dämmerung‹ (1960) – ließen erkennen, daß die Beobachtung der Alltäglichkeiten zu den starken Seiten der Schriftstellerin Gabriele Wohmann gehört. Hier vermag sie Winzigkeiten zum Ausdruck trostloser Situationen zu machen. Sie sieht die Gegenstände der Betrachtung aus der Nähe und weiß dennoch die Distanz zu wahren. Und darauf kommt es doch beim Erzählen an: ins Blickfeld des Lesers rücken und zugleich Abstand halten.

Im Unterschied zu manchen Erzählern ihrer Generation ist diese Autorin nicht darauf angewiesen, das Vordergründige zu dämonisieren – etwa mit Hilfe der Zeitlupe oder mit übermäßiger Detailgenauigkeit –, um das Hintergründige zu beschwören. Und da sie die Kunst des Aussparens und des indirekten Enthüllens in beachtlichem Maße beherrscht, läßt sie uns ahnen, daß ihre Helden, zwei Intellektuelle, die stets mit der Sprache arbeiten, in ihrer Liebe und in ihrem Leiden vollkommen sprachlos sind.

Was mich für diese verhaltene Geschichte, in der von Gefühlen nie geredet wird, trotz mancher Bedenken so einnimmt, sind Zartheit ohne Sentimentalität und Eindringlichkeit ohne Aufdringlichkeit, ist vor allem Intimität ohne Indiskretion.

Martin Gregor-Dellin, den ältesten und auch den reifsten unter den hier behandelten Schriftstellern – er wurde 1926 geboren –, kennen wir seit seinem Roman ›Der Kandelaber‹ (1962) und den Geschichten und Parabeln ›Möglichkeiten einer Fahrt‹ (1964) als einen soliden, doch niemals schwerfälligen Erzähler, als einen bedächtigen Zeitkritiker, der sich Konzessionen zu versagen weiß. Wenn er auch zu jenen gehört, deren Leistungen nicht gerade aufschrecken können, sondern eher zu respektvollem Hutlüften Anlaß geben, so steht doch seine hohe literarische Kultur außer Zweifel.

Gregor-Dellins neuer Roman ›Einer‹ hat die Form eines Briefes. Der Bierfahrer Gottlob Hartmut Moka richtet ihn an seine Arbeitgeber, in denen er »das willkürlich gewählte Sinnbild für eine verderbte Menschheit« zu sehen glaubt. Dieser Brief, gelegentlich als »Entwurf einer Absage« bezeichnet, enthält die Lebensgeschichte eines verbitterten Repräsentanten der kurz nach dem Ersten Weltkrieg geborenen Generation. Moka ist ein kleiner Betrüger und ein großer Heuchler, ein Opportunist, der sich in verschiedenen Berufen betätigt und auf seine Weise durch die Zeit geschlängelt hat. Während des Krieges war er an der deutschen Besetzung Polens beteiligt, nach dem Krieg wird er von den amerikanischen Behörden beschäftigt, in deren Auftrag er Fragebogen-Fälschungen aufdeckt. Daß er seinen eigenen Fragebogen gefälscht hat, versteht sich von selbst. Hinzu kommen: Jugenderlebnisse, Familienerinnerungen, erotische Abenteuer und Reflexionen jeglicher Art.

Das Leitmotiv des Romans wird gleich auf den ersten Seiten angeschlagen: »Ich kam in einer ungünstigen Stunde zur Welt, fand kleine Verhältnisse vor, wurde zu spät geboren und war immer ein bißchen spät dran ... ich war immer im Nachteil und holte ein.« Kurzum: Was er auch berichten mag – ihm geschah stets ein Unrecht, die Verhältnisse waren schuld, die anderen werden verantwortlich gemacht.

Vermutlich hatte Gregor-Dellin eine Figur im Sinn, in der sich ein Stück des deutschen Nationalcharakters – wie er ihn sieht – spiegeln sollte. Überdies hat es ihn offenbar gereizt, manche deutschen Zustände in den letzten Jahrzehnten einmal aus der Perspektive eines exemplarischen und beschränkten Opportunisten zu betrachten.

In der Regel, muß ich gestehen, ist es mir lieber, wenn Romanciers ihre Ich-Erzähler mit Verstand versehen und nicht mit Dummheit. Auch kann ich mich nicht ganz des Verdachts erwehren, daß Schriftsteller, die törichte Ich-Erzähler vorschieben, meinen, sie könnten sich auf diese Weise ihre Aufgabe erleichtern. Gewiß ist es möglich, einen geschwätzigen Dummkopf reden zu lassen und die Welt aus seiner Sicht zu zeigen und dennoch ein intelligentes und fesselndes Buch zustande zu bringen. Nur erfordert eine solche (übrigens äußerst schwierige) Aufgabe ein besonderes Naturell des Autors, ein satirisches und gerade artistisches Talent und wohl auch eine ursprüngliche und robuste Fabulierbegabung.

Gregor-Dellins Sache konnte ein derartiger Roman nicht sein. Die von ihm getroffene Wahl des Ich-Erzählers erweist sich als eine folgenschwere Entscheidung, die nahezu alle Schwächen und Mängel des Buches bewirkt hat. Daß die Konzeption dieses Rollenromans die Bewegungsfreiheit des Autors einengt, daß er, um mit dem angestrebten Charakterbild des Bierfahrers nicht in einen allzu offensichtlichen Widerspruch zu geraten, auf manche Möglichkeiten seiner epischen Kunst verzichten muß, ist bedauerlich, wäre aber vielleicht noch zu verschmerzen. Indes will Gregor-Dellin mit den Erwägungen und Erzählungen seines Helden dessen vollkommene Banalität augenscheinlich machen. Dieses Räsonieren und Berichten ergibt in der Tat, was es ergeben soll: eine eben dank ihrer Borniertheit entlarvende Selbstanalyse, ein vernichtendes Selbstporträt. Das ist schon richtig. Aber wie lange kann man verlogenes und borniertes Geschwätz ertragen?

Überdies wirkt die in der Lebensbeichte enthaltene Zeitanklage rasch ermüdend: Sie scheint mir meist nur oberflächlich zu sein, zumal private Erlebnisse allzu primitiv mit welthistorischen Vorgängen verkoppelt werden. Vor allem aber: Es ist Gregor Dellin bisweilen nicht gelungen, sich von seinem Helden zu distanzieren. Wie konnte dem erfahrenen Autor ein solches Malheur passieren? Dies hängt, glaube ich, mit der Sprache des Ganzen zusammen. Ein ironisches Idiom hätte wohl vieles in diesem Roman in einem günstigeren Licht erscheinen lassen. Tatsächlich hat Gregor-Dellin versucht, den deutschen Hochstapler in Taschenformat durch seine Sprache zu charakterisieren und also zu kompromittieren. Aber er ist, aus welchen Gründen auch immer, auf halbem Wege stehengeblieben. Denn des Ich-Erzählers geschmeidiges und lauwarmes Parlando, in dem gelegentlich die Klischees der Alltagssprache auftauchen, ist weder konsequent und entschieden noch witzig genug, um als Parodie und Persiflage gelten zu können.

Schließlich bleibt noch vom Glück im Unglück zu reden. Es besteht darin, daß Gregor-Dellin hin und wieder die Perspektive des Ich-Erzählers durchbricht, also die sich selbst auferlegte Zwangsjacke abwirft. Wenn der larmoyante und törichte Bierfahrer vergessen ist und endlich der Autor des Buches zu Worte kommt, finden sich bedenkenswerte und subtile Randglossen und auch parabolische Motive und Reflexionen, die gar nicht banal sind. Da lesen wir kleine Episoden – etwa Erinnerungen aus der Kindheit und Jugend –, die Martin Gregor-Dellin als guten Menschenkenner und feinfühligen Beobachter ausweisen.

Rolf Schneider
›Brücken und Gitter‹

Wir haben einen jungen deutschen Erzähler mehr: Es ist Rolf Schneider aus Ost-Berlin, ein Mann des Jahrgangs 1932.

Er lebt also in der DDR. Damit meine ich jedoch nicht nur seinen gegenwärtigen Wohnort, sondern auch und vor allem: die Welt, in der er geschult und erzogen wurde, in der er Erfahrungen sammeln und sein Handwerk lernen konnte. Denn er hat an einer DDR-Universität studiert (und zwar Germanistik), er war Redakteur einer repräsentativen DDR-Zeitschrift (nämlich des 1958 liquidierten ›Aufbau‹), er hat viel für den DDR-Rundfunk geschrieben (vornehmlich Hörspiele und Fernsehfilme). Und er wurde 1962 mit dem DDR-Lessing-Preis ausgezeichnet. Kurz: ein DDR-Autor.

Aber eben weil Schneider in der Welt von drüben tatsächlich verwurzelt ist, scheint es mir nicht überflüssig, vor gewissen Mißverständnissen zu warnen, denen vielleicht auch sein Buch in der Bundesrepublik ausgesetzt sein wird. Wie es in der DDR viele Rezensenten gibt, die in den Arbeiten westdeutscher Schriftsteller lediglich Anzeichen ihres kritischen Verhältnisses zur Bundesrepublik und zur bürgerlichen Gesellschaftsordnung suchen, gibt es wiederum hier Kritiker, die in der Literatur, die in der DDR entsteht, nur nach Symptomen fahnden, denen das Verhältnis der Autoren zur SED und zum Kommunismus zu entnehmen wäre. So werden aus den jeweiligen Gegenständen der Betrachtung gewisse inhaltliche Elemente herausgelöst und dann mehr oder weniger treffend interpretiert. Solche Interpretationen können mitunter ergiebig und aufschlußreich sein, nur daß sie immer das literarische Werk zum Vehikel unmittelbarer politischer und zeitkritischer Gedanken degradieren, also die Eigenart und Eigengesetzlichkeit der Kunst ignorieren.

Natürlich gilt dies für den Osten wie für den Westen. So ähnlich indes die Methoden sind, sowenig sollte man einen prinzipiellen Unterschied übersehen. Gewiß wird nicht selten hier wie da mit Zitaten manipuliert. Während sich jedoch der DDR-Rezensent, der die kritische Haltung westdeutscher Autoren angesichts der westdeutschen Realität nachzuweisen wünscht, meist auf konkrete und unmißverständliche Motive und Äußerungen berufen kann, sieht sich der bundesrepublikanische Rezensent, der dasselbe Verfahren in umgekehrter Richtung anwendet, auf Mutmaßungen und Spekulationen, auf Entschlüsselungen und Deutungen angewiesen. Und während sich ein solcher Interpret von drüben zwar häufig Vereinfachungen und Übertreibungen zuschulden kommen läßt, droht seinem hiesigen Kollegen eine größere Gefahr – er kann unversehens in die Nähe von Unterstellungen und Fälschungen geraten. Diese Spekulationen und detektivistischen Nachforschungen westlicher Publizisten, das geheimnisvolle Augenzwinkern und die unentwegten Entdeckungen angeblicher politischer Akzente oder gar getarnter Widerstandsleistungen tragen nicht nur zur Verwirrung des Publikums bei. Bisweilen wird damit noch schlimmeres Unheil angerichtet. Jedenfalls ist der Literatur mit solchen im Grunde fahrlässigen Bemühungen am wenigsten gedient.

Davor also sollte die Prosa des jungen Rolf Schneider bewahrt werden. Nichts wäre indes abwegiger als die Vermutung, zwischen den Erzählungen in dem Band ›Brücken und Gitter‹, der auch drüben erscheinen soll, und der Welt, in der der Autor aufgewachsen ist, bestünde kein deutlich erkennbarer Zusammenhang. Im Gegenteil: Obwohl alle sieben Erzählungen außerhalb der DDR und mindestens zwei vor 1945 spielen, sind ausnahmslos alle als Reaktionen auf Schneiders Erlebnisse und Erfahrungen in den letzten Jahren und in der DDR zu verstehen. Nur sollte man sich hüten, seine Geschichten für unmittelbare ideologische oder politische Bekenntnisse zu halten. Wer hier vor allem eine direkte und aktuelle Stellungnahme zu finden hofft, mag zwar bei der einen oder anderen Erzählung auf seine Rechnung kommen, wird jedoch das, was dieser Autor gewollt und geleistet hat, gründlich verkennen. Anders ausgedrückt: Diese Prosa aus der DDR ist nicht darauf angewiesen, als Zeitdokument aus der DDR gelesen zu werden.

Schon in seinen frühen literarkritischen Arbeiten (beispielsweise im ›Aufbau‹) und auch in seinen Parodien (›Aus zweiter Hand‹, 1958) fielen Schneiders Scharfblick und Gescheitheit auf. Aber so schätzenswert analytische Intelligenz, die hochentwickelte Fähigkeit zum diskursiven Denken und umfassende literarische Bildung eines Schriftstellers auch sind – dies alles trifft auf Schneider zu –, so können sie doch seine epischen Bemühungen, falls er nicht gerade über ein elementares erzählerisches Talent verfügt, eher gefährden. Man kennt die Romane und Geschichten vieler Philologen, Kritiker und Lektoren, die auf ihrem eigentlichen Gebiet Beachtliches oder Hervorragendes leisten und deren künstlerische Versuche zwar nicht gegen den guten Geschmack verstoßen, doch blaß und steril, ausgeklügelt und leblos sind.

Ein urwüchsiges erzählerisches Temperament läßt sich Schneider nicht nachrühmen. Wenn es ihm dennoch in den besten Stücken des Bandes gelingt, jener Gefahr, die freilich auch seine Prosa bedroht, zu entgehen, so verdankt er es vornehmlich einer heimlichen und höchst sympathischen Neigung zum ebenso artistischen wie intellektuellen Spiel mit Motiven und Situationen, mit Fabeln und Konflikten.

Ein Spiel, doch keine Spielerei. Schneiders mannigfaltige

Motive kreisen – mehr oder weniger deutlich – um ein Zentralthema. In der Erzählung ›Die Brücken‹ verliert ein Mann in dem von Deutschen besetzten Holland auf einem einsamen Vorortgelände alle seine Papiere. Während er sie dort sucht, verändert sich plötzlich seine Umgebung: »Die Brükke, über die er erst vor ein paar Minuten gegangen war, erhob sich, um sich langsam und schräg in die Luft zu stellen, mit einem schnarrenden kreischenden Geräusch, und dieses Geräusch schien auch anderswoher zu kommen, und er drehte den Kopf und sah, auf der anderen Seite, sehr viel entfernter, eine andere Brücke aufstehen ...« So gerät der Mann in eine Razzia: Juden werden deportiert. Seine der Wahrheit entsprechenden Beteuerungen, er sei kein Jude, sind vergebens.

Das ist die schwächste und vermutlich die früheste Geschichte des Bandes: konventionell erzählt, mit einer weitschweifigen Exposition und mit vielen überflüssigen und adjektivreichen Beschreibungen. Doch bietet diese Geschichte die Modellsituation der Erzählungen Schneiders. Hinter seinen Helden werden die Brücken hochgezogen. Sie sehen sich plötzlich in einer Lage, der sie nicht gewachsen sind und mit der sie nicht gerechnet haben. Sie sind isoliert. Und auch wenn sie keine Dokumente verloren haben, fühlen sie, daß ihnen der Boden entzogen ist. Was sie beteuern, kann nichts mehr ändern. Es gibt keinen Ausweg. Die Hilflosigkeit des Individuums inmitten von tatsächlichen oder auch imaginären Situationen, die unsere Welt kennzeichnen, die Ohnmacht des einzelnen angesichts von Umständen, realen oder absurden, die er nicht verschuldet hat – das ist das Thema, das Schneider fasziniert.

In ›Plädoyer‹ erfährt der Angestellte einer Milchpulver- und Konservenfabrik, daß der lachende Säugling, der die fragwürdigen Produkte dieser Firma ziert und ihnen zum Erfolg verholfen hat – er selbst ist. Überall, in Zeitungen, Läden und Kinos, auf Plakaten und Briefbögen sieht er jetzt sein Bild, von seinen Kollegen und Bekannten glaubt er sich als »ewiger Säugling« verspottet: »Quälend war die ständige Begegnung mit mir selbst, wäre es ohne die Lüge gewesen, die aus meinem Bilde sprach, und war es mit der Lüge noch mehr.«

Wie einst Kafkas Gregor Samsa »in seinem Bett zu einem ungeheueren Ungeziefer verwandelt« wurde, so erwacht ein Tierarzt in der Erzählung »Metamorphosen« – Schneider spielt übrigens auf das Kafka-Vorbild zweimal an – mit einem über Nacht gewachsenen Schweif. Der unerwartete Zuwachs macht den Tierarzt unglücklich: Er wird von seinem Arbeitgeber sofort entlassen und aus der Gesellschaft ausgestoßen: »Ich weiß nur noch, daß ich durch menschengefüllte Straßen hetzte, Geschrei und Gaffen hinter mir herzog wie einen zweiten Schweif zu meinem ersten.«

Aber demselben Umstand, der eben erst seine gesamte Existenz bedroht hat, verdankt er eine nochmalige Veränderung seiner Rolle und Situation, denn: »Die Welt, in der ich lebte, wurde allmählich von einem wahren Schwanztaumel ergriffen.« Der Paria kann unversehens zum Liebling der Gesellschaft avancieren, der ehemalige Arbeitnehmer wird – als Produzent der jetzt modernen künstlichen Schwänze – selbst Arbeitgeber.

Alle Geschichten dieses Bandes steuern auf die letzte und längste hin: ›Gitter‹. Sie exemplifiziert das Grundmotiv auf moralpolitischer Ebene. Die Erzählung geht übrigens auf Schneiders Hörspiel ›Widerstand‹ (1958) zurück. Der Vergleich der beiden Arbeiten ist aufschlußreich. Im Hörspiel waren die Vorgänge in Zeit und Ort fixiert: Ein verhafteter Kommunist, der seine Genossen nicht verraten will, wird von der Gestapo sofort freigelassen, weil sie annimmt, daß gerade dies den Mann bei den Seinen den schlimmsten Verdächtigungen aussetzen und zu seiner Isolation und schließlich zu seiner Kapitulation führen muß.

In der Erzählung ›Gitter‹ hingegen steht im Mittelpunkt ein nicht näher bezeichneter Widerstandskämpfer; und statt des national-sozialistischen Deutschland bildet den Hintergrund jetzt der totalitäre Staat schlechthin. Was immer der Held der Erzählung tut, ob er seine Kampfgefährten denunziert oder nicht – in ihren Augen wird er doch zum Verräter. Seine Freundin sagt: »Er hat nichts getan, er kann das nicht.« Man antwortet ihr: »Sie haben ihn bloß drei Tage behalten.« So wurde – heißt es dann – »ein Gitter herabgelassen:... Gitter Vorsicht, Gitter Mißtrauen, Gitter mit den hundert Augen des Argwohns, teilend die ohnehin winzig gewordene Welt nochmals.«

Schneider hat für diesen Stoff die adäquate Form gefunden: Er läßt den Protagonisten und seine Freundin in Ich-Erzählungen berichten, die miteinander verbunden sind und auch ineinander übergehen. Wie er in geschickter Steigerung dramatische Effekte zu servieren und retardierende Elemente einzuschieben weiß, das zeugt von einer beachtlichen Kunstfertigkeit.

Allerdings zeigt sich in einigen Stücken des Bandes, daß Schneider der Versuchung, die dargestellten Vorgänge zu kommentieren, nicht immer widerstehen kann. Die unmittelbare psychologische Motivation ist selten originell und häufig entbehrlich. Das gilt auch für die pädagogischen Schlußakkorde, etwa in der Geschichte ›Unterbrechung‹, der Vision eines Atomkrieges. Wer seine Leser unterschätzt und ihnen daher allzu behilflich sein möchte, läuft Gefahr, sie zu verscheuchen.

Indes sind diese Schwächen in den satirischen Erzählungen so gut wie überhaupt nicht spürbar: In ›Metamorphosen‹, in ›Plädoyer‹ und auch in der amüsanten Geschichte ›Literatur‹ zeichnet sich das wohlklingende und elegante Gefälle seiner Prosa durch jene »virtuose Solidität« aus, auf die der Klappentext mit Recht hinweist. Die hier und da etwas beunruhigende Geläufigkeit Schneiders wird dann durch den diskret-ironischen Unterton vorzüglich relativiert.

Der satirische Roman, die ironische und groteske Parabel, die gesellschaftskritische Parodie – das ist es wohl, was wir vor allem von Rolf Schneider erwarten dürfen. Er wird noch viel experimentieren, aber sein Thema hat er, wenn ich mich nicht ganz täusche, bereits gefunden: Es ist der Mann, der sieht, daß die Brücken hinter ihm hochgezogen und die Gitter vor ihm herabgelassen sind.

Uwe Johnson
›Zwei Ansichten‹[1]

Ein Romancier, der ein 1961 in Berlin spielendes Buch ›Zwei Ansichten‹ betitelt, läßt damit erkennen, was ihm vorgeschwebt hat. Mehr noch: Dieser Titel deutet ein Programm an und enthält ein Versprechen. Denn ›Zwei Ansichten‹ – das kann hier nur heißen: zwei deutsche Welten, zwei Grundsituationen des Individuums in unserer Zeit, zwei Möglichkeiten, das Leben zu betrachten.

Aber die Zahl zwei im Titel weist auf die Konzeption des Buches von Uwe Johnson auch noch in einem anderen, engeren Sinne hin: Um das Schicksal von zwei Menschen geht es; daraus ergibt sich wiederum der Aufbau des Ganzen – es besteht aus zwei sich zwar gegenseitig ergänzenden, doch stets säuberlich voneinander getrennten Handlungen. Die eine ist im Westen lokalisiert, die andere im Osten. Die eine erzählt von einem jungen Mann aus der Bundesrepublik, die andere von einem Mädchen, das in der DDR lebt.

Die Namen der beiden Protagonisten kennen wir nicht. Johnson bezeichnet sie lediglich mit Buchstaben: Von dem B. lesen wir und von der D. Haben wir es etwa mit zwei Größen einer mathematischen Gleichung zu tun? In der Tat mutet die Komposition dieses Prosawerks geradezu mathematisch an, als wäre sein Grundriß auf einem Reißbrett entworfen. Zwei kurze Kapitel von nahezu identischem Umfang leiten die beiden Parallelhandlungen ein. Es folgen je drei größere – und immer länger werdende – Kapitel, die abwechselnd die eine oder die andere Gestalt betreffen. Den Abschluß bilden wiederum zwei kurze Kapitel. Das Ganze ist so übersichtlich wie ein Schachbrett.

Dies gilt nicht nur für die Konstruktion. Auch die Vorgänge, die hier dargestellt oder referiert werden, sind klar zu sehen. Johnson, der einst auf die Dunkelheit und Undurchschaubarkeit seiner Umwelt mit einem dunklen und undurchschaubaren Roman geantwortet hatte, versucht der Gegenwart jetzt mit einer Geschichte beizukommen, der man Rätselhaftigkeit oder auch nur Undeutlichkeit am wenigsten vorwerfen kann.

Ist es eine Liebesgeschichte? Soll die vereitelte Liebe die Grausamkeit der Zeitverhältnisse augenscheinlich machen? So jedenfalls hat die Literatur seit Jahrhunderten gegen die bestehende Ordnung protestiert, zumal gegen die Gewaltherrschaft. Ungerecht und schlecht – sagten die Dichter – sei eine Welt, die es den Liebenden nicht erlaubt, zueinanderzukommen.

An dieses ehrenwerte Schema muß Johnson gedacht haben, nur daß er es auf eigenartige Weise umwandelt. Seine beiden Hauptgestalten könnte man ein Liebespaar ohne Liebe nennen. Und durch die Errichtung der Berliner Mauer werden die beiden jungen Leute nicht eigentlich getrennt. Wohl aber verändert sie ihre Beziehungen. Denn die neue Situation gibt einer bisher flüchtigen Bekanntschaft einen ernsthaften Unterton.

Für den Herrn B. war die Ostberlinerin D. nicht wichtiger »als alle die Mädchen, mit denen er in den letzten fünf Jahren zusammengelegen hatte«. Doch »angesichts der hilflosen Lage, in die ihre Staatsmacht sie versetzt hatte«, meint er, er sei verpflichtet, der D. seinen Beistand bei ihrer eventuellen Flucht aus der DDR zumindest anzubieten. Ihr wiederum war der junge Westdeutsche fast gleichgültig, kann es aber nicht mehr sein, da er der einzige ist, der sie – wenn auch nur halbherzig – auffordert, nach dem Westen zu kommen, und ihr dies ermöglichen will.

So hatte Johnson eine Konstellation gefunden, der einerseits nichts Banales anhaftet und die andererseits genau seinen Absichten zu entsprechen scheint: Das Allgemeine spiegelt sich im Persönlichen, Weltgeschichtliches und Privates sind aufs natürlichste miteinander verflochten. Ein überzeugender Entwurf, dessen epische Verwirklichung allerdings davon abhängt, ob und inwiefern es dem Autor gelingt, zwei Gestalten zu schaffen, die lebendig und repräsentativ zugleich sind. Denn nicht zwei Menschen, die zufällig in diesem oder in jenem Teil Deutschlands wohnen, will Johnson zeigen, sondern Individuen, die Produkte ihrer Umwelten sind, also einer erkennbaren Erziehung, einer bestimmten Denkart und Lebensweise. Daher der Buchstabe B für den

Bundesrepublikaner und der Buchstabe D für die Bürgerin der Deutschen Demokratischen Republik.

Johnson verfährt dabei mit einer Strenge und Entschiedenheit, die imponieren, ohne freilich denjenigen, der die Bücher dieses außergewöhnlichen Schriftstellers kennt, zu überraschen. Er schränkt das Blickfeld rigoros ein – nur die beiden Zentralfiguren und ihre nächste Umgebung sind sichtbar. Der geringere Gesichtswinkel soll die größere Sehschärfe ermöglichen. Also: nicht Expansion, sondern Konzentration, nicht Ausbreitung, sondern Vertiefung. Und während die Gestalten des Eisenbahners Jakob Abs oder des Radrennfahrers Achim T. vom nun schon berühmten Johnsonschen Nebel verdeckt waren, jenem Nebel, den letztlich kein Schweinwerfer des Erzählers zu durchdringen vermochte, werden das Mädchen D. und der Mann B. nicht nur beleuchtet, sondern auch durchleuchtet. Was soll das heißen?

Den vorangegangenen Romanen Johnsons lag die These zugrunde, daß der Schriftsteller wohl technische Prozesse und gegenständliche Einzelheiten erfassen und darstellen kann, jedoch nicht die Empfindungen und Gedanken des Menschen, weil sie sich nie gänzlich erkennen, sondern bestenfalls ahnen lassen. Wie könne der Verfasser – fragte Johnson 1961 – »die Personen sowohl kennen als auch fehlerlos beobachten ... und noch in sie blicken?«[2]

Lehnte er damals die Manieren des klassischen Erzählers als unzeitgemäß ab, so distanziert er sich heute von dieser seiner gestrigen Poetik. Der Autor der ›Zwei Ansichten‹ beobachtet seine Geschöpfe unentwegt, er kann tatsächlich »noch in sie blicken«, er kennt ihre Gedanken und Empfindungen, ihre Visionen und Träume. Johnson teilt uns über den Mann B. mit: »Beim Essen ... fühlte er Schwärze hinter der Stirn.« Und: »Er glaubte versagt zu haben ...« Oder: »Er fand Befriedigung in der Vorstellung, daß ...« Ferner: »Er zweifelte an seinem Gedächtnis ...« Und: »Insgeheim war er entsetzt über das Risiko ...« Nicht weniger gut ist Johnson über die D. informiert: »Sie fühlte sich überhaupt an die Schule erinnert.« Oder: »Bei Ausdrücken wie Kapitalkonzentration und Abschreibung wurde ihr leicht schwindlig hinter der Stirn.« Und: »Was sie dachte, war schon Schadenfreude ...«

Wie wirkten sich diese intimen Kenntnisse, mit denen Johnson jetzt seinen beiden Helden begegnet, auf ihre Porträts aus?

Der fünfundzwanzigjährige B., der in einer mittelgroßen Stadt Holsteins lebt, ist von Beruf Pressefotograf. Er arbeitet offenbar gut und verdient auch ganz schön, für Politik interessiert er sich nicht, die Mädchen wechselt er oft; er hatte zunächst einen bescheidenen Wagen, jetzt fährt er einen schönen Sportwagen. Im Grunde ein harmloser Angeber und ein guter Kerl. Typisch? Ganz bestimmt.

Auf der dritten Seite des Buches wird ihm der teure Wagen, sein Stolz, gestohlen. Da stellt sich heraus, daß er es unterlassen hat, ihn gegen Diebstahl zu versichern. Und daß er einen ganzen Tag vertrödelt, ehe er diesen Diebstahl der Polizei meldet. Ist der junge Pressefotograf etwa ein weltfremder Mensch? Schnell müssen wir sogar an seiner Zurechnungsfähigkeit zweifeln: »Denn er begriff seine Abreise nicht mehr ... Ein Einfall, der zu allem nicht paßte, hatte ihn weggeschickt. Er konnte sich an einen ähnlich kopflosen Entschluß nicht erinnern, es sei denn aus der Kindheit. Er dachte unruhig nach, überdachte, was er dachte, traute sich nicht.«

Über seine mehrfachen Flugreisen nach Berlin, die mit der Person der D. im Zusammenhang stehen sollen, vermerkt Johnson: »Er wußte nicht wozu und versuchte sie zu erreichen.« Oder: »Glaubte sie in Gefahr, wußte aber nicht, warum er unterwegs war.« Bald heißt es: »Er fühlte sich krank.« Der junge Mann beginnt zu trinken: »Beim Warten auf der Kontrolle drückten Alkoholschmerzen im Gehirn ihm die Augen zu, so daß er antwortete, ohne nachzudenken.« Etwas später: »Er schlief nicht genug, das Alkoholgemisch trampelte ihm im Gehirn umher.« Und: »Er besoff sich. In Celle holte die Bahnpolizei den fast bewußtlosen jungen Mann aus dem Zug ...« An einer anderen Stelle: »Ähnlich wie im Traum trieb er sich in der Stadt umher.«

Ich bitte, mich nicht mißzuverstehen: Ich protestiere nicht gegen psychisch gestörte Menschen, Neurotiker oder Neurastheniker im Mittelpunkt von Romanen und Erzählungen. Aber man sollte sich, glaube ich, dagegen wehren, daß Autoren – denn Johnson ist nicht der einzige – mit der ihren Helden zugeschriebenen Unzurechnungsfähigkeit ihre eigenen schriftstellerischen Schwierigkeiten zu bemänteln versuchen.

Auf jeden Fall kann jener B. schwerlich als repräsentativ gelten, weder für die Bundesrepublik noch für seine Generation. Und nicht nur das: Die in dieser Figur angehäuften Widersprüche und Unwahrscheinlichkeiten sind so zahlreich, daß sie sich am Ende als ein lebloses Wesen erweist. Alle unmittelbar charakterisierenden Darlegungen Johnsons, seine psychologisierenden Beteuerungen und Beschreibungen können da nichts mehr helfen.

Daß es sich hier um ein Schema handelt, macht der Vergleich mit der Gegenfigur besonders deutlich. Diese Krankenschwester D., die aus Potsdam kommt und in Ost-Berlin arbeitet, steht sofort vor uns da: blond und sauber, brav, tüchtig und fleißig, naiv und beschränkt, aber doch auch vernünftig und praktisch und auf sympathische Weise trotzig. Die DDR ist ihre Heimat, denn da ist sie schließlich aufgewachsen.

Die Mauer indes gefällt ihr nicht: »Sie hatte unter diesem Staat gelebt wie in einem eigenen Land, zu Hause, im Vertrauen auf offene Zukunft und das Recht, das andere Land zu wählen. Eingesperrt in diesem, fühlte sie sich hintergangen, getäuscht, belogen.«

Sie gehöre, heißt es an einer anderen Stelle, zu denen, »die den Staat verstanden haben als einen strengen, wunderlichen Lehrer, er hat sich zu verstehen gegeben als unser Besitzer. Er hat einen Zaun um seinen Besitz gezogen.« Wir hören auch über »ihre Verdachte gegen den Westen, die ihr seit dem politischen Schulunterricht im Gefühl saßen wie etwas Natürliches, sie sagte, sie dachte: Es lohnt nicht, da anfangen zu leben, da dauert es nicht, es geht da einmal alles kaputt, und jeder auf sich allein gestellt.« Kurz vor ihrer Flucht erklärt sie einem Fluchthelfer: »Unsere Krankenversorgung, müssen Sie zugeben, das muß alles übernommen werden nach der Wiedervereinigung . . .«

In der Tat, das ist ein rührendes Mädchen. Und ihm, dem lieben Trotzköpfchen aus der DDR, wird Johnson viele neue Leser zu verdanken haben, zumal er vor Sentimentalitäten nicht zurückschreckt. »Als letztes würde sie die Spree unter der Brücke sehen, vielleicht einen Kahn, Möwen über dem Schiffbauerdamm.« Oder: »Manchmal in der Dämmerung, im abnehmenden Licht, das jetzt jeden Tag früher von Hausschatten, Nebelnetzen verstellt wurde, wäre sie bedenkenlos mitgegangen, hätte einer sie über die Grenze bringen wollen ...« Oder: »... ging sie neben dem Damm auf einem überfrorenen Fußweg in den schütteren Kiefernwald, zog schon im Dunkeln zwischen den starren Stämmen umher, lief quer über den finsteren Schnee zurück ... sie war ganz durchgefroren vom Wind, kalt vor Heimweh nach dem Land, aus dem sie weggehen wollte.« Unmittelbar vor ihrer Flucht fährt sie noch einmal nach Potsdam. Nun greift Johnson zu Mitteln, die wir eher aus deutschen Heimatfilmen kennen: »Sie hatte noch eben Zeit für den Weg zum Friedhof, wo zwischen den Steinen einer Verwandtengrabstätte eine Tafel für ihren Vater aufgestellt war. Sie versuchte die festgetrockneten Regenspritzer von dem falschen Marmor zu entfernen, ihr Taschentuch reichte kaum, den Namen zu säubern, das Todesjahr mußte sie schmutzig lassen. Wie blind von Trauer ging sie zum Bahnhof, die Blicke der Passanten auf die nasse Erde am Mantel, wo sie gekniet hatte, merkte sie nicht.« Die Träne quillt, und die Bewunderer des Dichters der ›Mutmaßungen‹ schämen sich.

Dennoch fehlt es der Gestalt der D. nicht an innerer Wahrheit, und der ihr gewidmete Handlungsfaden entbehrt keineswegs der Überzeugungskraft. Während es Johnson nicht möglich war, für den Mann B. ein Milieu, einen Hintergrund zu finden, weshalb er ihn mehr oder weniger sinnlos durch Deutschland reisen oder wochenlang in einer Westberliner Kneipe vor sich hin brüten läßt, ist die Welt der D. – das große Ostberliner Krankenhaus mit seinen Ärzten, Schwestern und Patienten – anschaulich und repräsentativ zugleich. Und während sich Johnson in der Westhandlung oft nicht anders zu helfen weiß als mit simplen referierenden Sätzen (»In den Zeitungen erschienen die ersten Berichte über gescheiterte Fluchtversuche aus Ost-Berlin, Leichenbilder ...«), kann er durch die Vorgänge im Krankenhaus und insbesondere durch die Darstellung der dort herrschenden Atmosphäre das vergegenwärtigen, woran ihm am meisten gelegen ist: die Reaktion der Ostberliner Bevölkerung auf die Errichtung der Mauer.

In dieser D.-Handlung finden sich Szenen und Episoden – so etwa die Schilderung der Flucht –, die Johnson wieder auf der Höhe der beiden früheren Romane zeigen. Kein anderer deutscher Schriftsteller hat mit auch nur annähernd vergleichbarer Eindringlichkeit und Originalität den Alltag in der DDR dargestellt. Und erst der Autor der ›Zwei Ansichten‹ vermochte zu zeigen, was Menschen empfinden, die erfahren, daß sie die Welt, in der sie leben, nicht mehr verlassen können.

Angesichts solcher Abschnitte, die Johnson erneut als Meister des Aussparens und Weglassens, der Andeutung und der indirekten Enthüllung ausweisen, mag der Kritiker undankbar scheinen, der meint, daß auch dieser ungleich bessere Teil des Buches im Grunde enttäuscht. Indes handelt es sich um Grundsätzliches.

Johnson hält es für angebracht, über das Wissen seiner Hauptfiguren nicht hinauszugehen. Nur das wird also dem Leser geboten, was B. und D. sehen, erkennen, erleben. Gegen eine solche (wahrlich nicht neue) Poetik ist natürlich nichts einzuwenden. Doch frage ich mich, ob derjenige, der sie anwendet, gut tut, beschränkte Gestalten in den Mittelpunkt zu stellen. Jakob Abs oder Gesine Cresspahl oder Achim T. waren ebenfalls einfache, geradlinig denkende und vom verwickelten Geschehen nicht eben viel begreifende Menschen. Aber mit ihrem Blickwinkel hatte sich Johnson glücklicherweise nicht begnügt: Zu dem braven Eisenbahner traten so scharfsinnige Beobachter der Gegenwart wie Jonas Blach oder Rohlfs, neben Achim sahen wir auch den kritischen Journalisten Karsch. Die verschiedenen Perspektiven ergänzten, relativierten und korrigierten sich gegenseitig.

Hier hingegen ist ein ähnliches Korrektiv nicht vorhanden. Und da Johnson seine Absichten mit größter Konsequenz verfolgt und seine Poetik jedenfalls in dieser Hinsicht (leider) ganz und gar verwirklicht, ähnelt der Horizont des Buches demjenigen der jungen Krankenschwester aus Ost-Berlin. Daher ist das Ganze, so vorzüglich geschriebene Abschnitte es auch enthält, doch nie ganz frei von einer gewissen Beschränktheit und Naivität und mutet gelegentlich sogar ein wenig infantil an. Wer von einem zeitgenössischen Roman erwartet, daß er zu allen anderen Eigenschaften noch das Merkmal der Intelligenz trage, wird hier, befürchte ich, schwerlich auf seine Rechnung kommen.

Die von Johnson getroffene Wahl der beiden Protagonisten und die strenge Selbstbeschränkung auf ihre Perspektiven hat jedoch noch andere bemerkenswerte Folgen gehabt. Hier ein unseriöser und wehleidiger Bursche, dort ein ernstes und sachliches Mädchen, hier eine fragwürdige Kneipe, dort ein nützliches Krankenhaus, hier leidet jemand, weil man sein Auto gestohlen hat, dort leiden die Menschen, weil die Mauer errichtet wurde – Johnson strebt so deutlich die Parallelität verschiedener Motive und Vorgänge an, daß der Eindruck entstehen muß, er habe Bild und Gegenbild entwerfen wollen. Offenbar sollte die Welt der sauberen Arbeit und des sinnvollen Lebens gegen die des verächtlichen Konsums und des sinnentleerten Daseins ausgespielt werden, wobei die Bürger der einen Welt die Freiheit entbehren müssen, die der anderen jedoch nicht viel mit ihr anzufangen wissen. Mit einer derartigen Verteilung der Akzente und Gewichte nähert sich Johnson, befürchte ich, einer Betrachtungsweise, vor der ihm in Wirklichkeit graut – derjenigen der Propagandisten.

Dies gilt auch für das wichtigste Motiv des Buches. Wenn nämlich am Ende des Buches die DDR den Verlust einer Bürgerin zu beklagen hat, so nicht deshalb, weil sie unbedingt fliehen oder ihr Freund sie unbedingt holen wollte. Als die treibende Kraft erweist sich vielmehr eine Organisation mysteriöser Fluchthelfer, die durch einen von B. im Suff hingekritzelten und dann vergessenen Zettel in Betrieb gesetzt wird.

So verärgert dieses Buch durch eine primitive Sicht, über die auch manche sprachlichen Qualitäten nicht hinwegtäuschen können. Johnsons herbe und spröde, von norddeutschen Mundarten geprägte und von Manieriertheit bedrohte Diktion wurde schon oft – und mit Recht – analysiert und gerühmt. Diese neue Prosa bietet abermals viele Beweise einer Ausdruckskraft, die der wahrnehmbaren Welt in hohem Maße gerecht werden kann.

Zugleich finden sich jedoch in dem Buch auch solche Sätze: »Dennoch Schuldbewußtsein bei beiden fraß am Auskommen ...«; »Vor dem Dienst noch fast eine Stunde lang zu Fuß lief sie zu ihrem Zimmer«; »Nicht nur konnte ein Bürger nicht mehr Strenge des Staates wettmachen mit Verlassen des Staates ...«; »... und ohne es recht zu merken machte sie sich Gewerbe für Umwege durch die Gegend«; von Leuten hören wir, »die mit häufiger Benutzung des Wortes Scheiße, viel zukünftigen Aussichten und zu allgemeinen Theorien des Staates auseinandernahmen«; »Sie war damals, ohne daß sie es hätte anfangen merken, mehr und mehr Gefühlen ausgeliefert«; »... zumal sein Ideal von Frau eines war, das er in einem unpraktischen, eigentlich unirdischen Bereich verehren können wollte.«

Ich glaube nicht, daß man derartige Sätze mit der Eigenwilligkeit des Autors rechtfertigen kann. Sie zeugen vielmehr von penetranter Umständlichkeit und oft von einer Unbeholfenheit, die nicht mit Originalität verwechselt werden sollte.

Alles in allem: viele Bedenken – und doch ein höchst lesenswertes Buch. Allerdings nicht dasjenige, das Johnson schreiben wollte. Denn es sollte auf zwei Beinen stehen – und es steht, bestenfalls, auf einem. Nicht zwei Möglichkeiten zeigt es, wie der Titel andeutet, sondern nur eine. Man hat Johnson leichtsinnig den »Dichter der beiden Deutschland« oder auch den »Dichter der Teilung« genannt. Er ist es nicht. Wie in ›Mutmaßungen‹ und in ›Achim‹ erweist er sich auch in diesem neuen Buch als ein Dichter einer der beiden deutschen Welten – jener zwischen Elbe und Oder.

Erich Fried
›Kinder und Narren‹

Gewiß, immer schon waren Dichter ohne Heimat unheimliche Dichter. Aber diese hier scheinen mir doppelt unheimlich zu sein: die damals noch Halbwüchsigen, die zwar den für sie bestimmten, von Deutschen »sinnvoll erdachten Wohnungen des Todes« (Nelly Sachs) entgehen konnten, denen es jedoch nicht mehr gelingen wollte, sich vom deutschen Wort zu befreien. Dichten können sie nur in der Sprache ihrer Kindheit und Jugend. Die Situation dieser Überlebenden, die jetzt Ende Dreißig oder in den Vierzigern sind, muß daher paradox anmuten. Sie leben seit Jahrzehnten in London oder in Paris, in Schweden oder in der Schweiz. Jedenfalls wohnen sie dort. Wo leben sie wirklich? Sie haben englische, französische oder schwedische Pässe. Und sind überall Ausländer: Fremde in der Heimat und Gäste in der Fremde. Es mag sein, daß sie sich nur unterwegs zu Hause fühlen. Eine alte Wahrheit ist es: Wer einmal exiliert war, hört niemals auf, ein Exilierter zu sein.

Die deutsche Literatur unserer Zeit verdankt diesen Dichtern aus einer anderen Welt nicht wenig. Sie werden in der Bundesrepublik geachtet, vielleicht sogar gelesen. Die Leistungen einiger von ihnen hat man mit hohen und höchsten deutschen Literaturpreisen anerkannt. Wie es sich gehört. Auch nehmen diese Autoren oft an allerlei Tagungen und Kolloquien teil. Man sieht sie gern, begrüßt sie höflich, lobt sie reichlich. Aber machen wir uns nichts vor: Mögen sie so erfolgreich sein wie Peter Weiss und so geschätzt werden wie etwa Wolfgang Hildesheimer oder soviel Aufsehen erregen wie der Geschichtenerzähler Jakov Lind, mögen sie gar, wie Paul Celan, schon als Klassiker der Gegenwartslyrik gelten – Außenseiter und Randfiguren sind sie trotzdem. Dies ist nicht einmal verwunderlich. Und es wird sich daran, vermute ich, nichts mehr ändern.

Denn was sie schreiben, befremdet und muß wohl auch befremden. Wer zum Tode verurteilt war, bleibt ein Gezeichneter. Wer verschont wurde, während man die Seinen gemordet hat, kann nicht im Frieden mit sich selber leben. Wer vertrieben wurde, bleibt für immer nicht nur ein Vertriebener, sondern auch und vor allem ein Getriebener.

Solche Dichter sind, glaube ich, auf außergewöhnliche Weise gefährdet. Da sie das, was man (sehr ungenau) das innere Gleichgewicht nennt, nie wiedergewonnen haben, neigen sie meist den Extremen zu. Das Bodenlose reizt sie. Für die Faszination, die die äußersten Bezirke ausüben, sind sie besonders empfänglich. Häufiger als andere Repräsentanten ihrer Generation geraten sie in den Sog der Abgründe, gelegentlich auch der politischen. Das ist nur allzu natürlich. Wer Grauenvolles erleiden mußte, versucht immer wieder, das Grauen zu erkunden. Und wer sein Land verloren hat, fühlt sich in Grenzbereiche jeglicher Art gedrängt. Er bemüht sich, sie überall aufzuspüren. Er braucht sie, er ist auf die Randbezirke des Daseins geradezu erpicht. Je länger eine solche Suche dauert, desto mehr kann sie zu einer Sucht werden oder ihr ähneln. Das unaufhörliche Streben nach den Extremen gleicht in manchen Fällen einem literarischen Amoklauf.

Zu diesen unheimlichen und gefährdeten Exildichtern deutscher Sprache gehört auch Erich Fried, geboren 1921 in Wien, seit 1938 in London ansässig. Seine Bücher – der irreführend als »Roman« bezeichnete Prosaband ›Ein Soldat und ein Mädchen‹ (1960) sowie mehrere Lyriksammlungen, vornehmlich die ›Warngedichte‹ von 1964 – lassen ein starkes und zugleich beunruhigendes, wenn nicht gar beängstigendes schriftstellerisches Temperament erkennen. Auch das Buch ›Kinder und Narren‹ erweckt einen höchst zwiespältigen Eindruck.

Den Band, der neunundzwanzig meist kurze Prosastücke vereint, eröffnet ein Gleichnis. Über einem alten Abgrund ist durch das Zusammenwachsen von Baumstämmen, die dem Boden Halt geben, ein Garten entstanden, in dem jetzt zwischen Gräsern und Blumen ein Kind schläft und träumt. Obwohl man die Absicht des Autors schwerlich mißverstehen kann, meint er, es sei nötig, dem parabolischen Bild eine Deutung folgen zu lassen, in der man belehrt wird: »Es geht doch in Wirklichkeit nicht um Gras und Blumen, sondern um die Sicherheit des Kindes.« So wird zusammen mit der Dichtung gleich auch die Gebrauchsanweisung geliefert.

Dieser etwas unglückliche Anfang des Buches, der an ähnliche und ebenfalls fragwürdige Bemühungen in dem Band ›Ein Soldat und ein Mädchen‹ erinnert, scheint mir für Frieds widerspruchsvolle Grundhaltung charakteristisch zu sein: Er schwankt zwischen der artistischen Vision und dem moralisierenden Aufruf. Er spielt mit der Sprache und jongliert mit Worten. Und möchte gleichzeitig predigen.

In vielen seiner Arbeiten fällt das Nebeneinander von handwerklicher Raffiniertheit und entwaffnender Naivität auf, ja sogar von verblüffender Virtuosität einerseits und kindlicher Direktheit sowie plumper Ungeschicklichkeit andererseits. Gesuchte Metaphern und stilistische Kapriolen befinden sich – nicht etwa beabsichtigt – in unmittelbarer Nachbarschaft von flüchtigen Zeitungsformulierungen und primitiven Schlagzeilen.

Als Grundelement ebenso seiner Lyrik wie seiner Prosa erweist sich das Wortspiel, das sich meist von einer in der Tat außerordentlichen Reizbarkeit für Lautübereinstimmungen oder zumindest Lautähnlichkeiten nährt, zumal für diejenigen, denen keinerlei Sinnverwandtschaften entsprechen oder zu entsprechen scheinen. Dabei strebt er immer einen Erkenntnisprozeß an: Fried bemüht sich, die Autonomie der Sprache aufzudecken, weil er hofft, daß ihre Geheimnisse, sofern man nur imstande ist, sie sich zu vergegenwärtigen, zu Einsichten in das Wesen der Phänomene führen können. Er versucht also, sinnlosen Mechanismen der Sprache, der er zeitweilig die Initiative überlassen möchte, einen Sinn abzugewinnen. In dem Prosastück ›Nachtlager‹ beispielsweise wird der Bewußtseinsstrom eines Einschlafenden fixiert: »Die Nacht ist keines guten Menschen Freund. Oder heißt es redlichen Menschen? Das kommt von Rad oder gerädert. Das kommt von Rückrad oder Zahnrad. Ein Radvorrat. Der beste Rat ist der Vorrat. Der schlechteste Rat ist der Verrat, und Hauptmann Redl war ein Verräter. Er war nicht redlich.«

Offenbar soll jedoch die klangassoziierende Technik, die Fried gelegentlich mit Bravour beherrscht, nicht nur zwischen der wahrnehmbaren Wirklichkeit und dem Bewußtsein des Individuums vermitteln, sondern zugleich auch eine Art Urlandschaft der menschlichen Seele freilegen. Dies gilt wohl für das Prosastück ›Hinter Fetzensee turnen am nassen Turm‹. Es handelt sich hier um eine Reihe von nahezu ungeheuerlichen Traumvisionen und inneren Monologen, in denen die psychischen Erlebnisse und sexuellen Komplexe des Helden in einer von der Psychoanalyse angeregten Bilder- und Symbolsprache veranschaulicht werden. Indes gibt es in diesem Prosastück neben zweifellos intensiven und bestürzenden Abschnitten auch so willige Wortwitze wie etwa: »Er steht wieder unwiderstehlich. Er duldet keinen Widerstand.« Auch die Abwandlung von Vokalen soll Effekte bewirken: »... die zackige, zeckige, zuckige, zuckrige Welt, die keine Zicken macht, wenn der Herr Wachtmeister Wache hält.« Und nach allen kunstvollen Wortketten, Impressionen und Bildern in ›Nachtlager‹ zählt Fried – wie ein schlechter Leitartikler – »die Schlüsselworte des Todes« auf: »Sarajevo, Madrid, Danzig, Warschau, Rotterdam …« und noch zehn weitere vielsagende Ortsbezeichnungen.

Seine Lust am Wortspiel ist so groß, daß er mitunter in die Nähe von Kalauern gerät: »… strenge Streckenlichter schienen, lichte Schienenstränge streckten sich«, lesen wir in der Geschichte ›Ausflug an die Grenze‹. Gemeint ist, zunächst einmal, die Grenze der Stadt London, doch hat der Titel, versteht sich, auch einen doppelten Boden. Wir hören von einer Persönlichkeitsspaltung und ihren Folgen, Hans heißt das andere Ich des Erzählers. Hier der entscheidende, programmatisch klingende Satz der Skizze: »Ich war heiter und fest entschlossen, zwar nicht wie Hans gleich ins Bodenlose zu springen …, aber doch bis an die äußerste Grenze des Erlaubten vorzudringen.«

Dies mag der Schlüssel zu der Sammlung ›Kinder und Narren‹ sein: Die einzelnen Stücke sollen vermutlich als eine Art Entdeckungsfahrten an die Grenze der Sprache und der Logik, des Leidens und der Barbarei, der Vernunft und der Phantasie aufgefaßt werden. Fried möchte den Bereich des Wahrnehmbaren und des Formulierbaren abtasten – und er weiß sehr wohl, daß er sich damit dem Bodenlosen immer wieder nähert. So kann es auch mitnichten überraschen, daß in fast allen Stücken brutale und perverse oder doch zumindest eindeutig pathologische Motive im Vordergrund stehen.

Ein zynisch-grausamer Despot wird zum Anreger vieler Wissenschaften, weil sie für den ›Vater aller Dinge‹ (dies der Titel der fast sadistischen Skizze) nützlich sind. In der knappen, ausgezeichnet komponierten Geschichte ›Fräulein Gröschel‹, die 1941 in New York spielt, trägt ein junger Mann zum Tod seiner früheren Erzieherin bei, einer noch in Deutschland lebenden Jüdin, die ihn einst »bei einem kleinen Kinderlaster ertappt hatte«.

Mit der Faszination, die Grenzbereiche des menschlichen Daseins auf Fried ausüben, mag es auch zusammenhängen, daß er häufig auf Mythen, archaische Motive und archetypische Situationen zurückgreift. In seiner Umdeutung muß sich Kain an der Leiche von Abel überzeugen, daß er nicht einen Bruder, sondern eine Schwester umgebracht hat. Gottes Liebe zu Abel erhält unversehens eine sehr menschliche Begründung. Und St. Georg hat den Drachen, seinen Jugendgefährten, geliebt und nur auf Drängen seiner Umgebung erstochen.

Das Prosastück ›Wirklichkeit‹ ist wiederum der innere Monolog eines Menschen, der gekreuzigt wird: »Warum werden wir eigentlich nicht anders angenagelt? Warum nicht mit dem Gesicht zum Kreuz hin? ... Es heißt, es wird keiner gekreuzigt, der nicht trotz aller Angst und Gegenwehr sein Kreuz liebt. Wäre er aber zuletzt dem Kreuz zugewendet, ... dann könnte ihn die Liebe dazu verleiten, sich mit seinem Kreuz paaren zu wollen.«

Andere Skizzen sind rabulistische Gedankenspiele, die möglicherweise an die Traditionen der Talmud-Kommentare anknüpfen. Dies gilt für ›Würdigung‹ und vor allem für das abermals programmatisch betitelte Stück ›Die Genaunahme‹, eine akrobatisch-paradoxe Interpretation des Sprichworts »Der Krug geht so lange zum Brunnen, bis er bricht«.

Leider glaubt jedoch Fried, mit ähnlicher Präzision auch den Inhalt eines Nachttopfes beschreiben und überdies erzählen zu müssen, wie der kindliche Ich-Erzähler das Leben einer eben dort ertrinkenden Wanze rettet. Sollte etwa die Grenze dessen erprobt werden, was die Leser ertragen können? Bemerkenswert übrigens, daß Frieds Rückgriffe auf die Zeit der Kindheit – vielleicht hatte er hier Beiträge zu einer eigenen Mythologie im Sinne – sich immer als unergiebig erweisen.

Kurzum: ein Pandämonium der Qual und des Verbrechens, des Ekels und der Grausamkeit. Die Szene bevölkert mit Verfolgern und Verfolgten, mit den Opfern und mit den Menschen, die sich an der Welt rächen, auf jeden Fall aber mit verbitterten Einzelgängern. Das Ganze – um eine berühmte Kafka-Formulierung zu verwenden – die Darstellung eines »traumhaft inneren Lebens«.

»Diese Deutlichkeit ist vielleicht brutal«, heißt es einmal in ›Fräulein Gröschel‹, »aber auch befreiend.« Frieds Deutlichkeit hingegen ist in einem großen Teil des Bandes nur brutal und eben nicht befreiend. Denn in vielen der neunundzwanzig Arbeiten wird jener fatale Krampf spürbar, der immer die künstlerische Nichtbewältigung des Stoffes verrät. Einerseits bohrt und wühlt sich Fried leidenschaftlich in die Phänomene ein, denen er sich nicht mehr entziehen kann, und andererseits haftet seiner Prosa meist etwas Rasches und Flüchtiges, bisweilen etwas Hastiges an. An diesem fundamentalen Widerspruch leidet das Buch, deshalb geht dem hier skizzierten Pandämonium letztlich doch die Überzeugungskraft ab. In hohem Maße symptomatisch scheint mir auch der Umstand zu sein, daß Fried offenbar keine Hemmungen hatte, in den Band Halbfertiges aufzunehmen: Nicht wenige der Stücke erweisen sich als Entwürfe oder gar nur als Notizen und Schreibübungen. Strenge mit sich selbst ist, befürchte ich, Frieds Sache nicht. Wie in manchen seiner früheren Bücher fällt auch in ›Kinder und Narren‹ der Mangel an schriftstellerischer Selbstkontrolle und Selbstdisziplin auf.

So sollte man diesem tappenden Amokläufer am Rand der deutschen Literatur nichts mehr wünschen als Geduld und Ruhe, Ausdauer und Beharrlichkeit. Der Held der letzten Geschichte des Bandes, ›Anlauf‹, ist ein Mann, der dem Recht zum Sieg verhelfen möchte und – wo immer es einen Streit gibt – »mit fliegenden Haaren, aber ganz erfüllt von herrlichem Kampfgeist an die Stätte seines Strafgerichts gestürmt« kommt. Nur daß er stets zu spät kommt: Seine Anläufe sind überflüssig.

Die nächsten Arbeiten Erich Frieds werden uns zeigen, wohin ihn seine Anläufe geführt haben – und ob auch sie vergeblich waren. Eins ist vorerst sicher: die Diskrepanz zwischen seinen Möglichkeiten und den Ergebnissen seiner bisherigen Bemühungen.

Günter Grass
›Die Plebejer proben den Aufstand‹

Ob wir mitwirken oder nur zusehen oder wegsehen wollen, ob wir Rollen spielen, Statisten sind oder uns für Souffleure halten – die Politik ist unser Schicksal. Den deutschen Dramatikern braucht man dies heutzutage nicht mehr zu sagen: Peter Weiss, Walser und Hacks, Hochhuth und Kipphardt, Lenz und Michelsen, sie alle betrachten die Schaubühne als eine moralpolitische Anstalt. Das Individuum und die Macht – so lautet ihr Thema.

Dieser Frage wendet sich mit seinem »deutschen Trauerspiel« ›Die Plebejer proben den Aufstand‹ auch Günter Grass zu. Nach mehreren Stücken, die noch als Nebenarbeiten des Romanciers gelten konnten, legt er nun ein Werk vor, in das er offensichtlich seine ganze Kraft und Energie investiert hat. Was ist das Thema des Stückes?

Arbeiter revoltieren gegen Ungerechtigkeit und Ausbeutung. Da es aber Arbeiter aus dem Volk der Dichter und Denker sind, gehen sie zu einem berühmten Dichter, damit er ihnen ein Manifest formuliere. Sie lassen sich in stundenlange Gespräche mit dem Poeten ein, verlieren kostbare Zeit, reden, statt zu handeln, sind bieder und naiv, unbeholfen und rührend, wissen kaum, was sie eigentlich wollen, und machen durch ihr Verhalten deutlich, daß der führungslose Arbeiteraufstand vom ersten Augenblick an zum Scheitern verurteilt war. Ein Stück also über die deutsche Revolution.

Jener Poet möchte mit seiner Dichtung und seinem Theater die Welt verändern. Da aber die Menschen, die die Veränderung erkämpfen wollen, zu ihm kommen, leibhaftig vor ihm stehen, sind sie für ihn nur Anschauungsmaterial, nützlich für die Proben des Aufstandes römischer Plebejer in Shakespeares ›Coriolan‹. Die Redewendungen der Arbeiter interessieren ihn, nicht ihre Sorgen und Absichten. Der den Kampf gegen die Unterdrückung predigt und besingt, ist überhaupt nicht mehr imstande, diesen Kampf zu begreifen. Oder tut er nur so, weil er von ihm nichts wissen will? Ein Stück also über das Thema: Literatur und Wirklichkeit, Theater und Leben.

Und zugleich ein Drama über den Intellektuellen in der Diktatur, über sein Verhältnis zur Macht einerseits und zum einfachen Volk andererseits, über seine Funktion und seine Moral.

Aber es ist auch ein historisches und politisches Schauspiel, das sich bemüht, konkrete, in Zeit und Ort genau fixierte Gegebenheiten von größter Bedeutung zu zeigen: ein Stück über die Ereignisse vom 17. Juni 1953. Und es ist endlich ein Stück über eine faszinierende Figur der deutschen Kunst und Geistesgeschichte in diesem Jahrhundert – über Bertolt Brecht.

Hat je ein Dramatiker unserer Zeit mehr als Günter Grass zu fassen und zu erreichen versucht? Er packt den Stier an den Hörnern. Großartig. Aber er weiß nicht, was er mit dem Stier anfangen soll. Die Grundsituation des Dramas scheint mir meisterhaft entworfen zu sein. Die außerordentlichen Möglichkeiten, die sie dem Autor bietet, läßt sich Grass jedoch entgehen. Seine Einfälle sind grandios. Nur kann sie Grass kaum verwerten. Sie werden meist verschenkt. Das Stück leidet zunächst an der zentralen Gestalt. Sie ist zwar diskutabel, doch, befürchte ich, verfehlt. Soll dieser unentwegt mit Bonmots oder Kalauern, mit geistreichen Bemerkungen oder billigen Sottisen aufwartende »Chef« Bertolt Brecht sein? Grass hat seine Persönlichkeit bewußt simplifiziert und auf einige Grundelemente reduziert. Dagegen ist natürlich nichts einzuwenden. Aber kann man Brecht als einen Mann darstellen, der, was immer auch geschieht, nach Pointen jagt? Mußte auch sein Intellekt so entschieden reduziert werden? Und was immer Brecht gewesen sein mag – ein Narr oder ein Scharlatan war er nicht. Im zweiten Akt des Stückes heißt es über ihn: »Kindisch genug beträgt er sich.« Auf die Bühnenfigur trifft das leider zu und macht ihre Verwendbarkeit als Protagonist des Stückes, das Grass offenbar schreiben wollte, zumindest fragwürdig. Anders ausgedrückt: Indem Grass seinen Helden im Kleinformat zeigt, fügt er ein großes Unrecht zu – nicht dem Dichter Brecht, sondern sich selber. Denn er verurteilt sein eigenes Stück letztlich zu demselben Format.

Indes: Handelt es sich hier um Bertolt Brecht, um einen Menschen, der wirklich in Berlin gelebt hat und 1956 in Berlin gestorben ist? Nicht zufällig wird sein Name im Stück konsequent vermieden. Sollte nicht sein Held als eine selbständige, von Grass lediglich nach dem Vorbild des realen Brecht geschaffene Figur beurteilt werden? Wozu überhaupt die Frage nach der Übereinstimmung oder Ähnlichkeit von Held und Modell? Kann man nicht den Grass'schen »Chef« betrachten, ohne an Brecht zu denken?

Nein, man kann es nicht. Denn wenn uns diese Gestalt überhaupt zu interessieren vermag, so vor allem dank Brecht, dank den Anspielungen auf seine Situation in der DDR, auf seine Stücke und Gedichte, auf sein Theater und sein Leben. Der Zuschauer, der nie etwas von Brecht gehört hat, würde, glaube ich, in dem »Chef« nur eine papierene Figur erkennen können. Und dies um so mehr, als der Held des Dramas kaum handeln darf und – was noch viel schlimmer und bedauerlicher ist – im Grunde keinen Gesprächspartner findet. Allerdings unterschätzt man Grass gröblich, wollte man annehmen, er habe dieses dramaturgische Problem verkannt.

Volumnia, des Chefs »langgeschätzte Freundin«, die ihn erst zur Tat, also zur Teilnahme am Aufstand anzustacheln versucht, am Ende jedoch die Unterzeichnung einer Ergebenheitserklärung befürwortet, war vielleicht als Gegenfigur gedacht. Aber sie liefert letztlich nur die (bisweilen pathetischen) Stichworte für ironische Äußerungen und effektvolle Repliken des Helden. Auch hier hört man häufig das Papier rascheln – mit dem Unterschied freilich, daß der Seitenblick auf Helene Weigel die Gestalt der Volumnia nicht interessanter machen kann.

Gewiß war es ein glänzender Einfall, dem »Chef« einen parteiergebenen Dichter gegenüberzustellen. Doch hat sich Grass hier das falsche Modell ausgesucht: Sein Kosanke, dem dümmlichen Kuba nachgebildet, ist eine viel zu lächerliche und farcenhafte Figur, um als Gesprächspartner für einen Brecht zu taugen. Nicht ein Kuba hätte hier Modell stehen sollen, sondern eher ein Becher.

Eine Gegenstimme hätte sich vielleicht auch unter jenen Arbeitern von der Stalinallee finden lassen, die am 17. Juni den »Chef« um Hilfe bitten. Aber die Arbeiter, die Grass auftreten läßt, reden meist wie Kinder. Und denken können sie offenbar überhaupt nicht. Wen kann es da wundern, daß der »Chef« ihren Aufstand nicht ernst nimmt und sie wie Statisten behandelt? »Wir machen ihm den Kaspar hier«, sagt der Maurer. Und später: »Wir sind doch keine Hampelmänner.« Das eben sind sie: Hampelmänner. Und nicht der »Chef« macht sie dazu, sondern der Verfasser des Stückes. Er widersetzt sich einer verlogenen Version und schafft zugleich eine neue Legende, harmloser zwar, doch nicht weniger entfernt von der Wirklichkeit.

Der Held des Dramas soll also ein Dialektiker sein, ein Mann, von dem es im ersten Akt heißt, das Diskutieren sei »seine Masche«. Aber er darf hier nicht diskutieren, er hat keine Gelegenheit, seine Dialektik zu beweisen. Denn niemand tritt auf, der verhindern könnte, daß er sich hinter Witzen verschanzt, niemand, der ihn zwänge, zu argumentieren. Und daher haben wir in diesem Stück zwar einzelne geistreiche Äußerungen, jedoch keinen einzigen erwähnenswerten Dialog. Damit mag es auch zusammenhängen, daß dieses Drama, in dem so oft von Bewegung und Veränderung gesprochen wird, auf ärgerliche Weise statisch ist. In jedem der vier Akte versandet die Handlung mehrfach, und damit es überhaupt weitergehen kann, ist immer wieder eine dramaturgische Eselsbrücke nötig: Alle zehn Minuten muß jemand auf der Bühne erscheinen und etwas melden, berichten oder fordern.

Mit solchen Mitteln läßt sich den Ereignissen vom 17. Juni nicht beikommen. Grass scheint dies genau gespürt zu haben, doch die beiden Szenen im dritten Akt, die der Sache abhelfen sollten, machen sie noch schlimmer. Zuerst wollen die Arbeiter den »Chef« und seinen Dramaturgen kurzerhand aufhängen, nehmen ihnen aber, von einer Parabel beeindruckt, die Schlingen wieder ab. Aufstand, Revolte, Volkszorn? Ich fand es eher komisch und mußte an das lustige Finale aus der ›Dreigroschenoper‹ denken.

Die andere Szene, die das Geschehen ins Theater des »Chefs« zu verpflanzen sucht: Der Maurer stürzt auf die Bühne mit der riesigen roten Fahne, die er vom Brandenburger Tor heruntergeholt hat. In seiner Erzählung und in dem Bericht der ihn begleitenden und heftig schreienden Friseuse hat sich Grass, befürchte ich, vergessen. Was man da zu sehen und zu hören bekommt, ist Lesebuch-Heroismus und nationaler Kitsch. Auch im letzten Akt muß man noch Peinliches ertragen: Ein Regieassistent mimt einen sowjetischen Panzerfahrer, dem Parteidichter Kosanke gerät sein marxistisches Vokabular durcheinander, der »Chef« prophezeit, wie man in den sechziger Jahren in der Bundesrepublik den 17. Juni feiern wird.

Alfred Kerr schrieb einmal: »Geistiges möglichst ungeistig, sinnlich, heiter, unscheinbar zu sagen: es bleibt das letzte Ziel jedes Schriftstellers.«[1] So gesehen, hat Grass seinen Stoff zwar aus dem Geistigen ins Ungeistige übersetzt, aber nicht ins Sinnliche. Er sieht das Exemplarische des Falles Bertolt Brecht, aber statt es mit den Mitteln der Bühne spürbar und sichtbar zu machen, will er es mit Zitaten und Anspielungen verdeutlichen. Er teilt mit, wo er zeigen sollte. Dies gilt auch für die Vorgänge vom 17. Juni. Grass erkennt, daß die historischen Ereignisse ein Gleichnis bergen. Es ist ihm jedoch nicht gelungen, dieses Gleichnis auf der Bühne zu formulieren. Er hat eine Aufgabe auf sich genommen, der er nicht gewachsen war – weder künstlerisch noch intellektuell. Aber welcher deutsche Bühnenautor dieser Jahre ist einer solchen Aufgabe gewachsen?

Indes wäre es ungerecht, wollte man nur die guten Absichten Grass' anerkennen. Auch wenn er kein einziges der von ihm aufgegriffenen fundamentalen Motive tatsächlich ausgeführt hat – mit Talent anzudeuten vermochte er alle. Mag ihm keine einzige Szene gelungen sein – er hat doch eine Fülle von Details und von außergewöhnlich originellen Beobachtungen zu bieten. Oft rutscht er in simple, infantil anmutende Verse ab – noch häufiger weiß er jedoch mit Wendungen der Alltagssprache in Erstaunen zu versetzen. Was immer gegen dieses Stück vorgebracht werden muß – auf jeden Fall ist es ein Gesprächsgegenstand von hoher Bedeutung.

Und doch: Ein deutsches Trauerspiel über ein deutsches Trauerspiel hat sich fast wieder als ein deutsches Trauerspiel erwiesen.

Anna Seghers
›Die Kraft der Schwachen‹

Für die Bewunderer des Talents der Anna Seghers – und ich bekenne mich zu ihnen seit vielen Jahren und ohne Reue – war ihr Buch ›Die Entscheidung‹ ein schwerer Schlag gewesen. Am wenigsten allerdings aus politischen oder ideologischen Gründen. Nicht daß sie einen 600-Seiten-Roman zur Feier der SED verfaßt hatte, mußte verwundern, sondern daß auch sie auf jene eigentlich schon kindischen Klischeevorstellungen vom Leben diesseits und jenseits der Elbe, die man in der Regel von den fragwürdigsten DDR-Autoren aufgetischt bekommt, offenbar nicht verzichten konnte.

Dabei gibt es drüben wohl keinen einzigen Schriftsteller, der sich in jeder Hinsicht mehr herausnehmen dürfte und der sich einer größeren Freiheit erfreuen würde als eben Anna Seghers. Nicht einmal die ihr bisweilen zugeschriebene skurrile Weltfremdheit und etwas rätselhafte Unberechenbarkeit – Eigenschaften also, die nüchternen Politikern überall zuwider sind – vermochten das volle Vertrauen der Parteiführung je nennenswert zu trüben: Längst genießt die Dichterin des ›Siebten Kreuzes‹ in der DDR den absoluten Denkmalschutz.

Aber um so mehr schien ›Die Entscheidung‹ eine mitnichten erzwungene oder auch nur geforderte und dennoch fast bedingungslose Kapitulation zu beweisen, die alle als peinlich empfanden. Mit anderen Worten: Während Anna Seghers ebenso aufrichtig wie hartnäckig bemüht war, den von der SED erhofften großen Gegenwartsroman zu schreiben, hatte sie ihre schriftstellerische Selbstkontrolle ganz und gar verloren. In diesem Sinne war der chaotische Roman zu einem unfreiwillig erschütternden Zeitdokument geworden.

Die damals teils heuchlerisch und hämisch, teils besorgt

und entsetzt gestellte Frage nach dem weiteren Weg der mit Recht weltberühmten Erzählerin läßt sich jetzt beantworten, ohne daß man auf Spekulationen angewiesen wäre. Obwohl seit der Veröffentlichung des Buches ›Die Entscheidung‹ immerhin fast sieben Jahre vergangen sind, hat Anna Seghers ihre schreckliche Drohung, sie werde dem Roman noch einen zweiten Band folgen lassen, bisher nicht wahr gemacht. Indessen liegen drei andere Bücher vor. Sie bieten nicht gerade meisterhafte oder auch sonderlich gewichtige Arbeiten; vielmehr haben wir es offensichtlich mit kleinen Nebenwerken zu tun. Aber Anna Seghers braucht sich ihrer nicht zu schämen; und man muß nicht unbedingt zwischen den Zeilen ihrer neuen Prosa lesen, um zu erkennen, welche literarischen Konsequenzen die Autorin der ›Entscheidung‹ in aller Stille gezogen hat und wie sie es, vorerst wenigstens, zu halten gedenkt.

Es handelt sich zunächst um das Buch ›Das Licht auf dem Galgen‹ (1961), eine längere Erzählung, die – zeitlich wie örtlich – in weiter Ferne spielt (auf den Antillen gegen Ende des 18. Jahrhunderts) und den Kampf zweier Franzosen für die Freiheit der Neger nicht ohne Raffinesse und Anschaulichkeit darstellt. Das andere Buch scheint mit der unmittelbaren Umwelt der Anna Seghers ebenfalls nicht viel gemein zu haben, denn es enthält (höchst bemerkenswerte) Aufsätze ›Über Tolstoi‹ – ›Über Dostojewski‹ (1963); doch kann man ihnen über die keineswegs weltfremden Sorgen der Autorin kaum weniger entnehmen als über ihre Gegenstände. Und schließlich ist noch der Geschichtenband ›Die Kraft der Schwachen‹ erschienen.

Es ist verständlich, daß die Motive und Themen, die Gestalten und Situationen, die Stimmungen und Tonarten in diesen Erzählungen der Fünfundsechzigjährigen an ihre früheren Bücher erinnern. Aber gerade die Ähnlichkeiten oder sogar Wiederholungen machen den nicht aufdringlichen und doch unverkennbaren Unterschied deutlich: Die Anna Seghers von heute ist ganz gewiß nicht mehr die der fünfziger Jahre. Was hat sich geändert?

Auch in dem Band ›Die Kraft der Schwachen‹ gilt ihre besondere Liebe, wie eh und je, den einfachen, mitunter primitiven Menschen. Meist können sie ihre starken Gefühle und ihre wenigen Gedanken kaum ausdrücken. Sie erweisen sich als brav und zuverlässig und herzlich, sie erfüllen immer ihre Pflicht und sind, so unheroisch sie sich geben, zu Heldentaten fähig und zu Opfern bereit. Nur zwei von den neun Geschichten behandeln das Schicksal von Intellektuellen: Einmal ist es ein Journalist, ein andermal ein Lehrer. Doch auch sie kennen keine Zweifel, sie gehen einen geraden Weg, selbst wenn er ins Verderben führt.

Ohne Pathos, fast ohne die Stimme zu erheben, berichtet Anna Seghers vom Leben der stillen kleinen Leute, von den Erniedrigten und Beleidigten, von den Opfern der Weltgeschichte. Im kargen und spröden, meist chronikartigen Duktus tauchen nur selten – und fast immer überraschend – poetische Bilder auf. Diese knappen Prosastücke sind moderne Heldensagen und atheistische Legenden, weltliche Märtyrererzählungen und säkularisierte Passionsgeschichten.

»Der Junge war wirklich beinah vollkommen. Ein Schimmer Gold aus der Haut heraus, aus dem Haar, aus den Augen ... Er glich einem erzürnten, von den Brauen bis zu den Zehen abflugbereiten Engel.« So der Held der Erzählung ›Der Führer‹, ein abessinischer Knabe, der drei Geologen, Offiziere der italienischen Invasionsarmee, durch Gebirgsschluchten in den Tod statt zu unerschlossenen Goldadern führt – und dabei selber umkommt. Wie die Schilderung dieses halbwüchsigen Helden an ein Heiligenbild erinnert und offenbar erinnern soll, so endet auch die Geschichte mit einer Art Apotheose: »Die Steinklötze ... lösten sich auf, sie wurden im Abenddunst so weich wie Wolken ... Es glühte noch einmal in Goldrot und Goldgrün und Violett, in Haß und Verzweiflung und auch in Triumph. Das Ende fing an zu rauschen. Die Sterne sprangen in den Himmel.«

Immer schon hat das religiöse Element in den Büchern der Anna Seghers eine wesentliche Rolle gespielt. Sie war und ist eine gläubige Schriftstellerin, die im Kommunismus, dem sie seit 1928 die Treue hält, gerade das gefunden hatte, wonach sie sich am meisten sehnte und was sie in ihrer Jugend am meisten benötigte: eine atheistische Religion. Fideistisch wie das ideelle Fundament ihres Werkes schienen vor allem die Schlußfolgerungen zu sein, die in der Regel ihren Lesern geboten wurden: Als Antwort auf die Leiden, die realen Niederlagen, die Märtyrertode ihrer Helden hatte sie stets eine metaphysische Pointe in Reserve – den Hinweis auf die Unsterblichkeit des Freiheitskampfes und der Revolution. ›Die Toten bleiben jung‹, der Titel ihres Romans von 1949, war das programmatische Leitmotiv ihrer Epik.

Gilt das auch für ihre neue Prosa? Sasportas, der Held der Erzählung ›Das Licht auf dem Galgen‹, wird am Ende aufgehängt. Von seinem Gefährten heißt es: »Es war ihm zumute, als leuchte ein Licht von der Spitze des Galgens zu ihm herüber... Es scheint nicht nur zurück auf Sasportas' Leben, es scheint auf alle, mit denen Sasportas zu tun gehabt hat.« So 1961: als visueller Schlußeffekt der Heiligenschein, dem in ›Der Führer‹ das goldrot und goldgrün verbrämte Finale entspricht.

Aber es fällt auf, daß sich Anna Seghers einzig in diesen beiden Erzählungen, die den nationalen Widerstand gegen die koloniale Unterdrückung zu verherrlichen suchen, erlaubt, die irdischen Vorkommnisse auf ihre Art zu transzendieren. Hingegen versagt sie sich in den Geschichten des Bandes ›Die Kraft der Schwachen‹, die in Europa spielen, jede metaphysische Deutung und Folgerung, von der politischen Nutzanwendung ganz zu schweigen. Es sind Leidensgeschichten ohne Pointen.

In ›Wiedersehen‹ hören wir von der Not einer russischen Mutter während des Zweiten Weltkriegs. Die Motive: Flucht, Hunger, Krankheiten, Tod. Ihr halbwüchsiger Sohn ist von den Deutschen erschossen worden. Der Ich-Erzähler, der sie nach Jahren in Moskau trifft, möchte sie trösten, doch kann er ihr nur läppische Phrasen sagen. Im Gedächtnis des Lesers bleiben die Qualen der Mutter, einer sparsam gezeichneten und nahezu mythisch anmutenden Gestalt, und der in Moskau immerhin nicht ganz alltägliche Ort der Wiederbegegnung: Es ist eine alte Kirche.

Eine Mutterfigur steht auch im Mittelpunkt der Geschichte ›Agathe Schweigert‹. Eine biedere Frau, Inhaberin eines kleinen Kurzwarenladens in einem rheinischen Nest, sucht ihren einzigen Sohn. Er kämpft in den Internationalen Brigaden in Spanien. Bis sie hinkommt, ist er gefallen. Aber sie bleibt dort, arbeitet in einem Militärlazarett und flieht dann zusammen mit den geschlagenen Soldaten. Eine politische Geschichte? Wie sich diese Frau nicht darum gekümmert hat, daß die in ihrem Laden feilgehaltenen Sachen »bestickt und bedruckt mit großen und kleinen und winzigen Hakenkreuzen« waren, so begreift sie auch von den Vorgängen in Spanien nichts. Zwar hört sie immer wieder das Wort »Teruel«, aber »ob es ein Mensch oder ein Ort war, wußte sie nicht«. Sie würde ihrem Sohn natürlich auch dann nachreisen, wenn er bei der Legion Condor wäre. Der Wert, den Anna Seghers hier mit verhaltener Stimme feiert, hat mit Politik und Klassenkampf und Revolution nichts zu tun: Es ist die Mütterlichkeit.

Wenn der Erzählungsband etwas verkündet, dann nur – wie einst im ›Siebten Kreuz‹ – den Glauben an die Redlichkeit und Rechtschaffenheit des einzelnen, an seine unzerstörbaren herzlichen Gefühle. So findet sich in dieser Sammlung auch eine schöne, einfache Liebesgeschichte (›Susi‹): Eine deutsche Bauerntochter folgt einem französischen Besatzungssoldaten nach Paris und kann trotz aller ihr bereiteten Enttäuschungen nicht aufhören, ihn zu lieben.

Nur zwei der neuen Erzählungen ragen in das Deutschland der Nachkriegszeit hinein, und beide haben überraschende, symptomatische Schlußakzente. In ›Schilfrohr‹ wird ein 1943 fliehender Antifaschist von einer märkischen Bäuerin gerettet – auch dies übrigens eine völlig unpolitische Tat, lediglich von Mitleid und später von Liebe bestimmt. Nach Kriegsschluß verläßt er sie. Als sie es allein nicht mehr aushalten kann, sucht sie ihn in Ost-Berlin. Doch der Widerstandskämpfer von gestern, der Mann, der dann einen guten Posten »in der neuen Verwaltung« hatte, ist nach dem Westen geflohen. Mit keinem einzigen Wort verurteilt Anna Seghers den Antifaschisten, der in der Zone nicht leben wollte.

Von einem kommunistischen Lehrer, den die Nazis viele Jahre in Konzentrationslagern gequält hatten, heißt es in ›Duell‹: »Und auch die Freiheit, als sie dann endlich kam, war bitter gewesen.« Er hilft einem jungen Arbeiter – die Geschichte spielt 1945 oder 1946 in der Zone – eine Prüfung zu bestehen, was ihm seine weitere Laufbahn ermöglicht. Nach vielen Jahren will dieser Arbeiter, inzwischen Werkleiter geworden, jenen Lehrer besuchen. Es stellt sich heraus, daß er nicht mehr lebt. Die sich aufdrängende Frage nach den Erfahrungen des verbitterten Kommunisten in der DDR bleibt unbeantwortet.

In ihrem Dostojewski-Essay bemerkt Anna Seghers im Zusammenhang mit den ›Brüdern Karamasow‹: »Die Direktheit und Klarheit, mit der Aljoscha tut, was ihm als richtig erscheint, hätte ihm und erst recht seinem Dichter bei einer Fortsetzung des Romans schwere Konflikte gebracht.« Und zwar wäre »bei einer Weiterführung des Schicksals von Aljoscha« ein Konflikt entstanden zwischen Dostojewskis »künstlerischer Wahrheitstreue und den heuchlerisch orthodoxen Warnungen eines Pobedonoszew«. Schon vorher hatte Anna Seghers genau erklärt, wer Pobedonoszew war: der im Auftrag der Zarenregierung fungierende »Berater«, »Beobachter« und »eine Art Vorzensor« Dostojewskis. Sie stellt auch die Frage, ob der Dichter der ›Karamasow‹ einem solchen Konflikt gewachsen wäre.[1]

Man darf wohl sagen: Die Direktheit und Klarheit, mit der die Gestalten der Anna Seghers tun, was ihnen als richtig erscheint, hätte ihnen und erst recht ihrer Autorin bei einer Fortsetzung der Geschichten schwere Konflikte gebracht. Dies mag der Grund sein, weshalb ihre Helden immer wieder unseren Blicken entrückt werden: Einer flieht nach dem Westen, ein zweiter muß sterben, die Spur der anderen verliert sich im Krieg oder im Ausland. So bleibt ein Phänomen konsequent ausgespart: die DDR. Und was immer Anna Seghers in diesem Buch erzählt, von dem Optimismus ihrer ›Linie‹ (1949) oder gar ihrer ›Friedensgeschichten‹ (1950) ist jetzt nichts mehr zu spüren. Wie in ihrer Epik der zwanziger und dreißiger Jahre sind die Farben wieder düster, die Töne wieder schwermütig, die Akzente bitter.

Und inmitten des Bandes steht ›Der Prophet‹, die Geschichte vom kommunistischen Journalisten, der während des Krieges in einem Konzentrationslager gezwungen wird, darzustellen, »wie Europa in drei Jahren aussehen würde«. Obwohl er weiß, daß ihm seine Voraussagen nur den Tod bringen können, schreibt er »mit seinen sauberen

Buchstaben, die schnörkellos und leicht lesbar waren«, was er wirklich glaubt. Wie sollte man diese Geschichte anders verstehen denn als Bekenntnis und Mahnung der Erzählerin?

Jedenfalls gibt die Sammlung ›Die Kraft der Schwachen‹ auf die Frage nach der Anna Seghers von heute eine zwar unauffällige und bescheidene, doch unmißverständliche Antwort. Eine Antwort nicht ohne Demut. Nicht ohne Würde.

Adolf Muschg
›Im Sommer des Hasen‹

Gleich auf den ersten Anhieb machen sich in Adolf Muschgs Buch ›Im Sommer des Hasen‹ eigentümliche Widersprüche bemerkbar. Der Autor scheint ein zuverlässiger, solider Erzähler zu sein. Dennoch hatte ich oft den Eindruck, daß er mich übers Ohr hauen will. Er schreibt nicht ohne Anmut und an den Höhepunkten nicht ohne Virtuosität – und läßt sich doch plumpe und ärgerliche Ungeschicklichkeit zuschulden kommen. Viele Einzelheiten dieser Prosa beweisen, daß wir es mit einem gescheiten und geistreichen Mann zu tun haben. Aber Grundeinfall und Gesamtkonzeption seines Buches zeichnen sich nicht gerade durch besondere Intelligenz aus.

Kein alltäglicher Kasus also, und bestimmt ein literarischer Gegenstand, der es verdient, näher betrachtet zu werden.

Können überhaupt die Einfälle und Konzeptionen, die einem Roman oder einer Erzählung zugrunde liegen, als gut oder schlecht gelten? Kann man sie als intelligent oder weniger intelligent bewerten? In Schriftstellerkreisen ist es üblich, ein wenig resigniert zu erklären, letztlich gebe es nur gute oder schlechte Bücher. Mit anderen Worten: Jeder Grundeinfall werde durch das, worauf es einzig ankäme, das Resultat nämlich, gerechtfertigt oder in Verruf gebracht. Der talentvolle Autor sei imstande, noch dem sprödesten Stoff viel abzugewinnen, der talentlose verderbe sogar die beste Idee.

So richtig das alles sein mag, so gewiß weist die gewählte Materie auch immanente Eigenschaften auf, welche die Entfaltung einer bestimmten künstlerischen Begabung begünstigen oder hemmen, wenn nicht ermöglichen oder ganz verhindern. Der Grundeinfall kann sich wie ein Sockel auswirken, dem der Schriftsteller verdankt, daß er weithin sichtbar ist. Aber ein solcher Einfall kann sich ebenso als eine Art Zwangsjacke erweisen, die sich der Verfasser freiwillig angelegt hat. Ich befürchte, daß auf den Erstling des 1934 geborenen und jetzt an der Göttinger Universität tätigen Schweizers Adolf Muschg leider eher die zweite Möglichkeit zutrifft.

Im Jahre 1963 feiert ein Schweizer Industriekonzern das hundertjährige Bestehen seiner japanischen Niederlassung. Aus diesem Anlaß werden »sechs mitteljunge, zum Schreiben berufene, aber noch nicht ganz erwählte Männer« auf Kosten des Konzerns für ein halbes Jahr nach Japan geschickt, »auf daß man mit ihren Eindrücken ein Jubiläumsschriftchen bestücke und sich kulturpolitisch verdient mache«. Organisiert wird die Aktion von dem Werbeleiter der Firma, der die Kandidaten – es sind Schweizer Schriftsteller und Journalisten – auswählt und der nachher auch selber nach Japan fliegt, um sie zum Abschluß ihres Aufenthaltes für eine erholsame Woche in einem kleinen japanischen Kurort zu versammeln.

Das ganze Buch hat die Form eines Briefes, in dem jener Werbeleiter dem Konzernchef, den er übrigens per »Du« anredet, über den Verlauf dieser Aktion ausführlich berichtet. Damit aber die Leser Muschgs kapieren, worum es geht, muß der Briefschreiber seinem Chef auch das mitteilen, was diesem längst bekannt ist. Oft heißt es deshalb: »Weißt Du noch ... laß Dich erinnern ... Du hast mir freie Hand gelassen ... Du fragtest mich ...« Manche Kapitel des Buches sind also nach jenem uralten, immer schon naiven und etwas komischen Prinzip geschrieben: »Dein, wie du weißt, verstorbener Vater ...«

Im weiteren Verlauf vergißt der Werbeleiter, daß er nur einen geschäftlichen Rechenschaftsbericht schreiben wollte. Er beginnt unbekümmert zu plaudern, er meditiert viel und gern, er erzählt allerlei. So charakterisiert er eingehend die sechs Stipendiaten, er läßt uns wissen, was er über ihre Erlebnisse in Japan erfahren hat, und er schildert vor allem die mit den »mitteljungen« Schweizer Autoren gemeinsam verbrachte Woche.

Womit vertreiben sich die europäischen Herren die Zeit in einem abgelegenen und wohl einsamen japanischen Kurort? Der rettende Einfall stammt vom Werbeleiter: Er läßt die Stipendiaten etwas vorlesen. Die für die Festschrift bestimmten Beiträge? Falsch geraten. Die werden uns erspart. Hingegen bittet er die Herren, »aus ihren Projekten dies oder jenes, vollendet oder nicht, ... mitzuteilen, reihum etwas vorzutragen, worüber sich anschließend gemeinsam reden ließe«. Also ein Dekameron im Schatten des Fudschijama? Nein, eher die Tagung einer Schweizer Gruppe 47 im Kimono.

Die Arbeiten der einzelnen Herren werden von Muschg nicht geboten. Er referiert sie lediglich. Indes fällt es schwer, diese Enthaltsamkeit des Autors zu bedauern, weil die literarischen Produkte seiner Geschöpfe – sofern wir es beurteilen können – nichts taugen. Einer wartet mit Szenen aus einem Drama um Alexander den Großen auf. Er »wurde nicht einmal verrissen«. Ein anderer kommt mit prätentiöser Prosa, die unser Ich-Erzähler kurz und bündig als »unbrauchbares Zeug« bezeichnet: »Eine Diskussion fand nicht statt.« Der nächste Kandidat liest »eine runzlige und unappetitliche Liebesgeschichte aus einem Altersheim« vor. Sie sei langweilig und geschmacklos, wird ihm gesagt.

Dann gibt es einen Tagungsteilnehmer, der seine Hörer menschenfreundlich warnt: »Da ihr ohnehin nicht aufpaßt, darf es ja ruhig etwas Kitschiges sein.« Und Muschg sorgt dafür, daß der junge Herr Wort hält: Es ist tatsächlich etwas Kitschiges. Ein Stipendiat, der an einer hartnäckigen Darmgrippe leidet, trägt eine offenbar fatale Erzählung vor. Das Zuhören soll eine Qual gewesen sein, doch: »Wer kaum von einer Grippe aufgestanden ist, hat am Ende ein Recht auf Schonung.« Ganz gewiß. Hat aber der Leser Muschgs kein Recht auf Schonung?

Wenigstens einer von den sechs Schweizer Autoren scheint etwas Diskutables verfaßt zu haben: eine im Hochgebirge, in der Nähe eines Luxus-Kurortes, spielende antimilitaristische Geschichte. Sie wird uns von Muschg ebenfalls nur in großen Zügen angedeutet. Offenbar sollen wir uns wieder an den kritischen Erwägungen über das nicht vorhandene Prosastück schadlos halten. Sie sind wirklich nahezu amüsant, in ihnen fehlt es nicht an hübschen parodistischen Akzenten.

Ich konnte mich jedoch des Verdachts nicht erwehren, daß Muschg diese Diskussion über die antimilitaristische Story – und auch einige andere in dem Buch befindliche Diskussionen – nur deshalb geschrieben hat, weil es ihm leider versagt blieb, die Gegenstände der Betrachtung zustande zu bringen. Übrigens lassen nicht nur die Szenen des improvisierten Schriftsteller-Treffens erkennen, daß Muschg die nicht unbedingt zu verachtende Kunst, eine Leere dekorativ auszuschmücken und sie auf diese Weise fast attraktiv zu machen, bis zur Meisterschaft entwickelt hat.

Bemerkungen über »das erzdemokratische Geschäft der Werbung« und kulturkritische Aperçus, mit denen das Ganze reichlich garniert ist, sind nicht eben aufregend, werden aber mit Grazie serviert. Ein Leitartikel über gewisse grundsätzliche Fragen der Schweiz, den Muschg in der Form eines Dialogs einfügt, scheint mir das Werk nicht zu bereichern, liest sich indes angenehm. Auch solche Gedanken, die man in den Feuilletons der deutschsprachigen Presse im letzten Jahrzehnt besonders häufig genießen konnte, ja sogar völlig belanglose Äußerungen weiß Muschg in der indirekten Rede so charmant und elegant wiederzugeben, daß ihre Lektüre niemals verärgert.

Wer könnte schon diesem liebenswürdigen und sympathischen Autor ernsthaft böse sein, da er überdies noch mit einem Schuß harmloser Selbstironie aufwartet? Von Zeit zu Zeit gibt er uns augenzwinkernd zu verstehen, daß er sich mancher Schwächen seines Buches natürlich bewußt sei. So muß der Ich-Erzähler gelegentlich erklären, daß er »gegen das Gesetz der wachsenden Spannung« verstoße. Oder: »Ich merke, ich schreibe kurzatmig, lasse Fäden liegen.« Freilich könnte man einwenden, daß solche treffenden Einsichten und ihre kokette Betonung nichts an den artig apostrophierten Schwächen zu ändern vermögen.

Die epische Materie des Buches beschränkt sich jedoch nicht nur auf die Darstellung des schweizerischen Symposions auf exotischem Hintergrund. Aber was Muschg über die Erlebnisse von fünf seiner sechs Stipendiaten in Japan erzählt, wirft die vielleicht kleinliche Frage auf, wozu er sie auf eine so weite Reise geschickt hat, wenn er nicht recht wußte, was er mit ihnen dort anfangen soll.

Die Abenteuer eines dieser Herren werden ganz und gar durch den traurigen Umstand bestimmt, daß er, wie gesagt, an einer Darmgrippe leidet, deren exakte Schilderung zu entbehren wäre. Ein anderer sucht Verbindungen in akademischen Kreisen, weil er Bücher über den »ostasiatischen Brecht« und über »die neue national-buddhistische Erwekkungsbewegung« schreiben möchte. Ein dritter, im Hauptberuf Filmkritiker, verbringt seine Tage und Abende nur vor dem Bildschirm sowie in Kinos und Ateliers. Er versucht uns davon zu überzeugen, daß einzig der Umweg über den Film zur Einsicht in das Wesen eines Landes führen könne: »Ich kenne Hochzeit und Begräbnis nicht als touristischen Zufall, sondern in ihrer Notwendigkeit, so, wie sie die japanische Regie will ...« Wenn ich mich nicht ganz irre, ist dieser Gedanke, lange bevor es den Film gegeben hat, zu Tode geritten worden.

Einer der jungen Herren begeht nach dem halbjährigen Japan-Aufenthalt in einer Badewanne Selbstmord. Auf sein wahrhaft scheußliches Ende werden wir im Laufe des Buches zahllose Male hingewiesen, ohne freilich den Grund auch nur ahnen zu können. Er wird erst auf den letzten Seiten verraten. Muschg entwirft hier ein etwas ungewöhnliches Bild: Im seichten Meerwasser einer malerischen Bucht der »vielfach zerklüfteten Küste«, neben »einem mächtigen Felsbrocken« und »unter tiefhängenden Föhrenzweigen«, steht jener junge Mann. »Seine Gestalt war im Krampf zurückgebogen.« Mit der einen Hand greift er in die Zweige über sich, in der anderen hält er einen Körperteil, der als »erstaunlich« bezeichnet wird und dessen er sich, wie wir später hören, »wahrhaftig nicht zu schämen brauchte«. Gerade im entscheidenden Augenblick wird er von zwei Gefährten überrascht. Sie ziehen sich schnell zurück. Doch der junge Mann ist untröstlich, am nächsten Tag lebt er nicht mehr. Kleine Ursachen, große Wirkungen. Unter den Umständen, die zum Selbstmord jugendlicher Helden in unserer Literatur führen, ist dies jedenfalls ein Novum.

Intimes und Persönliches einerseits, der Duft der großen weiten Welt andererseits. Um ihn bemüht sich Muschg ausgiebig. Japanisches beschreibt er gern: Mahlzeiten und Begrüßungszeremonien, Gebrauchsgegenstände und Kleidungsstücke, Sehenswürdigkeiten und Lokalitäten. Das No-Spiel wird erläutert und auch das Go-Spiel und das Pachinko-Spiel und japanische Ringkämpfe und derlei mehr.

Seine Formulierfähigkeit und seine außerordentliche Geläufigkeit verführen ihn zu einer etwas betulichen Umständlichkeit. Mit einer Präzision, deren Notwendigkeit nur selten einleuchtet, werden in wohltönenden Sätzen Sachverhalte und Vorgänge fixiert, die oft trotz pedantischer Wiedergabe nicht gerade erwähnenswert zu sein scheinen. Es mag an mir liegen, aber statt in dieser Prosa die japanische Welt, die ich überhaupt nicht kenne, zu spüren, statt die japanische Atmosphäre zu ahnen, hörte ich während der Lektüre, mit Verlaub, *Butterfly*-Motive.

Muschg hat ein subtiles Sprachgefühl, er bemüht sich – allerdings etwas zu deutlich – um jeden einzelnen Ton, er ist ganz bestimmt ein guter Beobachter. Warum wird also letztlich so wenig sichtbar, warum wirkt das Buch der Gründlichkeit zum Trotz oft oberflächlich? Auch dies erklärt der Autor selber: »Im Bewußtsein, das Eigentliche nicht sagen zu können, sagt man zuviel und immer noch die Hauptsache zuwenig.«

So ist es: Viele schöne Worte – und wenn es wirklich darauf ankommt, versagt sich ihm die Sprache, und wir lesen: »Es liegt hier noch etwas Süßes in der Luft, das sie zu Hause nur noch in der ganz schönen Literatur finden.« Oder über eine Geisha: »Sie war eben so, wie man sich bei uns in schwachen Stunden das Exotische vorstellt ...« Nein, so leicht darf es sich ein Erzähler nicht machen. Am Ende eröffnet uns Muschgs Sachwalter, jener Werbeleiter: »Jeder von uns ... geht unter einer Luftsäule von ich weiß nicht wieviel Tonnen Druck, aber nicht jeder spürt sie. Ich spüre sie im Wachen und Schlafen.« Um sich ihrer zu entledigen, verzichtet er schließlich auf seinen Posten: »Jenseits dieser

Arbeit herrscht völlige Finsternis, ... aber diese Finsternis ist vielleicht der Ort, an den die Säule mich nicht mehr begleitet ...« Ich glaube davon kein einziges Wort. Denn in der erzählenden Prosa kann nun einmal nur die Vergegenwärtigung überzeugen – und nicht die simple Mitteilung.

Warum ist es aber keineswegs überflüssig, sich mit einem solchen Buch eingehend zu befassen? Weil Adolf Muschg Talent hat. Nur meine ich, daß er mit seinem Erstling auf eine völlig falsche Fährte geraten ist. Er, ein Mann der Geschichte, jedenfalls der kleinen epischen Form, wollte unbedingt einen Roman verfassen. So hat er in munterer Folge aneinandergereiht: Geschichten, Reportagen, Glossen, Aphorismen, Feuilletons, Tagebucheintragungen und dergleichen mehr. Alles zusammen wurde »belletristisch aufgeschwemmt und mit etwas Reflexion angerichtet« (auch diese Formulierung findet sich in dem Buch). Der exotische Hintergrund hat ihn nur eingeengt und verführt. Die fatale Idee mit den Stipendiaten nahm ihm seine Bewegungsfreiheit.

Daß Muschg über Talent verfügt, beweisen, glaube ich, nicht nur glanzvoll geschriebene (meist übrigens sehr kurze) Passagen und die gelegentlichen Impressionen, die sich hier häufig finden. Es erweist sich vor allem an einer größeren, in sich geschlossenen Episode, einer Liebesgeschichte, die fast gewaltsam in den ›Sommer des Hasen‹ hineingezwängt wurde. Einer der Stipendiaten verliebt sich in eine japanische Theologie-Studentin. Wie Muschg die einzelnen Phasen dieser Beziehung zeigt, wie er ohne Aufdringlichkeit Stimmung und Atmosphäre bewußt macht, wie er spürbar werden läßt, daß diese beiden Menschen miteinander glücklich sein können, obwohl sie sich im Grunde fremd bleiben – das ist bewundernswert.

Die Geschichte enthält Momente von ungewöhnlicher psychologischer Finesse und Töne, die innig und doch niemals innerlich sind. Hier leben die Requisiten, hier haben wir auch jene »argwöhnische Phantasie« und jenes »kalte Fieber der Beobachtung«, von denen im Buch einmal die Rede ist. Abermals erweist es sich, daß man eine erotische Geschichte deutlich und genau erzählen kann, ohne deshalb indiskret oder gar brutal zu wirken.

Allerdings hat Muschg nicht gewußt, wie er das schöne

Prosastück in seinem Band unterbringen soll, da ja alles der Werbeleiter erzählt. Auch diese Geschichte erzählt er: Wir müssen glauben, daß er sie von dem besonders zarten und schüchternen jungen Liebhaber in allen Einzelheiten erfahren hat. Natürlich ist er nicht der Mann, der einem anderen ein derartiges Erlebnis rasch anvertraut. Muschg braucht man darüber nicht zu belehren. Und gerade hier, wo er sich um die ebenso ausgeklügelte wie einfältige Konzeption des Buches nicht kümmert, zeigt sich, wieviel er kann.

Ich muß gestehen, daß ich nicht ohne Neugier weitere Prosa von Adolf Muschg erwarte. Wie wäre es, wenn er seine nächsten Geschichten spielen ließe in, sagen wir, Göttingen oder Zürich?

Hermann Kant
›Die Aula‹

Jawohl, dieser Hermann Kant aus Ost-Berlin kann sich sehen lassen. Er ist zu vielem fähig. Er weiß Bescheid, er kennt sich im literarischen Gewerbe genau aus, er versteht sein Handwerk. Ein intelligenter, ein schlauer Bursche, ein vielseitiger, ein wendiger Journalist, ein professioneller und temperamentvoller Polemiker, ein lustiger Bruder vom traurigen Feuilleton des ›Neuen Deutschland‹, eines der flinksten Pferdchen aus dem Elitestall der SED-Presse.

Nun hat er auch noch einen runden und lesenswerten Roman zustande gebracht: ›Die Aula‹. Überall beachtet man dieses Buch, munter wachsen die Auflagen, mit Übersetzungen in sieben oder neun oder elf Sprachen kann man rechnen, den Nationalpreis der DDR hat der Autor schon fast in der Tasche, an der Universität Greifswald sinnt man, ob es sich bereits schickt, mit dem Ehrendoktorhut zu winken. Und früher oder später wird Kant, ob er es will oder nicht, einen harten Sitz im Zentralkomitee erhalten.

Er hat das alles verdient. Denn dieser listige Tausendsassa ist ein ganz großer Könner. Daran gibt es nichts zu rütteln. Aber so begabt und agil dieser Mann auch ist, sowenig gefällt er mir. Und so kurzweilig sich Teile der ›Aula‹ lesen, so fragwürdig scheint mir dieses Buch doch zu sein.

Gegen Ende des Romans bekommt sein Held, der mit der Biographie des Verfassers ausgestattete und ihm außerordentlich ähnelnde Parteijournalist Robert Iswall, von einem Jugendfreund zu hören: »Du warst zwar ein Angeber, aber du warst perfekt darin, und die Perfektion hat mich schon immer überzeugt.« Das gilt auch für ›Die Aula‹. Dieses Buch ist so perfekt wie hochwertige Konfektion – und wie es ein Kunstwerk nie sein kann. Sogar die simpelsten Losungen der Propaganda und die faustdicken Lügen werden hier nicht ohne Geschick und nicht ohne Perfektion an den Mann gebracht. Und das will schon etwas heißen.

Worum geht es? Das Alte stürzt, es ändert sich die Zeit, und neues Leben blüht aus den Ruinen. Herrlich ist die Arbeiter- und Bauernmacht, wenn auch nicht frei von Schuld und Fehler, denn aller Anfang ist schwer. Schön ist die Welt und fröhlich die Jugend, doch des Lebens ungemischte Freude ward auch im SED-Staat keinem Irdischen zuteil. An die DDR, die teure, schließ dich an, hier sind die starken Wurzeln deiner Kraft. Die Zukunft ist unser, hier bin ich Mensch, hier darf ich's sein.

Das etwa sind die Leitmotive, die freilich nicht so nackt und schamlos vor uns ausgebreitet werden. Niemals vergißt dieser Ostberliner Kant den DDR-Himmel über ihm und das proletarische Gesetz in ihm. Aber was er zu sagen hat, wird erst einmal sorgfältig zubereitet, mit einem Schuß praktischer Vernunft angereichert, mit milder Ironie gewürzt, mit harmlosem Witz gepfeffert, mit biederer Sentimentalität angerührt, mit Phantasie ausgeschmückt – und dann appetitlich serviert.

Die Arbeiter- und Bauernfakultäten an den Universitäten der DDR – so nannte man Spezialkurse, die ausgewählten Kadern proletarischer Herkunft Abitur und Studium ermöglichen sollten – wurden ab 1962 geschlossen. Denn sie hatten, heißt es, ihre Aufgabe erfüllt. Kants Held Iswall, einst, wie der Autor, Elektriker und dann Absolvent einer solchen Fakultät, wird aufgefordert, auf der Abschlußfeier die Rede zu halten. Das ist der Ausgangspunkt der Fabel und, journalistisch gesprochen, der Aufhänger des Romans.

Denn Iswall befaßt sich nun monatelang damit, das Material für diese Festansprache zu sammeln: Er fährt nach Greifswald, wo er studiert hat, er blättert in den Personalakten der Universität, er sucht in Ost und West die damaligen Kommilitonen auf, um zu sehen, was aus ihnen mittlerweile geworden ist. Diese Bemühungen Iswalls ergeben eine Art Rahmenhandlung, die 1962 spielt. In sie ist die Haupthandlung eingebettet: die Vorgänge an jener Arbeiter- und Bauernfakultät in Greifswald zwischen 1949 und 1952, wiederum mit Iswall im Mittelpunkt. Ferner werden noch seine Erinnerungen – und auch die einiger anderer Figuren – an frühere Erlebnisse geboten: in der Kindheit, während des Krieges, in der Gefangenschaft.

Setzt sich also der Roman aus drei Bestandteilen zusammen? Nein. Kann man tatsächlich von drei verschiedenen Zeitebenen sprechen? Nur in einem sehr geringen Maße. Ob Rahmenhandlung, Haupthandlung oder eingeblendete Vorhandlung, ob Gegenwart oder Vergangenheit, ob diese oder jene Ebene – das Buch lebt in Wirklichkeit von ein und derselben Substanz: Es besteht vor allem aus kleinen Geschichten, Schnurren und Anekdoten, aus Humoresken und Schelmenstreichen, aus Witzen, Späßen und Scherzen.

Meist haben sie mit dem eigentlichen Thema der ›Aula‹ nichts oder jedenfalls nicht viel zu tun. Sie werden eingefügt, sobald sich eine passende Gelegenheit findet. Und wenn sich keine passende Gelegenheit finden will, werden sie ebenfalls eingefügt. Sie sind zwar nicht immer, aber doch sehr häufig austauschbar: Was die Figur A. zum besten gibt, könnte auch von der Figur B. kommen, was jemand 1962 erzählt, könnte auch aus dem Jahr 1949 stammen, was auf Seite 50 untergebracht wird, könnte auch auf Seite 350 stehen. Mit diesen Schnurren und Anekdoten ist das Ganze behängt wie ein Tannenbaum mit Weihnachtsschmuck.

Doch wäre es ungerecht, die Qualität eines solchen Assortiments von bunten Scherzartikeln nicht anzuerkennen. Hier zeigt sich die Vitalität des Schriftstellers Kant: Er wartet mit unzähligen und bisweilen sogar originellen Einfällen auf, er bewährt sich als genüßlicher Plauderer, als flotter Geschichtenerzähler und amüsanter Schilderer, als Spaßmacher und Witzbold. Kein Zweifel: Die starke Seite seiner Begabung ist die heitere epische Miniatur, die sich allerdings meist als unbedarft erweist. Ihr vor allem verdankt der Roman seine nicht zu verachtende – und auf dem Hintergrund der DDR-Prosa geradezu außergewöhnliche – Lesbarkeit, seinen vollauf begreiflichen Publikumserfolg.

Zugleich haben die vielen unterhaltsamen, in der Regel anspruchslosen, hier und da albernen Einsprengsel noch eine ganz andere Funktion innerhalb des Buches: Die Schnurre ist die Ausflucht des Zeitkritikers Kant, die Anekdote sein ständiger Schlupfwinkel. Was soll das bedeuten?

Dem Verfasser der ›Aula‹ ist viel daran gelegen, die Leser davon zu überzeugen, daß er das Leben in der DDR selbständig und daher kritisch betrachtet. Dem Roman soll der Zweifel eine pikante Note geben. »Wir machen« – heißt es mit einem schon komisch wirkenden Stolz – »das Denken zur obersten Pflicht, und so ... auch das Fragen.« An einer entscheidenden Stelle bekennt Iswall: »Ich weiß nur, daß ich fragen muß, wenn ich leben will ...«

In der Tat gönnt Kant seinem Sachwalter ein wenig Skepsis, er genehmigt ihm etwas Melancholie. Die Figur soll sich von jenen landesüblichen positiven Helden, die in der Regel nach der sowjetischen Schablone von vorgestern gezeichnet sind, deutlich unterscheiden. In der Kriegsgefangenschaft hat ihn nicht, wie es das Klischee will, Ilja Ehrenburg begeistert, sondern ›Vom Winde verweht‹. In seinem Arbeitszimmer hängt jetzt nicht ein Porträt von Lenin oder Majakowski, sondern – von Proust etwa oder von Joyce? Nein, aber es ist ein Bild von Hemingway, einem Westler und Nichtkommunisten zwar, doch einem, der in Moskau seit Jahren gerühmt wird.

Über vieles darf sich Iswall ironisch und schnoddrig äußern, manches darf er eindeutig verspotten. Was kritisiert er? Stellt er wirklich Fragen? Und worauf bezieht sich sein angeblicher Zweifel?

Kant parodiert nicht nur den Schülerjargon und die Sprache der Lehrer (Grass und Professor Unrat lassen grüßen), sondern auch das Deutsch der Parteifunktionäre. Er nimmt Dogmatiker und Sektierer aufs Korn, die alles gut gemeint, aber leider – wohlgemerkt in den ersten Jahren der DDR – einiges schlecht getan haben. Er führt einen Scharfmacher vor, dem er vorsichtshalber eine untergeordnete Rolle zubilligt: Es ist ein linientreuer Lehrer, dessen Übereifer großen Schaden anrichtet.

Doch als Gegenfigur tritt gleich der Parteisekretär Haiduck auf, ein Pfundskerl, ein Ritter ohne Fehl und Tadel. Zwar wird er später infolge einer Intrige abgesetzt, aber am Ende hat er einen noch höheren Posten, und alles ist wieder in Butter. Wenn damals Menschen aus der DDR geflohen sind – so Iswalls Mutter, so auch sein Kommilitone Fiebach –, dann war daran immer nur die Borniertheit einzelner Funktionäre schuld. Die Standardrechtfertigung lautet: Kinderkrankheiten des neuen Systems.

In den Szenen hingegen, die 1962 spielen, wird die Kritik der Verhältnisse auf das bescheidenste Maß zurückgeschraubt: Es gibt in Ost-Berlin vorübergehend keine Zwiebeln zu kaufen, ein offenbar wichtiger Funktionär schämt sich dessen, daß er Karl May liest, die Schriftsteller der DDR sind eitel und publizitätsgeil. Und so weiter. Tauchen gelegentlich ernsthafte Fragen auf, dann werden sie von Kant im Keim erstickt. Ein Hamburger Kaufmann darf die fundamentale Propagandataktik der Kommunisten beanstanden. Iswall antwortet rasch mit einem Kalauer – und das Gespräch ist beendet. Ein 1962 aus China zurückgekehrter Freund soll etwas über die Schwierigkeiten berichten, die sich in der Zusammenarbeit mit der chinesischen Partei ergeben: »Ein Mist ist das. Laß uns lieber über was Lustiges reden. Magst du noch lustige Geschichten?« Und in der Tat folgt gleich eine – diesmal nicht einmal lustige – Geschichte.

Aus Problemen macht Kant treuherzige Anekdoten. Heiße Eisen verarbeitet er zu kleinen schmucken Souvenirs. Was geschehen ist, wird entweder verheimlicht und ausgespart oder verharmlost und verniedlicht. Lausbubenstreiche geben den Ton an, die wehmütige Erinnerung an die fröhlichen Schuljahre dominiert, die DDR erweist sich als ein Land des Lächelns.

Daß den kritischen Vorbehalten in der ›Aula‹ fast nur Lappalien und Marginalien ausgesetzt sind und daß die homöopathische Dosis Zweifel hier äußerst karg bemessen ist, kann uns natürlich nicht wundern. Daß jedoch Kant unentwegt mit seinem angeblichen Mut kokettiert, daß er stets mit seinem schnoddrigen Pseudozweifel protzt, wirkt peinlich und läßt die Unaufrichtigkeit des Buches um so deutlicher werden. Dieser Erzähler geht auf flacher Erde, aber er bewegt sich wie ein Seiltänzer über einem Abgrund.

»Das wäre eine schöne Geschichte«, ruft Iswall kühn und augenzwinkernd zugleich, »in der nicht wäre, was nicht paßt.« Wozu das Gerede, wenn in dem Buch doch nur zu finden ist, was bequem hineinpaßt, wenn aus den vielen und oft authentischen Einzelheiten am Ende immer das erwünschte Bild entsteht? Wenn in den in Hamburg spielenden Szenen meist Gauner und Betrüger auftreten oder zumindest gescheiterte Existenzen und zwielichtige Figuren, während die DDR bevölkert wird von tüchtigen Wissenschaftlern und fleißigen Beamten, von Studenten, deren Moral an Pfadfinder erinnert und deren Kameradschaft rührend ist?

Gewiß, auch die Bewohner der Kantschen DDR sind nicht nur und nicht ständig edel, hilfreich und gut wie jene Greifswalder Studenten, die einen an Tuberkulose erkrankten Kommilitonen so herzlich betreuen, daß die Träne quillt und die Sentimentalität hemmungslos triumphiert.

Iswall beispielsweise, der schön menschlich sein soll, ist nicht frei von Schuld. Einst nahm er an, für seine Freundin und künftige Gattin interessiere sich ein Genosse. Als man in der Parteisitzung nach Kandidaten für Sinologie-Studien in Peking Ausschau hielt, schlug er den vermeintlichen Nebenbuhler vor und gleich auch die Kollegin, mit der man ihn verheiraten könnte – denn die Chinesen wünschten, daß die Stipendien ein Ehepaar erhält. Zwar erweist es sich nach Jahren, daß seine Intrige ausschließlich Gutes bewirkt hat, aber da es persönliche Motive waren, die den so feinfühligen und seelenvollen Iswall handeln ließen, leidet er unaufhörlich weiter und genießt seine moralischen Skrupel. Ist Kant naiv? Nein, er tut nur so – aus taktischen Gründen.

Allerdings fasziniert den Helden der ›Aula‹ nicht nur die eigene Schuld, sondern auch das Schicksal des einstigen Kommilitonen Riek, genannt Quasi, der, nachdem er die Arbeiter- und Bauernfakultät absolviert hatte, in die Bundesrepublik geflohen war. Ein Schuft? Im Gegenteil, ein Mann mit einem »Herzen aus Vollkornbrot«. Für Iswall ist dieser Quasi »ein Rätsel, eine Niederlage, ein böses Wunder«.

Und Kant läßt seinen Helden über jene Flucht von 1952 so häufig und so ausführlich meditieren, als hätte man es mit einem außergewöhnlichen Faktum zu tun – wo doch in den fünfziger Jahren Hunderttausende in den Westen flohen, gerade nach dem Abitur oder nach den Studien. Auf den letzten Seiten löst sich auch diese Frage fast in Wohlgefallen auf: Einigen Andeutungen kann man entnehmen, daß der feine Junge kein richtiger Flüchtling war, sondern sich möglicherweise im Auftrag der DDR-Behörden abgesetzt hat.

So macht sich Kant die Einsicht zunutze, daß es im 20. Jahrhundert den Romanciers nicht gut ansteht, Allwissenheit vorzutäuschen, wie es noch Gorkij oder Scholochow versucht haben. Auch andere Mittel des Romans unserer Epoche, die in der DDR als einigermaßen verwegen gelten – zwei Perspektiven, innere Monologe, Rückblendetechnik, Assoziationsketten –, werden hier häufig und nicht einmal besonders ungeschickt angewandt. Dennoch ist das Ganze bieder wie ein Buch für Jugendliche, zumal weiblichen Geschlechts.

Als der Journalist Iswall einmal die Geschichte einer DDR-Autorin rezensierte, hat er sich »vor allem über die polierten Charaktere ... geärgert; sie waren so ebenmäßig wie Billardkugeln und rollten genau dahin, wo (die Autorin) sie haben wollte. Dazu gehört natürlich auch schon etwas ..., aber es war eben Billard, angewandte Mathematik, und es klappte nur, weil die Kugeln glatt waren und auf einer samtbezogenen Fläche rollten.«

Genau das trifft auch auf ›Die Aula‹ von Hermann Kant zu. Nur daß sein Billardspiel intelligenter und besser konstruiert ist. Und daß am Ende – trotz allem – ein leises Gefühl der Dankbarkeit bleibt: Denn gelangweilt habe ich mich nicht.

Horst Krüger
›Das zerbrochene Haus‹

Zwar heißt es, daß wir in einer Epoche des Sachbuches und des Dokuments leben, doch ziehen es viele unserer Autoren vor, das Sachliche, das sie immerhin zu bieten haben, in verkleideter Form auf den Markt zu bringen. Sie wählen für Bekenntnisse, Erinnerungen und Tagebücher, für Chroniken, Biographien und Autobiographien, für Berichte, Protokolle und Reportagen, für Essays und Abhandlungen eine belletristische Verpackung. In den meisten Fällen soll sie wohl als Lockmittel und Schutzhülle zugleich dienen. So wird unsere Welt ständig – und ich bitte, mir dieses Verbum zu genehmigen – belletrisiert.

Eine Modekrankheit ist das und keine neue; man kannte sie vor allem in den zwanziger Jahren. Aber sie wirkt sich heute besonders schädlich aus, weil durch dieses Belletrisieren um jeden Preis viele Dokumente und Äußerungen von zeitgeschichtlichem Wert ihre Glaubwürdigkeit einbüßen, ohne daß damit für die Kunst – von Ausnahmen abgesehen – auch nur das mindeste gewonnen wäre.

Was sich hinter der Unsitte verbirgt, läßt sich einer beiläufigen Bemerkung von Karl Kraus entnehmen. In seinem Aufsatz ›Warnung vor der Unsterblichkeit‹ behauptete er kurzerhand, »daß der Roman das Versteck jener ist, die nichts zu sagen haben, und darum die Ausflucht jener, die alles sagen müssen«.[1] Allerdings sollte man sich hüten, dieses Diktum auf die von Kraus verkannte und verachtete Romanform schlechthin zu beziehen. Doch deckt es eine der wichtigsten Ursachen ihres ärgerlichen Mißbrauchs auf.

Ja, schrecklich ist die Verführung zum Roman – und zum Belletristischen überhaupt. Kaum ein Schreiber, der gegen sie ganz gefeit wäre. Auch Horst Krüger mag mit dem Gedanken gespielt haben, seine Erlebnisse in einem Buch darzustellen, das als Roman ausgegeben werden könnte. Aber er macht dieses halbherzige Versteckspiel glücklicherweise nicht mit: Er braucht kein Kostüm, er stellt sich ohne Schutzkleidung, er verzichtet auf die belletristische Tarnung.

Krüger, geboren 1919, ist Berliner. Ein Preuße also? Das scheint mir eine Ermessensfrage zu sein, die man indes nicht unbedingt für überholt halten muß. Denn die preußische Mentalität gibt es noch. Und wie immer die Rolle Preußens in der Geschichte Europas beurteilt werden sollte – in der deutschen Literatur ist die preußische Tradition bestimmt die schlechteste nicht. Sie verweist auf Schriftsteller und Philosophen, deren Verhältnis zu ihrer engeren Heimat in der Regel ambivalent war. Wenn sie zu den Apologeten Preußens gehörten, dann erwiesen sie sich zugleich als seine strengsten Kritiker und Ankläger. Zwischen kühler Skepsis und aggressiver Haßliebe schwankend, schrieben sie im Vertrauen auf Logik und Vernunft, im Glauben an die moralische Pflicht und in der Sehnsucht nach der Ordnung.

Diesem Geist ist, meine ich, auch Krügers Buch ›Das zerbrochene Haus‹ in hohem Maße verhaftet. Obwohl er weiß, daß es in Deutschland meist kein dankbares Geschäft ist, einfach und klar zu formulieren, gesteht er: »Ich möchte ... endlich begreifen, wie das damals war unter Hitler.« Und er stellt die peinliche Frage, »warum die Deutschen diesen Mann liebten, warum sie ihm ehrlich zujubelten«. Aber da er mit Brecht, dem er das Motto entlehnt, der Ansicht ist, daß die Wahrheit, »nicht etwas Allgemeines, Hohes, Vieldeutiges« sein dürfe – von dieser Art sei »gerade die Unwahrheit« –, gibt er auf die welthistorische Frage eine scheinbare private Antwort: Er berichtet, was sich in seiner Familie in den dreißiger Jahren ereignet hat, er erzählt die Geschichte seiner Jugend.

Freilich hat er nur wenige Episoden ausgewählt. Mit gutem Grund. Denn einzig die entschiedene Weglassung, ja die programmatische Unvollständigkeit ermöglicht die Ehrlichkeit einer Autobiographie. So auch hier: Dank der Selbstbeschränkung Krügers konnte ein offenes und aufrichtiges Buch entstehen, das gelegentlich vor einem intimen Bekenntnis nicht zurückschreckt und das trotzdem nie indiskret oder gar schamlos wirkt. Nur von dem spricht der Autor des ›Zerbrochenen Hauses‹, was er selber gesehen und gehört hat, und fast immer bildet seine Person den Mittelpunkt des Ganzen. Dennoch sind ihre Umrisse kaum zu erkennen: Die Zentralfigur des Buches erweist sich vornehmlich als Beobachter und als eine Art Versuchsperson, die den Wirkungen der Epoche ausgesetzt ist. Daher fügen sich die sechs Kapitel zu keinem Porträt zusammen. Ihre Summe ergibt mehr: ein Zeitbild.

Da also Krüger das Exemplarische anstrebt – ›Ein Ort wie Eichkamp‹ ist sein erstes Kapitel betitelt –, liegt auch gleich die Gefahr auf der Hand: Aus der Perspektive von Jahrzehnten werden Gestalten und Vorgänge – bewußt oder unbewußt – stilisiert, bis sie sich schließlich als Belege für heutige Anschauungen über damalige Zustände eignen. Und dann geht die Gleichung auf, und das Mosaikbild ist schön übersichtlich. Krüger schlägt einen anderen Weg ein. Er verschweigt nicht das Zufällige, er berücksichtigt auch das Irreguläre, er spart das Atypische keineswegs aus.

Er selber tritt nicht in der Rolle des Jedermann im »Dritten Reich« auf. Und weder die Schwester Ursula noch der Freund Wanja können als repräsentativ für das dargestellte Milieu und die Verhältnisse in jenen Jahren gelten. Im Gegenteil: Die Schwester, die 1938 ohne einen für die Familie verständlichen Grund Selbstmord begeht, und der Halbrusse, der einer antifaschistischen Organisation angehört und wegen Hochverrats verurteilt wird, sind unzweifelhaft Außenseiter.

Doch gerade den nicht austauschbaren, den gänzlich atypischen Figuren, die zu Demonstrationsobjekten nicht taugen, verdankt das Buch seine Überzeugungskraft. In Krügers Lebensbericht bewährt sich das uralte Prinzip der Literatur: Das Außergewöhnliche macht die Norm erkennbar, das Extreme ermöglicht die Einsicht in das Exemplarische. Und es sind immer erst die Verstöße gegen eine bestehende Ordnung, die ihre Existenz veranschaulichen können.

Der Ordnung, die Krüger zunächst schildert, liegt ein zwar ungeschriebener, aber sorgfältig beachteter Kodex zugrunde. Er regelt das tägliche Leben der kleinbürgerlichen Familien, die einst, in der Zeit der Weimarer Republik, fleißig und sparsam genug waren, um sich in Eichkamp, einer sauberen Berliner Vorortsiedlung, bescheidene Häuschen zu leisten. Es sind »lauter brave, biedere Leute, die ihr Handwerk, ihr Geschäft, ihre Amtsstube gut verwalten. Eichkamp war die Welt der guten Deutschen.« Hier liest man ›Mein Kampf‹ 1933 »ängstlich und erwartungsvoll«. Die

Eichkamper hatten das neue Reich weder gerufen noch bekämpft. Da es nun einmal gekommen ist, akzeptieren sie es. Und mögen sie auch diese oder jene Bedenken haben – was geschieht, macht sie rasch »waffenlos, willig und wundergläubig«.

Krüger sieht die kleine Welt, der er entstammt, nüchtern und sachlich, bisweilen sogar streng. Wie er sich jedoch mit ihr nicht identifizieren kann, so vermeidet er es auch, sich von ihr *post festum* zu distanzieren. Er versagt sich die Ironie und den Spott, seinem Bericht haftet niemals etwas Überhebliches oder Anmaßendes an. Indes wirkt er schlagend. Dabei geht es nicht nur um die Folgen jener dumpfen und tiefverwurzelten Staatsgesinnung, die sich von der realen Umwelt und der tatsächlichen Politik nicht beirren lassen will. Durch Krügers Darstellung wird zugleich augenscheinlich, daß zwischen dem traditionellen Lebensstil dieses Milieus im privaten Bereich und seinem Verhältnis zum Nationalsozialismus ein ursächlicher Zusammenhang besteht.

»Es passierte nie etwas bei uns, alles war normal, geregelt, in Ordnung.« Das Kapitel ›Requiem für Ursula‹ beweist hingegen, daß unter der Oberfläche viel passierte, was keineswegs normal, geregelt und in Ordnung war. Da die Eltern nichts von den – hier nur angedeuteten – psychischen Qualen ihrer einundzwanzigjährigen Tochter wußten, konnten sie auch die Ursache ihres Selbstmords nicht ahnen. »Eine Auflehnung gegen die Ordnung Gottes«, meint die katholische Mutter; »eine Auflehnung gegen die staatliche Ordnung«, meint der Vater, ein preußischer Beamter. Die Mutter findet schließlich eine entlastende und bequeme Interpretation: »Im Grunde hat sie doch Gott gesucht.«

Damit ist auch die Formel für die Umstilisierung der scheinbar unbegreiflichen Entscheidung gegeben: Die sterbende Ursula muß noch die Konversion über sich ergehen lassen, für die Zeremonie werden Dekorationen und Requisiten geholt, das Krankenzimmer verwandelt man in eine kleine, blühende Kapelle. So wird eine stille und hilflose Rebellion für den kleinbürgerlichen Bedarf adaptiert: Nicht einmal der Tod kann jene Verlogenheit aufhalten, der das Mädchen offenbar zum Opfer gefallen war. Nur daß die Sehnsucht nach der »Gloriole und Kanonisierung der kleinen Heiligen aus Eichkamp« und die Bereitschaft, sich durch den Faschismus berauschen und verklären zu lassen, zwei Seiten derselben Medaille sind – also letztlich ein und dieselbe Mentalität sichtbar machen.

Während die ersten beiden Kapitel mit vornehmlich epischen Mitteln die Welt »jener harmlosen Deutschen« erkunden, »die niemals Nazis waren und ohne die die Nazis doch niemals ihr Werk hätten tun können«, wird durch die Verhaftung Krügers am Anfang des Krieges – der Student war fast durch Zufall in eine Widerstandsgruppe geraten – der unmittelbare Terrorapparat des Regimes in den Bericht einbezogen. Auch hier gelingt es Krüger wie von selbst, persönliche Erlebnisse mit zeitgeschichtlichen Elementen zu verbinden; die verschiedenen Perspektiven – des Beteiligten und des Beobachters, die damalige und die heutige – ergänzen einander, aufs natürlichste geht die Reflexion in die Beschreibung über.

Die letzten Kapitel machen vollends klar, daß der tiefste Impuls dieses privaten Deutschlandbuches im Negativen zu finden ist; in der Auflösung der ethischen Kategorien, in der Zerstörung des Glaubens an die Gesittung, in der Enttäuschung, die eine ganze Generation erleben mußte. Und vor allem: im Verlust des wohl preußischen Vertrauens zur erzieherischen Wirkung und moralischen Kraft der Ordnung. Mit diesem Verlust will sich Krüger nicht abfinden, er gibt die reine Vernunft nicht preis, die nüchternen und trockenen Maßstäbe der Preußen sind trotz allem zu spüren. Schon sagt er, durch die Niederlage von 1945 sei »die Ordnung der Welt wiederhergestellt« worden. Aber am Ende des Kapitels ›45, Stunde Null‹, heißt es doch: »Da war die Weltgeschichte fast das Weltgericht.« In dem einschränkenden Wörtchen »fast« spiegeln sich die Erfahrungen der zwanzig Jahre, die der Stunde Null folgten.

Das Buch mündet in einen Bericht vom Frankfurter Auschwitzprozeß. Krüger fährt hin, weil es eine letzte Möglichkeit sei, »der Vergangenheit in Fleisch und Blut, der Geschichte in ihren Akteuren zu begegnen ...«. Dort glaubt er, seine Jugend unter Hitler erkennen zu können. Was er jedoch vor allem im Gericht zu finden hofft und was er kaum erwähnt, weil es dafür ein glaubwürdiges Vokabular nicht mehr gibt, das ist der verspätete Triumph der Gerechtigkeit, die ersehnte Wiederherstellung der Ordnung. Doch ebensowenig wie der militärische Sieg der Alliierten kann ein Gerichtsurteil diese Hoffnung erfüllen.

Das Fazit deutet der Titel an, der mehr meint als das von Bomben zerstörte Elternhaus Krügers in Eichkamp und mehr auch als die Teilung Deutschlands. »Irgendwie hat er uns allen einen Sprung beigebracht ... Dieser Hitler, denke ich, der bleibt uns – lebenslänglich.« Mit anderen Worten: Die deutsche Vergangenheit läßt sich nicht bewältigen. Man kann sie höchstens vergegenwärtigen. Eben dies hat Krüger getan.

Sein ›Zerbrochenes Haus‹ ist ein ernstes, aber ein niemals schwerfälliges Buch. Da man bei uns derartige Arbeiten, auch wenn man sie für wertvoll hält, in der Regel außerhalb des Bereichs der eigentlichen Literatur ansiedelt, scheint es nicht überflüssig, zu betonen, daß wir es hier mit einer Prosa zu tun haben, die sprachlichen Anforderungen gerecht wird, denen die meisten deutschen Romane dieser Jahre nicht genügen können.

Wie Krüger die einzelnen Kapitel aufbaut, Details einführt und Vorfälle gruppiert, wie er Höhepunkte vorbereitet und Menschen charakterisiert, das zeugt häufig von einer schriftstellerischen Kunst, die man, gerade weil sie immer unauffällig ist, nicht unterschätzen sollte. Jene wohlklingenden Formulierungen und effektvollen Andeutungen, mit denen Schriftsteller gern kokettieren, ohne freilich für sie ganz einstehen zu wollen, sind Krügers Sache nicht. Er schreibt ein entspanntes und natürliches, ein exaktes und durchsichtiges Deutsch. Und es kann ihm, meine ich, nicht hoch genug angerechnet werden, daß sich in seinem Buch tatsächlich kein einziger Satz findet, den man zweimal lesen müßte, um zu verstehen, was der Autor sagen wollte.

Während seine Diktion überzeugt, solange er die Tatsachen sprechen läßt und Reflexionen oder Beobachtungen fixiert, wirkt sie allerdings blaß und mitunter sogar flach, wenn er Stimmungen direkt benennt und starke Gefühle auszudrücken versucht. Nicht der Wutausbruch ist sein Element, vielmehr die Besonnenheit, nicht der Haß, vielmehr der Zweifel.

Wird man dieses Zeitbild ohne Lüge, diese Bilanz einer Generation, dieses Deutschlandbuch eines Einzelgängers hierzulande nicht nur loben, sondern auch lesen wollen? Es spräche für das Publikum.

Hans Erich Nossack
›Die schwache Position der Literatur‹ und ›Jahrgang 1901‹

Wer erzählen kann, der hat in der Regel auch etwas zu sagen; aber wer etwas zu sagen hat, der kann noch lange nicht erzählen. Daher erweisen sich die Romanversuche der Essayisten und Publizisten, die bedeutendsten nicht ausgeschlossen, meist als traurige Fehlschläge. Hingegen bleiben die essayistischen und publizistischen Äußerungen guter Romanciers selbst dann, wenn sie enttäuschen, immer noch bemerkenswert. Der Essayist, dessen Phantasiegebilde dürr oder leblos sind, wirkt gleich peinlich und sogar lächerlich. Denn der Mann des diskursiven Denkens, der sich einer epischen Form bedient, macht oft den Eindruck eines erwachsenen Menschen, der in einer läppischen Verkleidung erscheint und mit verstellter Stimme zu sprechen versucht. Man möchte am liebsten wegsehen und ihn bitten, sich wieder vernünftig zu benehmen.

Anders ist die Situation des Epikers, der sich Seitensprünge ins Essayistische erlaubt: Er ließe sich eher mit einem Schauspieler vergleichen, der einmal im Straßenanzug vor sein Publikum tritt. Jedermann weiß, daß talentvolle Schauspieler auch ohne Kostüm zu faszinieren oder wenigstens zu interessieren vermögen. Auf jeden Fall kann der Schriftsteller mit artistischem Temperament, in dessen diskursiver Darlegung die sachliche Beweisführung nicht ganz auf der Höhe der Suada ist, mit wohlwollender und vielleicht respektvoller Nachsicht rechnen.

Wohlwollen und Respekt gebühren Hans Erich Nossack wie nur wenigen deutschen Erzählern seiner Generation. Er verdankt seinen langsam und leise wachsenden Ruhm einer

Epik, die sich spröde und nüchtern darbietet und betont unfeierlich ist oder doch sein möchte. Gleichwohl haftet seinen Romanen und Erzählungen etwas Wunderliches und Geheimnisvolles an. Das hat nichts mit seiner Sprache zu tun, einer unpathetischen und kühlen Diktion von makelloser Natürlichkeit und, gelegentlich, kunstvoller Lässigkeit – Nossack ist der deutsche Meister des schreibenden Understatements –, wohl aber mit der Art seiner Motive, Bilder und Visionen.

Die Vorliebe für Sage und Legende, die auffallende Schwäche für gewichtige Symbole und archaische Mythen, der beharrliche, doch nicht unbedingt glückliche Hang zum Allegorischen und Utopischen haben gerade das zur Folge gehabt, woran Nossack am allerwenigsten gelegen sein dürfte: daß nämlich seine epische Welt nicht selten abstrus anmutet und daß von ihr, dem bisweilen nahezu forschen Tonfall zum Trotz, doch eine gewisse Feierlichkeit ausgeht, die manche Leser verständlicherweise abstößt.

Davon ist in den gesammelten Prosastücken Nossacks, einer Auswahl seiner Reden und Aufsätze aus den Jahren 1956 bis 1965 ›Die schwache Position der Literatur‹ sowie in seiner autobiographischen Skizze in dem Band ›Jahr und Jahrgang 1901‹ nichts zu spüren. Hier, wo die reine Mitteilung und die analysierende Darlegung, Bericht und Reflexion, Bekenntnis und Polemik im Vordergrund stehen, erinnert er in der Tat an jenen Schauspieler, der sich seinem Publikum einmal ohne Kostüm und Maske stellt, ohne Bühnenbilder und Requisiten. Natürlich ist es derselbe Nossack, den wir längst kennen. Indes sehen wir diesmal einen Nossack in Zivil, einen Nossack für den Alltag. Der Mann der düsteren Gleichnisse und der sinnträchtigen Chiffren liefert uns Klartexte.

Über sich selber zu reden war die Sache dieses Hamburgers nie. So wußten wir bisher über sein Leben nur wenig und über seine politische Vergangenheit fast nichts. Und auch jetzt, da ein Verlagsauftrag den Fünfundsechzigjährigen endlich veranlaßt hat, seinen Weg darzustellen, beschränkt er sich auf einen knappen und bruchstückhaften Bericht: »Ich werde niemals Lebenserinnerungen schreiben. Was in dieser Arbeit an Biographischem erwähnt wird, zählt nur insoweit, wie es als typisch für meinen Jahrgang gelten kann.«

Das klingt schroff und abweisend. Tatsächlich schildert Nossack seinen Werdegang mit kaum verhehlter Ungeduld und mit deutlicher Verärgerung. Im Vergleich zu den sorgfältig formulierten Reden und Aufsätzen ist der Stil hier besonders fahrig und salopp, streckenweise sogar schlampig. Immer wieder verrät die Sprache die Nervosität und Gereiztheit eines Mannes, den es offenbar viel gekostet hat, seine Verschlossenheit zu überwinden, und der es wohl für unwürdig hält, Gelassenheit vorzuschützen. Doch ist diese Skizze von Selbstgefälligkeit und Eitelkeit ebenso weit entfernt wie von falscher Bescheidenheit oder billiger Selbstanklage. Kein Zweifel auch, daß Nossack es ernst meint, wenn er kurzerhand erklärt: »Ich sehe keine Logik in meinem Lebenslauf, ich sehe nur Situationen. Alles ist für mich noch genauso ungewiß, wie es das vor dreißig oder vierzig Jahren war.«

Aber die widerwillig und mit einer wegwerfenden Handbewegung erzählten Situationen fügen sich zu einer Biographie zusammen, die vieles verschweigt, der es jedoch gerade an innerer Logik nicht mangelt – nur daß sich Nossack weigert, diese Logik zu akzeptieren. Ferner zeigt sowohl der Lebensbericht als auch der Band ›Die schwache Position der Literatur‹, daß Nossack bestimmte Gewißheiten immerhin erkannt zu haben glaubt und daß er sie mit eben jener »monomanischen Unbedingtheit« predigt, die er Hans Henny Jahnn nachsagt.

Für die Generation, die durch den Ersten Weltkrieg und die Inflation – nicht etwa der materiellen, sondern der moralischen Werte – um ihren traditionellen Rückhalt gebracht wurde, waren, wie man weiß, nur die extremsten Lösungen von einiger Attraktivität. Insofern ist Nossacks Weg, zunächst wenigstens, exemplarisch: Er ging als Student zum nationalistischen Freikorps, wechselte jedoch bereits 1922 zur Kommunistischen Partei Deutschlands über.

Rußland – heißt es – sei »ein Mythos, unser Mythos« gewesen, und die Russische Revolution von 1917 wird als »eine Offenbarung für uns junge Menschen« bezeichnet. In dem Kommunismus sah Nossack eine »menschliche Hilfsbereitschaft gegen die Unterdrückung durch erstarrte Formen«. Erläuternd bekennt er: »Wir, die wir in diesem unpolitischen Sinne einmal Kommunisten waren, bereit, dafür alles aufzugeben, denken noch heute so. Das ist es, was uns so unbrauchbar für den Marxismus macht.«

Hier mag der Schlüssel zum Verständnis Nossacks liegen: Sein Werk verbindet den durchaus konkreten Protest gegen die Unterdrückung durch erstarrte Formen mit einer von Romantizismen nicht ganz freien Sehnsucht nach einem neuen Mythos und einer weltlichen Offenbarung. Das Ergebnis ist allerdings in vielen seiner Bücher, den letzten zumal, fragwürdig. Denn er mythologisiert die dargestellte Wirklichkeit, ohne daß es ihm gelänge, die angestrebte Mythologie zu verwirklichen.

Wenn es jedoch seinen Bildern und Visionen häufig an Plausibilität und Suggestivität mangelt, so ist dies nicht nur eine Frage der künstlerischen Kraft, sondern auch und vor allem seines Verhältnisses zur realen Umwelt. Es scheint, daß immer wieder Phantome und Illusionen Nossacks Sicht entscheidend beeinträchtigt haben.

Jener Kommunismus ohne Marxismus, auf den er beiläufig anspielt, ist ein solches Phantom. Und der unpolitische Kommunismus ist natürlich nicht mehr als eine skurrile und weltfremde, wenn auch vielleicht rührende Illusion. Nossack mußte sich davon sehr bald überzeugen: Er hat sich Mitte der zwanziger Jahre von der Kommunistischen Partei getrennt, kehrte jedoch 1930 zu ihr zurück, diesmal freilich »mit innerer Distanz und nur aus taktischen Gründen«; denn er hielt die KPD für die einzige Partei, die den Nationalsozialismus hätte verhindern können.

Nicht weniger aufschlußreich ist Nossacks Erklärung, daß er, der im »Dritten Reich« natürlich äußerst gefährdet war, dem andererseits »jedes Gefühl für das, was man Heimat nennt«, fehle und der schließlich damals besonders günstige Möglichkeiten hatte, im Ausland unterzukommen, doch niemals ernsthaft an eine Emigration denken wollte: »Tatsächlich hatte ich eine instinktive Angst, in der Emigration sofort zugrunde zu gehen; das zwang mich, ein weit größeres Risiko einzugehen.« Er glaubte, »ohne Europa als geistige Umwelt nicht weiterleben zu können«.

Also wieder romantische Phantome und weltfremde Illusionen, wieder fatale Mißverständnisse und fundamentale Irrtümer? Auf jeden Fall war es eine nicht nur für Nossack, sondern möglicherweise auch für die deutsche Literatur jener Jahre folgenschwere Entscheidung: Er hat zwischen 1933 und 1945 zwar sehr viel geschrieben, doch fast nichts veröffentlicht – und alle Manuskripte während des Krieges eingebüßt. So begann sein schriftstellerischer Weg erst im Jahre 1947. Als Fazit und zugleich als Kennzeichnung der eigenen Position in der Welt nach 1945 steht der Satz: »Wie ich die Dinge sehe, dürfte es im Augenblick nur den freiwilligen Rückzug ins Partisanendasein geben; denn der Kampf geht nicht mehr um ein Prinzip, sondern um die Existenz des Menschen.«

Gewiß doch, nur darf man wohl fragen, ob der Schriftsteller, der sich zu einem solchen Rückzug entschließt, seine beruflichen Pflichten anständig erfüllen kann. Welche Pflichten? Literatur, meint Nossack, sei ein »Verständigungsmittel mit denen, die wie wir irgendwo in der Welt ein Partisanendasein führen, eine Art Geheimsender, der die Welt hinter den offiziellen Kulissen nach dem Menschen abtastet«.

Dagegen muß ich heftig protestieren. Die Bücher Nossacks, beispielsweise, möchte ich nicht nur in den Händen derer wissen, die »irgendwo in der Welt ein Partisanendasein führen«. Den Band ›Interview mit dem Tode‹ oder den Roman ›Spätestens im November‹ können Zahnärzte, Steuerberater und Apotheker, die auch den leisesten Gedanken ans Partisanenhafte entschieden von sich weisen würden, ebenfalls mit Vergnügen und Gewinn lesen. Zu einer Literatur, die sich nur an Eingeweihte wendet und von vornherein konspirativ sein will, habe ich, offen gesagt, nicht das geringste Vertrauen. Indes mag es müßig sein, sich wegen derartiger (allerdings nicht zufälliger) Definitionsversuche Nossacks sonderlich aufzuregen. Denn in einer seiner Ansprachen findet sich eine ganz andere Definition: »Aufgabe des Schriftstellers ist es, seine Zeit darzustellen und ihre unausgesprochenen Gedanken und Sehnsüchte in Worte zu bringen.«

Diese Weisheit scheint mir zwar – mit Enzensberger zu

sprechen – eine Binse zu sein, doch bin ich gern mit Nossack einverstanden. Aber ist ein Schriftsteller, der sich in jenes Partisanendasein zurückzieht, noch fähig, die »unausgesprochenen Gedanken und Sehnsüchte« seiner Zeit wirklich zu kennen und zu spüren? Und was für einen Sinn hat letztlich der dramatische Begriff »Partisanendasein«, wenn diesen Status ein Schriftsteller für sich in Anspruch nimmt, der – wie eben Hans Erich Nossack – mehreren Akademien angehört (was ihnen übrigens zur Ehre gereicht), seit Jahren mit hohen und höchsten Literaturpreisen (die er alle verdient hat) ausgezeichnet wird und sich als ein beliebter und mit Recht geschätzter bundesrepublikanischer Festredner erweist?

In diesen jetzt in dem Band ›Die schwache Position der Literatur‹ vereinten Reden protestiert er beschwörend gegen die »Diktatur der Norm« und die »grauenhafte Antiquiertheit aller Dogmen und sogenannter Ideologien«, gegen das »bürgerliche Nützlichkeitsdenken« und die »Verselbständigung der Institutionen«, gegen die »Funktionalisierung des Daseins« und den »Nihilismus einer totalen Bürokratisierung«. Da wird in großzügiger Verallgemeinerung kurzerhand behauptet: »Die Intellektuellen meiner Generation empfinden die Institutionalisierung einer Idee als Verrat an der Idee.« Ja, mag sein – aber auf welche Weise will Nossack eigentlich Ideen Wirklichkeit werden lassen?

Macht ohne System – räumt er an einer anderen Stelle ein – sei nicht denkbar, doch müsse »jede Systematisierung den Beginn eines Rückschritts« bedeuten. Na und? Was tun, da der Verzicht auf jegliche Systematisierung wohl zwangsläufig zum Chaos führen muß? Aus Selbstschutz bliebe dem einzelnen nichts anderes übrig, »als alles Menschliche völlig vom Institutionellen zu trennen«. Gewiß leicht gesagt, aber ist das in einer modernen Gesellschaft überhaupt möglich?

Nossack, der unentwegt »die Auflehnung des Menschen gegen die Abstraktion« predigt, der »den Ausbruch aus der Abstraktion der Systeme ohne jede überlieferte Absicherung zu wagen« empfiehlt, scheitert oft – als Erzähler wie als Essayist – eben an einer heillosen Abstraktion.

Der Schriftsteller – behauptet Nossack – »denkt nicht logisch, sondern analogisch«. Das scheint mir wieder eine fahrlässige Verallgemeinerung zu sein, deren Widerlegung glücklicherweise nicht kompliziert ist: Auch in der zeitgenössischen deutschen Literatur fehlt es nicht an Schriftstellern, denen die Logik keine Schwierigkeiten bereitet.

Allerdings stimmt es, daß Nossack selber vornehmlich assoziativ reagiert und »analogisch« denkt. Er verliert sich im Gestrüpp leidenschaftlicher und edler Appelle und wohlklingender Postulate, banaler Wahrheiten und kühner Halbwahrheiten. Theoretische Begriffe, nicht immer genau angewandt, jagen einander, und zwischen moralischem Pathos und herber Rhetorik verschwimmen die Gedanken. Meist brechen die Überlegungen mit erstaunlicher Konsequenz gerade da ab, wo sie eigentlich erst beginnen sollten.

Sobald jedoch Nossack die freischwebende Reflexion aufgibt und sich konkreter Themen annimmt, leuchtet seine Prosa sofort auf, und die Argumentation läßt sich selbst dann genießen, wenn sie nicht ganz überzeugen kann. Große Teile etwa der Reden ›Über den Einsatz‹, über ›Menschliches Versagen‹ und über ›Die schwache Position der Literatur‹ zeigen ebenso wie die virtuose Skizze über ›Das Alltagsdasein von Büchern‹, das liebenswürdigste Stück der Sammlung, die beachtlichen Möglichkeiten eines Essayisten, der immer dann Wesentliches zu sagen hat, wenn er dicht am Gegenstand bleibt. Hier finden sich aufschreckende Beobachtungen und überraschende Impressionen, geistreiche Erkenntnisse und blitzende Formulierungen.

Alles, was Nossack schreibt – und da gibt es nicht den geringsten Zweifel –, ist Selbstverständigung und Selbstverteidigung. Mehr noch: Es dient der Selbsterhaltung. Sein ernstes und ehrliches und schließlich doch fragwürdiges Außenseitertum scheint aber (wie auch dasjenige mancher anderer Schriftsteller von vergleichbarem Rang) vor allem mit dem Umstand zusammenzuhängen, daß ihm der Sinn für das Mögliche und das Realisierbare oft fehlt – in der Politik wie in der Literatur, im Leben wie in der Kunst.

So wird seine beharrliche Suche nach der Wahrheit bisweilen zum Wettlauf mit dem Schatten, zum Kampf gegen Windmühlen, zur Jagd nach Phantomen. Gleichviel: Auch nach diesen neuen Veröffentlichungen Hans Erich Nossacks haben wir zur Dankbarkeit und zur Ehrfurcht Anlaß genug – freilich zu einer etwas mißgestimmten Dankbarkeit und zu einer etwas verdrossenen Ehrfurcht.

Martin Walser
›Das Einhorn‹[1]

Jedermann weiß, daß Martin Walser außerordentlich viel kann. Doch kaum etwas will ihm glücken. Einen Mißerfolg nach dem anderen muß er hinnehmen. Nur daß ihn diese Fehlschläge mit der Zeit fast zu einem Erfolgsschriftsteller gemacht haben. In der Tat verdankt er sein Ansehen vor allem seinen Niederlagen: Ob dieser Autor ganz oder teilweise scheitert – sein Ruhm wächst. Denn er schreibt mißlungene Bücher und schlechte Stücke, die ihn gleichwohl als einen der originellsten Schreiber seiner Generation ausweisen. Er ist ein erstaunlicher Künstler und ein miserabler Handwerker.

Zugegeben: Er tut sich immer schwer und macht es dabei der Kritik oft leicht. Er arbeitet ohne Netz, er geht nie in Deckung, er bietet unentwegt Angriffsflächen. Wer Martin Walser besingen oder attackieren will, kann in seinen Arbeiten stets genug finden, womit sich dieses oder jenes Urteil belegen läßt. Da sie von Details leben und sich meist auch in Details bloßstellen, sind sie auf gefährliche Weise zitierbar. Und zugleich auf erfreuliche Weise unberechenbar. Seine Essays zeugen von seinem großen erzählerischen Talent. Aber in seinen erzählerischen Werken sind die essayistischen Partien die interessantesten. Seine theoretischen Darlegungen über das Theater lassen den Dramatiker erkennen. Nur daß seine Dramen von der Last dieser Theorien erdrückt werden. Er ist ein Meister der Psychologie. Doch kaum eine seiner vielen Gestalten will sich in das Gedächtnis des Lesers einprägen. Er hat nun insgesamt neun Bücher veröffentlicht und ist ein Anfänger geblieben, an den alle glauben. Beachtliches und Fragwürdiges, Hervorragendes und Peinliches findet sich in seinen Werken in verblüffender Nachbarschaft. Auf Höhepunkte folgen bei Walser unvermittelt schauderhafte Entgleisungen. Lediglich das Mediokre weiß er zu umgehen. Und das will schon etwas heißen. Auch sein neuer Roman ›Das Einhorn‹ läßt sich noch am ehesten eben von der Mittelmäßigkeit freisprechen. Vielmehr schwankt er zwischen den Extremen.

Das ursprüngliche Thema ist kühn. Ja, Walser war diesmal offensichtlich entschlossen, aufs Ganze zu gehen. »Ich bin Don Quichote, nachdem er gelesen hat, was Cervantes über ihn schrieb.« Mit diesem Bonmot wollte Anselm Kristlein, der Held des Walser-Romans ›Halbzeit‹, seine zwiespältige Rolle charakterisieren. Drei Jahre nach der ›Halbzeit‹, 1963, hat Walser – in dem höchst bemerkenswerten Aufsatz ›Freiübungen‹ – sein Bonmot modifiziert: »Der Held eines neuen ›Don Quichote‹ hieße nicht mehr Don Quichote, sondern Cervantes.« Was soll das bedeuten? Walser meint: »Wegen unseres sozusagen unverschuldeten Zusammenhangs mit den oberen Hunderttausend sind wir in der Lage, die ganze Corona zu erschüttern, dadurch daß wir uns selbst in Frage stellen. Schriftsteller als Verhaltensforscher. Gegenstand sind sie selber.« Und: »Der Schreiber kümmert sich endlich ganz um sich selbst, und wenn er sich aus dem Sattel gehoben hat, stellt sich heraus, daß er alle mitriß, die im Sattel saßen. Das ist sicher eine Utopie. Aber vielleicht nützt es, an ihrer Realisierung zu scheitern.«[2]

Der sich sofort aufdrängende Einwand, daß die von Walser postulierte Verhaltensforschung seit bald zwei Jahrhunderten zum Metier des Romanautors gehört und daß ihm als fraglos beliebtester Gegenstand der Betrachtung und der Forschung immer schon seine eigene Person gedient hat, wäre in diesem Zusammenhang ebenso berechtigt wie vollkommen belanglos. Jede Schriftsteller-Generation muß sich gewisse fundamentale Einsichten – und mögen sie uns noch so banal anmuten – selber erarbeiten. Auch Brecht hat manches entdeckt, was bereits von Aristoteles formuliert wurde. Und das spricht nicht gegen Brecht.

An einen solchen programmatisch egozentrischen Roman, der also auf dem Umweg über das rücksichtslos kritische Selbstbildnis des Schriftstellers die Gesellschaft oder jene von Walser apostrophierten »oberen Hunderttausend« anzuklagen oder anzugreifen versucht, mag er gedacht haben, als er ›Das Einhorn‹ zu schreiben begann.

Zu seinem unmittelbaren Sprecher hat er wiederum den Anselm Kristlein gemacht, der in ›Halbzeit‹ zwar als Handelsvertreter und Werbefachmann gelten sollte, doch schon damals im Grunde ein Literat war. Nun darf er es ganz und gar sein: Er verfaßt Bücher und Artikel, er hält Vorträge, er diskutiert gegen Honorar, er beantwortet Umfragen. Und er leidet, versteht sich, an den Schwierigkeiten, die ihm das Schreiben bereitet. Dieser Kristlein erzählt, was ihm Anfang der sechziger Jahre im Privaten wie im Beruflichen widerfahren ist. Da wir es aber mit einem Schriftsteller zu tun haben – und in dieser Profession gibt es bekanntlich keinen Feierabend –, lassen sich die beiden Bereiche kaum voneinander trennen, zumal er sich gerade mit einer Arbeit befaßt, die auf der Verwertung seiner intimen Erlebnisse beruhen soll.

Von einer Schweizer Verlegerin, die ihm viel Geld bietet, erhält er den Auftrag, ein offenes Buch über das zu schreiben, was sie die Liebe nennt, womit sie jedoch, wie sich rasch herausstellt, vornehmlich das Sexuelle meint. Es soll ein Roman und ein Tatsachenbericht zugleich sein, nicht etwa ein Phantasieprodukt, sondern ein Dokument, ein Protokoll womöglich, »kein Hohes, eher ein Genaues Lied«. Und um seine Erfahrungen zu bereichern, geht die resolute Verlegerin mit ihrem Autor selber ins Bett; auch die Schilderung dieses kleinen Abenteuers hofft sie in dem bestellten Buch zu finden.

Kristlein befürchtet zwar gleich, es gebe »für solche Nächte, so wichtig sie für das Abendland sein mögen, keine zugelassene oder auch nur anwendbare Sprache, man wäre denn Arzt und weithin unverständlich«, macht sich aber dennoch redlich ans Werk: »Sorgfältig will ich Anselm nach rückwärts verfolgen, vielleicht kam Liebe vor ...«

Vorerst freilich berichtet er über seinen beruflichen Alltag, ein Thema also, über das Schriftsteller immer bereitwillig Auskunft erteilen. Doch es kommt der Augenblick, da kein Ausweichen mehr möglich ist: Seine Begegnung mit Barbara will fixiert sein. Allein, es geht nicht. Im Brief an die Verlegerin gesteht er: »Ich weiß schon, wie Du es meinst. Wir sollen tagsüber nicht so tun, als täten wir nachts nicht, was wir nachts tun. Schluß mit der Heuchelei, sagst Du. Alles beim Namen nennen, sagst Du. Ich wollte ja.« Allein: »Ich bin vielleicht doch nicht der Kämpfer für die neue Sittlichkeit, den Du suchst ... Autochthone Wörter willst Du von mir. Es kommt sicher ein Zeitalter dafür. Man spürt es schon. Aber ich selber stamme aus dem Mittelalter, Melanie. Für mich haben diese Wörter noch ihre sündhafte Ladung ...« Und schließlich: »Ich kann nicht ... Nimm Dir einen anderen Kämpfer.«

Damit hat ›Das Einhorn‹ seinen Höhepunkt erreicht. Indes sind wir erst auf Seite 150, mehr als zwei Drittel des Romans liegen noch vor uns. Kristlein bricht daher sein dankenswertes Versprechen, er wolle nicht »auftreten als Blut- und Hodenritter«, und versucht wacker, gegen seine »anachronistische und deshalb geschäftsschädigende Scham« anzukämpfen.

Er läßt uns also doch wissen, wie das mit jener Barbara war und auch mit einer anderen jungen Dame, die ebenfalls Barbara heißt, welcher Umstand gewiß einen tieferen Sinn hat und vielleicht andeuten soll, daß sich derartige Mädchen zum Verwechseln ähneln. Diese Kapitel sind schon eher lustlos geschrieben, man spürt, daß Kristlein sie sich abgezwungen hat, was niemanden wundern sollte, da er ja nicht mehr an das Buch glaubt, das die Schweizerin von ihm erwartet. Nun gut, aber warum müssen wir, die Leser des ›Einhorns‹, darunter leiden?

Jedenfalls sind diese erotischen Episoden recht unerheblich und ziemlich langweilig, als hätte sich Walser vor allem bemüht, uns zu überzeugen, daß das harte Urteil der helvetischen Verlegerin gerechtfertigt war. Denn nach der Lektüre des Manuskripts von Kristlein erklärt sie: »So geht's nicht.« In der Tat, sehr richtig.

Nun sind wir aber erst auf Seite 214. Doch läßt sich das Weitere leicht rekapitulieren. Die Verlegerin, an ihrem Autor nicht nur aus beruflichen Gründen interessiert, meint jetzt, er, ein Mann mit Weib und Kind, sei inmitten seiner Familie gehemmt. Daher schickt sie ihn für einige Zeit ins Haus eines Wirtschaftswundermillionärs am Bodensee, wo er ungestört arbeiten und weitere Erfahrungen sammeln kann. Auch dort, versteht sich, bringt er das Buch nicht zustande.

Wohl aber zeigt es sich, daß Walsers Vorstellungen vom Leben reicher Bundesrepublikaner ihre gelegentlich rührende Naivität noch nicht eingebüßt haben und daß er das persiflierte Milieu in Wirklichkeit mehr anstaunt als mißbilligt. Die zwar nicht anschaulich, doch genüßlich ausgemalten *Dolce-vita*-Szenen, die man schon in seinen früheren Romanen gelesen zu haben glaubt, verraten weiterhin die Perspektive des Neuankömmlings und huldigen überdies, bewußt oder unbewußt, einem höchst fragwürdigen literarischen Geschmack.

Das ist aber mitnichten alles. Es gibt noch einen Schlußteil, in dem geschieht, womit Anselm Kristlein und seine Auftraggeberin nicht gerechnet haben: Er verliebt sich bis über die Ohren in ein schwarzhaariges Mädchen namens Orli. Die in der ersten Hälfte des Buches häufig erwähnte Sexual-Gymnastik sollte offenbar in der Geschichte einer großen, keuschen und idealen Liebe ihr Gegengewicht finden.

So ist ›Das Einhorn‹, verglichen mit ›Halbzeit‹, diesem gigantischen Mikrokosmos, ohne Schwierigkeiten überschaubar. Es fehlt dem Roman weder an einem klaren Aufbau noch an deutlichen Konturen. Er scheint streng, fast symmetrisch komponiert: Dem aus Meditationen bestehenden Prolog ›Lage I‹ entspricht ein sehr ähnlicher Epilog ›Lage II‹. Der etwas breiten Exposition ›Der Auftrag‹ folgen drei Teile von ungefähr gleichem Umfang: Der erste ›Wörter für Liebe‹ faßt Kristleins Bemühungen um jenes intime Buch zusammen, der zweite ›Vergangenheitsform für einen Sommer‹ mit der Darstellung des Aufenthaltes in der Luxusvilla am Bodensee war vermutlich als das statische Zentrum des Ganzen gedacht, und der dritte ›Nachruf‹ sollte wohl mit der Orli-Romanze als Pendant zum ersten dienen.

Mit einer amorphen epischen Masse haben wir es hier, im Unterschied zu ›Halbzeit‹, nicht mehr zu tun. Aber trotz seines Skelettes ist ›Das Einhorn‹ – so widersinnig es auch klingen mag – doch ein gallertartiges Gebilde. Und die übersichtliche Struktur kann nicht verhindern, daß das Ganze zerfällt, wenn auch auf andere Weise als ›Halbzeit‹. Zerbröckelte diese in eine Fülle von Winzigkeiten, so löst sich der neue Roman eher in einzelne Bestandteile auf und nicht nur in Episoden und Szenen, sondern auch und vor allem in Glossen und Feuilletons, in Parodien und kulturkritische Kommentare, in Skizzen, Aphorismen und Impressionen.

Diese nichtepischen Einschübe – hier schnoddrig, dort schwermütig, mal leichthin und flüchtig notiert, das andere Mal mit insistierender Hartnäckigkeit und mit provozierender Gründlichkeit geschrieben – scheinen mir die besten Abschnitte des Buches zu sein. Wenn Walser über einen Umzug oder über die Rolle des Neulings in der Gesellschaft reflektiert, wenn er sarkastisch über die Briefe berichtet, die ein prominenter Schriftsteller von Lesern erhält und, ausführlicher und treffender noch, über die Aufforderungen, mit denen ihn Redaktionen bedrängen, die seine Äußerungen zu aktuellen Fragen wünschen (wobei er freilich vergißt, daß Kristlein im Unterschied zum Autor des ›Einhorns‹ eben kein prominenter Schriftsteller ist), wenn er die übliche Party-Konversation verspottet und die Ergebnisse einer betriebspsychologischen Untersuchung parodiert, wenn er sich mit Lust und Wonne über bundesrepublikanische Podiumsdiskussionen hermacht und ihre Teilnehmer karikiert, jene, »die Abend für Abend auftraten, um der Bevölkerung die ansteckende Show des schlechten Gewissens zu bieten«, dann zeigt sich, was für ein Könner Martin Walser ist: ein meisterhafter Beobachter, ein virtuoser Formulierer, ein witziger Parodist, ein geistreicher Kommentator, ein großer Feuilletonist, kurz: ein ganzer Kerl.

Und kein Romancier? Sicher scheint mir jedenfalls zu sein, daß seine erzählerische Kraft immer nur für einzelne Motive ausreicht, für Momentaufnahmen, rasche Genrebilder und kleine Ausschnitte, für kurze, meist ironische Episoden. Eben deshalb überzeugt diese Kraft am stärksten dort, wo ihr lediglich eine sekundäre Funktion zukommt, wo das erzählerische Element nur eine Nebenrolle spielt und kaum mehr als eine Arabeske sein soll – also in Walsers diskursiven Darlegungen, in den Aufsätzen und Vorträgen, die in dem vorzüglichen Band ›Erfahrungen und Leseerfahrungen‹ vereint sind.

Häufig beklagt Kristlein die Ohnmacht des Worts: »Eine

Farbe wird keine Farbe, ein Geruch kein Geruch mehr ...« Es ist natürlich kein Zufall, daß Walser zu dieser Einsicht, die noch nie angezweifelt wurde, unentwegt zurückkehrt. Was er der Sprache, nur der Sprache, zur Last legen möchte, erweist sich im Grunde als eine entscheidende Schwäche des Erzählers Walser: Angesichts der Farben und Gerüche versagt seine Feder. Seine akustische Reizbarkeit ist außerordentlich, aber sonst kann er dem Wahrnehmbaren, der sinnlich erfaßbaren Welt, nur in einem geringen Maße gerecht werden.

Er überspielt diese Schwäche gelegentlich mit einer Art Mikroanalyse und mit Nahaufnahmen. Dies gilt für die Szene im Eisenbahnabteil, in der Kristlein ein Mädchen und die Annäherungsversuche ihres Nachbarn minuziös beobachtet. Oder Walser behilft sich mit reflektierenden und kommentierenden Bemerkungen – so etwa in der Schilderung der ersten Nacht Kristleins mit der Verlegerin, einer amüsanten und etwas frivolen Episode, der es weder an Grazie noch an Melancholie mangelt.

Doch können solche Miniaturen und die vielen Einschübe nicht darüber hinwegtäuschen, daß es die Möglichkeiten des Romanciers Walser übersteigt, eine epische Welt auch nur anzudeuten, geschweige denn zu schaffen. Trotz seines Temperaments und seiner Sensibilität, trotz psychologischer Finesse und stilistischer Präzision bleibt sein Land leblos. Immerhin ähnelt es einer Wüste mit Oasen, die allerdings in der zweiten Hälfte dieses Buches weder zahlreich noch attraktiv genug sind, um die ermüdende Wanderung durch das dürre Gelände lohnend zu machen.

Die Grenzen des Erzählers Walser werden besonders deutlich dort, wo er sich um große Gefühle und Leidenschaften bemüht. In der mit nahezu verzweifelter Anstrengung geschriebenen Orli-Romanze bricht seine Kunst zusammen. Hier, zeigt es sich, ist seine ungeheuerliche Beredsamkeit (die sich übrigens auch in pure Geschwätzigkeit verwandeln kann) vollkommen machtlos. Walser hat tatsächlich, wie sein Held Kristlein, keine »Wörter für Liebe«. Und wenn er sie zu erzwingen versucht, läßt ihn sein Geschmack im Stich.

Walser beschreibt die »fündigen Achselhöhlen«, »die aufgehen, weil Orli ihre Hände gleichmäßig hebt«, und er fordert uns auf: »Also betrachten wir jetzt diese Brüste, an den Schultern aufgehängt, komisch vor Größe, überlebt einer das, hat er's geschafft, denn walrückenhaft schwer streben die walnußbraun auseinander.« Die Sprache büßt den letzten Rest der Anschaulichkeit ein, wenn es heißt, daß aus Orlis Mund »Wörter wie ganz junge Salatblätter« schlüpften.

Sowenig sich die Orli-Figur, eine unsäglich fatale österreichisch-holländisch-indonesisch-jüdische Mischung (natürlich wird auch ein jiddisches Lied zitiert) ernst nehmen läßt, sowenig gelingt es Walser, die Gefühle zu ihr zu vergegenwärtigen. Da helfen derartige Beteuerungen überhaupt nichts: »So erzitterte er unter der Wucht der Einhelligkeit. So war er sich selber eine einzige Akklamation ... Er war eine Tendenz, eine millionenfache Zusammenarbeit. Er war einzig.« Solche Deklamationen sind, befürchte ich, nicht imstande, auch nur das geringste zu beglaubigen.

Je weiter freilich, desto schlimmer wird es, desto deutlicher setzte die Selbstkontrolle Walsers aus: »Beide lagen rücklings im Wasser. Paddelten rücklings voneinander weg. Kamen aber nicht auseinander. Waren unter Wasser zusammengewachsen. Siamesisch. Seit Millionen Jahren.« Oder: »Und sie streichelt ihren Buben. Der treibt seinen Kopf mahlend tiefer. Sie holt sich diesen Kopf. Nimmt ihn sich richtig vor. Überfällt mit ihrem seinen Mund, begräbt den unter ihrem.« Und noch ein letztes Beispiel: »Still lagen sie nebeneinander. Einander zugewendet. Hielten einander die Hände. Beider Blicke fest ineinander verankert. Ohne Mühe konnten sie einander langlang, unheimlich lang aus nächster Nähe in die Augen sehen. Von einem Auge ins andere, vom anderen wieder ins eine.«

Dies ist die Tonlage, die Stilebene der Orli-Romanze. Im Epilog meldet sich dann plötzlich Walsers schlechtes Gewissen: Kristlein gibt zu, in der Geschichte der Liebe zu Orli sei ihm der Nachweis nicht gelungen, »daß man Vergangenes wieder heranimieren« könne. Und er fügt hinzu: »Ein materielles Mädchen hat man doch nicht schon dadurch, daß man von ihr spricht, singt, stöhnt ... Ein weiblicher Mensch. Der hat doch ... erst Hand und Fuß, wenn man Hand und Fuß greifen kann.« Was soll das? Wird uns Walser noch erklären wollen, daß zwischen einem Kotelett und der Schilderung eines Koteletts doch ein gewisser Unterschied besteht? Wer hat das je bestritten?

Am Ende erfahren wir noch, daß Kristlein sich selber nicht für einen realen Menschen hält – er sei lediglich ein Schatten und überdies ein solcher, »der seinen Werfer verlor«. Diese Mitteilung ist für den Leser, der sich fast 500 Seiten lang mit den Erlebnissen Kristleins befassen mußte, immerhin ein harter Schlag. Gewiß, wenn der Held des ›Einhorns‹ erklärt, er dürfe das Wort »lebenswahr« für sich nicht in Anspruch nehmen, so trifft das zwar den Kern der Dinge und muß auch auf fast alle Figuren des Romans bezogen werden, und doch ist es nur eine nachträgliche Rechtfertigung, die nichts mehr retten kann.

Warum ist also dieses Buch Martin Walsers ebenfalls mißraten, warum entströmt dem ›Einhorn‹ nicht jener »Hauch Notwendigkeit«, den Kristlein anzustreben vorgibt? Vielleicht sollte man nicht übersehen, daß dies auch und nicht zuletzt mit Fragen der schriftstellerischen Disziplin, also der Selbstkontrolle, zusammenhängt. Einer der ersten Sätze des Romans lautet: »Es fehlt mir offenbar an Macht über mich selbst.« Aber eine solche Feststellung läßt uns hoffen.

Marie Luise Kaschnitz
›Ferngespräche‹

Daß die Romane und Theaterstücke, mit denen unsere prominenten Schriftsteller in den letzten, sagen wir, drei Jahren aufwarten konnten, in den meisten Fällen mehr Enttäuschung als Anerkennung hervorgerufen haben, ist wahrlich kein Geheimnis. Wem jedoch daran gelegen wäre, die Ursachen dieser (natürlich sehr verschiedenen) Fehlschläge, Pannen und Niederlagen auf einen gemeinsamen Nenner zu bringen, liefe Gefahr, komplizierte literarische Phänomene auf grobe und schließlich irreführende Weise zu vereinfachen.

Dies vorausgesetzt, möchte ich die Behauptung riskieren,

daß jene Autoren, deren Talent beachtlich ist und deren Leistungen oft dennoch so fragwürdig bleiben, vor allem nicht imstande sind, ihre Fähigkeiten einigermaßen richtig einzuschätzen und daraus praktische Folgerungen zu ziehen. Den lieb' ich, der Unmögliches begehrt? Für die Kunst jedenfalls gilt dieses Wort nicht. Es sind eher die Anfänger, die Dilettanten und Pseudokünstler, häufig auch die Halbtalente, die unentwegt das ihnen Unerreichbare anstreben und den Himmel stürmen wollen. Und im Endergebnis, zwischen Extremen schwankend, wenig oder nichts erreichen. Künstler hingegen, von einiger Bedeutung, werden sich in der Regel verhältnismäßig schnell ihrer Eigenart bewußt und, mehr oder weniger klar, gleichfalls der Grenzen ihrer Möglichkeiten.

Nur dieses Bewußtsein, diese Selbsterkenntnis, die auch nicht zuletzt rein handwerkliche Fragen betrifft, kann jene Selbstkontrolle und Selbstbeschränkung bewirken, die eben manche unserer Schriftsteller, von denen wir mit Recht viel erwarten, vermissen lassen. Das hat, scheint mir, zur Folge, daß sie ihre Kräfte vergeuden und ihr Talent verschleißen. Daß sie, mit einem Wort, weniger zu bieten haben, als sie bieten könnten. Beispiele? Namen? Titel? Nein, ich glaube, es wäre doch wohl nützlicher, einmal auf ein Gegenbeispiel hinzuweisen. Hier ist es: Marie Luise Kaschnitz.

Sie hat in den dreißiger Jahren zwei Romane veröffentlicht; und später keinen einzigen mehr. Denn: »Im Roman müßte man eigentlich eine Fülle von Blickpunkten haben, und das ist etwas, was ich nicht beherrsche und was mich verwirrt.« Nach 1945 spielte sie häufig mit dem Gedanken, ein Bühnenwerk zu schreiben. Sie hat es nicht getan, es gibt kein Drama von Marie Luise Kaschnitz. Warum? »Tatsächlich bin ich ... zu der Überzeugung gelangt, daß ich zum Stückeschreiben nicht fähig bin.«[1]

Keinem, der sich zum Roman oder zum Drama hingezogen fühlt – und es sind nur wenige Schriftsteller, auf die das nicht zutrifft –, fällt ein Verzicht auf diese Formen leicht. Und wir wissen nicht, wie viele vergebliche Anläufe nötig waren und wieviel Überwindung es Marie Luise Kaschnitz gekostet hat, bis sie zu so radikalen Einsichten gekommen ist. Was sie jedoch ermöglicht haben, liegt auf der Hand: Sie konnte ihre ganze künstlerische Energie jenen literarischen Formen widmen, die ihrem Temperament und ihrer Eigenart entsprechen – vor allem der Lyrik und der kurzen Erzählung.

Die Früchte einer solchen Konzentration und einer Strenge gegen sich selbst, die in der heutigen deutschen Literatur immer seltener werden, zeigten sich deutlich in der 1960 erschienenen Geschichtensammlung ›Lange Schatten‹. Und das gilt auch für den Erzählungsband ›Ferngespräche‹.

Ich kenne keinen einzigen deutschen Geschichtenerzähler dieser Jahre, der es so wenig nötig hätte, mit Nachsicht behandelt zu werden, wie die Autorin des Buches ›Ferngespräche‹. Natürlich enthält es nicht nur Meisterwerke, gewiß finden sich unter den hier vereinten vierundzwanzig Geschichten – ihr Umfang beträgt sechs bis zwanzig Druckseiten – auch schwächere Stücke. Doch habe ich kein einziges als mißglückt oder entbehrlich empfunden: Beachtlich sind ausnahmslos alle. Wer vergleichbare Prosabände zeitgenössischer Schriftsteller kennt – und nicht bloß die Spitzenprodukte in unseren Anthologien –, wird diese erstaunliche Ausgeglichenheit des Niveaus dankbar zu schätzen wissen.

In der ›Schiffsgeschichte‹, die Marie Luise Kaschnitz nicht ohne triftigen Grund erst ans Ende ihrer Sammlung gesetzt hat, gerät eine aus Südamerika nach Europa zurückkehrende Dame namens Viola irrtümlich auf ein, wie sich bald herausstellt, mysteriöses Schiff, dessen Passagiere, allem Anschein nach, Flüchtlinge sind, »lauter Träumer und Spinner, die auf keine Frage eine vernünftige Antwort geben. Lauter Einzelgänger zudem ...« Woher und weshalb sie geflohen sind und wohin sie wollen, kann Viola nicht erfahren. Auf die Frage, wann das Schiff eigentlich ankommen werde, erhält sie die Antwort: »Ankommen, wo?« In der Tat läuft es keinen Hafen an. Ein Rettungsboot ist zwar vorhanden, aber niemand weiß, wie man mit ihm umgeht. Die Matrosen sind völlig hilflose Menschen, die Offiziere befassen sich vor allem mit dem Studium der ›Göttlichen Komödie‹. Der »Kommandant« zeigt sich niemals, so daß es nicht sicher ist, ob es ihn überhaupt gibt. Lebend kann man dieses Schiff offenbar nicht verlassen.

Viola muß Unfaßbares und Sinnloses, Rätselhaftes und

Absurdes sehen und erleiden. Sie verbirgt weder ihr Befremden noch ihre Betroffenheit. Sie ist im höchsten Maße verwundert, sie hört nicht auf zu staunen. Doch zugleich findet sie sich mit den von ihr beschriebenen Zuständen und Vorgängen ab. Sie spricht von einem Pandämonium, »das mit der Vernunft nicht mehr in Ordnung zu bringen ist« und das sie dennoch ohne Widerspruch akzeptiert. Ja, das Leben auf dem Schiff gefällt ihr von Tag zu Tag besser. Nur einen Wunsch hat sie: Sie möchte unbedingt ihre Aufzeichnungen übermitteln, sie möchte »Nachricht geben«.

Damit ist das Verhältnis der Erzählerin Marie Luise Kaschnitz zu der Welt, die sie darstellt, angedeutet. Sie lebt in Frieden mit ihr, sie bejaht das Dasein, sie ist mit ihm einverstanden. Aber dieses Einverständnis trübt niemals ihren Blick für die Wirklichkeit, und das heißt: auch für das Schreckliche, das Abstoßende, das Grausame. Sie betrachtet alles mit Ruhe und Gelassenheit. Doch hat sie sich eine Fähigkeit erworben und bewahrt, die vielen unserer jüngeren Autoren abgeht und die mir eine unerläßliche Voraussetzung für jede gute Epik zu sein scheint – die Fähigkeit nämlich, über die Menschen zu staunen.

Wie jene Passagiere sind ihre Gestalten oft Träumer und Spinner, stets Einzelgänger. Jeder sitzt – wie im Eßsaal des geheimnisvollen Schiffes – an einem Tischchen allein, immer bleibt ein Abstand, den nichts zu überwinden vermag, Welten trennen Menschen, auch wenn sie jahrelang im selben Zimmer arbeiten, sogar Ehepartner können sich kaum verständigen. Gewiß, man versucht, miteinander zu reden, aber es kommen bestenfalls eben ›Ferngespräche‹ zustande, auf die der doppelsinnige Titel des Buches hindeutet: Denn mit ihm sind nicht nur die Telefongespräche gemeint, aus denen eine der Erzählungen kunstvoll zusammengesetzt ist.

Freilich läßt sich diesen Figuren Originalität schwerlich nachsagen. Im Gegenteil: Nichts Besonderes zeichnet ihr Wesen aus, nichts Überraschendes verbirgt sich in ihren Lebensläufen. Ob die Geschichten in Deutschland oder in Italien spielen, heute oder vor zwanzig Jahren – es geht immer um jene, die man Dutzendmenschen nennen könnte, wenn das Wort nicht einen abfälligen Klang hätte. Marie Luise Kaschnitz spürt das Individuelle im Durchschnittlichen und

Banalen auf. Sie findet das Interessante im Mittelmäßigen, sie entdeckt das Ungewöhnliche im Alltäglichen. Nicht diejenigen faszinieren sie, die etwa auf dramatische Weise gescheitert sind, sondern die Benachteiligten und Enttäuschten, die Stillen und Unscheinbaren. Sie kennen keinen großen Ehrgeiz, ihre Bedürfnisse sind eigentlich bescheiden. Aber sie brauchen doch etwas Liebe, sie sehnen sich nach etwas Wärme. Ihre Einsamkeit bleibt ihr Geheimnis, ihr Unglück wird von der Umwelt kaum wahrgenommen.

Die mütterlichen Gefühle einer kinderlosen Witwe (in ›Ja, mein Engel‹) gelten ihrer jungen Untermieterin, an deren Leben sie teilnehmen möchte – wohl in der Hoffnung, sie könnte so nachholen, was ihr versagt geblieben ist. Die Untermieterin heiratet, bleibt in derselben Wohnung und hat bald auch Kinder. Die Witwe ist glücklich, sie bildet sich ein, zur Familie zu gehören. Indes benötigen die jungen Leute immer mehr Platz und verdrängen sie ins kleinste Zimmer und nachher in die Mansarde und schieben sie schließlich ins Krankenhaus ab. Kein einziges Wort der Klage gibt es in diesem Prosastück. Vielmehr bemüht sich die Ich-Erzählerin, das Vorgehen ihrer Untermieterin zu beschönigen und zu rechtfertigen. Niemals wird ihre (in des Wortes doppelter Bedeutung) beschränkte Perspektive auch nur für einen Augenblick durchbrochen. Und das Ergebnis? Ein realistisches Genrebild aus unserer Zeit, eine Leidensgeschichte aus dem Alltag einer Kleinbürgerin? Oder eine Parabel über die Rücksichtslosigkeit und Härte der nachrückenden Generationen, denen die Alten nur im Wege stehen? Es ist natürlich beides in einem, beides zugleich.

Die Heldin der Geschichte ›Die Füße im Feuer‹, eine unverheiratete Frau, die in einem Werbebüro arbeitet, verfällt, an Einsamkeit leidend, allmählich dem Wahnsinn. Sie umarmt auf der Straße fremde Menschen, doch gelingt es ihr nicht, sich ihnen verständlich zu machen. Sie glaubt, ihr Körper könne keine Schmerzen mehr empfinden, und befürchtet, »daß ein schmerzloses Dasein überhaupt kein Dasein« sei.

Arme Kerle sind sie alle, von denen Marie Luise Kaschnitz erzählt. So der Mann, der es einst als junger Orchesterspieler verpaßt hat, einen besonders wichtigen Gongschlag auszuführen, und der seitdem immer, ob es sich um den Beruf oder um die Liebe handelt, im entscheidenden Augenblick versagt (›Die chinesische Cinelle‹). So jener Häftling, der gestohlen hat, aus dem Gefängnis ausrückt, bei seiner Frau einen anderen findet und sich freiwillig zurückmeldet (›Die Pflanzmaschine‹). Ein armer Kerl ist im Grunde auch der mächtige Direktor, der reiche Großmanager, der sich weigert, die Dame wiederzuerkennen, die ihn im Büro besucht. Vor zwanzig Jahren hat sie ihn gerettet. Jetzt fürchtet er sie, denn sie wußte ja, daß er damals, im März 1945, von der Wehrmacht »weggelaufen, man kann schon sagen desertiert« war, sie hat auch seinen Nervenzusammenbruch gesehen, dessen er sich heute schämt. Davon könnte sie, meint er, nun Gebrauch machen und ihn, der »ein Vorgesetzter, ein Vorbild« ist, in der Presse kompromittieren (›Ein Mann, eines Tages‹). Viele der Erzählungen zielen auf die Summe eines Menschenlebens hin. Nicht etwa, daß eine Vergangenheit aufgerollt, eine Biographie abgespult wird. Auf das Geschehene lassen mitunter Episoden oder bestimmte Handlungen schließen, weit häufiger jedoch knappe Hinweise und rasche Streiflichter.

Ein Student findet zufällig Aufzeichnungen seines Vaters, die sein bisheriges Leben in Frage stellen und wichtige Entscheidungen bewirken. Aber aus diesen Aufzeichnungen werden uns nur einige dunkle Anspielungen und fragmentarische Bemerkungen mitgeteilt (›Wer kennt seinen Vater‹). Den Gedanken eines Italieners, der glaubt, er sei schuld an dem Tod seiner Frau, weil er sie lieblos behandelt habe, kann man nur spärliche sachliche Informationen entnehmen (›Das Inventar‹). Kaum etwas erfahren wir über den Mann, der sich stundenlang im Korridor eines Krankenhauses aufhält, ohne zu seiner todkranken Frau zu gehen, weil ihr Blick ihm beim letzten Besuch zu sagen schien: »Ich weiß, daß du weißt, daß ich weiß.« (›Der Angehörige‹)

Zahlreiche Motive in derartigen Erzählungen haben vor allem die Aufgabe, Anhaltspunkte für die Imagination des Lesers zu sein. Ob die oft bruchstückhaften Elemente letztlich doch ein Ganzes ergeben, hängt nur von uns ab. Denn sowenig hier verraten wird, soviel kann man ahnen. Gewiß, die Technik des Aussparens und Andeutens, des Verhüllens und Verschweigens ist bestens bekannt, sie wird – zumal in der modernen Kurzgeschichte – immer wieder mit Erfolg angewandt. Aber hier, in den ›Ferngesprächen‹, bilden handwerkliches Können und makellose Natürlichkeit, Virtuosität und Unmittelbarkeit endlich einmal eine selbstverständliche Einheit. Worauf ist das zurückzuführen?

Ich glaube, Kalkül und Spontaneität lassen sich in der Prosa der Marie Luise Kaschnitz überhaupt nicht voneinander trennen, weil ihre Darstellungsmethode aus ihrer Grundhaltung mit zwingender Notwendigkeit hervorgeht, ja durch sie geradezu bedingt wird. Anders ausgedrückt: Wenn die Autorin der ›Ferngespräche‹ das helle und harte Licht vermeidet, in dem alle Einzelheiten sichtbar sein könnten, wenn sie von der Großaufnahme nichts wissen will, wenn die Konturen gelegentlich verschwimmen, wenn sie Wichtiges wegläßt und manches daher unklar bleibt und bleiben soll, so resultiert das alles aus der Einstellung der Erzählerin zur Umwelt. Die beiden Stichworte lauten: Erbarmen und Diskretion. Sie fühlt sich ihren eigenen Geschöpfen gegenüber zu Takt und Diskretion verpflichtet. Und ihr Erbarmen mit den leidenden Menschen nötigt sie, ihnen das Halbdunkel zu gönnen und vieles zu verschweigen.

Von einem bestimmten Rang der erzählenden Prosa an zeigt sich, meine ich, ihre Qualität vor allem darin, worauf der Autor zu verzichten imstande ist, was er für sich behält. In der kurzen Geschichte, ließe sich mit einiger Übertreibung sagen, ist die Pause wichtiger als das Wort. Exemplarisch scheint mir in dieser Hinsicht das Prosastück mit dem Titel ›April‹ zu sein:

Eine häßliche Büroangestellte glaubt von einem Kollegen Blumen erhalten zu haben. Ein läppischer Aprilscherz der Mitarbeiterinnen war es, doch reicht er aus, um die Phantasie der bisher hoffnungslosen Frau in Gang zu setzen. Der Blumenstrauß bewirkt ihre Traumvision des glücklichen Zusammenlebens mit einem Mann, der ihr noch vor einer Stunde gleichgültig und sogar unsympathisch war. Das wird fast heiter, mit wunderbarer Leichtigkeit und vollendetem Takt erzählt. Großzügig und scheinbar unbekümmert verschenkt Marie Luise Kaschnitz die sich immer wieder anbietenden Effekte, um am Ende überraschend die entscheidende Karte ausspielen zu können: Die Geschichte ›April‹ findet ihren Höhepunkt in einer märchenhaft-unheimlichen Szene, die das verfehlte Leben jener Angestellten ebenso anschaulich und eindringlich wie zurückhaltend und diskret symbolisiert.

Der Übergang von der Realität zum Traum, vom Alltag zum Märchen erfolgt in dieser Prosa nahezu unmerklich und immer ganz natürlich. Er ist einwandfrei beglaubigt. Womit eigentlich? Marie Luise Kaschnitz kennt die Milieus, die sie als Hintergrund wählt oder beschreibt. Sie weiß, wie italienische Kleinbürger eine silberne Hochzeit feiern, wie es in einer Klinik zugeht oder in einer deutschen Polizeiwache, sie ist über die Gewohnheiten der Museumskustoden, der Zirkusleute oder der Almhirten informiert. Doch trumpft sie mit ihren Kenntnissen nie auf, sie verwendet sie lediglich für die wie beiläufig erwähnten Details, für die meist in Nebensätzen verborgenen Nuancen.

Aber eben diesen Nuancen, die von der Wahrhaftigkeit der realistisch geschilderten Milieus überzeugen, verdankt die Erzählerin das Vertrauen des Lesers. Und es ist groß genug, um ihr auch dann ohne Widerstand zu folgen, wenn sie den Einbruch des Rätselhaften und des Überwirklichen in die normale, die rational erfaßbare Existenz des Individuums zeigt. Den Kredit also, den sie sich im Bereich des Überprüfbaren und Kontrollierbaren erworben hat, macht sie sich für die Darstellung des Geheimnisvollen und des Phantastischen zunutze. Ja, dem Schriftsteller, der mit seiner Kunst für sich einzunehmen weiß, muß man vieles erlauben und darf man manches verzeihen – auch Akzente, die bei anderen Autoren als Schönheitsfehler verärgern würden, auch Motive, die in einer Prosa ohne Anmut fast sentimental scheinen könnten.

So vereint der Band ›Ferngespräche‹ Geschichten, deren Atmosphäre in der deutschen Gegenwartsliteratur einmalig ist: Schwermut ohne Verbitterung, Mitleid ohne Wehmut, Trauer ohne Zorn, Schmerz ohne Haß. Und zugleich: Leichtigkeit und Heiterkeit ohne Verharmlosung dessen, was um uns geschah und geschieht. Einige Stücke, die während des Krieges spielen (›Lupinen, Ein Tambourin, ein Pferd‹), gehören zu diesem Buch ebenso wie die Vision des letzten Tages vor einer totalen Katastrophe: Nur die Mutter ahnt, was sich ereignen wird, während ihre Familienangehörigen den täglichen Verrichtungen nachgehen (›Der Tag X‹). Auch diese Erzählungen sind leise, auch ihnen fehlt es weder an Wärme noch an Herzlichkeit. Es ist nicht Sache der Marie Luise Kaschnitz, anzuklagen oder zu attackieren. Ihre Aufgabe ist es, ihr Erbarmen mit der Kreatur in Bildern und Handlungen auszudrücken.

Die Pointen oder Akzente, die die einzelnen Geschichten abschließen, ähneln niemals irgendwelchen Lösungen. Im Grunde steht am Ende immer eine Frage. Gelegentlich bezieht sie sich unmittelbar auf die erzählten Vorgänge und Zusammenhänge, deren Aufklärung sich als unmöglich erweist. Meist betrifft sie jedoch weit mehr als die dargestellten Umstände. Diese unausgesprochene und unmißverständliche Frage, die sich wie von selbst aus allen Geschichten ergibt, lautet: Warum sind die Menschen in unserer Zeit gleichgültig und lieblos, kalt und stumpf, warum sind sie zur Grausamkeit, zur Unmenschlichkeit fähig? Die Frage ist allerdings alt. So alt wie die Literatur.

Einige dieser Geschichten werden uns überleben.

Günter Seuren
›Lebeck‹

Immer noch gibt es deutsche Schriftsteller, die offenbar allen Ernstes meinen, nichts sei für das lesende Publikum interessanter als die Schwierigkeiten, die ihnen das Schreiben bereitet. Die angebliche Unmöglichkeit, der Epoche, in der wir leben, mit den Mitteln des Romanciers beizukommen, hört nicht auf, ein Lieblingsthema einiger unserer Romanciers zu sein. So haben wir allmählich eine impotente Literatur über die Impotenz der Literatur, und einige Kritiker möchten uns einreden, daß dies als unmittelbarer Ausdruck der Trostlosigkeit und Ausweglosigkeit unserer Zeit zu verstehen sei. Mag sich damit befassen, wem es Spaß macht. Mir aber scheint es, daß es trotz allem nicht an Themen fehlt, denen man in Romanen gerecht werden kann. Freilich muß man es können. Wie eh und je bietet sich die Welt den Schriftstellern dar – und nicht sie ist schuld, wenn manche von ihnen sie nicht nehmen können.

Mit diesen Autoren, die sich darin gefallen, unentwegt das zu beschreiben, was im Grunde nichts anderes ist als ihr eigenes Versagen, hat Günter Seuren glücklicherweise nichts gemein. Zugegeben: Er will weder die Sprache revolutionieren, noch ist er darauf aus, neue Kontinente der Literatur zu entdecken. Er versucht nicht, uns mit ungewöhnlichen Kunstgriffen zu verblüffen und mit Originalität zu imponieren. Anders als die genialischen Wirrköpfe, denen sogar die freundlichsten Kritiker in ihrer Verzweiflung nicht mehr als das angeblich faszinierende Mißlingen bescheinigen können, zieht es Seuren vor, sich auf die Mittel zu verlassen, die ihm zur Verfügung stehen, und Fragen aufzugreifen, denen er als Erzähler gewachsen ist. So kann er nach seinem 1964 veröffentlichten Roman ›Das Gatter‹, der inzwischen unter dem Titel ›Schonzeit für Füchse‹ verfilmt wurde, nun ein zweites Buch vorlegen, das nicht nur hält, was das erste versprach – und das war schon viel –, sondern es auch in mancher Hinsicht übertrifft: den Roman ›Lebeck‹. Abermals fällt, ähnlich wie im ›Gatter‹, Seurens wohltuende Strenge auf, seine künstlerische Disziplin und schriftstellerische Enthaltsamkeit: Er hat sein Handwerk gelernt, er kann reduzieren und weglassen, sich konzentrieren und sich beschränken. Er geht vorsichtig und sparsam mit den Worten um, er bietet nur wenige Motive und Figuren, wenige Szenen und Schauplätze. Sein Roman ist straff und konsequent um einen novellistischen Kern organisiert. Seuren berichtet von einem außergewöhnlichen Fall, in dem sich jedoch, natürlich, Exemplarisches verbirgt. Er erzählt eine skurrile private Geschichte, die indes unmerklich in ein zeitkritisches Gleichnis übergeht: Sie macht aus unerwarteter Sicht die deutsche Misere von gestern und heute erkennbar. Aber das nationale Drama, das hier zwischen Farce und Tragödie, zwischen Groteske und Lehrstück schwankt, sprengt nie die Grenzen einer kleinen, fast intimen Bühne. Ausrufungszeichen werden vermieden.

Was ist dieser Johann Lebeck, der in seiner Jugend Eisenketten zerreißen konnte und als Varietékünstler erfolgreich war, der sich später, in den dreißiger Jahren, als Heilpraktiker betätigte und seinen Patienten zur erwünschten Abmagerung zu verhelfen wußte und der von 1942 bis 1945 die Ärzte der Wehrmacht zu täuschen und sich dank einer radikalen Hungerkur dem Kriegsdienst zu entziehen vermochte? Ein redlicher Pazifist, ein heroischer Widerstandskämpfer? Oder ein gerissener Sonderling, ein harmloser Aufschneider?

Seuren macht es weder sich noch seinen Lesern so leicht: Einerseits verpönt er es, eine Figur zu zeichnen, die sich rasch einordnen und einstufen ließe, andererseits hütet er sich, sie in jenen undurchsichtigen und inzwischen von vielen deutschen Autoren mißbrauchten Nebel zu hüllen, in dem einst Uwe Johnsons Eisenbahner Jakob Abs erschienen war. Lebeck ist und bleibt bis zum Ende des Romans eine zwiespältige und ambivalente Gestalt: eigentümlich und banal, schlau und dümmlich, mitleiderregend und abstoßend, tragisch und lächerlich zugleich. Aus der Sicht von 1965 retuschiert er – bewußt und unbewußt – seine Vergangenheit, wobei er sich bald in Widersprüche verwickelt. Mal bekennt er, er habe nur überleben wollen, ein andermal heißt es: »Ich wollte wissen, ob ein einzelner Mensch stärker sein kann als die Riesen, die an der Macht sind.« Er habe »sich nicht mitschuldig machen wollen am Leid und Unrecht der letzten Kriegsjahre«.

Was er zu bieten hat, sind zunächst einmal simple und selbstgefällige Phrasen. Gewiß, dieser Mann, der eigensinnig an seiner Legende bastelt, mag ein Narr sein. Nur ist es ihm tatsächlich gelungen, an jenem Leid und Unrecht nicht mitschuldig zu werden. Also vielleicht doch ein Held? Dann allerdings ein solcher, für den sich in der heutigen Bundesrepublik ein Sockel nicht finden läßt. Mit dem Simulanten von gestern will keiner etwas zu tun haben, er fühlt sich isoliert. Und eben deshalb möchte er jedermann seine Geschichte aufdrängen. Sein Bericht – antwortet ihm »der Pfarrer im ›Bild‹« – dürfte »nur wenig Interesse bei einem öffentlichen Forum finden«. Lebeck wünscht, endlich als Widerstandskämpfer und eben als Held anerkannt zu werden, bekommt jedoch von kirchlichen Instanzen zu hören, er brauche sich wegen seines Verhaltens während des Krieges »heute keine

Sorgen mehr zu machen«. Er hofft, das Fernsehen werde ihn der Jugend als Vorbild präsentieren, aber die Fachleute sagen knapp: »Der ist unverkäuflich.«

Indes begnügt sich Seuren keineswegs mit einer mehr oder weniger vordergründigen und sarkastischen Kritik des politischen Klimas in der Bundesrepublik. Worum es ihm geht, zeigt deutlich – vielleicht hier und da etwas zu deutlich – eine dramatische Szene, auf die der konsequent komponierte Roman von Anfang an zuläuft: Mit zwei jungen Fernsehleuten, die sich schließlich – wenn auch ohne Enthusiasmus – seines Falles annehmen, sucht Lebeck einen Nazi namens Senker auf, den er früher gekannt und der ihn damals nur deshalb nicht angezeigt hat, weil er über sein Täuschungsmanöver erst im allerletzten Augenblick informiert wurde.

Dieser Senker, jetzt schon ein Greis, redet, wie nicht anders zu erwarten war, von »nationaler Energie« und »vaterländischer Pflicht«. Aber Seuren ist klug genug, ihm auch etwas Intelligenz und einige Argumente zu gönnen, ja, er läßt ihn nicht ohne Würde auftreten. Was Lebecks kühl kommentierende Frau vorher durchblicken ließ – »daß er heute niemanden um seine Meinung zu fragen brauchte, wenn er mitmarschiert wäre« –, wird durch den gutmütigen, fast gönnerhaften Habitus des einst einflußreichen Nazis indirekt und schlagend bestätigt: Während sich der verbitterte Lebeck in die Öffentlichkeit drängt, hat Senker nicht die geringsten Schwierigkeiten, mit sich selber und seiner Umwelt in Frieden zu leben. Mehr noch: Wieder beherrscht er die Situation, freilich auf andere Weise als damals. Ironisch erkundigt er sich bei dem Mann, der als Simulant so erfolgreich war: »Was machen Sie denn beim nächstenmal, ... wenn wieder scharf geschossen wird?« Die Frage nach dem Sinn des passiven Widerstands, nach dem Zweck des individuellen Protests und der privaten Rebellion ist damit nicht nur gestellt, sondern wohl auch beantwortet.

Was jedoch von den Fernsehleuten als Konfrontation der beiden Gegner von gestern gedacht war, verwandelt sich unversehens in eine beklemmende Szene, mit der niemand gerechnet hat. Denn der fanatische Parteigenosse und der fanatische Kriegsdienstverweigerer verstehen und verständigen sich rasch – über die Köpfe der Jungen hinweg. Aus ihrer Perspektive scheinen die Unterschiede geringer zu sein als die Gemeinsamkeiten. Ist es das Generationserlebnis, das die beiden alten Herren miteinander verbindet? Ist es die weinselige Erinnerung an jene Zeit, in der sie beide jung waren, und zwar verschiedene Rollen, aber immerhin im selben Stück gespielt haben? Oder die gemeinsame Sprache, die Phraseologie, deren sich beide bedienen und die sich auffallend und beunruhigend ähnelt?

Sicher ist, daß sie beide etwas gewollt und etwas auf ihre Weise zu verwirklichen gesucht haben. Und eben das unterscheidet und trennt sie von den Vertretern der nachrückenden Generation in Seurens Roman. Den Fernsehreporter Ketta, einen Mann über dreißig, der sich noch an den Krieg erinnert, interessiert die Sache des Simulanten Lebeck, weil er sich einredet, sie könnte ihm selber weiterhelfen: Er möchte von dem »Gefühl sinnloser Abnutzung loskommen«, das offenbar mit seiner Arbeit in der bundesrepublikanischen Journalistik im engsten Zusammenhang steht. Sein Kollege Schaak ist nur einige Jahre jünger und repräsentiert dennoch eine andere Generation: Er kennt aus eigener Erfahrung bloß die Zeit nach 1945. Und schon ihm sind die Skrupel des Älteren unbegreiflich und die Gefühle sinnloser Abnutzung völlig fremd. Sein Verhältnis zu Lebeck und seiner Geschichte verrät alles: »Ich sag nicht ja und nicht nein zu ihm …«
Natürlich haben wir es mit zwei Varianten oder zwei Entwicklungsstadien desselben Typs zu tun. Während der Jüngere gleich erklärt: »Ich weiß, daß ich mich immer verkaufen lasse«, kommt der andere erst am Ende des Romans zu einem ähnlichen Ergebnis, für das er freilich eine subtilere Umschreibung wählt. Und auf beide trifft zu, daß sie »nur mit halbem Herzen lieben und mit halbem Herzen grausam sein können«.

So ist dies weniger ein Roman über die deutsche Vergangenheit als vor allem über die bundesrepublikanische Gegenwart. Man hätte in jenen Jahren – heißt es einmal – auch aus einem Mann wie Lebeck etwas ganz anderes machen können, etwa »einen zackigen Deutschen« oder »einen verführten Mystiker«. Sehr gut möglich. Aber was kann man aus diesen umsichtigen und gewandten und eigentlich ganz sympathischen jungen Intellektuellen machen, diesen Kettas und Schaaks, nein, was ist aus ihnen schon jetzt geworden?

Seuren zieht also nicht die Väter zur Verantwortung, was sich meist als ein ebenso dankbares wie vergebliches Geschäft erweist. Er klagt nicht das Wirtschaftswunder an, was immer sehr bequem und bisweilen etwas leichtsinnig ist. Er sucht auch nicht die Schuld bei den Verhältnissen schlechthin, was natürlich niemanden stören würde. Er befaßt sich vielmehr mit seiner eigenen Generation: Er befragt sie, und er stellt sie in Frage. Er kann nicht mehr tun, als ihre Eigenart verdeutlichen, wobei er es glücklicherweise unterläßt, sie zu dämonisieren oder ihr einen Zug ins Rätselhafte zu geben. Die Geschichte von einem exemplarischen deutschen Fall dient letztlich als eine Art Folie für das Bild einer Generation, die man vielleicht die halbherzige nennen könnte.

Ihrer Mentalität scheint mir der Stil des Buches vollkommen zu entsprechen: Seurens Eleganz mag sich mitunter einer etwas bedenklichen Glätte nähern, braucht aber den Vorwurf der Koketterie niemals zu fürchten. Seine Geschmeidigkeit mag hier und da ein wenig routiniert wirken, doch wird sie von Intelligenz und Ironie relativiert. Einige nicht unbedingt nötige Akzente, zumal im letzten Drittel, sind wohl auf Seurens Vorliebe für visuelle und theatralische Effekte und für ausdrucksvolle Requisiten zurückzuführen, aber sein Geschmack ist zuverlässig, er weiß dem Melodramatischen immer rechtzeitig zu entgehen. Die einzige erotische Szene im ›Lebeck‹ – ein Telefongespräch übrigens – läßt erkennen, daß er in Dialogen, die ohnehin die starke Seite seines Talents sind, Zärtlichkeit vergegenwärtigen kann, ohne sentimental zu werden. Darf man von einer schnoddrigen, von einer kaltschnäuzigen Zärtlichkeit sprechen?

Karl Kraus erwähnt einmal – nicht ohne Verärgerung – die »Relativkritiker«. Er meint damit offenbar diejenigen, die Bücher hervorheben oder loben, die zwar besser als die Werke vieler anderer Zeitgenossen sein mögen, aber deshalb noch lange nicht als bedeutend oder gar meisterhaft gelten können[1]. Ich gebe zu, ich bin ein solcher »Relativkritiker«. Und ich sehe keine andere Möglichkeit, die Literatur der eigenen Epoche zu beurteilen. Mit anderen Worten: Da uns viele deutsche Schriftsteller der mittleren und jüngeren Generation mit angestrengten Schreibübungen überhäufen oder mit Arbeiten, die läppisch und entwaffnend harmlos sind und oft geradezu pubertär anmuten, haben wir allen Anlaß, einen kleinen Roman zu schätzen, der wichtig zu sein vermag, ohne sich je gewichtig zu geben. Wir verdanken Günter Seuren ein ernstes Buch, das leicht, wenn auch niemals leichthin geschrieben ist.

Friedrich Dürrenmatt
›Theater-Schriften und Reden‹

Natürlich ist es eine alte Wahrheit, über die schon oft geklagt wurde. Doch hört sie nicht auf, aktuell zu sein: Immer noch haben es in Deutschland die raunenden Scharlatane in feierlicher Robe leichter als die Propheten, die vom Würdigen nichts wissen wollen und sich für das scheckige Kostüm des Harlekins entscheiden. Nach wie vor liebt man hierzulande eher die geheimnisvolle Dämmerung als das klare Tageslicht, eher das dunkle und erhabene Wort als das sachliche und nüchterne. Und unvergänglich scheint die Schwäche für jene zu sein, die »zwar dichten, aber nicht schreiben können«.

Friedrich Dürrenmatt, der diese schlagende Formulierung gefunden hat, wüßte auch ein Lied davon zu singen. Gewiß, der Autor der tragischen Komödie ›Der Besuch der alten Dame‹ ist längst ein erfolgreicher, ja ein weltberühmter Schriftsteller. Doch wird er bei uns, wenn man von einigen seiner treuen Apologeten absieht, in der Regel mit eigentümlicher Reserve behandelt. Man lacht über seine Komödien, man freut sich über seine Bonmots, man findet sich mit seinen Grobheiten ab, und man verzeiht ihm seine Kriminalromane. Aber man duldet oder lobt ihn, ohne ihm zu trauen. Er wird mehr angestaunt als geachtet. Er wird gelegentlich bewundert. Doch nie voll anerkannt. Er wird sogar gefeiert. Aber nicht ganz ernst genommen.

Wahrscheinlich manifestiert sich in diesem Verhältnis zu

dem Phänomen Dürrenmatt eine mehr oder weniger bewußte Selbstverteidigung der Betroffenen. Diejenigen, die die ungeheuerliche Schonungslosigkeit und die verletzende Kraft seiner Kunst spüren, glauben wohl, sich gegen sie wehren zu müssen. Sie versuchen, sich den unheimlichen Autor vom Halse zu halten. Da sie ihn nicht ignorieren können, weisen sie ihm verschiedene Rollen zu. So möchten sie in Dürrenmatt vor allem einen vitalen und draufgängerischen Kerl sehen, dem es gefällt, mit dem Kopf durch die Wand zu rennen, einen rustikalen Berserker, der mit gesenktem Rammschädel auf die Welt losgeht. Man behilft sich mit der Vorstellung, er sei ein makabrer Possenreißer, ein skrupelloser Kabarettist, ein alberner Spaßmacher. Man redet sich ein, er sei ein Sadist, ein Zyniker oder, natürlich, ein Nihilist.

An Vokabeln, die die Distanz vom Unerwünschten und Beklemmenden schaffen sollen, mangelt es niemals. Es mag auch sein, daß derartige Zuordnungen und Einstufungen auf ihre Urheber tatsächlich beruhigend wirken. Indes sprengt Dürrenmatt die ihm zugemuteten Grenzen. Er paßt in keinen Rahmen. Sein Werk läßt sich weder klassifizieren noch etikettieren. Er fällt immer wieder aus den Rollen, auf die man ihn gern einschränken würde. Häufig wird ihm – wenn auch mitunter halb widerwillig – bescheinigt, was man schwerlich leugnen kann: Humor, Intuition, Originalität, Einfallsreichtum, handwerkliche Meisterschaft. Aber man billigt ihm eher Phantasie als Geist zu, eher Schlagfertigkeit als Tiefe, eher Esprit als Weisheit.

Offenbar will man sich trösten, er sei letztlich eben ein skurriler und dickköpfiger helvetischer Naturbursche – ein Talent, gewiß, möglicherweise sogar fast ein Genie, doch kaum ein Intellekt. In Wirklichkeit ist dem Schriftsteller Dürrenmatt das diskursive Denken keineswegs fremd. Er geht mit Argumenten nicht weniger sicher um als mit szenischen Effekten, und das will viel heißen. Der Komödienautor ist auch ein vorzüglicher Dialektiker. Und ein ungewöhnlicher Essayist. Dies beweist die von Elisabeth Brock-Sulzer herausgegebene Sammlung seiner ›Theater-Schriften und Reden‹. Der Band vereint sechsundsechzig Beiträge, die zwischen 1947 und 1965 entstanden sind. Es handelt sich um

Ansprachen und Vorträge, theoretische Exkurse und autobiographische Berichte, Buchbesprechungen und Theaterrezensionen, Aphorismen und Randnotizen sowie schließlich Anmerkungen und Nachworte zu eigenen Werken. Einige Artikel – und nicht die unwichtigsten – wurden hier zum ersten Mal veröffentlicht. Im Mittelpunkt stehen zwei umfangreichere Untersuchungen: der bekannte Essay ›Theaterprobleme‹ (1955) und die ebenso beachtliche Mannheimer Schiller-Rede Dürrenmatts von 1959.

Es seien zu einem großen Teil – sagt Elisabeth Brock-Sulzer in einem sehr lesenswerten Vorwort – »erzwungene Texte«, nämlich »Dokumente der Niederlage des Schriftstellers gegenüber den Forderungen der Öffentlichkeit«. Ohne diese Forderungen hätte Dürrenmatt »vielleicht kaum je Theoretisches formuliert«. Das ist gut gemeint, aber doch wohl übertrieben. Dürrenmatt sieht nicht aus wie einer, der sich zu kommentierenden Äußerungen vergewaltigen ließe. Und sie sind zu stürmisch und leidenschaftlich, als daß ich an die Nötigung glauben könnte.

Allerdings haben wir es meist mit Gelegenheitsarbeiten zu tun, oft sogar mit typischen Marginalien. Es sind natürlich Stücke von unterschiedlicher Bedeutung, die jedoch alle zusammen ein Ganzes ergeben. Dieses Buch scheint mir weit mehr als die Summe seiner Bestandteile zu sein: Es kommt einer Konfession gleich. Dürrenmatt schreibt über viele Gegenstände, aber im Grunde doch über ein einziges Thema: über das Drama und das Theater. Es geht um den »Versuch, mit immer neuen Modellen eine Welt zu gestalten, die immer neue Modelle herausfordert«. Es geht um ein Theater, das mehr sein will »als bloße Deklamation, aufgehängt an die Wäscheleine einer spannenden Handlung«.

Doch wäre es ein vergebliches Unterfangen, wollte man aus seinen Aufsätzen und seinen verstreuten Bemerkungen eine einigermaßen einheitliche Theorie oder gar ein ästhetisches Normensystem ableiten. Bedauern kann ich das nicht. Ohnehin gibt es in unserer Epoche viele Dramaturgien und wenige Dramen. Überdies können die Maximen, Regeln und Prinzipien der Bühnenautoren bestenfalls für sie selber gelten und nur auf ihr eigenes Werk bezogen werden. Auch die Brechtsche Dramentheorie ist schließlich nicht mehr als die

Theorie des Brechtschen Dramas und, genau betrachtet, nicht einmal das.

Dürrenmatt gibt sich in dieser Hinsicht keinerlei Illusionen hin. Er spielt mit offenen Karten: Ausdrücklich erklärt er, die theoretischen Äußerungen eines Dramatikers seien »mit Vorsicht aufzunehmen«, denn »sein Denken über seine Kunst wandelt sich, da er diese Kunst macht, ständig, ist der Stimmung, dem Moment unterworfen. Nur das zählt für ihn, was er gerade treibt, dem zuliebe er verraten kann, was er vorher trieb.« So spricht Dürrenmatt immer als Praktiker der Bühne, die für ihn niemals »ein Feld für Theorien, Weltanschauungen und Aussagen« ist – auch nicht für Dramentheorien. Unter solchen Vorzeichen sollte man seine Thesen betrachten, die sich oft als nachträgliche Überlegungen erweisen, die mitunter fragwürdig und niemals uninteressant sind.

Eine These des Praktikers ist auch die vielfach zitierte Behauptung: »Uns kommt nur noch die Komödie bei.« Dürrenmatt vermag diese in der Tat in hohem Maße plausible Ansicht glanzvoll zu begründen. Aber ich glaube, daß er während der Arbeit an einem Kriminalroman tief überzeugt ist, man könne unserer Epoche lediglich mit dem Kriminalroman beikommen. Und sollte er Märchen schreiben, dann wird er gewiß das Märchen für die adäquate Form unserer Zeit halten.

Aber nicht obwohl, sondern weil viele Artikel der Stimmung und dem Moment unterworfen waren, Dürrenmatt sein Postulat, der Bühnenautor müsse es wagen, »sich seinen Einfällen auszusetzen«, auch in essayistischen Darlegungen konsequent verwirklicht, ist die Sammlung so außergewöhnlich anregend und aufschlußreich. Ob er es will oder nicht, in diesem Buch gibt er sich preis. Und wir haben ihm dafür dankbar zu sein.

Von seinem Großvater, einem Dorfpoeten, der einst für ein Zehnstrophengedicht zehn Tage absitzen mußte, habe er gelernt, bekennt Dürrenmatt, »daß Schreiben eine Form des Kämpfens sein kann«. Natürlich: Dürrenmatt ist ein militanter Schriftsteller. Doch wer ist es heute nicht? Um auf sich aufmerksam zu machen, müsse man unbedingt, meinen viele, das Publikum brüskieren. In der Tat: Wer zornig ist, wird beklatscht. Wer provoziert, erzielt höhere Auflagen. Manche unserer Autoren setzen sich, glaube ich, morgens an die Arbeit mit dem aufrichtigen Entschluß, bis zum Mittagessen zornig und provozierend zu sein. Nur daß sich der künstlich hergestellte Zorn in der Regel sofort dekuvriert. Die Provokation auf Bestellung des Verlagsleiters oder seines Werbechefs verpufft rasch. Nach wie vor läßt sich in der Literatur Erlittenes von Nur-Errechnetem leicht unterscheiden. Das ist ein Trost, den wir nicht unterschätzen sollten.

Mit der modischen Rebellion, der präparierten Entrüstung und dem branchenüblichen Zorn hat Dürrenmatt nichts gemein. Sein Ärger, sein Grimm und seine Empörung stammen nicht aus der Retorte. Bei ihm ist häufig von Raubtieren die Rede. So bekennt er beispielsweise, er fühle sich, von Mißverständnissen umgeben, »wie ein Raubtier in seinem Bau«.

Ja, in Dürrenmatts Werken, den bedeutenderen jedenfalls, steckt etwas Raubtierhaftes, eine drohende und gefährliche, eine unberechenbare Kraft. Er ist ein Schriftsteller, der auf der Lauer liegt. Seine Motive sind oft brutal und grausam. Auch an geradezu sadistischen oder scheinbar sadistischen Akzenten fehlt es nicht. Obendrein bereitet es ihm ein Vergnügen – er selber weist darauf gelegentlich hin –, sein Publikum zu ärgern, seine Opfer zu quälen. Kein Zweifel, er gehört zu den bösen und den boshaften Künstlern. Er sieht keinen Grund, es zu verheimlichen: »Oft ist es Pflicht, boshaft zu sein.« Er kennt keine Barmherzigkeit, er läßt sich nicht domestizieren. Für ihn ist die radikale Herausforderung als literarisches Mittel eine Selbstverständlichkeit, eine sich mit zwingender Notwendigkeit aus seinem Temperament ergebende Folge. ›Der Besuch der alten Dame‹, diese tragische Komödie von der korrumpierenden Wirkung des Wohlstands, und das Stück von den ›Physikern‹, die in die Irrenanstalt fliehen, sind ungeheuerliche Provokationen, die viele von uns mitten in unsere Existenz getroffen haben.

Zugegeben: Mit einem solchen Schriftsteller wie Friedrich Dürrenmatt kann man schwerlich in Frieden leben. Nur sollte man den Untergrund seiner Schonungslosigkeit und Aggressivität nicht verkennen. Sein Haß, seine Brutalität, seine Grausamkeit sind Antworten auf unsere Welt. Seine polemische Leidenschaft hat einen moralischen, vielleicht auch einen religiösen Ursprung. Ohne Umschweife erklärt er: »Ich bin ein Protestant und protestiere ... Ich bin da, um zu warnen.« Beschämt und zähneknirschend gesteht er – denn das Wort ist schon einigermaßen kompromittiert –, ein Moralist zu sein, wenn auch, glücklicherweise, ein Moralist, der »Stoffe, aber keinen Trost fabriziert, Sprengstoff, aber keine Tranquilizer«. Ein Prediger mit alttestamentarischem Groll – und mit Dynamit in den Taschen.

Wenn es Dürrenmatt gelungen ist, uns mit mehreren seiner Werke – auch mit der ›Panne‹, mit einigen Hörspielen, mit dem fast diabolischen ›Meteor‹ – aufzustören, ja aufzuschrecken, so hängt das, glaube ich, mit seiner zunächst verblüffenden Naivität zusammen. In der Rezension einer ›Nathan‹-Aufführung meint er, »daß Lessing bei allem Scharfsinn und bei aller Leidenschaft des Denkens und des Kämpfens sich diese Kindlichkeit bewahren konnte, die das Stück auszeichnet«.

Auch für Dürrenmatt ist – seine essayistischen Arbeiten verraten es häufig – die Verbindung von Scharfsinn und Kindlichkeit, von Gescheitheit und natürlicher Direktheit, von tödlichem Ernst und Verspieltheit charakteristisch. Dank der künstlerischen Naivität, die freilich immer erst mit der Zeit kommt und also eine Sache der Reife ist, vermochte er poetische Fabeln zu finden, die unsere Erfahrungen ausdrücken und unsere Angst spiegeln. »Die Geschichte meiner Schriftstellerei« – erkennt er – »ist die Geschichte meiner Stoffe.«

Diese Naivität befindet sich jedoch, mag das auch paradox klingen, in unmittelbarer Nachbarschaft nüchternster Raffiniertheit. Dürrenmatt hört niemals auf, ein exakt kalkulierender Artist zu sein. Und weil das artistische Element – dazu gehört auch seine Freude an Pointen und Überraschungseffekten – bei Dürrenmatt so gegenwärtig und intensiv ist, hat er für jene Textebastler, die unverfroren genug sind, sich Avantgardisten zu nennen, nur ein höhnisches Lächeln übrig: »Viele schreiben nicht mehr, sondern treiben Stil.« Und: »Wer Stil treibt, vertreibt sich nur die Zeit.«

Hingegen empfiehlt er den Schriftstellern das Marktstudium: Sie sollen sich bemühen, das Ihrige unter den auferlegten Bedingungen an den Mann zu bringen: »Daß der Mensch unterhalten sein will, ist noch immer für den Menschen der stärkste Antrieb, sich mit den Produkten der Schriftstellerei zu beschäftigen. Indem sie den menschlichen Unterhaltungstrieb einkalkulieren, schreiben gerade große Schriftsteller oft amüsant, sie verstehen ihr Geschäft.«

Das gilt auch für Dürrenmatt selber, den Mann mit dem »bösartigen Charme« (den er für seine Claire Zachanassian fordert). Er, der nur zu jenen reden könne, »die bei Heidegger einschlafen«, langweilt niemals. Und das ist eine große Sache.

1967

Franz Fühmann
›König Ödipus‹

Um nichts, scheint es, hat sich der Dichter Franz Fühmann geduldiger und aufrichtiger bemüht als um das Vertrauen der SED. Dennoch mißtraut man ihm heute in Ost-Berlin – und nicht ohne Grund. Nichts lag ihm ferner, als die Leier des Aufruhrs zu schlagen. Zur Gefolgschaft, nicht zum Widerstand fühlte er sich immer schon gedrängt. Und doch gehört mittlerweile auch er zu den enttäuschten und verbitterten Künstlern in der DDR, wenn nicht gar zu jener leisen und leidenden literarischen Opposition, die zunächst und vor allem gegen die Kulturpolitik der Partei gerichtet ist und von Peter Huchel über Stefan Heym und Stephan Hermlin bis zu Wolf Biermann reicht.

Kein Zweifel, daß Fühmann mehr mit ihnen gemein hat als mit manchem cleveren Schriftsteller und gewieften Pragmatiker im literarischen Leben jenseits der Elbe, mit jenen übrigens in der Regel jüngeren und nicht immer talentlosen Autoren, die vieles tun, um auf beiden Stühlen zugleich sitzen zu können, und die sich wohl etwas zu häufig die Brechtsche List zum Vorbild nehmen.

Fühmann hingegen ist weder flink noch wendig, sondern eher bedächtig und beharrlich. Und wie Peinliches er sich auch zuschulden kommen ließ und was immer ihm vorgeworfen werden muß – er mag vielleicht kein angenehmer Zeitgenosse sein, aber ist ein ernster Schriftsteller, der es sich nie leichtgemacht hat, und gewiß einer der wenigen in der DDR wirkenden Erzähler dieser Generation – er wurde 1922 geboren –, dem man nachrühmen kann, daß noch seine unerfreulichsten und schwächsten Arbeiten lesbar sind. Der unter dem Titel ›König Ödipus‹ erschienene Sammelband beweist dies erneut. Er enthält zehn Erzählungen, von denen die früheste (›Kameraden‹) aus dem Jahr 1955 stammt, während zwei Prosastücke – die über 80 Seiten umfassende Titelgeschichte und die Novelle ›Schöpfung‹ – hier, sofern ich richtig informiert bin, erstmalig gedruckt vorliegen.

Allerdings werden dem Leser die Daten der Entstehung oder der Erstveröffentlichung dieser Arbeiten, von einer einzigen Ausnahme abgesehen, nicht mitgeteilt; und die Anordnung ist nicht chronologisch. Es fiele mir leichter, mich darüber zu entrüsten, wenn ich nicht wüßte, daß dieses Verfahren von manchen bundesrepublikanischen Verlagen ebenfalls gern und oft angewandt wird. Mitunter handelt es sich um gewöhnliche Schlamperei, häufiger freilich um bewußte und höchst ärgerliche Irreführung des Publikums. Es sei – wie manche angeblichen Fachleute behaupten – an einem Erzählungsband, dessen einzelne Stücke fünf oder zehn Jahre alt sind, schon nicht mehr interessiert.

Möglich, daß die Schlamperei der Verlage ein gesamtdeutsches Phänomen ist oder daß solche nicht ganz einwandfreien kommerziellen Bräuche kapitalistischer Unternehmer leider auch den volkseigenen Ostberliner Aufbau-Verlag ein wenig demoralisiert haben. Nur daß es im Fall Fühmann vielleicht gar nicht kaufmännische, sondern kulturpolitische Bedenken waren, die es angebracht erscheinen ließen, die Entstehungsdaten seiner Geschichten zu verschweigen und sie auch keineswegs in chronologischer Reihenfolge zu bieten.

In dieser Reihenfolge müßte nämlich sofort deutlich werden, daß die Erzählungen in drei Gruppen zerfallen: Die erste umfaßt Geschichten aus den Jahren 1955–1959; sie spielen alle während des Zweiten Weltkrieges. Die Stücke der nächsten Gruppe (1960–1962) behandeln hingegen Stoffe aus der Gegenwart und der DDR. Die letzten Geschichten (ab 1963) spielen jedoch wiederum in der Zeit des »Dritten Reichs«.

Was sich hinter dieser so übersichtlichen Aufteilung verbirgt, scheint mir weit mehr als die exemplarische Entwicklung eines einzelnen Schriftstellers zu sein. Denn es ist, um es gleich zu sagen, die totale Katastrophe der Literaturpolitik der SED.

Sein Weg führte von der SA, der er sich als ein ganz junger

Mann begeistert anschloß, über die Kriegsgefangenschaft in der Sowjetunion zur FDJ, der er nicht weniger begeistert beitrat, als er schon längst kein Jüngling mehr war. Um jedoch Mißverständnissen vorzubeugen: Ich bin überzeugt, daß Fühmann alles andere als ein Opportunist ist, und ich habe nicht den geringsten Anlaß, an der Ehrlichkeit seiner Wandlungen zu zweifeln.

Er war damals, um 1950, gerade der Typ des Nachwuchsautors, mit dessen Hilfe die Kulturpolitiker den sozialistischen Realismus zu verwirklichen hofften: nicht nur begabt und aufgeschlossen, sondern auch tatsächlich gewillt, alle Empfehlungen und Wünsche der neuen Lehrmeister und Führer genauestens zu beachten. Zudem hatte der angedeutete Makel in Fühmanns Biographie auch seine Vorzüge, weil ein ausgeprägtes Schuldbewußtsein des Kandidaten die Arbeit der Erzieher erleichtern kann und sich ihnen die Möglichkeit bietet, gegebenenfalls auf den Betroffenen Druck auszuüben.

Doch wird dies nicht nötig gewesen sein: Fühmann verfaßte bereitwillig und enthusiastisch zugleich jene Verse, die man von ihm erwartete. Als Erzähler kam er glücklicherweise erst etwas später zum Zuge: Mitte der fünfziger Jahre, da schon die »Tauwetter«-Atmosphäre spürbar war, die ihn ermutigte, das Thema aufzugreifen, von dem man ihn bis dahin aus kulturpolitischen Gründen weggedrängt hatte – die Desillusionierung der vom Nationalsozialismus verführten jungen Generation.[1]

Dank dieser 1941 an der deutsch-sowjetischen Grenze spielenden Novelle ›Kameraden‹, die allen Naivitäten und propagandistischen Akzenten zum Trotz erheblich besser ist als die meisten literarischen Arbeiten, die dort in jenen Jahren veröffentlicht wurden, rückte Fühmann in die Reihe der prominenten Autoren der DDR auf.

Als aber viele Schriftsteller 1956 meuterten, plädierte er, ein Mann der Treue und der Zuverlässigkeit und nicht etwa der Skepsis und des Zweifels, lauthals für die SED, der er übrigens nicht angehört, und für das Regime, was ihm schwerlich Sympathien einbringen konnte – weder in den intellektuellen Kreisen von Ost-Berlin und Leipzig noch gar in der Bundesrepublik.

Indes blieb er bei dem Thema, für das er sich mit den ›Kameraden‹ entschieden hatte. Seiner 1959 unter dem Titel ›Stürzende Schatten‹ publizierten Kriegsgeschichten, die man jetzt in dem Band ›König Ödipus‹ wiederfindet – im Westen ist nur die virtuos geschriebene Erzählung ›Das Gottesgericht‹ bekannt –,[2] braucht er sich auch heute nicht zu schämen. Um so mehr mag es verwunderlich erscheinen, daß sich Fühmann damals von seinem eigentlichen Thema wieder abwandte. Allerdings verweist schon der Zeitpunkt auf die Ursache.

Im April 1959 hatte die berüchtigte Bitterfelder Konferenz stattgefunden, deren Aufgabe es war, mit allen Relikten des Tauwetters, mit allen Erscheinungen des Liberalismus, Kritizismus und Skeptizismus in der Literatur der DDR gründlich aufzuräumen. Die Kumpels sollten zur Feder und die Schriftsteller zu den Kumpels greifen. Mit anderen Worten: Die Berufsautoren wurden von der Partei aufgefordert, im Wettstreit mit den schreiblustigen Laien die proletarischen Helden im Alltag der DDR zu besingen und also Betriebsromane und sozialistische Dorfgeschichten zu verfassen.

Der einzige namhafte Schriftsteller, der sich diesen Appell tatsächlich zu Herzen nahm, war, soweit ich sehe, Franz Fühmann. Man hat ihn nicht genötigt, sondern überzeugt oder, zumindest, überredet. Fühmann arbeitete längere Zeit in einer Schiffswerft, die er dann in dem Buch ›Kabelkran und blauer Peter‹ (1961) beschrieb. Er befaßte sich mit dem Dienst der Volkspolizei, den er in dem Geschichtenband ›Spuk‹ (1961) schilderte, aus dem in die jetzt edierte Sammlung erfreulicherweise einzig das Titelstück aufgenommen wurde. Übrigens ist die literarische Verherrlichung der Polizei sogar in einem Polizeistaat ein Kuriosum.

Ferner stammt aus dieser Zeit die im ›König Ödipus‹ abermals gedruckte Erzählung ›Böhmen am Meer‹ (1962), in der eine ehemalige, nun in der DDR lebende Landarbeiterin an einer psychischen Krankheit leidet, deren Ursache sich am Ende herausstellt: Fühmanns Heldin wurde einst von ihrem Arbeitgeber, einem herzlosen Grundbesitzer, brutal fortgejagt. Zwei Figuren werden in dieser Erzählung gegeneinander ausgespielt: der proletarische Bürgermeister des Städtchens, in dem die Unglückliche wohnt und der sich als ihr menschenfreundlicher Beschützer erweist, und jener Gutsbesitzer, der sich inzwischen in Westdeutschland als Vertriebenenfunktionär betätigt.

Aufschlußreich sind die Mittel, mit denen Fühmann diese beiden Gestalten charakterisiert. Der eine ist ein schlanker, gepflegter Herr mit grauem Backenbart: »Er trug eine schmale randlose Brille mit goldenem Bügel und rauchte eine Zigarre ...« Und der andere: »Ich musterte ihn scheu: ein hagerer Mann, straff, mittelgroß, das Gesicht wettergebräunt und die Stirn und Wangen gefurcht; ein Gesicht, erfüllt von der Güte derer, die viele Kämpfe durchgestanden haben. Sicher, so dachte ich, trägt er das kleine Oval mit der roten Fahne und den ineinander verschlungenen Händen am Revers unterm Lederzeug! Er spürte meinen Blick und wurde verlegen. ›Ich möchte danken‹, sagte ich.«

Einerseits die randlose Brille und die Zigarre und andererseits der »offene Blick« und der »feste Händedruck« (vom »wettergebräunten Gesicht« ganz zu schweigen) als Kennzeichen der Klassenzugehörigkeit – das sind die nun schon klassischen Mittel des sozialistischen Realismus etwa Anno 1950. Daß ein Schriftsteller wie Fühmann 1962 wieder auf einer solchen Ebene landen konnte, macht die verheerenden Folgen jener Kulturpolitik deutlich, der die Stadt Bitterfeld einen fragwürdigen Ruhm verdankt.

Fühmann hat jedoch aus diesen Erfahrungen zu lernen vermocht. Wie teuer freilich das Lehrgeld war, kann nur derjenige ermessen, der weiß, was es für einen Künstler bedeutet, zu erkennen, daß er seine Zeit und seine Kraft an eine sinnlose Aufgabe verschwendet hatte.

Als Anfang 1964 die zweite Bitterfelder Konferenz vorbereitet wurde, teilte Fühmann den Lesern des ›Neuen Deutschland‹ der klar und schroff mit, er werde den »Bitterfelder Weg« nicht weitergehen, und er denke auch nicht daran, seine Tage weiter in einer Fabrik zu verbringen: »Den großen Betriebsroman werde ich nicht schreiben.« Jeder Schriftsteller, meinte Fühmann, müsse sich auf die Stoffe und Themen besinnen, an denen sich sein Talent am wirksamsten erweisen könne. Dies indes ist nichts anderes als eine entschiedene Absage an die Kulturpolitik, deren Zögling und treuester Sohn Fühmann viele Jahre hindurch war.

Aber warum sah man es eigentlich so ungern, daß er immer wieder von der Zeit des »Dritten Reiches« erzählte? Weil man ihn für aktuellere Themen brauchte? Nicht nur.

Ich halte die in der Bundesrepublik außerordentlich beliebten Vergleiche des Kommunismus mit dem Nationalsozialismus für ebenso bequem wie unseriös: Sie fließen nur jenen rasch aus der Feder, die von einem der beiden Phänomene – und meist ist es der Kommunismus – nichts verstehen. So gewaltig jedoch die Unterschiede zwischen diesen beiden Welten sind, so sehr ähneln sich die Methoden, die alle totalitären Staaten anwenden, und die Praktiken, die im Alltag ihrer Bürger spürbar werden. Daher ergeben sich für die Leser in kommunistischen Ländern, sobald Motive aus den Jahren des »Dritten Reiches« behandelt werden, fast immer – ob es nun beabsichtigt war oder nicht – verblüffende und für die Regimes natürlich höchst unwillkommene Analogien und Assoziationen.

Unverkennbar ist das, beispielsweise, in Fühmanns Erzählung ›Barlach in Güstrow‹ (1963). Sie spielt 1937 an dem Tag, am dem Barlach erfährt, daß auf Befehl der nationalsozialistischen Behörden ein ihm besonders wichtiges Werk, der Engel, aus dem Güstrower Dom entfernt wurde. Dieses Ereignis löst die Erinnerungen, Visionen und Reflexionen aus, aus denen der größte Teil der Erzählung besteht, in der Fühmann – wie er in einer knappen Nachbemerkung mitteilt – »Entwicklungen von Jahren und Stunden« zu konzentrieren versuchte.

Um die Situation zu vergegenwärtigen, in die sein Held im »Dritten Reich« geraten war, läßt er ihn monologisieren: »Räuber und Mörder durften sich verteidigen, wenn sie angeklagt waren, nicht so ein Barlach, der war vogelfrei – und außerdem hätte er ja nicht einmal wissen können, gegen wen er Klage hätte erheben sollen: Nie würde er herausfinden, wer den Befehl zum Abbruch des Engels gegeben hatte und wie diese Maßnahme begründet worden war; keine Stelle würde ein Wörtlein verlauten lassen, keine Antwort würde gewährt, keine Erklärung gegeben werden, denn dieser Feind kämpfte ja nicht mit offenem Visier; ... und das war die sichtbare Spur ihres heimlichen Wirkens: das Magdeburger Mal und der Kieler Geistkämpfer abgebrochen und eingekellert, der Band Zeichnungen bei Piper von der Gestapo beschlagnahmt, ›Der Blaue Boll‹ in Berlin und ›Die echten Sedemunds‹ in Altona vom Spielplan abgesetzt, der Vertrag mit dem Rundfunk in den Papierkorb geworfen, der Austritt aus der Akademie erzwungen... Erwiderungen wurden nicht angehört, auf Diskussionsversuche wurde nicht eingegangen, ja sogar sachliche Berichtigungen waren mit Repressalien beantwortet worden.«

Damit ist aber zugleich die fatale Situation gekennzeichnet, in der sich manche namhafte Schriftsteller und Künstler jenseits der Elbe befinden. Und wenn Fühmanns Leser in der DDR erfahren, der Held seiner Erzählungen habe 1937 den »höhnischen Rat zu hören bekommen, er, Barlach, könne ja in die Emigration gehen« – dann drängen sich ihnen Vergleiche auf, an denen jene, die den antifaschistischen Schutzwall erbauen ließen, keineswegs interessiert sind.

Allerdings gehört die Erzählung – trotz mehrerer eindringlicher Abschnitte – nicht zu den gelungenen Arbeiten des Bandes, zumal die Diktion dieser Prosa, die mir nicht poetisch, sondern pseudo-poetisch zu sein scheint, prätentiös und umständlich ist: Die oft biblisch getönten Sätze und die schwerfällig-feierlichen, preziösen Kadenzen sind eher geeignet, die inneren und äußeren Vorgänge, die hier dargestellt werden sollten, zu verdecken, als sie zu verdeutlichen. Ob Fühmanns epische Kraft angesichts der Figur Ernst Barlachs versagt oder ob er sich, um die Veröffentlichung in der DDR nicht zu gefährden, einen Zwang auferlegt hat, der ihn schließlich bei fragwürdigen stilistischen Mitteln Zuflucht suchen ließ, ist schwer zu entscheiden. Die Möglichkeiten, über die der Erzähler Fühmann verfügt, wenn er sich von dem Einfluß der Kulturpolitiker frei macht und sich vor allem bei der Wahl des Themas nicht beirren läßt, zeigen die beiden neuen Arbeiten.

In der Geschichte ›Die Schöpfung‹ – es geht um das Erlebnis eines Soldaten der Wehrmacht in Griechenland – bedient sich Fühmann einer Technik, die er schon früher mit Erfolg anzuwenden wußte – der Zeitlupe: Einem Minimum an äußeren Geschehnissen entspricht ein Maximum an inneren Regungen und psychologischen Details, wobei niemals der Eindruck des Artifiziellen entsteht, das eine derartige Prosa oft beeinträchtigt. Was sichtbar wird, ist nichts anderes als die Mentalität eines vom totalitären Staat erzogenen jungen Menschen, der glaubt, der Kampf um die angebliche Neuordnung der Welt rechtfertige jegliche Grausamkeit.

Daß Fühmann keineswegs auf die Zeitlupe angewiesen ist, sondern auch mit ganz anderen Mitteln erstaunliche Wirkungen erzielen kann, beweist die Erzählung ›König Ödipus‹, deren Handlung wiederum während des Krieges spielt. Soldaten einer vor Theben stationierten deutschen Nachrichteneinheit beabsichtigen, zusammen mit griechischen Kameraden den Sophokleischen ›König Ödipus‹ aufzuführen, was »die Vereinigung des Völkeradels Europas« symbolisieren soll.

Freilich ist die Mitwirkung der Griechen nur im Chor geplant, und das – als Beispiel der für die ganze Erzählung charakteristischen Ironie Fühmanns sei die Stelle hier zitiert – »ungeachtet des Umstandes, daß diese, der deutschen Sprache nur wenig mächtig, den Text nicht mitsprechen, sondern nur leise in den raunenden Rhythmen der Anapäste und Daktylen würden mitsummen können, ein Übel, dem man jedoch dadurch zu steuern gedachte, daß man die griechischen Chorsprecher in eine zweite Reihe hinter den deutschen aufzustellen erwog ...«

Zu der Aufführung kommt es nicht, weil der Rückzug beginnt, in dessen Verlauf die vom Gros der Truppe abgesprengte Einheit in den Stallungen, Käfigen und Gehegen des verlassenen zoologischen Gartens einer nordgriechischen Stadt Unterkunft findet. Wo einst wilde Tiere waren, entstehen dank deutscher Organisation behagliche Quartiere – aus dem verdreckten Gelände wird rasch »ein Stück Kultur gezaubert«.

Auf diesem Hintergrund läßt Fühmann zwei junge Soldaten – in Zivil Studenten – über den ›Ödipus‹ diskutieren, den sie vom nationalsozialistischen Standpunkt auszulegen versuchen, wobei übrigens der Erzähler wenigstens einen von ihnen mit einer Denkweise und mit dialektischen Fähigkeiten ausgestattet hat, die weit eher auf marxistische Schulung denn auf den Geist des »Dritten Reiches« schließen lassen.

Die Interpretationen des Ödipus-Mythos laufen auf die Erörterung jener Frage hinaus, die offenbar Fühmann jetzt mehr noch als früher bedrängt – der Frage nach der Verantwortung, nach der Schuld und Sühne des Individuums in der Zeit »des Zusammenstoßes zweier Menschheitsepochen«. Diese Debatten, denen es weder an Humor noch an Scharfsinn fehlt, sind mit einer Kampfaktion verknüpft, die dieselben Soldaten, die scheinbar in die Tiefen der Sophokleischen Tragödie eindringen möchten, gleichzeitig gegen griechische Partisanen durchführen.

Der entscheidende Akzent ist aber gegen die Erzieher dieser jungen Menschen im totalitären Staat gerichtet: Der Führer der Nachrichteneinheit, in Zivil Philologe, erweist sich als ein falscher Teiresias, »der alles wußte und nicht zu sprechen wagte aus Angst vor dem Kommenden, aus erbärmlicher, feiger, elender Angst«.

Fühmanns neue Prosa macht deutlich, daß seine Entwicklung, mag er auch inzwischen fünfundvierzig Jahre alt sein, noch längst nicht abgeschlossen ist. Er hat lange die Gemeinschaft gesucht und mußte schließlich ein Einzelgänger werden. Die Einsicht, daß es kein Kollektiv gibt, das einem Künstler auf die Dauer Geborgenheit bieten kann, mag für Fühmann besonders schmerzvoll gewesen sein. Ja, es läßt sich nicht einmal mit Sicherheit sagen, ob er sich von derartigen Illusionen vollends getrennt hat.

Aber nichts wäre unsinniger, als von ihm Deklarationen und Bekenntnisse zu erwarten. Wie es Fühmann zu halten gedenkt, deutet der Schluß seiner Barlach-Erzählung an, deren Held entschlossen ist, sich auf seinem Wege durch nichts beirren zu lassen. Die letzte Zeile der Erzählung lautet: »›Ich muß arbeiten‹, sagte er.«

Thomas Bernhard
›Verstörung‹

Was immer der Österreicher Thomas Bernhard erzählt, es sind Krankheitsgeschichten. Er gehört zu jenen Schriftstellern, deren bohrende und hartnäckige Teilnahme vor allem den Gefährdeten und den Verlorenen gilt, den Menschen, die vom Sog der Abgründe erfaßt werden. Seine Szene bevölkern Psychopathen und Neurastheniker, Verbrecher und Wahnsinnige, Mörder, Selbstmörder und Sterbende. Finster und drohend ist das Personal dieser Epik, unheimlich und bedrückend die hier entworfene Welt.

Aber so eindeutig Bernhards Vorliebe für das Beklemmende und das Makabre ist, so legitim scheinen die Beweggründe, von denen er sich leiten läßt. Ihn faszinieren die dunkelsten Bereiche unserer Existenz, weil er gerade dort – und nur dort – die Antwort auf die entscheidenden Fragen zu finden hofft. Gewiß, er schwelgt im Krankhaften und häufig auch im Abstoßenden, doch soll das Pathologische das Wesen des Menschen schlechthin erkennbar machen und das Anormale die Fragwürdigkeit dessen vergegenwärtigen, was wir für normal zu halten gewohnt sind.

Bernhard leuchtet also in die Randbezirke des Daseins hinein, um seine Brennpunkte zu erkunden, um ihnen tastend näherkommen oder auf sie wenigstens hindeuten zu können. Er weiß, daß es in der Literatur oft der Umweg über das Exzentrische ist, der zum Zentrum führt. Mit anderen Worten: Er zeigt das Extreme nicht obwohl, sondern weil er das Exemplarische im Sinn hat.

Überdies fällt in seiner Prosa eine Authentizität auf, die wir bei vielen unserer jüngeren Schriftsteller vermissen müssen und die sich nicht einmal durch handwerkliche Meisterschaft erreichen läßt. Bernhard ist ein Erzähler, der sich sein Thema nicht zu suchen brauchte. Vielmehr hat hier ein Thema seinen Erzähler gefunden. Seine Arbeiten sind Berichte eines Leidtragenden, Konfessionen eines Besessenen – was indes keineswegs bedeutet, daß sie etwa unmittelbare autobiographische Elemente enthalten.

Zugleich verdankt diese Prosa ihre Überzeugungskraft der Milieuschilderung, die die Figuren und die Gegenstände ebenso umfaßt wie die stets in die Handlung einbezogenen Lokalitäten und Landschaften. Bernhard ist, ob er es will oder nicht, ein österreichischer Heimatdichter, den freilich weniger Liebe oder Innerlichkeit über das Leben in Tirol oder in den Tälern der Steiermark schreiben lassen als Wut und Ekel, wenn nicht gar Haß. Gerade in Bernhards aggressivem Verhältnis zur heimatlichen Umwelt wird die außergewöhnliche Einseitigkeit offensichtlich, die seine Fragestellung und Betrachtungsweise ebenso bestimmt wie seine Wahl der Motive und Charaktere, der Farben und Töne, der Ausdrucksmittel.

Doch in der Literatur hat es mit der Einseitigkeit in der Regel eine eigene Bewandtnis: Sie kann auf einen rühmlichen Impetus zurückgehen, und sie kann in einer Art Beschränktheit ihren Ursprung haben. Für Thomas Bernhard gilt, glaube ich, beides: Seine Einseitigkeit mutet bald kühn und bald simpel an. Sie ermöglicht zwar die Härte und die Besonderheit dieser Epik, aber leider setzt sie ihr auch enge Grenzen und bewirkt nicht selten ihre Monotonie. Was also seine Prosa wertvoll macht, das bedroht sie zugleich. Das neue Buch, der Roman ›Verstörung‹, läßt dies mit fast erschreckender Deutlichkeit erkennen.

Der Ich-Erzähler, ein Student, der für kurze Zeit nach Hause kommt, wird von seinem Vater, einem Landarzt in der Steiermark, einen Tag lang auf Krankenbesuche mitgenommen, denn der junge Mann – heißt es – »müsse die Menschen kennenlernen«. Seine Berichte über die einzelnen Patienten und ihre Angehörigen, über ihre Vergangenheit und ihre Schicksale füllen den ersten Teil des Buches. Mit der sterbenden Frau eines Gastwirts, die von einem Trunksüchtigen ohne begreiflichen Grund erschlagen wurde, eröffnet Bernhard den Reigen; es folgen Porträts von Kranken, die fast alle mit grauenhaften körperlichen oder geistigen Gebrechen behaftet sind und meist langsam dahinsiechen; am Ende findet sich die mit Einzelheiten nicht geizende Schilderung eines irrsinnigen Krüppels.

Erzählt wird in einer spröden, konsequent und geschickt die indirekte Rede verwendenden Diktion, der Bernhard eine beachtliche Wirkung abgewinnen kann: Denn dieser betont referierenden, oft protokollhaften Sprache ist deutlich anzumerken, daß der jugendliche Berichterstatter zwar die Leidenden unbeteiligt betrachten möchte, daß er sich jedoch – aller kühlen Sachlichkeit zum Trotz – von ihrem Unglück betroffen fühlt. Manche Abschnitte zeichnen sich durch eine Eigentümlichkeit aus, die immer von guter Prosa zeugt: Distanz und Nähe werden zugleich und in einem spürbar.

So bewährt sich in mehreren der im ersten Teil aneinandergereihten Miniaturen erneut Bernhards epische Kunst, aber nur in jenen, in denen er sich mit der Darstellung der sinnlich wahrnehmbaren Welt begnügt und dabei der nüchtern registrierenden Beobachtung vertraut. Wo er nach den seelischen Ursachen der beschriebenen Verbrechen und Krankheitsfälle zu forschen versucht, wartet er mit Motiven auf, die in der Regel oberflächlich und schablonenhaft anmuten und zeigen, daß die Psychologie offenbar seine Leidenschaft, doch nicht unbedingt seine starke Seite ist.

Wo er hingegen die Fakten und die konkreten Umstände sprechen läßt, werden die Figuren und die Stimmungen sofort gegenwärtig, und Milieu und Lokalkolorit ergeben sich wie von selbst. Es zeigt sich dann, daß er unscheinbare Details und geringfügige Gegenstände zu diskreten, doch vielsagenden Zeichen einer Situation, zumal ihrer Trostlosigkeit, machen kann. Über das Leben einer Witwe, die nicht mehr zu retten ist, verrät die knappe Schilderung ihres Wohnzimmers mehr als alle kommentierenden Bemerkungen, die uns ebenfalls geboten werden.

Dennoch hinterläßt dieser erste Teil der ›Verstörung‹ einen zumindest zwiespältigen Eindruck. Zunächst einmal scheint es mir, daß eine so ungeheuerliche Anhäufung düsterer, perverser und grausamer Elemente gegen die Ökonomie des Romans schlechthin verstößt: Was in einer solchen Fülle zu sehen ist, verfehlt die beabsichtigte Wirkung und ermüdet, statt aufzuschrecken.

Überdies geht Bernhard von einer programmatischen These aus, was sein Buch von vornherein zum Scheitern verurteilt hat. Der Landarzt, der unserem Ich-Erzähler die Welt erklärt, meint: »Tatsächlich seien mehr Brutale und Verbrecherische auf dem Land als in der Stadt. Auf dem Land sei die Brutalität wie die Gewalttätigkeit das Fundament ... Die Stadtverbrechen seien nichts gegen die Verbrechen auf dem Land ...«

Dieser gleich auf den ersten Seiten formulierten Auffassung hat Bernhard die ›Verstörung‹ mit der ihm eigenen – und hier verhängnisvollen – Konsequenz untergeordnet: Die einzelnen Szenen, Skizzen und Genrebilder sollen immer wieder diese Ausgangsthese belegen und veranschaulichen. So degradiert Bernhard seine erzählerische Kunst: Er billigt ihr eine lediglich illustrierende Funktion zu. Daher liest sich das Buch streckenweise wie ein Blut-und-Boden-Roman à rebours. Womit man einst die Bodenständigkeit gerühmt hat, das muß jetzt dazu herhalten, um die Bodenlosigkeit zu exemplifizieren.

Natürlich denke ich nicht daran, mit dem Autor der ›Verstörung‹ über die Landbevölkerung in der Steiermark zu diskutieren. Er weiß da Bescheid, ich nicht. Auch läßt er niemals Zweifel aufkommen, daß er tiefer und weiter mißt. Aber in der Regel ähneln radikale Anti-Idylle auf fatale Weise den Idyllen – insofern nämlich, als sie beide von der Wirklichkeit gleich weit entfernt sind. Und ein gesellschaftskritischer Thesenroman scheint mir, mag er auch die dargestellte Welt zum Sinnbild unserer Epoche erheben wollen, längst ein literarischer Anachronismus zu sein.

Indes haben wir in der ›Verstörung‹ noch einen zweiten Teil. Der Arzt und sein Sohn suchen einen Fürsten Saurau auf, der gerade in ein Selbstgespräch vertieft ist, das er ungeachtet ihrer Anwesenheit fortsetzt. Sein weit über hundert Seiten umfassender Monolog wird von dem Ich-Erzähler ohne Kommentare und nur mit gelegentlichen Regiebemerkungen wiedergegeben.

Die Gestalt dieses Fürsten, der über riesige Besitzungen verfügt, in seinem »Lusthaus« Schauspiele aufführen läßt, an einer Geisteskrankheit leidet und in einem festverriegelten Zimmer stundenlang mit sich selber »masochistische Diskussionen« zu führen pflegt, läßt sich vom Makel des Konventionellen schwerlich freisprechen: Zumindest seit den Tagen Ludwigs II. von Bayern sind solche Figuren besonders beliebt.

Bernhards Fürst erzählt von seinem mysteriösen und offenbar sadistischen Sohn und von drei Kandidaten, die sich bei ihm um einen Posten beworben haben, er berichtet über Katastrophen, die geschehen sind, und über solche, die er voraussieht, er meditiert über den Staat und den Selbstmord. Alles befindet sich – verkündet er – »in einer gleichmäßig stumpfsinnigen Agonie«. In seinem ganzen Leben habe er »nur Kranke und Verrückte gesehen«, wobei übrigens auffällt, daß der keineswegs wahnsinnige Arzt im ersten Teil des Buches ähnliche Ansichten äußert. Immer schon – erklärt der Fürst – habe er befürchtet, »an dem Weltgestank ersticken zu müssen«. Der »massenpolitische Massenwahnsinn« (?) sei so lächerlich nicht, »daß er in Zukunft nicht noch alles zerstören könnte«. Und: »Das Volk ist blöd und stinkt, das war immer so.« Vom Arzt hörten wir: »Die Armen sind doppelt brutal, gemein und verbrecherisch.«

Gewiß, der Autor der ›Verstörung‹ hatte seine guten Gründe, dem pathologischen Haß des Fürsten und seiner Verachtung des Menschen viel Platz einzuräumen. Nur daß ihm die Sprache fehlt, die nötig wäre, um einer solchen Aufgabe gerecht zu werden. Die fast fanatische schriftstellerische Besessenheit, die oft in Bernhards Prosa zu spüren ist, wirkt hier, wo es darum ging, die Konfessionen eines Besessenen zu beglaubigen, völlig hilflos. Die wenigen erhellenden Formulierungen und verblüffenden Einsichten, die sich in diesem endlosen Monolog ebenfalls finden, ertrinken leider in einem Ozean von Platitüden und in einem wirren Gerede, das an die Geduld des Lesers außerordentliche und unzumutbare Anforderungen stellt.

Immerhin war Bernhard ehrgeizig bemüht, den Geisteszustand eines Wahnsinnigen mit Hilfe nur seiner eigenen Äußerungen zu verdeutlichen. Aber auch dieser Versuch erweist sich, milde ausgedrückt, als unergiebig. »In meinem Kopf handelt es sich tatsächlich um eine unvorstellbare Verwüstung«; »Die Geräusche in meinem Kopf verhindern mir alles«; »In meinem Kopf ist ein Liniengewirr«; »Die Ruhe breitet sich in meinem Kopf aus und wird ihn zertrümmern« – mit solchen Beteuerungen ist es nicht getan. Derartige unentwegt wiederholte Mitteilungen verraten einzig, daß die angestrebte Vergegenwärtigung Bernhards derzeitige Möglichkeiten übersteigt.

Es wäre ungerecht, den Autor, dem wir den Roman ›Frost‹ und einige höchst beachtliche Erzählungen verdanken, zu verdächtigen, er habe sich mit diesem Monolog der ästhetischen und intellektuellen Verantwortung entheben wollen. Aber der Vorstoß in den Bereich des Unkontrollierbaren hat ihn, der immer wieder Menschen am Rande des Abgrunds zeigt, diesmal selber in die Nähe eines gefährlichen Abgrunds geraten lassen.

Die Kunst muß »zu weit gehen, um herauszufinden, wie

weit sie gehen darf«. Dieses denkwürdige Wort, das Heinrich Böll in seiner Wuppertaler Rede geprägt hat,[1] bezieht sich ursprünglich auf die Freiheit der Kunst, behält jedoch seine Gültigkeit in einem viel allgemeineren Sinne. Thomas Bernhard ist in seiner ›Verstörung‹ zu weit gegangen. Wahrscheinlich mußte er es. Wird er imstande sein, daraus die Folgen zu ziehen?

Günter Grass
›Ausgefragt‹

Sind die Lyriker die Tenöre unter den Schreibern? Auf jeden Fall trifft man gerade beim Volk der Dichter und Denker nicht selten auf die Ansicht, man könne entweder Dichter oder Denker, doch schwerlich beides zugleich sein. Ja, man hört sogar, Dichten beeinträchtige die klare Denkarbeit und Denken schade der holden Dichtkunst.

Nichts einfacher, als für solche Vorurteile und ihre Unverwüstlichkeit vor allem die Konsumenten der Poesie verantwortlich zu machen. Aber man sollte sich lieber an ihre Produzenten halten. Was sich in der Prosa als unverkäuflich erwiesen hatte, wurde von ihnen häufig in Versen feilgeboten und auch an den Mann gebracht. Was zu töricht war, um gesagt zu werden, haben sie gern gesungen. Denn in der Fülle des Wohllauts – oder des vermeintlichen Wohllauts – ließ sich intellektuelle Dürftigkeit effektvoll verbergen: Wer feierlich und geheimnisvoll raunte, brauchte die Frage nach dem Sinn und der Intelligenz seiner Worte am wenigsten zu befürchten. So war in Deutschland das Gedicht oft ein Refugium für Autoren mit einigem Talent zwar, doch mit wenig Geist. Und für ein Publikum, das willig der Aufforderung folgte: Mitzusingen, nicht mitzudenken seid Ihr da!

Gilt das auch für unsere Zeiten? Ich weiß, es gab Bertolt Brecht, und es gibt seine ehrenwerten Epigonen. Den Lesern, die noch den Rilkeschen Rhythmus im Blut und die Georgesche Melodie im Ohr hatten, vermochte er zu beweisen, daß die Synthese von Poesie und Intellekt nicht nur nötig, sondern auch möglich ist. In der Hierarchie der deutschen Lyrik steht er »ungeheuer oben«.

Aber trotz Brecht bleibt ein beträchtlicher Teil der deutschen Poesie dieser Jahre der Tradition treu: Sie ist nach wie vor Dichtung für den Feiertag und nicht für den Alltag. Sie eignet sich eher für festliche als für nachdenkliche Stunden. Sie liebt große Worte und dunkle Töne, hymnische Anrufe und priesterliche Gebärden. Respektvoll und bewundernd, doch nicht ohne leises Mißtrauen nenne ich die Namen Ingeborg Bachmann und Paul Celan.

Auf diesem Hintergrund sollten, glaube ich, die lyrischen Versuche des Günter Grass gesehen werden, der seinen Gedichtsammlungen ›Die Vorzüge der Windhühner‹ (1956) und ›Gleisdreieck‹ (1960) jetzt einen dritten Band – ›Ausgefragt‹ – folgen ließ, der nicht nur der umfangreichste ist, sondern mir auch der reichste und reifste zu sein scheint.

Zunächst einmal: Grass hat nichts mit jenen gemein, die singen wollen, weil sie nicht denken können, die dichten, weil ihnen das Schreiben unüberwindliche Schwierigkeiten bereitet. Seine Poesie ist frei vom Erzübel der deutschen Literatur – dem Mißbrauch der lyrischen Form zur Flucht ins Undeutliche und Verschwommene, zum Rückzug ins Unkontrollierbare.

Im Gegenteil: Er begibt sich nicht in den Schutz der Verse, er verbirgt sich nicht im Gedicht. Vielmehr stellt er sich in ihm. Nirgends ist Grass, glaube ich, kühner und natürlicher, aufrichtiger und freimütiger als in der Lyrik. Während andere sich bemühen, ihre Blöße zu poetisieren, wagt er es, sich in der Poesie bloßzustellen. Damit hängt aber die außerordentliche, oft verblüffende und bisweilen ärgerliche Skala seiner Verse zusammen, die in diesem neuen Band noch größer geworden ist: Sie reicht vom Besten bis zum Schlechtesten.

Die Landschaft, die er in seiner Dichtung entwirft, bedarf weder der sonst in unseren Breiten so beliebten Dämmerung noch gar der mysteriösen Dunkelheit. Er bevorzugt das harte und freilich auch gefährliche Tageslicht, das die Konturen scharf und deutlich hervortreten läßt.

Von der feierlichen Rede will er nichts wissen, die Stilisierung ins Würdevolle ist ihm verpönt, das Hymnische fremd.

Diese Lyrik kennt weder das Raunen und Flüstern noch, andererseits, den alarmierenden Ruf und den gellenden Schrei. Grass entscheidet sich fast immer für die mittlere Lautstärke: Nicht mit der Akustik des Marktplatzes oder des angeblich existierenden trauten Kämmerleins rechnet er offenbar, sondern mit der eines gewöhnlichen Zimmers. Seine epische Prosa hat einen unverkennbaren lyrischen Untergrund. Für seine Lyrik hingegen ist häufig etwas Prosaisches charakteristisch. Hier wird festgestellt und mitgeteilt, benannt oder veranschaulicht.

Dabei verzichtet er mit erstaunlicher Konsequenz auf Leihgaben aus der Schatzkammer der deutschen Dichtung. Denn dieser Poet mißtraut dem Poetischen. Er verachtet das Dekorative, er widersetzt sich der Symmetrie: »Alles Schöne ist schief.« Seine einfache Devise lautet: »Nicht schmücken – schreiben:«; wobei der Doppelpunkt – wie Grass selber erklärt – andeuten soll: »Ich komme wieder.« Aber dieser Doppelpunkt, der am Ende des Gedichts ›Schreiben‹ steht, enthält zugleich eine unmißverständliche Aufforderung an die Leser und ist nicht weniger programmatisch als das Fragezeichen nach dem letzten Wort des ›Zauberberg‹. Im Grunde laufen alle Grass-Gedichte auf einen Doppelpunkt zu.

Von den Genitivmetaphern, die den meisten deutschen Lyrikern auch unserer Zeit leider rasch aus der Feder fließen, macht er in der Regel keinen Gebrauch. Erspart werden uns ebenfalls jene unaufhörlichen Vergleiche, die sich oft genug als die Hauptelemente versifizierter Schöpfungen erweisen und die der Autor des Bandes ›Ausgefragt‹ höhnisch als »Alleskleber« bezeichnet.

Als er noch ein Anfänger war, 1958, sagte Grass, in seinen Gedichten versuchte er, »faßbare Gegenstände von aller Ideologie zu befreien ... und in Situationen zu bringen, in denen es schwerfällt, das Gesicht zu wahren ...«[1] Das gilt bis heute: Er genießt die Gegenständlichkeit unserer Welt, deren unvoreingenommene Darstellung schockieren soll. Auch seine neuen Gedichte gehen von Gegenständen und Beobachtungen aus, sie kreisen um bestimmte Vorfälle und Personen, sie wollen vor allem Situationen und Zustände verdeutlichen. Immer entzündet sich seine Phantasie am

Konkreten und kehrt, in welche Bereiche sie uns führen mag, schließlich doch zum Konkreten zurück.

Aber mehr noch als in seinen vorangegangenen Sammlungen hat es Grass jetzt auf die unscheinbaren Töne abgesehen, die sich »zwischen Schwarz und Weiß, immer verängstigt, grämen«: Er möchte »das Ungenaue genau treffen«. Um diesem »Ungenauen« beizukommen, um das Unsagbare auszudrücken – und das ist wenn nicht die einzige, so gewiß die wichtigste Aufgabe der Poesie –, verfährt der Lyriker Grass ähnlich wie der Romancier und der Dramatiker, der Publizist und der Rhetor: Er erzählt. Doch handelt es sich hier um ein Erzählen in jenem ursprünglichen und elementaren Sinne, an den uns die Herkunft dieses deutschen Verbums erinnert – um Aufzählen also.

In dem Gedicht ›Kleckerburg‹ beruft sich Grass auf den »Sammeltrieb«, er spricht von den Geschichten und Schmetterlingen, die er »spießte«, und von den Worten, die er »fischte«. Es ist die Rede von seinem »Fundbüro«, in dem es neben »abgetretenen Schwellen« auch »verjährte Schulden« gibt und neben Taschenlampen-Batterien auch »Namen, die nur Namen sind«. In dem Gedicht ›Schlager im Ohr‹ fällt die Zeile auf: »Also Geräusche sammeln und an die Wand pinnen.« Diese Sammelmanie, die übrigens ein zentrales Motiv schon seines frühen Stückes ›Hochwasser‹ (1957) war und die ebenso aus dem Spieltrieb resultiert wie aus dem Bedürfnis, eine Ordnung herzustellen, bewirkt eine der Eigentümlichkeiten der Grass'schen Lyrik: Sie ist bei aller Phantastik systematisch.

Farben, Töne und Gerüche, Reminiszenzen, Impressionen und Visionen, Ausdrücke, Einfälle und Gegenstände werden gesammelt und aufgezählt, aneinandergereiht und montiert. Und alle diese Elemente entstammen der Sphäre des Alltags. Das, beispielsweise, sind die Gegenstände, die Grass vor uns ausbreitet: Aschenbecher und Brillenfutterale, Manschettenknöpfe und Kragenstäbchen, Flaschen und alte Eintrittskarten, Lautsprecher, Bauklötze und Automaten, trocknende Strümpfe, eingesessene Sessel und fettes Stullenpapier.

Diese poetische Welt, in der »vom Rest unterm Nagel« erzählt wird und »vom Knopf und Bodensatz, der übrig blieb«, ist oft skurril und absurd, doch kennt sie keine ausgefallenen oder gar theatralischen Requisiten: Viele Lyriker bieten gern ungewöhnliche Gegenstände in gewöhnlicher Sicht, Grass hingegen macht es umgekehrt. Mit anderen Worten: Nicht die Gegenstände verblüffen, sondern die Perspektive, nicht die Aktionen, sondern die Assoziationen, nicht die Motive, sondern ihre Verknüpfung und Beleuchtung.

Während jedoch Grass in seinen beiden Romanen dem unmittelbaren erzählerischen Impuls allzu bereitwillig nachgibt und daher bisweilen die Selbstkontrolle und den Überblick zu verlieren scheint, während dieser Impuls in seinen Dramen vollkommen verpufft, weil die Umsetzung des Erzählerischen ins Szenische nicht glücken will, wird er in der Lyrik sinnvoll verwertet und endlich einer strengen Disziplin unterworfen: Erst der Vers zwingt Grass zur Ökonomie seiner Mittel, zum sparsamen Umgang mit Worten, zur Knappheit und zur Prägnanz.

Dabei erweist sich, daß artistischer Kalkül und rigorose Selbstbeherrschung die Lebendigkeit und Natürlichkeit des Ausdrucks nicht gefährden. Denn was immer Grass behandeln mag – seine Sprache büßt eher die Anschaulichkeit ein als ihren so charakteristischen »Stallgeruch«: Sie bleibt »stubenwarm« selbst dann, wenn sie die politische Terminologie – von »Proporz« bis »Eskalation«, von »Notstand« bis »Napalm« – reichlich und genüßlich verwendet.

Allerdings sind die Qualitätsunterschiede innerhalb der Sammlung ›Ausgefragt‹ besonders groß. Auf den Geschmack von Günter Grass – wir wissen es längst – kann man nicht bauen, aber wirklich solide und zuverlässig ist nur der Geschmack der mittelmäßigen Künstler, in den höheren Regionen hingegen sind Entgleisungen unvermeidlich und meist nicht sonderlich beunruhigend. Daß aber gerade die politischen Gedichte zu den schwächsten Stücken des Bandes gehören, scheint mir immerhin ein bemerkenswerter Umstand zu sein.

Der Autor der ›Blechtrommel‹ hat seine Leidenschaft für die Politik erst spät entdeckt. Was er versäumt zu haben glaubt, möchte er jetzt um so schneller und eifriger nachholen – auch in der Dichtung. Damit mag zusammenhängen, daß solchen Arbeiten wie etwa ›Gesamtdeutscher März, Politische Landschaft‹ und ›Neue Mystik‹ etwas Rasches und Flüchtiges anhaftet und daß in ihnen auch Witzeleien auftauchen, die – nicht zum erstenmal im Grass'schen Œuvre – ein wenig pubertär anmuten.

In anderen Fällen – so im ›Dampfkessel-Effekt‹ – wird die Wirkung eines beachtlichen Gedichts durch eine aufdringliche pädagogische (und völlig überflüssige) Schlußfolgerung verdorben. Möglich, daß Grass antworten würde, in solchen Versen sei, grob gesagt, die Politik wichtiger als die Kunst. Das wäre ein bedenkenswerter Standpunkt, nur fehlt wie bisher der Nachweis, daß sich der Lyriker mit dem Verzicht auf literarisches Niveau auch nur den geringsten politischen Einfluß erzwingen kann.

Und was schließlich das umstrittene und allzu redselige Protestgedicht gegen die Protestgedichte, (›Irgendwas machen‹) betrifft, dem wir zumindest die schöne Zeile »Ohnmacht, dein Nadelöhr ist der Gesang« verdanken, so befürchte ich, daß für dieses Pamphlet gilt, was Grass den ohnmächtigen Versen seiner weniger berühmten Kollegen vorwirft: »Die Herstellungskosten sind gering.« Mit Recht schreibt er: »Ich frage, prosaisch wie mein Großvater, nach dem Zweck.« Genau dies ist die Frage, die auch an den Verfasser des Gedichts ›Irgendwas machen‹ gerichtet werden muß.

Aber den Wert einer Lyriksammlung bestimmen immer nur die besten in ihr enthaltenen Stücke. Einige, die sich in diesem Band finden, erweitern unsere Erfahrung und steigern unsere Sensibilität, indem sie in Bereiche vorstoßen, die einzig der Dichtung zugänglich sind. Ohne sich je vom Gegenstand zu entfernen oder die Grenzen des gewählten Ausschnitts zu überschreiten, läßt uns Grass in Abgründe blikken, die jeder Leser für sich ausloten muß.

›Kleckerburg‹ ist ein poetischer Bericht über die Wiederbegegnung des Autors Grass mit der Stadt Danzig und mit der eigenen Jugend. Also ein autobiographisches Gedicht? Gewiß, doch zugleich – wie dereinst die Strophen ›Vom armen B. B.‹ – das Gedicht einer Generation, das auch daran erinnert, daß der Dichter seine Zeit darstellt, indem er sich selbst darstellt. Während Grass hier die stärksten Effekte durch überraschende Aussparungen (»Das hieß mal so, heut heißt es so./Dort wohnten bis, von dann an wohnten«) und scheinbar zufällige Aufzählungen erreicht, hat sein ›König Lear‹ einen konsequenten szenischen Aufbau. Es ist ein Gedicht über Fritz Kortner – und zugleich über das Geheimnis der Kunst schlechthin. Ferner die erotischen Gedichte: ›Liebe‹ (mit dem Stichwort: »Wackelkontakt«), ›Ehe‹ (mit der Schlußzeile: »Du. Ja Du. Rauch nicht so viel«) und, vor allem, ›März‹, das ein einziges Gefühl umkreist und das uns abermals erkennen läßt, daß sich in der Poesie Rausch und Zucht nicht gegenseitig ausschließen, sondern bedingen. Genug der Beispiele. Grass hat sich seine oft gerühmte Unbefangenheit bewahrt, zu der sich neuerdings eine Abgeklärtheit gesellt, die indes den frischen Glanz, den kräftigen Ton und den herben Reiz dieser Verse nicht beeinträchtigt. Seine Naivität ist nun weiser, seine Verspieltheit raffinierter geworden. Die neuen Gedichte von Günter Grass beweisen, daß sich unsere Welt – trotz allem – der lyrischen Formulierung nicht entzieht. Sie widerlegen auch die Behauptung, der Dichter könne der Gegenwart nur noch ironisch oder parodistisch begegnen. In manchen Versen des Bandes ›Ausgefragt‹ gewinnt die Vergänglichkeit Dauer. Mehr kann von der Poesie nicht erwartet werden.

Gabriele Wohmann
›Erzählungen‹

Daß Geschichtenbände zeitgenössischer Autoren von unseren Verlegern in der Regel nur unwillig und zögernd auf den Markt gebracht werden, liegt nicht an ihnen, sondern an den deutschen Lesern. Denn fast immer ziehen sie – wie freilich auch die meisten ausländischen Leser – mäßige und schlechte Romane guten oder sogar hervorragenden Kurzgeschichten vor. Dieser Zustand ist höchst bedauerlich und vollkommen begreiflich. Er wird sich wohl kaum wesentlich ändern.

Je schneller unser Leben, desto weniger Zeit haben wir. Und je weniger Zeit uns bleibt, desto bessere Aussichten hat die Kurzgeschichte, neben dem Roman zu bestehen oder ihn zu verdrängen. Das klingt zwar logisch, nur stimmt es nicht. In Wirklichkeit ist es eher umgekehrt: Je hastiger das Leben, desto stärker das Bedürfnis nach Ruhe. Und je spürbarer die Unsicherheit, desto heftiger die bewußte oder unbewußte Sehnsucht nach Schutz oder zumindest nach Vergessenheit. Dies jedoch beeinträchtigt im selben Maße die Erfolgschancen der Kurzgeschichte, wie es diejenigen des Romans begünstigt.

Im Grunde gibt die gute Literatur niemals Antworten; vielmehr stellt sie immer wieder Fragen. Das gilt natürlich für den Roman ebenso wie für die Kurzgeschichte. Aber der Romancier, der eine Welt zu entwerfen versucht, ermöglicht seinen Lesern, auch wenn er es vermeiden möchte und selbst wenn es ihm davor graut, die Illusion, sie hätten eine Antwort erhalten. Von der Kurzgeschichte hingegen ist nicht einmal der Schimmer einer solchen Illusion zu erwarten.

Wie dringlich der Romancier sein Publikum warnen und wie aufrichtig und nachdrücklich er auch beteuern mag, er könne nur Zweifel und Argwohn wecken – der Roman flößt doch, allein durch seine die Zeit organisierende und gliedernde Funktion, wenn nicht gerade Behaglichkeit ein, so jedenfalls Vertrauen. Indes verbreitet die Kurzgeschichte wenn nicht Beklemmung, dann jedenfalls Unruhe. Im Roman suchen und finden viele Leser, was sie, ob es uns gefällt oder nicht, auch heute wie eh und je benötigen, was ihnen die Kurzgeschichte weder bieten kann noch bieten will und was man nur mit einem altmodischen Wort bezeichnen kann, das fast schon so peinlich ist wie »Innerlichkeit« oder »Trost« und das sich dennoch nicht vermeiden läßt – mit dem Wort: Geborgenheit.

Hier und nicht etwa in den hohen Ansprüchen, die manche Kurzgeschichten-Erzähler an die Phantasie, die Aufmerksamkeit und die Intelligenz ihrer Leser stellen, sollte man, glaube ich, die tiefste Ursache eines immerhin paradoxen Zustands sehen: Die moderne Kurzgeschichte, die ihre Eigenart und ihre Blüte zum großen Teil der Entwicklung der neuzeitlichen Presse verdankt, ist eine par excellence volkstümliche literarische Form, die sich gleichwohl beim breiten Publikum keiner besonderen Beliebtheit erfreut.

Es hat keinen Sinn, den Lesern diese Zurückhaltung zu verübeln. Doch jene, die Kurzgeschichten-Bände gleichgültig oder ängstlich meiden, sollten wissen, daß sie sich viel entgehen lassen. Während die angestrengten und geradezu verzweifelten Bemühungen zeitgenössischer deutscher Schriftsteller um den Roman in den meisten Fällen nur zu problematischen oder qualvollen Ergebnissen führen, gibt es im Bereich der Kurzgeschichte beachtliche und vorzügliche Leistungen. Und die Verleger, die ihre Autoren immer wieder zum Roman drängen, sollten nicht vergessen, daß sie auf diese Weise schon manchen Geschichtenerzähler verloren haben, ohne einen Romancier zu gewinnen.

Gabriele Wohmann, die vor einem Jahrzehnt mit Kurzgeschichten begann, ließ sich bisher nicht beirren. Freilich ist ihr Weg, gelinde gesagt, aufschlußreich: Ein Heft mit zwei Geschichten hatte 1959 die »Eremitenpresse« gedruckt, der Band ›Sieg über die Dämmerung‹, der zwanzig Geschichten vereinte, folgte 1960 bei Piper. Sechzehn weitere Geschichten (›Trinken ist das Herrlichste‹) erschienen 1963 unter Ausschluß der Öffentlichkeit: Die Sammlung wurde von der Gesellschaft Hessischer Literaturfreunde herausgegeben und offenbar nur den Mitgliedern dieser Gesellschaft zugänglich gemacht. Die nächsten Bücher – der kleine Roman ›Abschied für länger‹ und ›Theater von innen‹ – brachte der Walter-Verlag, doch den neuen Geschichtenband, der diesmal fünfzehn Arbeiten enthält, hat wieder ein anderer Verlag publiziert: Langewiesche-Brandt.

Wenn man bedenkt, daß wir in der Bundesrepublik Verlagshäuser haben, die es sich leisten, einzelne junge Autoren (aber natürlich nur solche, die Romane zu schreiben versprechen) mit monatlichen Gehältern zu finanzieren, und daß hierzulande alljährlich von großen Verlagen Romane veröffentlicht werden, die nicht nur an dem literarischen Geschmack, sondern mitunter auch – ich übertreibe keineswegs – an dem Verstand dieser Verleger und ihrer Lektoren zweifeln lassen, und wenn man andererseits bedenkt, daß Gabriele Wohmann von Verlag zu Verlag wandern mußte und daß ein Teil ihrer Geschichten überhaupt noch nicht gesammelt wurde und in Anthologien und Zeitungen verstreut ist, dann ahnt man die Verwirrung der Kriterien im deutschen Verlagsleben.

Denn Gabriele Wohmann gehört zu den besten Erzählern der in den dreißiger Jahren geborenen Generation. Und im Bereich der Kurzgeschichte gibt es im ganzen deutschen Sprachraum nur sehr wenige Schriftsteller, die diese Autorin übertreffen oder ihr auch nur gleichkommen.

Die Brüchigkeit der Beziehungen, die Fragwürdigkeit der Bindungen, die Angst vor dem Leben, die Ratlosigkeit der Menschen, die Mißverständnisse, die sie voneinander trennen – das etwa sind die Formeln, mit denen sich das Thema Gabriele Wohmanns andeuten ließe. Nicht gerade neu? Nun ja, es ist auch dasjenige von Marie Luise Kaschnitz, Koeppen, Frisch und Nossack, Hildesheimer und Eisenreich ebenso wie das der Jungen von Johnson bis Bichsel. Es ist, wir wissen es längst, jenes Thema unserer Zeit, das sich, selbst wenn die Schriftsteller es zu umgehen oder zu verdrängen versuchen, als unüberhörbares Ostinato wieder einfindet. Denn gerade in den Ländern, in denen sie schreiben dürfen, was sie wollen, steht ihnen die Wahl der Themen am wenigsten frei: Sie werden von der Epoche diktiert.

Gabriele Wohmann braucht nicht Adenauer, den ›Spiegel‹ oder die Mauer zu erwähnen, um ihre Leser über den Ort und die Zeit der Handlung ihrer Geschichten zu informieren. Details in beiläufigen Beschreibungen, sparsam eingeführte Requisiten, alltägliche Redewendungen und gelegentliche Anspielungen in den Dialogen – es sind meist Nuancen und Winzigkeiten, die die Atmosphäre bewirken. Und die Atmosphäre ist es vor allem, die uns fast immer spüren und erkennen läßt, was fast nie gesagt wird: daß diese Geschichten in bundesrepublikanischen Städten spielen, in den späten fünfziger und in den sechziger Jahren. Befindet sich der Schauplatz im Ausland – und das trifft nur auf drei von den fünfzehn Stücken zu und bezeichnenderweise auf die frühesten –, dann soll er nicht mehr hergeben als eine flüchtig skizzierte Kulisse für die Erlebnisse von Deutschen, die, mit sich selber beschäftigt, die fremden Orte trotz der üblichen Besichtigungen kaum wahrnehmen:

»Venedig war immer noch da, ... aber er glaubte, sie habe es vergessen. Es war nur noch Staffage.«

Wenn sich jedoch Gabriele Wohmann in ausnahmslos allen Geschichten auf eine sehr knappe – womit ich nicht sagen will: zu knappe – Darstellung des Hintergrunds beschränkt, so hat das natürlich mit der kleinen epischen Form zu tun, die zur besonderen Ökonomie der Mittel zwingt, aber auch mit dem Interesse der Autorin: Es gilt den Vorgängen in der Psyche des Menschen.

Erzählt wird meist von Begegnungen – schon die Titel einzelner Geschichten weisen darauf hin: ›Zu Besuch‹, ›Die Verabredung‹, ›Wiedersehen in Venedig‹. Trotzdem haben die Figuren Gabriele Wohmanns im Grunde keine Gegenspieler. Oder doch: Aber als Gegenspieler fungiert nicht eine reale Person, sondern die Welt schlechthin; die auftretenden, oft nur typisierten Gestalten erweisen sich als ihre mehr oder weniger zufälligen Exponenten. Daher hat die Prosakunst Gabriele Wohmanns – trotz vieler Dialoge und auch dramatischer Szenen – letztlich einen monologischen Grundzug. In der ersten Geschichte des Bandes – ›Ein unwiderstehlicher Mann‹ – wird eine neununddreißigjährige Lehrerin, »die es verschmäht, eine fortschreitende Ergrauung ihrer Haare in Zusammenarbeit mit einem tüchtigen Friseur zu bekämpfen«, plötzlich in einen für ihr Alter – wie sie meint – »nicht nur lächerlichen und unwürdigen, sondern auch außerordentlich schmerzhaften Zustand« versetzt: Sie verliebt sich. Obwohl der Mann von ihr nichts wissen will und ihre Gefühle nicht einmal ahnt, glaubt sie, auch eine hoffnungslose Liebe könne »ein Ausweg aus der Umklammerung der Langeweile« sein. Doch in Wirklichkeit kann sie sich mit ihrem »absatzlosen Liebesvorrat« nicht abfinden, sie fühlt sich benachteiligt und ausgeschlossen. Fast alle Helden Gabriele Wohmanns leiden an einem »absatzlosen Liebesvorrat«, sind enttäuscht und verbittert, befürchten, daß sie nicht eigentlich leben, sondern nur existieren oder gar vegetieren. Wie die Heilgymnastin in der ›Großartigen Eroberung‹ lieben sie die Sonne, »ohne ihre Einwirkung in eigene Wärme verwandeln zu können«. Vergeblich suchen sie einen Ausweg, auch die lesbische Gemeinschaft jener Heilgymnastin mit einer Ärztin (»Sie war in ihrer Halbheit ganz, während

Tilli sich sehr oft als Torso empfand, als Eidechse ohne Schwanz...«) erweist sich als eine illusorische Lösung.

Und weil sie sich für isoliert und mitunter auch boykottiert halten und auf jeden Fall überzeugt sind, sie seien zu kurz gekommen, empfinden sie – wie der erfolglose, schlechte Maler in ›Ein Fall von Leichtsinn‹ – bittere Genugtuung darüber, »sich ein für allemal zum Einzelgänger – in einem Akt der Selbstverstümmelung – und Rebellen gestempelt zu haben«. Deshalb sind sie immer bereit, ihr eigenes Verhalten und ihre Umwelt zu beobachten – ebenso aus unmittelbarer Nähe wie aus der Distanz. Die Geschichte ›Große Leidenschaft‹ demonstriert dies auf überraschende und einprägsame Weise: Eine Liebe ist offenbar gescheitert, ein Mann wendet sich von seiner Freundin ab, noch einmal treffen sie sich im Wartesaal eines Bahnhofs. Die Verlassene selber schildert das Abschiedsgespräch, doch aus der Perspektive eines angeblichen Augenzeugen, der die beiden gesehen hat, ohne ihre Worte hören zu können.

In der ›Großen Leidenschaft‹ und in mehreren anderen Stücken der Sammlung zeigt es sich, daß Gabriele Wohmann die Technik der Kurzgeschichte virtuos beherrscht. Schon die jeweils einleitenden Sätze, die immer so entscheidenden Auftakte lassen die Kunstfertigkeit einer erfahrenen und sicher disponierenden Erzählerin erkennen. Natürlich hat sie von den Meistern dieser Form, den angelsächsischen zumal, viel gelernt, freilich nicht nur Gutes: Auch ihr ist mitunter allzusehr an der Pointe gelegen, was sie hier und da zu Effekten verleitet, die zu entbehren wären. Doch haben ihre Geschichten stets einen eigenen, herben Ton. Meist bewirkt ihn die glückliche Verbindung von kühler Sachlichkeit und Herzlichkeit, von betonter Skepsis und spröder Zärtlichkeit. In diesen anmutigen und zugleich strengen Etüden findet sich viel Bitterkeit, aber kein Zorn, viel Gram, aber weder Wut noch Haß. Es sind fragile und dunkle Idyllen aus dem Alltag gewöhnlicher Menschen, es sind epische Paraphrasen in Moll, immer etwas ironisch und niemals höhnisch.

Diese exakte und schlanke, nie über ihre Verhältnisse lebende Prosa, die allerdings in der Wahl der Adjektive (»orientalisch-bunte«, »samtweiche«) und Vergleiche (jemand beobachtet das Leben »wie durch das Objektiv eines

Fernrohrs«) nicht durchweg anspruchsvoll ist, hat zu viel Natürlichkeit und Musikalität, als daß sie je in die Nähe der sterilen, auf das Inventarisieren erpichten Texte geraten könnte, mit denen man uns in den letzten Jahren so oft gelangweilt hat. Gabriele Wohmann spürt und weiß, daß man mit den Mitteln des Registrierens und Katalogisierens in der Epik doch nicht weit kommen kann. Und sie hütet sich andererseits vor jenem forschen Drauflosfabulieren, das in der arg mißverstandenen Nachfolge von Grass modern geworden ist.

Die meisten Kurzgeschichten des Bandes bergen, wie es sich für diese Form ziemt, die Summe eines Lebens. Doch bezieht sich das ausschließlich auf weibliche Figuren. Daß hier dem Intimen, dem Privaten und dem Individuellen das Exemplarische im Grunde nur dann abgewonnen wird, wenn Frauen auftreten, deutet zwar auf die mutmaßlichen Grenzen der Möglichkeiten Gabriele Wohmanns hin, ohne indes den Wert ihrer Prosastücke zu schmälern.

Die Geschichte ›Die Klavierstunde‹ endet mit den Worten: »Das Metronom tickte laut und humorlos.« Ein schöner Schlußsatz, und er gilt auch für die anderen Geschichten der Sammlung. In allen ist dieses unentwegte, unbarmherzige Ticken gegenwärtig. Wie singt doch die Feldmarschallin? »Die Zeit, die ist ein sonderbares Ding.«[1]

Arno Schmidts Werk oder Eine Selfmadeworld in Halbtrauer

Ein Ärgernis ist Arno Schmidt längst nicht mehr. Nicht, daß er aufgehört hätte, Bücher zu veröffentlichen. Alljährlich legt er neue vor – und sie sind geschrieben, wie es die früheren auch waren: mit Schaum vor dem Mund. Nur regen sie niemanden mehr auf. Die Rezensenten besprechen sie kürzer oder ausführlicher, mehr oder weniger wohlwollend, doch in der Regel eher nachsichtig als streng. Begeisterte Zustimmung gibt es freilich ebensowenig wie entrüstete Ablehnung.

Selbst seine eifrigsten Bewunderer haben sich in den letzten Jahren Zurückhaltung auferlegt: so Alfred Andersch, der sich einst, wenn er auf Arno Schmidt zu sprechen kam, gern der Vokabel »Genie« bediente, so Helmut Heissenbüttel, der noch 1963 glaubte, Arno Schmidt »in den obersten Rang der deutschen Literatur« versetzen zu können,[1] so Jürgen Manthey, der 1962 eine Studie über Arno Schmidt in der feierlichen Prophezeiung gipfeln ließ, man werde ihn »einmal zu den großen Manieristen unserer Literatur rechnen, ihn neben (oder nach) Heine, E.T.A. Hoffmann und Benn nennen«.[2] Heute hat offenbar niemand mehr Lust, für oder gegen Arno Schmidt in die Schranken zu treten.

Er selbst sehnt sich nach jenen Zeiten zurück, da er ein heftig umstrittener Schriftsteller war und seine Prosa die stärksten Reaktionen auslöste. Bisweilen versucht er, sie noch einmal zu erzwingen – auch mit publizistischen Äußerungen. In seinem Beitrag zum Sammelband ›Schwierigkeiten heute die Wahrheit zu schreiben‹ heißt es: »›Der Arbeiter‹ ist doch genausowenig das Maß der Literatur wie ›Der geistliche Herr‹! Und beiden wäre zu bedeuten, daß es ... gar nicht ›Das Entscheidende‹ ist, ob ein Schriftsteller Karl Marx besingt oder die Jungfrau Maria – mit welchem Diktum ich es wieder einmal mit sämtlichen Parteien verdorben haben dürfte: au fein!« – Nach diesem Ausruf der Freude beruft sich Schmidt auf Goethe: »Ein Kerl, den *alle* Menschen hassen: Der muß was sein!«

Aber ganz abgesehen davon, daß sich in Schmidts Diktum nichts Provozierendes finden läßt – auch die Kritiker in der DDR wären in diesem Fall bereit, ihm zuzustimmen –, kann er es mit keiner Partei ernsthaft verderben: Man hat sich längst an die in vielen seiner Äußerungen enthaltenen Grobheiten, Überspitzungen und Binsenweisheiten gewöhnt, niemand legt seine Worte auf die Waagschale, niemand will ihm widersprechen.

Gewiß, das 1960 in der DDR erschienene ›Deutsche Schriftstellerlexikon von den Anfängen bis zur Gegenwart‹ erwähnt ihn überhaupt nicht. Doch schon in der zweiten Ausgabe dieses Lexikons (1961) figuriert Schmidt als »bürgerlich-oppositioneller Schriftsteller, der ... scharf gegen Faschismus, Militarismus und jegliche Art von Religion Stellung nimmt«. Gewiß, das vom katholischen Herder Verlag 1961 herausgegebene ›Lexikon der Weltliteratur im 20. Jahrhundert‹ zitiert im Artikel über Schmidt eine negative Formulierung von Hans Egon Holthusen. Doch schon in einer Neuausgabe des Lexikons von 1964 wird diese unfreundliche Formulierung weggelassen.[3]

Nein, Arno Schmidt, dem es in den fünfziger Jahren an Widersachern und Feinden nicht mangelte, wird heute weder bekämpft noch gar gehaßt. Mittlerweile hat ihn die deutsche literarische Öffentlichkeit anerkannt. In seinem Roman ›Das steinerne Herz‹ (1956) schrieb er: »Wenn mich die Offiziellen loben: dann iss Zeit aufhören!« Glücklicherweise steht er nicht zu seinem Wort. Denn unter denen, die ihn schätzen und loben, sind längst auch die »Offiziellen«. 1964 wurde ihm vom Senat der Stadt Berlin der Fontane-Preis verliehen, 1965 zeichnete ihn der Kulturkreis im Bundesverband der Deutschen Industrie mit seiner »Großen Ehrengabe für Literatur« aus. Unter den Rezensenten der Werke Schmidts finden sich auch Professoren der Germanistik – so etwa Hans Mayer, so Herbert Singer und Hans Wolffheim.[4] Staatsexamens- und Seminararbeiten, ja auch Dissertationen über Arno Schmidt sind an deutschen Universitäten heute keine Seltenheit mehr. Fast alle wichtigeren erzählenden und essayistischen Werke Schmidts wurden dem Publikum in letzter Zeit ebenfalls in Paperback- und Taschenbuch-Ausgaben zugänglich gemacht. Seine Geschichten und Aufsätze sind auch in vielen Anthologien und Sammelbänden enthalten. Die Rundfunkanstalten der Bundesrepublik überhäufen ihn geradezu mit Aufträgen, die Verlage mit Übersetzungsangeboten: Man vertraut ihm, wie es recht und billig ist, die bedeutendsten amerikanischen Schriftsteller von Cooper und Poe bis zu Faulkner an. Natürlich ist Schmidt kein Bestseller-Autor, und er wird es bestimmt nicht werden. Doch inzwischen sind seine Bücher – allein in deutscher Sprache – in einer Auflage von etwa 200000 Exemplaren verbreitet.

Freilich hört man, wenn von Arno Schmidt die Rede ist, noch häufig jene Vokabeln, mit denen er in den fünfziger Jahren immer wieder bedacht wurde: Außenseiter, Sonderling, Einsiedler, Avantgardist, Provokateur. Nur daß diese Begriffe jetzt, auf Schmidt bezogen, von einem ironischgutmütigen Unterton nicht frei sind. Man hält ihn für einen etablierten Außenseiter, er gilt als ein arrivierter Sonderling und ein saturierter Einsiedler, er hat den zweifelhaften Ruf eines professionellen Avantgardisten, man rechnet ihn zu den Provokateuren vom Dienst. Ob er es gewollt hat oder nicht: Seine Person gehört inzwischen zu den konstanten Institutionen des literarischen Lebens in der Bundesrepublik.

Der Legende vom armen Poeten, verkannten Meister und strengen Propheten, der im dürftigen Holzhaus eines einsamen Heidedorfs entsagungsvoll seinem Werke lebt und dessen Größe die undankbare Nation nicht zu würdigen weiß, jener sentimentalen und pathetischen Arno-Schmidt-Legende, die lange Jahre hindurch verbreitet wurde und die er übrigens selber mitverschuldet hat, ist jedenfalls der Boden entzogen. Und das ist gut so – nicht zuletzt deshalb, weil diese Aura die sachliche Beurteilung seiner Prosa offenbar erschwert hat. Während ihn die einen als Genie besangen, glaubten andere ihn als Scharlatan beschimpfen zu müssen, beide Seiten gingen verschwenderisch mit Superlativen um, wobei ein ursächlicher Zusammenhang unverkennbar ist: Oft war es die leichtsinnige und maßlose Begeisterung, die die leichtsinnige und maßlose Entrüstung provoziert hat. Doch so extrem sich Schmidts Werk häufig darbietet, sowenig ist ihm mit extremen Urteilen beizukommen. Mit Verherrlichung ist es hier nicht getan. Aber auch nicht mit Verwerfung.

Arno Schmidt, der 1914 in Hamburg geboren wurde und ab 1928 in Schlesien lebte, trat in seiner Jugend in Breslauer Lokalen als Gedächtniskünstler auf, der zahlreiche ihm zugerufene Telefonnummern im Kopf behalten, von hinten nach vorn aufsagen und miteinander multiplizieren konnte. Es ist das phänomenale Gedächtnis Schmidts, das die Eigenarten seiner Epik und Essayistik ermöglicht hat und das ihr Fundament bildet.

An der Breslauer Universität studierte er Mathematik und Astronomie, brach indes das Studium schon sehr schnell ab: im Jahre 1933. Aber er verfügt über gründliche und detaillierte Kenntnisse, er hat sich als Autodidakt ein großes Wissen angeeignet. Mathematikern und Astronomen sagt man gern Akribie, Systematik und Weltfremdheit nach. Autodidakten wirft man oft vor, daß sie zur Übertreibung und zur Einseitigkeit neigen und daß sich bei ihnen zuweilen das Fehlen der Maßstäbe bemerkbar mache. Natürlich sind derartige Verallgemeinerungen immer fragwürdig, ohne deshalb ganz falsch sein zu müssen. Hier scheinen sich die Stichworte, die sie uns liefern, als brauchbar zu erweisen.

Denn Schmidts schriftstellerische Arbeiten lassen in der Tat eine bemerkenswerte Akribie erkennen und zeugen von außergewöhnlicher Systematik, doch ist für sie auch, zumal in späteren Jahren, eine sonderbare Weltfremdheit charakteristisch. Ferner fällt es auf, daß manche Eigentümlichkeiten seines Werks, bewundernswerte wie bedauerliche, durch seine Übertreibungssucht und seinen Hang zur Einseitigkeit bedingt sind. Und schließlich ist die für viele seiner angestrengten Bemühungen so bezeichnende Donquichotterie zwar auf verschiedene Ursachen zurückzuführen, die aber wohl alle mit seinem häufig verblüffenden Mangel an Maßstäben zu tun haben.

Schmidts Erstling – der Prosaband ›Leviathan‹ – stammt aus dem Jahre 1949, sein bisher letztes Buch ist die 1966 verlegte Sammlung ›Trommler beim Zaren‹. Dazwischen liegen fünfzehn weitere selbständige Publikationen. Sein Gesamtwerk umfaßt bereits – die zahlreichen Übersetzungen sowie Arbeiten, die nur in Zeitschriften und Zeitungen veröffentlicht wurden, nicht eingerechnet – über viertausendsechshundert Druckseiten. Es besteht aus Romanen, Erzählungen und Kurzgeschichten, Monographien, Aufsätzen, Polemiken und Rundfunk-Sendungen. Wie von selbst bietet sich die Aufteilung dieses Werks in zwei große Gruppen an: eine epische und eine essayistische. Die epische setzt sich wiederum aus zwei Untergruppen zusammen: Zur ersten gehören die in der Gegenwart und stets in Deutschland spielenden Romane und Erzählungen, zur zweiten solche, die in fernen Welten und Epochen angesiedelt sind – entweder in der Antike oder in einer utopischen Zukunft.

Diese Einteilung ist zwar handlich und übersichtlich, aber auch wenigstens teilweise, illusorisch. Denn immer wieder verschwimmen und verschwinden die Grenzen innerhalb des Schmidtschen Werks. So sind die epischen Arbeiten mit essayistischen Partien durchsetzt, während andererseits in seinen Abhandlungen, Studien und Aufsätzen das Erzählerische eine wichtige Funktion erfüllt. In Schmidts Visionen des Altertums und in seinen Utopien finden sich wiederum so zahlreiche unserer Zeit und unserem Alltag entnommene Elemente jeglicher Art, daß kein Zweifel aufkommen kann, was hier – ebenso wie in seinen anderen Romanen und Erzählungen – vor allem angestrebt war: eine unmittelbare Auseinandersetzung mit heutigen Verhältnissen. Schmidts Antike und seine Zukunftswelten sind nur Staffage für Bücher, die stets die Gegenwart meinen und sie nicht aus dem Auge verlieren wollen.

Überdies tauchen in nahezu allen seinen Arbeiten die gleichen Gedanken und Motive auf, ständig kehrt er zu den gleichen Fragen und Komplexen zurück. Auf den Stil und den Tonfall seiner Prosa hat die jeweils von ihm gewählte literarische Form kaum einen Einfluß: Der schnoddrig-saloppen Diktion seiner Epik begegnen wir auch in den meisten Essays. Die Sprache der Gestalten seiner Romane und Erzählungen wiederum ist völlig unabhängig von der Epoche, die den Hintergrund bildet.

So spricht, beispielsweise, die Heldin des in der Spätantike spielenden Kurzromans ›Kosmas oder Vom Berge des Nordens‹ (1955): »›Ja sicher!‹ sagte sie ungeduldig, ›er iss doch nu ma mein Lehrer!‹ – Iss es denn nicht absolut wurscht, ob die Erde ein Ei ist? ... – also zumindest fürn paar hundert Jahr iss es noch völlig gleichgültig.« Aber in dem Roman ›Die Gelehrtenrepublik‹ (1957), der die Welt vom Jahre 2008 zeigen soll, reden die Menschen ebenfalls nicht anders als jene Figuren Schmidts, die in den fünfziger Jahren in Berlin oder in Niedersachsen leben: »Woll'n Sie vielleicht erst'n Bad nehm?« Und: »Komm' Sie ma'n Moment 'rein. Daß Sie nachher als Zeuge mit unterschreiben können.« Das gilt aber nicht etwa nur für die Dialoge. Auch der Ich-Erzähler der ›Gelehrtenrepublik‹ schreibt in diesem Idiom: »Und ich wurde doch etwas kribbelig: Das war schon 'ne Sache, daß ich als Reporter dort hin durfte.«

Zugleich lassen alle Arbeiten Schmidts, welche Themen sie auch behandeln und wie immer sie geschrieben sind, seine weltanschaulichen Positionen erkennen. Im ›Leviathan‹ findet sich der Satz: »Ich sage mich los von allem, was Gott heißt! Was Schöpfer oder Weltherr sein will!« In einer anderen Geschichte desselben Bandes werden dem Hinweis eines Pfarrers auf die Unendlichkeit Gottes mathematische Erwägungen entgegengesetzt. Die nächsten Bücher Schmidts bestätigen seinen radikalen Atheismus und verdeutlichen zugleich, daß seine Weltsicht streng positivistisch ist. Die Schlüsselstelle ist in dem Roman ›Das steinerne Herz‹ enthalten: »Hinzu kam noch meine wahnsinnige Lust an Exaktem: Daten, Flächeninhalte, Einwohnerzahlen; die sich also vermittels meiner in nochmals Wirkendes umsetzen wollten: so hätte ich früher gesagt: heute: Wer die Sein-setzende Kraft von Namen, Zahlen, Daten, Grenzen, Tabellen, Karten, nicht empfindet, tut recht daran, Lyriker zu werden; für beste Prosa ist er verloren: hebe Dich hinweg!«

Schmidt ist verliebt in Ziffern, Atlanten, Lexika, Statistiken, Meßtischblätter, Staatshandbücher und Nachschlagewerke, ihn faszinieren Bibliotheken und Archive, Zettelkästen und Kartotheken, sein Vertrauen zu der Macht der Zahlen, Daten und Tabellen kennt offenbar keine Grenzen. Er mag seine Zeitgenossen beschimpfen und anklagen soviel er will, doch kann er nicht verheimlichen, daß er sich von den exakten Wissenschaften eine geradezu rettende Funktion erhofft; er mag lästern und ketzern und haarsträubende Zynismen aneinanderreihen, doch der Glaube an die erlösende Kraft der Vernunft und der Aufklärung bildet den Untergrund seines Werks.

Holthusen hatte schon recht, als er Schmidt »ein lärmendes Umsichschlagen gegen Gott und die Welt und alles, was an Gesellschaft und Kultur noch übriggeblieben ist«, attestierte,[5] nur daß sich in der Sicht Arno Schmidts die Probleme der menschlichen Gesellschaft mit wissenschaftlichen Methoden bewältigen lassen. Und das gibt seinen Büchern, allen düsteren Farben und Akzenten zum Trotz, einen eindeutig optimistischen Zug – auch wenn er in der 1951 erschienenen Erzählung ›Schwarze Spiegel‹ den Atomkrieg für 1955 vorausgesagt hat, auch wenn, der ›Gelehrtenrepublik‹ zufolge, Europa im Jahre 2008 längst »zerstrahlt« ist und von den Deutschen nur insgesamt einhundertvierundzwanzig Personen verschont blieben (»Na, daß die Japaner &

Deutschen weg sind, ist ja für uns 1 Segen! ... Die, ohne deren Beteiligung einem jeden Weltkrieg ja gleichsam etwas gefehlt hätte!«).

Aber der ostentative Positivismus Schmidts, sein unbeirrbares Vertrauen zur Arithmetik und zur Statistik, zur Geodäsie und zur Astronomie deutet auch auf die Grenzen seines Horizonts hin. Erlösung durch Mathematik – dieses nie so nackt ausgesprochene, doch in seiner Prosa allgegenwärtige Axiom erinnert schließlich an die guten alten Zeiten, etwa an den Materialismus Haeckelscher Provenienz. Die Hoffnung, die Arno Schmidt, dieser als rabiat und aggressiv abgestempelte Schriftsteller, an die Möglichkeiten der exakten Wissenschaften und ihre ethische Wirkung knüpft, mutet heute etwas bieder, treuherzig und schwärmerisch an. Hier macht sich, glaube ich, Weltfremdheit bemerkbar und auch ein Stich ins Provinzielle. Diesen Eindruck einer gewissen Weltfremdheit bestätigen viele essayistische Arbeiten Schmidts, jene zumal, die offensichtlich den Anspruch erheben, als wissenschaftliche Leistungen gewertet zu werden. Er ist ein ungewöhnlich fleißiger und systematischer Forscher, ein besessener Materialsammler, der über unvergleichliche Detailkenntnisse verfügt. Nur drängt sich bisweilen der Verdacht auf, daß sein Fleiß ebenso nutzlos ist wie seine Systematik und daß seine Kenntnisse nicht unbedingt nötig sind.

Hinter Schmidts Buch ›Fouqué und einige seiner Zeitgenossen‹ (1958) steckt ein gigantischer Arbeitsaufwand, er hat eine Biographie geliefert, deren Genauigkeit und Ausführlichkeit kaum zu übertreffen sind. Er wirbt leidenschaftlich für die Wiederentdeckung dieses längst vergessenen Romantikers, ohne uns je sagen zu wollen, wozu eine solche Wiederentdeckung denn gut sein sollte. Er weiß alles über Fouqué, ohne uns je überzeugen zu können, daß es sich lohnt, irgend etwas über Fouqué zu wissen. Ja, er erzählt uns mit allen Einzelheiten die Lebensläufe verschiedener Personen, denen – laut Schmidt – unsere Aufmerksamkeit gebührt, aber nur deshalb, weil sie mit Fouqué zu tun hatten. Im Vorwort heißt es: »Dieses Buch soll ein Anfang sein: der Anfang der Fouqué-Forschung.« Das mag zutreffen, nur daß es wohl auch das Ende dieser Forschung ist.

Das Ergebnis einer für Schmidt nicht weniger bezeichnenden Marotte scheint ebenfalls sein Buch ›Sitara und der Weg dorthin‹ (1963) zu sein, eine – so der Untertitel – ›Studie über Wesen, Werk & Wirkung Karl May's‹. Nicht etwa, daß es überflüssig wäre, Werk und Wirkung des seit einem halben Jahrhundert höchst populären Schriftstellers einmal genauer zu untersuchen. Indes ist fast die ganze Monographie dem Nachweis einer einzigen These gewidmet, der eine angebliche Entdeckung Schmidts zugrunde liegt: Karl May sei homoerotisch veranlagt gewesen und habe seine verdrängten sexuellen Lustvorstellungen immer wieder ins Epische umgesetzt. Sein Werk müsse man – behauptet Schmidt – »eindeutig als reinrassiges ›Schwulen-Brevier‹« lesen. Den Erfolg dieser Romane erkläre »die pausenlose Besprühung, Berieselung, Überströmung, Überschwemmung des Lesers« mit heimlichen und getarnten sexuellen Motiven. Um derartige Ansichten zu belegen, beruft sich Schmidt häufig auf Sigmund Freud, ohne jedoch damit die Grundthese überzeugender machen zu können.

Ganz gewiß läßt ›Sitara‹ auf geduldige und umfangreiche Quellenstudien und wiederum auf erstaunliche Kenntnisse schließen, die allerdings Karl Mays und nicht Freuds Werk betreffen. Schmidts Begegnung mit der Welt der Psychoanalyse muß, gelinde gesagt, sehr flüchtig gewesen sein. Während das Buch über Fouqué skurril, doch seriös, aber schon des Themas wegen nicht gerade nötig ist, wäre eine Monographie über Karl May gewiß nötig, nur daß mir diejenige von Arno Schmidt skurril und unseriös zu sein scheint.

Aber beide lassen, obwohl man in ihnen letztlich nicht mehr als kuriose Marginalien sehen sollte, Schmidts Persönlichkeit erkennen – und das gilt auch für seine in den Bänden ›Dya Na Sore‹ (1958), ›Belphegor‹ (1961) und ›Die Ritter vom Geist‹ (1965) enthaltenen Rundfunk-Sendungen und für eine Anzahl kleinerer Aufsätze in dem Band ›Trommler beim Zaren‹. Allen ist das Monomanische gemeinsam. Schmidt verkündet Banalitäten, als wären es Sensationen. Gegenstände, die harmlos und verstaubt zugleich sind, breitet er vor uns aus wie Dynamitladungen. Nachdrücklich und aufgeregt beweist er, was niemand bezweifelt – etwa, daß Klopstocks ›Messias‹ langweilig ist. Mit gewaltiger Kraftanstrengung rennt er Türen ein, die nicht verschlossen sind – so etwa, wenn er Johann Gottfried Schnabels ›Insel Felsenburg‹ oder Karl Philipp Moritz' ›Anton Reiser‹ entdeckt, Werke also, die längst als Höhepunkte der deutschen Prosa des 18. Jahrhunderts anerkannt wurden.

Unaufhörlich trumpft Schmidt mit seinen Kenntnissen auf, er verheimlicht nie, daß er sich auf sein Wissen viel zugute hält. Aber seine Belesenheit ist größer als seine Unterscheidungsgabe, sein Gedächtnis übertrifft seine Urteilskraft, er scheint Gründlichkeit mit Bildung zu verwechseln. Ihn faszinieren Einzelheiten, doch die Zusammenhänge entgehen ihm. Sein Blick ist geradeaus auf bestimmte Gegenstände gerichtet – und dabei vergißt er die ganze Welt. Daher sind seine Arbeiten mitunter imponierend gründlich und erschreckend oberflächlich zugleich.

Dies alles gilt auch – und nur deshalb ist es von Interesse – für Schmidts Epik. Abgesehen von den antiken und den utopischen Stücken spielen seine Romane und Erzählungen in hessischen Dörfern oder in der Lüneburger Heide, nur gelegentlich wird eine Großstadt – Berlin oder Hannover – in die Handlung einbezogen. Das Personal bleibt sich gleich: Lastwagenfahrer, Handwerker, Gastwirte, Mechaniker, Buchhalter, Bademeister. Die Frauen und Mädchen, meist eher simple und nicht sehr reizvolle Geschöpfe, haben entweder überhaupt keinen Beruf, oder sie sind Angestellte. Erst in den im Band ›Kühe in Halbtrauer‹ (1964) zusammengefaßten späteren Erzählungen taucht auch ein anderer Frauentyp auf – eine Psychologin etwa oder eine Germanistin.

Im Mittelpunkt steht fast immer der gleiche Mann: ein Schriftsteller oder Journalist, Archivar oder Landvermesser, der sich bisweilen »Schmidt« nennt und jedenfalls ungemein dem Autor ähnelt, dessen Ansichten und Urteile er äußert und dessen Sympathien, Liebhabereien und Leidenschaften er teilt. Er erweist sich als einsam, doch nicht als wortkarg, in seiner Umgebung, der er hoch überlegen ist, sieht er meist – wie es in der Erzählung ›Die Umsiedler‹ (1953) heißt – »öde Gesichter, rübiges Gemüt, Gedankensteppe, Seelentundra«.

Die Zahl der Personen ist klein: In ›Seelandschaft mit Pocahontas‹ (1955) und im ›Steinernen Herzen‹ beispielsweise sind es zwei Paare, in dem Roman ›Kaff, auch Mare Crisium‹ (1960) ist es ein Paar und eine alte Tante. Es geschieht sehr wenig, in der Regel dominieren Wohnküchen-Gespräche und Spaziergänge, stets sind Reflexionen und Bemerkungen über verschiedene Themen eingeflochten. Wo sich dramatische Effekte finden – so im ›Steinernen Herzen‹ –, entstammen sie unmißverständlich der Kolportage und werden augenzwinkernd als solche geboten.

Die Aufgabe, die Schmidts Romane und Erzählungen erfüllen sollen, hat er häufig in ihnen selbst formuliert. In dem Kurzroman ›Aus dem Leben eines Fauns‹ (1953) steht die Forderung: »Jeder Schriftsteller sollte die Nessel Wirklichkeit fest anfassen; und uns alles zeigen ...« Im ›Steinernen Herzen‹ wird der Dichter als »Beobachter und Topograph aller möglichen Charaktere und Situationen« bezeichnet, seine Pflicht sei »die getreue Schilderung einer Zeit mit ihren typischsten und feinsten Zügen«. In ›Kühe in Halbtrauer‹ wiederum heißt es: »Wozu ist der Sänger da, wenn nicht um das Uni-sive Perversum mitzustenografieren? Allen zum Anstoß, keinem zur rechten Freude.«

Was Schmidt vorschwebt, weicht also nicht im geringsten von jener Aufgabe ab, die sich auch die Realisten des neunzehnten Jahrhunderts gestellt haben. Doch sucht er, um ihr gerecht zu werden, nach neuen Ausdrucksmitteln. In einem zuerst 1955 veröffentlichten theoretischen Aufsatz mit dem Titel ›Berechnungen I‹ erklärt er, es sei »besonders nötig ..., endlich einmal zu gewissen, immer wieder vorkommenden verschiedenen Bewußtseinsvorgängen oder Erlebnisweisen die genau entsprechenden Prosaformen zu entwickeln«. Er geht von dem Prozeß des »Sicherinnerns« aus: »Immer erscheinen zunächst, zeitrafferisch, einzelne sehr helle Bilder (meine Kurzbezeichnung: ›Fotos‹), um die herum sich dann ... erläuternde Kleinbruchstücke (›Texte‹) stellen.« Das Resultat jedes bewußten Erinnerungsversuches sei »ein solches Gemisch von ›Foto-Text-Einheiten‹«, das man den Lesern zeigen müsse.

Er protestiert gegen die »früher beliebte Fiktion der ›fortlaufenden Handlung‹«. Schon der Ich-Erzähler des ›Fauns‹ sagte, sein Leben sei »kein Kontinuum«, sondern »ein Tablett voll glitzernder snapshots«. In den ›Berechnungen I‹ heißt es, einen »epischen Fluß« gebe es überhaupt nicht, man habe es nur mit einem »Tagesmosaik« zu tun: »Die Ereignisse unseres Lebens springen vielmehr. Auf dem Bindfaden der Bedeutungslosigkeit, der allgegenwärtigen Langeweile, ist die Perlenkette kleiner Erlebniseinheiten, innerer und äußerer, aufgereiht. Von Mitternacht zu Mitternacht ist gar nicht ›1 Tag‹, sondern ›1440 Minuten‹ (und von diesen wiederum sind höchstens 50 belangvoll!).«

Bemerkenswert an diesen Gedanken ist nur, daß sie von Schmidt nicht ohne Feierlichkeit als Neuentdeckungen geboten werden – als hätte es nie einen Proust oder Joyce, einen Benn oder Döblin gegeben. So forderte Döblin – um nur ihn hier zu zitieren – schon 1913 die »Notierung der Abläufe« und einen »Kinostil«, damit »die Fülle der Gesichte« deutlich wird. 1917 meinte Döblin, man müsse zeigen, »daß Moment um Moment sich aus sich rechtfertigt, wie jeder Augenblick unseres Lebens eine vollkommene Realität ist, rund, erfüllt«. Und 1928 sprach Döblin aus Anlaß der deutschen Ausgabe des ›Ulysses‹ von den »sekündlich wechselnden Szenen«. Und: »Jetzt ist wirklich ein Mann nicht größer als die Welle, die ihn trägt. In das Bild von heute gehört die Zusammenhanglosigkeit seines Tuns, des Daseins überhaupt, das Flatternde, Rastlose. Der Fabuliersinn und seine Konstruktionen wirken hier naiv.« Ferner: »Es wird ein minuziöses Vorgehen im Detail nötig. Es wird impressionistisch und pointillistisch gearbeitet ... Die Verbindung zwischen den einzelnen aufnotierten Elementen und Momenten stellt die Assoziation her.«[6]

Eine weitere derartige Arbeit Schmidts (›Berechnungen II‹) unterscheidet zwischen der objektiven und der subjektiven Realität, die er als »Erlebnisebene I« und »Erlebnisebene II« bezeichnet; die Werke der Dichtung seien »Gemische« aus beiden. Damit ist eine Einsicht formuliert, die seit Jahrtausenden nicht bezweifelt wird.

Freilich können die theoretischen Darlegungen eines Dichters, mögen sie auch wertlos sein, nie sein künstlerisches Werk diskreditieren. Aber Schmidts Prosatheorie ist nicht einmal eine Theorie der Schmidtschen Prosa und bietet kaum mehr als einige Gemeinplätze, die weder seine Eigentümlichkeiten erläutern noch gar seine Unzulänglichkeiten rechtfertigen können. Im Grunde sind es vor allem seine schriftstellerischen Möglichkeiten und ihre Grenzen, die seine Erzählweise bedingen.

Nicht Linien sieht Schmidt, sondern Punkte, nicht Flächen, sondern schmale Ausschnitte, nicht Entwicklungen, sondern Momente. Wie in den Essays läßt er sich auch hier von den Einzelheiten faszinieren, ohne sich um die Zusammenhänge zu kümmern. Es ist nicht etwa so, daß er das Bild in Rasterpunkte zerlegt oder die Wirklichkeit in Moleküle auflöst, denen kleine Prosaeinheiten entsprechen sollen. Vielmehr werden von ihm nur diese Rasterpunkte oder Moleküle wahrgenommen. Daher ist er auf die Technik der Montage und Collage angewiesen, daher vor allem rührt seine Vorliebe für die pointillistische Manier und die kaleidoskopische Komposition. Seine Romane und Erzählungen sind aus Splittern, Nuancen und Details zusammengesetzt. Erfahrungsbruchstücke, Augenblicksbilder, Impressionen, Naturschilderungen, Metaphern, Redewendungen, Wortspiele dienen als Versatzstücke. Die epischen Konstruktionen entstehen aus statischen Fertigteilen oder kurzen Sequenzen. Häufig sind diese Elemente, die Mosaiksteine und die immer wieder neu ansetzenden Abläufe, austauschbar. Unverkennbar ist auch hier Arno Schmidts Zettelkasten-Fanatismus.

Doch glücklicherweise verbindet sich dieser Fanatismus mit poetischem Furor und einer ungewöhnlichen akustischen Reizbarkeit und Empfänglichkeit. Schmidt habe – schreibt Robert Minder – »als genialisch hinhorchender, wenn auch aufsässiger Registrator mit katzenbergerischer Sammelwut die neue Zeit in ihrer neuen Sprache« eingefangen.[7] Wie einst Tucholsky in seinen Feuilletons, wie Döblin in ›Berlin Alexanderplatz‹ belauscht, fixiert und karikiert auch Schmidt vor allem die Sprache der einfachen Leute, der Lastwagenfahrer und Handwerker, der kleinen Angestellten und der Hausfrauen.

In der Erzählung ›Die Umsiedler‹ heißt es einmal: »Die Abwässer der Worte sickerten ihnen pausenlos aus den Mundsielen.« Diese »Abwässer der Worte«, den Slang und den Jargon, Vulgärwendungen, verballhornte Dialektausdrücke und sinnentleerte Idiome des Alltags finden wir in Schmidts Prosa. Indem er die Umgangssprache der Epoche festhält und ihren ganzen Verbalschutt bewußt macht, gelingt es ihm, Denkschablonen, Verhaltensmuster und klischeehafte Gefühlsreaktionen in den dargestellten Milieus aufzudecken und zu vergegenwärtigen. Er zeigt die Brutalität und die Schnoddrigkeit des Slangs und vermag ihm zugleich, ohne ihn etwa zu verniedlichen, Poesie abzugewinnen.

Es erweist sich, daß der programmatische Rationalist, der nüchterne Mathematiker und Systematiker zugleich ein Idylliker ist, der freilich an seiner Sentimentalität leidet, und ein Erotiker, der sich seiner Zärtlichkeit schämt und seine Gefühle verbergen möchte. Wenn er ihnen nachgibt, ist ihm jedes Mittel recht, um den entstandenen Eindruck rasch wieder zu neutralisieren: Auf lyrische Passagen folgen daher in seiner Epik oft harte und derbe, ja provozierend geschmacklose Akzente.

In dem Buch ›Aus dem Leben eines Fauns‹ bemüht sich der Ich-Erzähler um ein Mädchen: »Pflaumen pflücken: ich stieg galant auf die Leiter und warf sie ihr in den schönen breiten Weidenkorb; Bienen, Hummeln und Wespen summten um unsere geröteten Gesichter; und ich sah nicht untief a) in ihren bunten Ausschnitt, b) in den übervollen Himmel: mit Laub, Gewölk, Streifen und Farben: es war zuviel, oben und unten.« Etwas weiter heißt es: »Gut Zeichen für mich!!: drüben wusch sich Käthe im catch-as-catch-can-Stil: sie ballte Wasser in schaumigen Fäusten und bestrich sich damit die Bauchdecke; sprang wild herum, klappte die starken Arme verzwickt über den Rücken; fing wieder die spiegelnden Hüften, die großäugigen Brüste und ließ sich dann von einem beneidenswerten Frotteehandtuch trocken ringen.« Doch zwischen diesen beiden Stellen teilt uns der Ich-Erzähler mit, daß er »schweißige Sohlen« habe: »Und zwischen den Zehen stank es zooisch heraus.«

Neben den kurzen Dialogen in der Umgangssprache und den vielen erotischen Passagen fallen in Schmidts Epik Beschreibungen alltäglicher Verrichtungen auf: »Ein winziges Reisebügeleisen: sie neckte es ab und zu mit der nassen Fingerspitze, bis es zischte, und ließ es dann sorglos schlittern:

über einen flaschengrünen Bolero mit militärischem Stehkragen und Goldleisten: ›Ziehn ma an!‹ Sie tat es unbefangen, und ... hielt sich auch den Rock davor:? – ›Hastu etwa Schlipse zu bügeln?‹«

Ebenfalls aus ›Seelandschaft mit Pocahontas‹, einer heiteren Ferienidylle mit viel Stimmung, leisem Understatement und trockenem Witz, mit virtuosen Genrebildern und Momentaufnahmen, stammt eine jener poetischen Schilderungen, die viel zu Schmidts Ruf beigetragen haben: »Wir duckten uns unter den Nackenschlägen der Fallwinde, lange Staubwimpel an den Füßen. Nebenan in Selmas Bluse begann es bauschig zu ringen; der Rock schlüpfte ihr von hinten zwischen die Beine, ... ihr Haar kippte nach vorn und wollte auch wetterfahnen ... Die Pappeln wurden hellgrau und zitterten am ganzen Leibe.«

Schmidts Naturbeschreibungen, die sich in großen Mengen in ausnahmslos allen seinen Romanen und Erzählungen finden und sich meist als isolierte und beliebig auswechselbare Schnappschüsse erweisen, sind schon oft gerühmt und, soweit ich sehe, kaum angezweifelt worden. Auch in dieser Hinsicht sparen Schmidts Bewunderer nicht mit Superlativen und extremen Urteilen. Günter Grass, beispielsweise, sagte 1964: »Ich kenne keinen Schriftsteller, der den Regen so abgehorcht, dem Wind so oft Widerrede geboten und den Wolken so literarische Familiennamen verliehen hat ... Inwieweit der Mond auf Arno Schmidts Benennungen angewiesen ist, hat Heissenbüttel schon vermerkt.«[8] Das scheint mir, gelinde gesagt, reichlich übertrieben. Denn Schmidts Momentaufnahmen der Natur haben zwar allerlei Vorzüge, sind aber nicht unbedingt originell.

Seine Metaphorik kann ihre direkte Herkunft schwerlich verleugnen: Es ist die Lyrik des Expressionismus, die hier Pate gestanden hat. Von ihr hat Schmidt wenn nicht die einzelnen poetischen Bilder selbst, dann doch zumindest ihre Muster übernommen. Denn als Hauptelement seiner Metaphorik erweist sich die für den Expressionismus so typische Dynamisierung der Landschaft und, vor allem, die ständige Personifikation der Naturphänomene; beides soll die Umwelt dämonisieren. Die Methode, die in den Versen Georg Heyms und vieler anderer Expressionisten vorgeprägt ist, läßt sich seither leicht nachahmen: Allen Naturphänomenen werden menschliche Tätigkeiten und Attribute zugeschrieben, der Mond und die Sonne, der Wind und die Wolken, die Tageszeiten und die Pflanzen erhalten menschliche Körperteile und Kleidungsstücke und werden mit Requisiten aus unserem Alltag umgeben.[9]

Bei Arno Schmidt hat der Mond ein »spitzes hippokratisches Gesicht« und einen »kahlen leprösen Schädel«. Er »liegt auf dunklem Samtkissen«, »sägte im schnarchenden Gewölk«, »gaffte aus seinem Hexenring«, »saß an der Kante des Kirchturms«, »hatte sich in den Hof verfahren und suchte mürrisch«, »trat auf und betrachtete mich eisig aus gelbsilbernen Wolkenlidern«, »schob sich steif und generaloberstensten durch die Reihen erbleichender Sternmannschaften«.

Vom Wind hören wir, daß er »rannte« oder »tanzte«. Er »schwang die Grasrassel«, »mauschelte lüstern«, »knitterte im Taft der Nacht«, »pflügte heran, den sausenden Büffelkopf tief« oder »sprang schnarrend die prächtige Pappelchaussee herunter und stolzierte Grimassen aus Staub«. Auch der Sonnenuntergang gleicht in der Sicht des Dichters Arno Schmidt einem menschlichen Vorgang: »Die Sonne begann zu bluten, unten lief's ihr rot raus; da half keine graue Wolkenbinde.« Auf Wolken ist er in der Regel schlecht zu sprechen: »Eine fette Wolkennutte räkelte graue Schultern hinter den Abendwäldern.« Oder: »Rundrückiges Wolkenvieh mästete sich am Horizont.« Die Nacht erscheint »im schwarzen Frack mit nur einem liederlich angenähten Knopf«, der Tag »erst im rotgelben Morgenrock, dann im schlampigen Wolkenkittel«, die »Dämmerung schlich mit schweren Körben über die Felder«.

So läßt sich auch die Pflanzenwelt von Schmidt vermenschlichen: »Die Bäume standen riesenstramm«, »Ringelblumen machten Luchsaugen«, »ein Strauch wiegte nachdenklich den Kopf«, »Straßenbäume stehen würdig in staubgrauen Perücken«, »die Büsche bewegten sich geduckt am Boden, schlugen geschmeidig mit den Ästen auf; sprangen gierig hoch und nieder...«, »die abgemagerten Sträucher drückten sich in dem schrecklichen Blaßlicht näher aneinander«.

Wie einst die Dichter des Expressionismus dynamisiert

Schmidt die Straßen und Äcker, personifiziert auch er die Flüsse und Fahrzeuge. »Die Straße rutschte vor mir her«, »der See winkte uns mit tausend blauen Händchen nach«, »die Saar hatte sich mit einem langen Nebelbaldachin geschmückt«. Es gibt »noch-nichtsahnende Äcker«, eine »rotgelbe U-Bahn stürmte mit gesenktem Kopf durch ihre Kurve«, und ein Auto »räuspert sich ... strafend«.

Es geht hier nicht um die sprachliche und dichterische Qualität dieser Bilder und Metaphern, und es soll auch nicht behauptet werden, ausnahmslos alle seien fragwürdig oder minderwertig. Wichtiger ist, daß sie alle nach längst bekannten Mustern gearbeitet sind, die Schmidt beharrlich vervielfältigt und variiert. Dabei macht sich übrigens abermals eine gewisse Systematik bemerkbar: Die Vermutung drängt sich auf, als wären die vielen Metaphern ganz unabhängig von Schmidts Romanen und Erzählungen entstanden und als verfügte er über einen größeren und gewiß nach Themen geordneten Vorrat, auf den er nach Bedarf zurückgreift, um seine Epik mit stimmungsvollen Akzenten zu würzen und zu bereichern. Sie finden sich – zumal jene Wendungen, die den Mond oder den Wind betreffen – in dieser Prosa in relativ regelmäßigen Abständen und haben sich im Laufe der Jahre kaum verändert: Die Metaphern in den frühen Büchern Schmidts, in ›Leviathan‹ und in ›Brand's Haide‹, lassen dieselbe Methode erkennen wie diejenigen in ›Kaff‹ oder in den ›Kühen in Halbtrauer‹.

Ein anderes wesentliches Merkmal der poetischen Sprache Arno Schmidts ergibt sich aus seinem Ehrgeiz – und auch hier folgt er dem expressionistischen Vorbild –, mit Neologismen aufzuwarten. Wiederum läßt sich die Anwendung einer praktischen Methode beobachten: Mit Hilfe zusätzlicher Endungen, die er an bereits bestehende Worte anhängt, verändert er ihre Funktion. So kann man aus einem Adverb ein Adjektiv machen: »Mein indessener Körper« heißt es im ›Leben eines Fauns‹.

Weit häufiger jedoch macht Schmidt aus Substantiven Verben. In ›Brand's Haide‹ werden Arbeiterinnen in einem Lastwagen »herumomnibusiert«, im ›Leben eines Fauns‹ teilt der Ich-Erzähler mit, daß er »büchert« und »kotet«. Im ›Steinernen Herzen‹ hören wir von den Oberarmen einer

Frau, daß sie »schenkelten«, in der ›Gelehrtenrepublik‹ »zigarettet« jemand, in den ›Kühen in Halbtrauer‹ »u-bootete eine lange Limousine durch Getreidemeere«, eine Schreibmaschine »tarantellt«, und jemand will ein Mädchen »aushosen«. Wer sich einmal zu einer solchen Schablone entschlossen hat, der kann freilich Verben in Hülle und Fülle produzieren.

Ferner ist Schmidts Epik mit jenen Genitivmetaphern überhäuft, zu denen das Deutsche so verleitet und die in seiner Prosa besonders preziös und pathetisch klingen. Da gibt es beispielsweise »das eisige Kanu des Mondes«, »die schwarze Pfanne der Nacht«, »die starre Silbermachete des Mondes«, »die gläserne Turbine des Windes« und »das blasse Katzenauge des Mondes«.

Schmidt, der die Poesie des Alltags entdeckt hat, hat zugleich auch den Alltag poetisiert. »Wir gingen an der untergläserten Felswand hin« – lesen wir im ›Steinernen Herzen‹. Gemeint ist damit nicht mehr als eine Ladenstraße in der Innenstadt von Hannover. Oder – ebenfalls im ›Steinernen Herzen‹ – über eine schimpfende Frau: »Ihre Mündung fing an, Wortgarben zu feuern: rote Vokale prallten an (rikochettierten); Konsonanten hummelten und querschlägerten.« Über eine tippende Sekretärin: »Ein großer Mundkelch lächelte biologisch-mechanisch über steppenden Fingergestalten (denen gegenüber im Takt noch dünnere stählern sprangen).«

Diese schwer erträgliche Poetisierung des Daseins wird vollends lächerlich, sobald Schmidt auf die Sexualsphäre zu sprechen kommt. So heißt es: »Die weiße Riesenklaue ihres geöffneten Leibes; ... sie reckte sich glücklich; nur die Ofenglut erleuchtete ihre breiten Schluchten!« Ebenfalls im ›Steinernen Herzen‹ findet sich der Satz: »Alligatoren klafften Schenkelkiefer um ein buschiges Kleinmaul: ihr Körper schnappte zu!!« Und etwas weiter: »Flüstern; verschränkte Hände im Urstromtal der Schenkel. Sie gab mir das zarte Gebäck ihres Ohres zu essen.« Und noch ein Abschnitt aus der Erzählung ›Seelandschaft mit Pocahontas‹: »Ich küßte auch in den konkaven Mirabellenbauch. Unsere Flüster durchirrten sich; unsere Hände paarten: sich! Ich mußte erst das rote Gitter ihrer Arme durchbrechen, Fingergezweige zurückbiegen, ehe ich die Tomate mit den Lippen am dünnen kurzen Stiel faßte ... dann klemmte wieder die mächtige Schenkelzange. Wir ritten sausend davon.«

Genug der Beispiele. Sicher ist, daß trotz der angestrengten Poetisierung des Daseins und trotz ihres epigonalen, vorwiegend postexpressionistischen Charakters die Sprache dieser Prosa in den fünfziger Jahren einen Teil der jungen Generation über die Schwächen der Epik Schmidts hinwegzutäuschen vermochte. So gewiß seine Beschränkung auf Erfahrungsbruchstücke und einzelne Wahrnehmungen als zeitgemäß empfunden wurde, so gern übersah man die Fragwürdigkeit seiner Formversuche: Die von ihm bevorzugte Komposition, die Technik der kleinen Prosaeinheiten und der kurzen Abläufe, beeinträchtigte die Unmittelbarkeit der Darstellung, ohne die angestrebte Annäherung an die Realität ermöglichen zu können. Sie wurde, je konsequenter er seine Technik anwandte, desto mehr in ein starres Schema gezwängt und ging schließlich in unzähligen Details unter.

Freilich trägt die Fülle dieser Details dazu bei, die oft ärgerliche Vordergründigkeit mancher Bücher Schmidts zu tarnen. Obwohl er sich stets mit reflektierenden Passagen behelfen will und obwohl sich seine Helden zu allen möglichen jeweils aktuellen Fragen äußern müssen, ist sein Bild der Epoche gerade da, wo der Gegenstand es erforderlich macht, erstaunlich nichtssagend. Das gilt für den zwischen 1939 und 1944 spielenden Roman ›Aus dem Leben eines Fauns‹, in dem trotz vieler konkreter Informationen der zeitgeschichtliche Hintergrund blaß und flüchtig bleibt.

Und das gilt ebenfalls für ›Das steinerne Herz‹, dessen programmatischer Untertitel lautet: Historischer Roman aus dem Jahre 1954: Zumindest Teile des Buches sind sehr amüsant; auch hier zeigt es sich, daß Schmidt ein Meister des Dialogs ist, der den Jargon und den Slang virtuos einfangen kann. Aber der Horizont dieses Ost-West-Romans ist so eng und bescheiden wie der seiner Gestalten. Was hier über das Leben in Ost-Berlin erzählt wird, geht über Bemerkungen und Seitenhiebe, die mehr oder weniger witzig, aber fast immer sehr oberflächlich sind, nicht hinaus. Von der dort herrschenden Atmosphäre ist im ›Steinernen Herzen‹ nichts zu finden. Da hingegen, wo Schmidt nur den Alltag der kleinen Leute auf dem Lande und in der Vorstadt schildert, wo er das Leben in der bundesrepublikanischen Provinz aus der Perspektive eben dieser Provinz zeigt – in den ›Umsiedlern‹ etwa, in ›Seelandschaft mit Pocahontas‹, in mehreren Kapiteln des ›Steinernen Herzens‹ –, da wird er unversehens zum epischen Chronisten seiner Zeit.

Die Titelgeschichte des Bandes ›Trommler beim Zaren‹ beginnt mit den Worten: »Ich selbst hab' ja nichts erlebt – was mir übrigens gar nichts ausmacht; ich bin nicht Narrs genug, einen Weltreisenden zu beneiden, dazu hab' ich zuviel im Seydlitz gelesen oder im Großen Brehm. Und was heißt schon New York? Großstadt ist Großstadt; ich war oft genug in Hannover.« Ob diese Sätze ironisch gemeint sind oder nicht – sie geben exakt die in allen Büchern Schmidts spürbare Mentalität wieder, das Provinzielle, dessen er sich bewußt zu sein scheint, dem er nicht entrinnen kann und zu dem er sich schließlich bekennt – hier resigniert, da trotzig, mal heiter und mal ernsthaft.

Mit dem Roman ›Die Gelehrtenrepublik‹ wollte er offenbar diese Enge überwinden und den Horizont seiner Epik entschieden erweitern. Das Buch gehört zu jenen Utopien, die dem Schrecken und der Angst entspringen: Aus politischen Zuständen der Gegenwart wird eine düstere Zukunft abgeleitet. Schmidt will ihr mit Humor und Ironie, mit Charme und Grazie beikommen: Er entwirft die nach einer gigantischen Katastrophe verbliebene Welt, die immer noch vom Ost-West-Konflikt beherrscht wird und die allen phantastischen Motiven zum Trotz der unsrigen sehr ähnelt.

Zunächst fehlt es nicht an Einfällen, doch werden sie meist überhaupt nicht oder nur flüchtig ausgewertet. Bald nehmen die Albernheiten und die mühseligen Konstruktionen überhand, nicht das erzählerische Temperament ist spürbar, sondern – wie oft in Utopien – die Berechnung. Vor allem aber: Schmidt wiederholt in der ›Gelehrtenrepublik‹ seine kaleidoskopische Komposition mit den vielen Momentaufnahmen, ohne daß sie hier, wo eine erfundene und in sich geschlossene Welt sichtbar werden soll, irgendeine diskutable Aufgabe zu erfüllen hätte.

In ›Kaff, auch Mare Crisium‹ tauchen die dominierenden Motive seiner vorangegangenen Bücher wieder auf, deren

Synthese in diesem Roman wohl angestrebt war. Zwei Handlungen sind miteinander verkoppelt: Die eine spielt in der Gegenwart in der Lüneburger Heide, die andere 1980 auf dem Mond. Schmidts Darstellungsmethode ist hier so radikal gehandhabt, daß sie sich ad absurdum führt und daß ›Kaff‹ streckenweise wie eine unfreiwillige Selbstparodie anmutet. Nichts konnte den Sinn seiner Versuche nachdrücklicher widerlegen als dieser Roman, dessen Teile schlechthin unlesbar sind, wozu freilich Schmidts private Rechtschreibung viel beigetragen hat.

Gewiß waren es ursprünglich ernste Gründe, die ihn veranlaßt haben, die übliche Orthographie zu ignorieren. Hellhörig für sprachliche Analogien, Bezüge und Lautübereinstimmungen, weigert er sich, sie für zufällig zu halten. Vielmehr glaubt er, in ihnen einen verborgenen Mechanismus und einen geheimen Sinn aufspüren zu können. Eine besondere, phonetische oder scheinbar phonetische Schreibweise soll seine Entdeckungen verdeutlichen und die Leser zwingen, die längst vertrauten Worte neu zu sehen und neu zu hören und bestimmte Assoziationen wahrzunehmen. Aber ein System läßt sich in seiner Orthographie nicht feststellen, sie wird immer fragwürdiger und in ›Kaff‹ und in dem Erzählungsband ›Kühe in Halbtrauer‹ geradezu unsinnig. Schmidt schreibt statt »intim« – »in-team«, statt »fortfegen« – »phort phegn«, statt des »Erdrunds« – des »ehrt Runz«, statt »Petroleumlampe« – »Bett-roll-jum-Lampe«. In seiner Prosa finden sich solche Vokabeln wie »Rütt-muss«, »na Tour Gesetz«, »oh rien Tierungs-Sinn«, »brief-Kastn«, »beyphellich« oder »doll Mätscher«. Zugleich triumphiert in diesen Büchern der Kalauer – wir hören vom »Bruder-Hemisfären Wettgestank« und von »Viehlosofischen Er-Leuterungen«, und jemand will »für 'ne Mark Chagallade« haben.

Im Grunde ist diese willkürliche Orthographie nicht mehr als eine zwar verzweifelte, aber unbeholfene Protestgeste, eine eher kindische als kühne Meuterei. Dasselbe gilt für die Interpunktion. In ›Kühe in Halbtrauer‹ werden uns in munterer Folge bis zu fünfzig – Satzzeichen – Quer- und Gedankenstriche, Punkte und Doppelpunkte, Anführungs-, Frage- und Ausrufungszeichen – hintereinander geboten.

In ›Brand's Haide‹ schrieb Arno Schmidt über Hamsuns

›Mysterien‹: »Man weiß von den Personen nach 300 Seiten nicht mehr, als man nach 100 wußte; das nenne ich überentwickelt, oder einfacher gesprochen: zu viel planloses Gequätsch. Idji!« Im ›Leben eines Fauns‹ heißt es über Balzac, er habe »so oft Gestalten, Motive, Situationen wiederholt, wie nur je ein Vielschreiber«. Über Karl Mays Bücher sagt Arno Schmidt, daß in ihnen die Variationsmöglichkeiten erstaunlich gering seien, es handle sich um »manisch-mechanische Repetition«. Und zu Stifters ›Nachsommer‹ meint er: »Nichts geschieht aus dem Stegreif; alles nach endloser tüftelnder Überlegung: Die bekannte Tatsache, daß Leben Hakenschlagen heißt – oder, vornehmer: Improvisieren – wird glattweg geleugnet ...«

Wenn wir von den meist unerheblichen Kurzgeschichten in dem Band ›Trommler beim Zaren‹ absehen – nahezu alle diese Miniaturen waren bereits in den fünfziger Jahren veröffentlicht –, dann scheinen die kritischen Äußerungen Arno Schmidts über die Werke anderer Schriftsteller auch seine späteren Bücher zu charakterisieren: zum Teil die ›Gelehrtenrepublik‹ und vor allem ›Kaff‹ und ›Kühe in Halbtrauer‹. Sie verbinden »planloses Gequätsch« mit »tüftelnder Überlegung« und bieten die »manisch-mechanische Repetition« nicht nur der Gestalten, Motive und Situationen, sondern auch der Gags und Tricks, der Witze, Wortspiele und Marotten.

Mit ›Kaff‹ und mit ›Kühe in Halbtrauer‹ hat Schmidt offenbar das Ende jener Sackgasse erreicht, in der er sich schon seit geraumer Zeit befand. Er sei in ›Kaff‹ »zu weit gegangen«, bemerkt er selber in ›Sitara‹, doch: »›zu weit‹ nicht, was die Technik, die darin schlummernden Möglichkeiten (& auch meine Fähigkeiten) anbelangt; wohl aber, was allgemeine Zeitgenossen, und deren Fassungskraft anbetrifft«. So wettert er gegen die verständnislosen Zeitgenossen, er tobt und wütet, er schlägt verbittert und verzweifelt um sich. Aber er trifft niemanden, seine Provokationen verfehlen ihre Ziele. Warum eigentlich?

In ›Kühe in Halbtrauer‹ heißt es einmal, der Deutsche von heute sei auf dem Niveau (Schmidt schreibt freilich »Nie-Wo«) von 1840: »Joyce hat ebensowenig gelebt wie Freud ... Proust ist ihm schlicht-nur ›schwul‹.« Nein, was immer gegen die Deutschen von heute zu sagen ist, daß das lesende Publikum in der Bundesrepublik die Existenz von Proust, Joyce oder Freud übersehen hätte, trifft einfach nicht zu. Vielmehr scheint dem Schriftsteller Arno Schmidt die Entwicklung in den letzten zehn oder zwölf Jahren entgangen zu sein. Er möchte unbedingt Joyce und Freud entdecken und will sich nicht damit abfinden, daß sie längst entdeckt wurden und daß es heutzutage heroischer Einzelgänger nicht bedarf, um ihre Bedeutung zu verkünden.

Dieser Irrtum Schmidts mag symptomatisch für sein jetziges Verhältnis zur Umwelt und zur Gegenwart sein, zu jener »Nessel Wirklichkeit«, die jeder Schriftsteller – wie er selber einst gefordert hat – fest anfassen und zeigen sollte. Und damit ist wohl auch angedeutet, warum Schmidts Bücher heute niemanden mehr schockieren, warum er aufgehört hat, ein Ärgernis zu sein.

Die Erfahrung lehrt, daß eine Kunst, die sich besonders greller und lauter, extremer und extravaganter Mittel bedient, in bestimmten historischen Situationen den Nerv der Zeit treffen und eine starke Wirkung ausüben kann – und dann um so schneller veraltet. Von den Dramen der Expressionisten – Walter Hasenclevers etwa oder Ernst Tollers –, die während des Ersten Weltkrieges und kurz darauf in aller Munde waren, wollte man schon um 1930 nichts mehr wissen, ihr gestriges Echo war kaum noch begreiflich. Ähnliches gilt für Arno Schmidts ›Leviathan und Brand's Haide‹. Daß sich damals nicht wenige Leser von diesen Büchern tief betroffen fühlten, mag angesichts ihrer Exaltation heute schon verwunderlich erscheinen, ist jedoch eine Tatsache. Aber was um 1950 als heftiger und eigenwilliger Ausdruck des Generationserlebnisses verstanden werden konnte, das mutete, um und nach 1960 wiederholt und variiert, nur noch kurios und weltfremd an, antiquiert und provinziell. Der Weg, der von der Avantgarde zur Arrièregarde führt, ist in der Regel kurz.

Doch sollte man keinesfalls vergessen, daß Schmidt in den fünfziger Jahren einige poetisch-schnoddrige Prosawerke geschrieben hat, die, zwischen getarnter Zartheit und betonter Brutalität schwankend, Elemente eines Gegenentwurfs, einer autonomen und authentischen künstlerischen Gegenwelt enthalten. Eine Vokabel bietet sich an, die er selber verwendet – in ›Piporakemes‹, dem letzten Stück des Bandes ›Kühe in Halbtrauer‹. Hier erzählt er von dem Besuch eines Literaturwissenschaftlers, der ihn befragen möchte. Aber Schmidt verhält sich schroff und abweisend; ungleich wichtiger, als sich einem Interview zu stellen, scheint es ihm, seinen bescheidenen Garten zu sprengen. Er nennt ihn seine kleine »selfmadeworld«.

Arno Schmidts *selfmadeworld* in Halbtrauer – das ist eine der Antworten, die die deutsche Literatur der fünfziger Jahre ihrer Zeit und ihren Zeitgenossen zu geben vermochte. Wir wissen es längst: Je schwieriger es für den Schriftsteller wird, seiner Epoche beizukommen, desto mehr sieht er sich auf das Nächstliegende verwiesen, auf das, was sich noch fassen und zeigen läßt. Das gilt auch für Schmidt und seinen Rückzug. Nur bleibt hinzuzufügen, daß er gegen die große schnöde Welt das Glück im stillen Winkel ausspielt und gegen die gesellschaftliche Misere die kleinbürgerliche Idylle.

So erweist sich Arno Schmidt wiederum als ein Dichter der Tradition – einer sehr deutschen Tradition.

1968

Hubert Fichte
›Die Palette‹

Nichts leichter, als sich von diesem Roman degoutiert abzuwenden; nichts einfacher, als ihn zu verwerfen. In der Tat gehen seine Schwächen auf keine Kuhhaut, und sie lassen sich überdies in fast jedem Kapitel mit Händen greifen. Billig sind die Argumente für ein Plädoyer gegen Fichte, und die Zitate drängen sich geradezu auf. Denn kein Verlaß ist auf diesen Autor: weder auf seine Sprache noch auf seine Orthographie, weder auf seinen Geschmack noch auf seine Psychologie, weder auf seinen Takt noch auf seine Intelligenz. So mag, wer das Buch attackiert oder ablehnt, in hohem Maße recht haben: Fragwürdig und anfechtbar ist es allemal.

Aber Fichte gehört nicht zu jenen jüngeren deutschen Schriftstellern, die sich, fleißig und clever, einen Stoff aussuchen, weil er ihnen einen raschen literarischen Erfolg zu versprechen scheint; vielmehr haben hier Thema, Milieu und Gegenstand ihren Autor gefunden, wenn nicht gar ihr Opfer. Ich kann mir nicht vorstellen, daß Fichte in diesen Jahren etwas anderes hätte erzählen können als das, was er hier erzählt hat. Zugleich bestätigt sein Buch eine zwar uralte Einsicht, die jedoch bei uns, zumal unter dem Einfluß jener, die sich Avantgardisten nennen, oft genug in Vergessenheit gerät: daß es nämlich nicht genügt, schreiben zu können, um zu verfassen, was als Roman gelten soll. Man muß auch noch viel erlebt und viel gelitten haben. Und es genügt nicht, viel gelitten zu haben: Man muß auch noch fähig und bereit sein, sich auszuliefern und sich preiszugeben. Denn machen wir uns nichts vor: Das Romaneschreiben war und ist ein schamloses und oft peinliches und bisweilen grausames Geschäft.

Tatsächlich liegt uns ein schamloses und oft peinliches und

bisweilen grausames Buch vor. Der Gänsemarkt mit dem kleinen Lessingdenkmal und der großen Aufschrift: »Seid nett zueinander!«; der Stephansplatz mit dem botanischen Garten, dem »Urwald aus der Gründerzeit«; das Thalia-Theater und das Springerhaus; die Michaeliskirche, Othmarschen und das Falkensteiner Ufer; der Freihafen und die Bahnhöfe, die Bars und Kneipen, Parks und Kaufhäuser; die Alster und die Elbe; der Jungfernstieg und die Reeperbahn; »das Heilige Sant Paulus Village«; der Geruch der Eidelstedter Fischmehlfabrik und die Ausdünstungen des Eppendorfer Krankenhauses; die Sirenen der Peterwagen, in denen die »Senatscowboys« sitzen, und die Stille des ungejäteten Judenfriedhofs in Altona. Das ist Fichtes Szenerie.

Doch alle diese Elemente, oft in seinem Buch erwähnt und benannt, aber nicht eigentlich beschrieben, oft mit einem raschen und nervösen Blick bedacht, aber nie geduldig oder gar genüßlich betrachtet, ordnen sich um einen ruhenden Pol, an dem es unruhig zugeht, um das Zentrum des ganzen Romans: Ein Kellerlokal ist es, eben die »Palette«. Dort trifft sich Fichtes episches Personal: Gammler, Gauner und Ganoven, Nutten, Strichjungen und Zuhälter, Lesbierinnen und Schwule, Onanisten und Exhibitionisten, Alkoholiker und Narkomanen, Desperados und Selbstmörder, Clochards und entlassene Häftlinge, »Männer on the Rocks« und biedere Herren, die mit »Bluejeansboys« in unbelebten Hausfluren verschwinden.

Sie alle verkehren in der Palette: der Maler Halleluja, ein Epileptiker, den es reizt, seine Pillen nicht zu nehmen, um fallen und das Bewußtsein verlieren zu können; Barbara, die sich mit einem Mann im Bett nach Mädchen und mit einem Mädchen im Bett nach Männern sehnt; »Reimar Renaissancefürstchen«, der in den Knast kommt, weil er ein Bandgerät »abgestaubt« hat; das unglückliche Dienstmädchen Anne, das die Schlafmittel der gnädigen Frau stiehlt; Jürgen, der wegen Exhibitionismus in der Verbrecherkartei steht und immer das Bürgerliche Gesetzbuch in der Tasche trägt; Nina, ein »Hüftenweib«, »Arschmädel« und »Schenkelprachtkerl« im »piafschwarzen Kunstseidenkleid«; Heidi, die Gedichte über Regen und leere Straßen schreibt, obwohl es selten regnet und die Straßen gar nicht leer sind; die Trippersusi, die so heißt, weil sie auf einer Party ein halbes Dutzend Herren angesteckt haben soll.

Was sich in der ›Palette‹ abspielt, ist nicht unbedingt appetitlich. Fichte denkt nicht daran, seine Leser zu schonen: »Loddl massiert Lydia seinen Arsch; Ilse liegt in ihrer Kotze; Helga, der Klempner, haut Williboxer den Pfennigabsatz auf den Kopf. Nina fällt in die Pfütze. Margrit beißt Bensdorf. Raschie und Rolf treten sich gegenseitig in die Klunkers ... Raschie knallt Helga die Haut an der Braue auf und das Blut verklebt Helgas Wimpern.« Also kein Buch für zarte Gemüter.

Aber der, mit dessen Augen hier das Leben gesehen wird, der junge Jäcki, ist ein zarter und weicher Mensch, empfindsam und verletzlich. Er, das uneheliche Kind, der Halbjude und »Halbgammler«, steht zwischen den Welten: »zwischen Sensibilität und Abgebrühtheit«, zwischen Traum und Realität, zwischen den Geschlechtern. Und vor allem: zwischen der Palette und der Außenwelt. Er gehört dazu, er macht mit, indes verliert er nie die Distanz. Er kann es nicht unterlassen, alle und sich selber zu beobachten und sich zu wundern. Denn mag dieser Jäcki alles immer nur zur Hälfte sein, eins ist er gewiß ganz: ein Literat – und obendrein einer, der fortwährend vom Mitleid überwältigt wird und bei dem die Tränen locker sind.

Nein, nicht das Vulgäre und Obszöne, nicht das Derbe und Brutale gefährdet Fichtes Roman, sondern weit eher das Sentimentale. Wie alle harten Männer unserer neuen Literatur, wie Arno Schmidt, Günter Grass und Uwe Johnson, wie Schnurre, Lenz und Eisenreich, ist auch er zunächst einmal ein Idylliker, ein zärtlicher Chronist und ein herzlich-liebevoller, wenn auch lakonischer Milieuschilderer, kurz: ein Heimatdichter: »Um drei Uhr morgens schläft der Stephansplatz im vorigen Jahrhundert – eine Postkarte aus Jäckis Omas Fotoalbum ...« Oder: »Ein Hinterhofkrankenhaus, eine Kapelle, ein Luftschutzbunker, der mannshoch, Mülleimer vor der drucksicheren Tür. Gegenüber, im Herzen von Hamburg, drei Schritte von der Hauptfinanzkasse entfernt, eine Zeile Chaplinstummfilmslums. Dazu ein regnerischer Nachmittag. Die Fensterscheiben in den grauen

Wänden spiegeln das kalte Blau des Himmels, das stählerne Blau, das eiskalte, das englische, das des Himmels.«

Zwischen Sachlichkeit und Innerlichkeit, zwischen betontem Understatement und schluchzender Klage, auf dem schmalen Grat zwischen herber Großstadtpoesie und barer Sentimentalität bewegt sich Hubert Fichte nicht ohne Charme und Grazie: »Es ist Herbst. Jäckis rostiger Infantilherbst. Eidelstedt. Drachensteigen über Scherbenhalden. Der Nebel weht durch den Volkspark. Die Blätter der Kastanienbäume werden in die Konservendosen gestopft. Die Räucherlaternen qualmen Achten in die Luft. Die Minderjährigen gehen im Mitschnackerwetter Laterne. Der Herbst, wo die Haare wachsen. Kurt Schietzel geht mit Heidi Ellermann eingehakt vorbei. Der Kohlenkellerherbst.«

So elegisch sieht Fichte auch seine Figuren. Initiative und Aktivität kann man ihnen nicht absprechen. Sie räumen Süßigkeitsautomaten aus, sie nehmen an Ostermärschen teil, sie feiern eigenartige Kollektivorgien, sie machen einen nächtlichen Ausflug an die Ostsee und zünden Strandkörbe an, sie klettern über den Zaun des botanischen Gartens und schlachten einen Schwan. Was wollen sie eigentlich? »Das Wort Glück« – heißt es – »kann Barbara mit nichts in Zusammenhang bringen.« Und Fichte scheut sich nicht, eine andere seiner Gestalten den simplen und banalen Satz aussprechen zu lassen: »Ich wollte mal die wahre, die geistige Liebe kennenlernen und lernte nur die käufliche Liebe kennen.« Das ist alles – und es gilt für sie alle zugleich.

Sie sehnen sich nach etwas Glück. Aber was das Wort bedeutet oder bedeuten kann, wissen sie bestenfalls aus Filmen. Salonfähig sind diese Menschen durchaus nicht, sie reden grob und ordinär, sie benehmen sich brutal, sie halten sich offenbar viel auf ihren Zynismus zugute. Aber wovon sie immer wieder träumen, ist nichts anderes als eben »die wahre, die geistige Liebe«. Oder kürzer: die Liebe. Um zum Augenblick zu sagen, verweile doch, du bist so schön, wären sie bereit, jeden Pakt auf Erden zu unterzeichnen. Nur ist leider nirgends ein Mephisto zu sehen. So nehmen sie Preludin und Pervitin, und die Walpurgisnacht, die ihnen niemand bieten will, bereiten sie sich selber, mitten in der würdigen Hansestadt Hamburg – so gut sie es können. Freilich können sie es nicht. Denn sie sind nicht reif – weder für die Liebe noch für das Leben überhaupt.

Daher ist ihre ganze Sexualität unendlich traurig und allen Anstrengungen zum Trotz auch langweilig. Daher fehlt ihren Orgien jegliche Pikanterie, ihre Spiele geraten makaber, ihre Erprobungsriten muten lächerlich an und kindisch. Nicht etwa, daß wir es mit Jugendlichen zu tun hätten. Sie sind meist schon Ende Zwanzig oder auch über Dreißig. Nur daß sie allesamt nie mit ihrer Pubertät fertig zu werden vermochten. Ihr scheinbar so trotziger Rückzug in die Unterwelt inmitten der Großstadt ist somit, genau betrachtet, weniger Protest gegen die Gesellschaft als eine Notlösung, eine Flucht, an der sie leiden und mit der sie sich nicht abfinden können. Wie Barbara, das Mädchen »mit den Nummern vor sechzigjährigen Väterlichen«, heiraten und ein Kind haben und eine Housewarmingparty geben möchte, so wünschen sie sich alle insgeheim ein geregeltes, ja wahrscheinlich sogar ein bürgerliches Dasein.

Gewiß, ›Die Palette‹ enthält viele, leider allzu viele vornehmlich registrierende und katalogisierende Kapitel. Dennoch wäre es ein geradezu haarsträubendes Mißverständnis, wollte man Fichte mit jenen sterilen Schreibern und Pseudoromanciers verwechseln, deren Ehrgeiz es ist, nur auf das Inventarisieren erpichte Texte zu liefern. Sprache um der Sprache willen, Kunst um der Kunst willen ist diese Prosa am allerwenigsten. Fichte verweist – zunächst behutsam und zurückhaltend und später immer deutlicher und nachdrücklicher, etwa in den eingeblendeten Lebensläufen – auf den historischen und sozialen Hintergrund, auf die Fakten und Umstände, die die Schicksale und Charaktere seiner Figuren bedingt oder zumindest auf sie entscheidend eingewirkt haben.

Keinen Zweifel läßt Fichte aufkommen, daß diese mehr oder weniger pervertierten Typen als bedauerliche Produkte einer pervertierten Epoche gesehen werden sollten. Schließlich sind sie in den dreißiger Jahren geboren, schließlich stammen ihre entscheidenden Eindrücke aus der Zeit unmittelbar nach dem Zweiten Weltkrieg. Nicht darum geht es, ob sie tatsächlich im Chaos aufgewachsen sind. Nur: Sie kannten keine Erzieher oder, häufiger noch, Erzieher, die für sie längst und mit Recht jegliche Autorität eingebüßt hatten.

Die gesellschaftlichen Verhältnisse von gestern sollen und können nicht den Fall und den Verfall der Fichteschen Helden rechtfertigen, wohl aber erklären und veranschaulichen, warum sie dem Sog der Abgründe meist nicht zu widerstehen vermochten. Und die moralische und auch politische Ordnung in der Bundesrepublik unserer sechziger Jahre, gibt uns der Roman zu verstehen, war nicht eben dazu angetan, den Gefährdeten und Ausgestoßenen die Rückkehr aus den Randbezirken des Daseins zu erleichtern. Einem der jungen Leute, der bekennt, wegen sittlicher Verfehlungen in der Verbrecherkartei zu figurieren, sagt Jäcki: »Vielleicht ist es eine Ehre, drinzustehen, wenn du bedenkst, wer alles nicht drin ist wegen Amtsmißbrauch, Mord, Lüge, Raub, Folter, Massenmord, Meineid, Mißbrauch des Richteramts, Mißbrauch des Lehramts.«

Wäre also ›Die Palette‹ ein Roman über noch eine verlorene Generation? Ich weiß, das ist ein oft mißbrauchtes, ein vielleicht schon abgenutztes Wort. Aber nicht die deutschen Schriftsteller sind schuld, daß sich in Deutschland seit über einem halben Jahrhundert die verlorenen Generationen auf die Hacken treten.

Allerdings ließ sich Fichte gelegentlich zu einer Verherrlichung des Anrüchigen hinreißen, die doch etwas naiv anmutet; hier und da glaubte ich, die vertrauten Takte der ›Dreigroschenoper‹ zu hören. Auch hat es ihn gelockt, die in der Hamburger City angesiedelte Vorstadtwelt ein wenig mit jenem nicht nur exzentrischen, sondern auch exotischen Reiz auszustatten, der es bedauerlicherweise jenen leichtmacht, die das Milieu der ›Palette‹ am liebsten als eine Ausgeburt der schriftstellerischen Phantasie abtun würden. Aber wir sollten nicht verkennen, daß das, was sich auf der literarischen Landkarte auf dem Schnittpunkt verschiedener Koordinaten befinden mag – irgendwo zwischen Döblins Berlin, Millers Paris und Brechts Soho, zwischen Grass' Danzig-Langfuhr und der niedersächsischen Welt Arno Schmidts –, zugleich seinen realen Platz auf der politischen und geographischen Landkarte Westdeutschlands hat. Fast möchte ich sagen: Was sich jetzt, im Winter 1968, in den

Universitätsstädten der Bundesrepublik abspielt, steht in einem ursächlichen Zusammenhang mit jenen Phänomenen, die Fichte zeigt. Dennoch ist die Frage nicht von der Hand zu weisen, ob es ein unbedingt glücklicher und ergiebiger Einfall war, die Zeichen der Zeit sowohl im Brennspiegel des Kellerlokals Palette als auch aus seiner Perspektive zu suchen. Offenbar hat sich in dieser Hinsicht der Standpunkt des Autors schon während der Arbeit an dem Roman nicht unwesentlich geändert. Am Anfang hieß es knapp und stolz: »In der Palette gibt es alles.« Und Jäcki meinte: »Was kann man mit seiner Zeit Besseres anfangen, als in die Palette gehen?« Aber siebzig Seiten vor Schluß lesen wir: »Die Palette bietet Jäcki keine Überraschungen mehr. Jäcki bietet in der Palette keine Überraschungen.« Die Sätze deuten, versteht sich, nicht nur Jäckis Entwicklung an, sondern auch diejenige Fichtes: Er scheint im Laufe der Jahre der Welt der Palette entwachsen zu sein. Nicht zufällig spielt das Kellerlokal im letzten Drittel des Romans schon eine weit geringere Rolle. Im Vordergrund stehen jetzt in sich geschlossene Prosastücke, die zu den besten Teilen des Buches gehören: die parodistische Schilderung der Arbeit einer Pressefotografin, die Stichworte aus dem Nachruf für einen Journalisten, »der es gerade bei Springer zu was gebracht hatte«, die mit schreiendem Understatement geschriebenen Kurzbiographien, die Berichte der Oma und schließlich und vor allem der Höhepunkt der ›Palette‹, die düster-glanzvolle Geschichte der Schwangerschaft Heidis und ihres Embryos, dessen Leben bedroht ist.

Auch Fichtes Schreibweise verändert sich deutlich – und keineswegs zum Nachteil – im letzten Drittel des Buches. Was er angestrebt hat, sagt er uns am Ende selber: »Einen Roman, der die Dinge nicht benennt und die Vorkommnisse, sondern ersetzt ... Nichts über Halleluja und Barbara berichten. Sie nachmachen in Wörtern.« Die Methode, die dies ermöglichen soll, ist zwar mitnichten eine Nachahmung der Prosa Arno Schmidts, dessen hier mehrfach und dankbar gedacht wird, wäre aber wohl kaum ohne sein Vorbild entstanden. Fichte zerlegt konsequent – oft allzu konsequent – den Erzählfluß, er löst die Welt in Partikel auf, er läßt sich von den Nuancen und den Details faszinieren und bisweilen auch überwältigen. So setzt er seinen Roman aus vielen einzelnen Wahrnehmungen und Momentaufnahmen zusammen, aus immer wieder eingeschobenen knappen, nie geschwätzigen Reflexionen und aus unmittelbaren Äußerungen der Figuren und Dialogfetzen, die in der Regel wie Zitate angeführt werden.

Die Skala dieser Prosa reicht, wie häufig in solchen Fällen, vom rühmlichen Manierismus bis zur ärgerlichen Manieriertheit. Und auch einer anderen Gefahr, von der eine derartige epische Komposition meist bedroht wird, kann Fichte streckenweise nicht entgehen: der Gefahr der Monotonie. Sie macht sich vor allem da bemerkbar, wo er Material sammelt, statt es zu verwerten. Aber in jenem letzten Drittel, wo er die Paletten-Sicht oft ignoriert und gelegentlich sogar verwirft, erzählt er ungleich lockerer und souveräner: Aus den einzelnen Punkten und kurzen Abläufen ergeben sich dann Linien, aus den Bruchstücken und Augenblicksbildern – Entwicklungen. Verblüffend die akustische Reizbarkeit dieses Schriftstellers, seine Empfänglichkeit für den Slang und den Jargon, für den (oft erschreckenden) Verbalschutt der Epoche.

Trotzdem und eben weil Fichtes artistische Fähigkeiten unzweifelhaft sind: Müßte er seiner künstlerischen Individualität Gewalt antun, um etwas mehr Respekt vor der deutschen Sprache zu haben? Könnten wir nicht, beispielsweise, auf den Komparativ »frauer« verzichten? Leidet Fichtes Ohr überhaupt nicht, wenn er schreibt: »Über die Windsberge gerilkt, gebrechtet, gejahnnt, gemillert, gegenetet, getollert«? Hält er es für eine schriftstellerische Leistung, ein halbes Dutzend Wörter zu einem angeblich neuen zusammenzufügen, wozu ja das Deutsche in der Tat verführen mag, was indes unendlich leicht ist? »BisdreiSchrittvorsBettMänner«, »SanktPaulivordirhabenGefühl«, »Filmund Frauarchitekturbeilageklinkerhaus«, »babybadewannenplastiküberwölbter Gänsemarkt«. Das sind, mit Verlaub, Kindereien.

Doch welche Bedenken es auch sein mögen, zu denen Fichtes Sprache Anlaß gibt – der fundamentale Impuls, der ihre Fragwürdigkeit mitverschuldet hat und dem sie zugleich ihre Qualität verdankt, ist unübersehbar: »In Maulbec hatte er eines Nachts geträumt von dem Allesaussprechenkönnen:

›Ich werde jetzt alles sagen. Ich muß jetzt reden, reden und jetzt dies noch und das noch ... Wellen von Worten. Die eine ist noch nicht zurückgeflutet, da schlägt die nächste schon drauf‹«.

Es ehrt Fichte, daß er in dem Bedürfnis, alles auszusprechen, vor nichts zurückgeschreckt ist. Daß er versucht hat, wie es gegen Ende heißt, »das Innerste öffentlich« zu zeigen. Jäckis Sexualleiden, seine ambivalenten Gefühle sowohl zu Frauen als auch zu Männern, sein qualvolles und doch auch wieder glückliches Schwanken zwischen Maskulinität und Femininität hat Fichte nicht ganz zu beglaubigen vermocht. Aber wer hat dies je gekonnt oder auch nur versucht?

Wie gesagt: ein anfechtbares Buch. Indes: Es erweitert unsere Erfahrung. Und stößt in bisher unbekannte oder unerforschte Bereiche vor. In Bereiche, die nur der Schriftsteller bewußt machen kann.

Rolf Dieter Brinkmann
›Keiner weiß mehr‹

Dagegen ist kein Kraut gewachsen. Da sind sie alle letztlich machtlos: die Religionen und die Ideologien, die Behörden und die Gerichtshöfe, die Geistlichen und die Funktionäre, ja sogar die deutschen Spießbürger und die amerikanischen Hausfrauen. Denn nichts und niemand wird aufhalten, was man gern als die sexuelle Revolution bezeichnet, obwohl wir es weit eher mit einer Evolution und Emanzipation zu tun haben – und was nichts anderes ist als eine weltweite und längst fällige Reaktion auf die jahrhundertelange Unterdrükkung und Verketzerung des Eros und der natürlichsten Instinkte des Menschen.

Die Merkmale und Folgen dieser Gegenbewegung sind überall sichtbar. Man mag sie begrüßen oder bedauern oder meinetwegen mißbilligen. Wer sie aber ignorieren möchte, macht sich lächerlich. Und wer den heutigen Zustand auf den Einfluß der Literatur, der Kunst und des Films oder der Illustrierten, der Mode und der Werbung zurückzuführen versucht, dem unterläuft ein simpler Fehler: Er verwechselt Ursache und Wirkung. Nein, nicht die moderne Literatur ist es, die den Alltag des Individuums sexualisiert hat; vielmehr hat das Leben die Literatur sexualisiert. Dieser Prozeß hat seinen Höhepunkt, glaube ich, noch nicht erreicht.

Wenn man sich nämlich vergegenwärtigt, in welchem Maße unsere Umwelt mit Sexualreizen jeglicher Art überflutet ist, wenn man bedenkt, welche Rolle dem Sexuellen in unserer Epoche eingeräumt wird und welche es auch tatsächlich spielt, dann will es eher scheinen, daß die Literatur, die deutsche zumal, der Entwicklung immer noch nachhinkt – trotz Koeppen und Arno Schmidt, trotz Grass und Martin Walser. Weshalb eigentlich? Niemand in der Bundesrepublik kann, vorerst wenigstens, den Schriftstellern verbieten, zu schreiben, was sie zu schreiben wünschen. Im Grunde sind es nicht die Gesetze des Staates und nicht die Tabus der Gesellschaft und bestimmt nicht Feigheit oder Prüderie, die sie hindern, sondern vor allem die ungewöhnlich hohen Anforderungen, die sich aus dem Thema selbst ergeben. Wer sich seiner annimmt, stößt früher oder später auf eine fundamentale und nicht zu umgehende Schwierigkeit: Er muß sexuelle Empfindungen, Reize und Regungen benennen, ausdrücken und verdeutlichen.

Na und? Da ließe sich doch gleich einwenden, es sei keineswegs leichter, Worte zu finden, die den Duft einer Blume, das Aroma einer Frucht oder den Klang einer Stimme wiederzugeben imstande wären. Gewiß, aber welchem Schriftsteller wäre es denn je gelungen, bewußt zu machen, wie eine Nelke riecht oder ein Pfirsich schmeckt? Und vielleicht ist es nicht ganz überflüssig, an die Binsenwahrheit zu erinnern, daß sich die Literatur, genau betrachtet, nur mit einem einzigen Gegenstand befaßt – mit dem Menschen: Seine Gefühle und Regungen sind eben ungleich wichtiger als der Duft aller Blumen und Früchte.

Der 1940 geborene Rolf Dieter Brinkmann, den ich vor drei Jahren als ein neues Talent der deutschen Prosa begrüßt habe,[1] kennt das Problem und seine Schwierigkeiten, er ist sich der Kluft bewußt, die sich im Bereich des Sexuellen zwischen dem Leben und der Literatur auftut. Er weiß, daß es ebenso unmöglich ist, eine solche Kluft zu überwinden wie dringend erforderlich, die bestehende Entfernung zu vermindern. Dabei wagt er es – schon sein Erstling ›Die Umarmung‹ (1965) zeigte dies –, sich von keinerlei Rücksichtnahme, am wenigsten gegen sich selbst, hemmen zu lassen. Er scheut sich nicht, aufs Ganze zu gehen. Das Resultat ist ein ungewöhnlicher, trotzig hingeworfener Brocken Prosa, ein Buch, kühn und radikal wie nur wenige in diesen sechziger Jahren: Rolf Dieter Brinkmanns Roman ›Keiner weiß mehr‹.

Brinkmann erzählt eine einfache, eine nahezu banale Geschichte, in der überdies kaum etwas geschieht. Ein Mann Mitte Zwanzig, der sein Studium fast abgeschlossen hat, ist mit einer vermutlich gleichaltrigen Frau verheiratet, die mit Schreibarbeiten zum Unterhalt der Familie beiträgt. Das gemeinsame Kind haben sie nicht gewollt, aber sie hatten auch keine Kraft, es zu verhindern. Diese noch sehr junge Ehe ist schon ernsthaft gefährdet.

Nein, keine dritte Person irritiert die beiden, nicht ein Ereignis ist es, das sie aufregt, sondern eine Erfahrung, eine sehr gewöhnliche: Um nichts anderes handelt es sich als um das tägliche Zusammenleben. Brinkmann befaßt sich hierbei weniger mit dem allmählichen Prozeß als vor allem mit seinem Resultat: mit dem Zustand also, in den die beiden jungen Menschen »hereingerutscht waren, gedankenlos, bis sie sich zunehmend gegeneinander bewegten, je länger sie zusammen waren«, mit ihren »widersprüchlichen Empfindungen, die selbständig geworden waren und sie beide fertigmachten«, mit der gegenseitigen Abhängigkeit, in der sie »eine private, anhaltende Misere, eine seltsame Niederlage für sie beide« sehen.

Der Roman setzt in dem Augenblick ein, in dem die Ehekrise ihren Höhepunkt erreicht hat: Nach einem Streit, der wahrscheinlich durch irgendeine Belanglosigkeit ausgelöst wurde, ist die Frau mit dem Kind abgereist – vielleicht für zwei Wochen, vielleicht für immer. Allein geblieben, versucht Brinkmanns Held, sich seiner Situation und der Gefühle zu seiner Frau bewußt zu werden. Die meist in loser, wenn auch niemals kunstloser Folge aneinandergereihten

Berichte, Rückblicke und Bekenntnisse dieses Mannes, seine Impressionen und Reflexionen, seine Erinnerungen und Wunschvorstellungen bilden die Substanz des Buches.

Haben wir es also mit der Geschichte einer Liebesbeziehung zu tun oder mit der Analyse einer Ehekrise? Gewiß, beides kann man in dem Roman finden. Aber eigentlich bietet er weniger als dies und andererseits wiederum mehr. Schließlich gehören zu einer Ehegeschichte mindestens zwei Figuren, hier hingegen gibt es im Grunde nur eine einzige: eben jenen Mann, der im Mittelpunkt steht. Er ist – ähnlich wie sein Vorgänger in der ›Umarmung‹, mit dem er vieles gemein hat – Hauptgestalt und Medium, Objekt und Subjekt in einem. Er fungiert nicht als Ich-Erzähler, und doch läßt alles, was wir erfahren, auf seine Sicht schließen, niemals geht das Buch über seine Erlebnissphäre hinaus.

Die Personen, von denen im Roman ›Keiner weiß mehr‹ die Rede ist – der homosexuelle Rainer, der mädchentolle Gerald, ja auch und gerade die junge Ehefrau – sind nur insofern gegenwärtig, als er sie wahrnehmen will oder kann. Da indes seine Aufmerksamkeit meist ihm selber gilt, bleiben die wenigen anderen Figuren bestenfalls in spärlichen und vagen Umrissen erkennbar. Doch was diesen Roman, als Ehegeschichte gelesen, beeinträchtigen mag, seine konsequente Einseitigkeit und beharrliche Subjektivität, seine enge Perspektive –, das ermöglicht zugleich seine Eindringlichkeit und Originalität. »Verwirrung« und »Abhängigkeit« – so lauten die Schlüsselworte des Buches. Aber die Verwirrung, an der der Held Brinkmanns leidet, und die Abhängigkeit, die er überwinden möchte, seine Nervosität und Unsicherheit, seine Hast und Müdigkeit, alle diese Zustände, die der Roman in vielen Nahaufnahmen und Momentbildern, in prägnanten Szenen und Episoden fast überscharf verdeutlicht, haben ihren gemeinsamen Ursprung – im Sexuellen.

Gezeigt wird die Sexualität eines wohl typischen Intellektuellen der jungen Generation. Die Intensität seiner Erlebnisse und die Unmittelbarkeit seiner Gefühle hindern diesen Mann nicht, sich ständig selber zu beobachten und zu kontrollieren. »Dem Ariosto ist's nicht Ernst genug mit der Wollust«, bemerkte einst Friedrich Schlegel,[2] der schon erkannt hatte, daß sich hier eine der großen Aufgaben der

Literatur verbirgt. Brinkmann geht das Thema mit einem insistierenden Ernst an, der jeglichem Verdacht, es könne sich um Koketterie oder gar um eine billige Provokation handeln, sofort den Boden entzieht.

Sein Held will sich mit den biologischen Gegebenheiten nicht abfinden, er sucht Antworten auch auf jene Fragen, für die es letztlich keine rationale Erklärung gibt. Er widersetzt sich dem Kreatürlichen und wird von ihm überwältigt. Er schwankt zwischen Auflehnung und Kapitulation, zwischen Abscheu und Faszination. Vor allem aber: Brinkmann weiß sehr genau, worauf es bei der Darstellung des Sexuellen in der Literatur ankommt. Es gelingt ihm, die Beschreibung der physischen Vorgänge fast immer mit der Wiedergabe der psychischen Voraussetzungen, Begleitumstände und Reaktionen zu ergänzen und zu synchronisieren.

Wie viele Schriftsteller unserer Zeit liebt auch Brinkmann die nüchterne Deskription, doch hat er nichts mit jenen Autoren gemein, die ewig aufzählen, weil sie nicht erzählen, und die unentwegt beschreiben, weil sie nicht schreiben können. Nicht um ihrer selbst willen fixiert und registriert er die Details, vielmehr weist er ihnen eine ebenso informierende wie charakterisierende Funktion zu. Denn er weiß wohl, daß im Roman die Deskription der Welt stets auch ihre Interpretation enthält – mag der Autor dies angestrebt haben oder nicht. Ohne den toten Gegenständen etwa Symbolkraft abzwingen zu wollen – und dafür müssen wir Brinkmann dankbar sein –, erhebt er sie doch zum Rang von Chiffren und Signalen. Die überall in der engen Wohnung herumliegenden Plastik-Bauklötze des Kindes oder gar jenes Tempotaschentuch, das immer unter dem Bettkissen der Frau vorbereitet ist und das sie benutzt, um »den unangenehmen klebrigen Effekt« säuberlich zu beseitigen – »durch diese sichtbare Konzentration, mit der sie das in dem Augenblick tat, fühlte er sich nicht gerade verletzt, nicht direkt abgestoßen, aber doch mißverstanden« –, bedeuten nichts und verdeutlichen alles, worauf der Erzähler abzielt. Es sind Erkennungszeichen bestimmter Situationen, Verhaltensweisen und Konflikte.

Wie groß Brinkmanns artistische Sensibilität ist und seine Fähigkeit, die Requisiten zu beleben und mitspielen zu lassen, zeigt sich namentlich da, wo er seinen Helden den Reizen der Außenwelt, dem Alltag der bundesrepublikanischen Großstadt aussetzt. Der Habitus der Jugend, der Straßenverkehr, die Schallplattenläden, die Werbung und die Illustrierten, Chrom und Beat, Kosmetik und Technicolor – alle diese Elemente tragen zur Atmosphäre des Buches bei, doch nichts bestimmt sie stärker und suggestiver als die Mode der jungen Generation. Die hohen Lackstiefel und die grobmaschigen Netzstrümpfe, die gestreiften Blusen und die Pullover mit Zopfmuster, die knappen Cordröcke und die kurzen Jacken aus Nappaleder sind weit mehr als nur expressive Farbtupfer in dem hier dargestellten Milieu. Den Kleidungsstücken, den weiblichen zumal, kommt eine aktive Rolle zu: Sie irritieren und provozieren den Brinkmannschen Helden. Er sieht sich umgeben von »Helanca–Mädchen«, »Dralon–Männern« und »höheren Bleyle-Vetrix-Töchtern«, von »ausgebufften Polyester-Jungs« und »ausgeleierten Triumph–Mieder-Mädchen«.

Die laute und aufdringliche, von allen Seiten auf ihn einstürmende Großstadtwelt empfindet er, obwohl er offenbar keine andere kennt, als fremd und unverständlich, er fühlt sich von ihr bedrängt und bedroht. Aber er selber ist mit seinen sprunghaften Reaktionen, seinem Schwanken zwischen Lethargie und gesteigerter Aktivität, mit seinen Hemmungen und Komplexen natürlich ein Produkt eben dieser Realität. Und andererseits reflektiert das Chaos, das er in der Umwelt festzustellen glaubt, sein eigenes Lebensgefühl und Bewußtsein. Mit anderen Worten: Die Unordnung um ihn ist zugleich auch die Unordnung in ihm. Mit Brinkmanns eigensinniger Nahsicht, mit der Obsession, der seine Prosa soviel Intensität verdankt, hängt freilich auch eine Schwäche des Romans ›Keiner weiß mehr‹ zusammen: sein Mangel an Distanz. Es gehört zu den Eigentümlichkeiten der Romanform, daß sie heute wie vor hundert Jahren ohne Ironie nicht auskommen kann. Dem Buch Brinkmanns fehlt noch das Gleichgewicht von unmittelbarer Teilnahme und Gelassenheit, von Leidenschaft und Skepsis.

Aber wir wissen es längst: Hohe schriftstellerische Kunst ist nötig, um die Kluft zwischen Obsession und Distanz zu überwinden. Schon dem Hinweis, Brinkmann habe eine solche Synthese nicht zu verwirklichen vermocht, läßt sich entnehmen, daß wir uns hier auf einer literarischen Ebene befinden, die nur sehr wenigen deutschen Schriftstellern der jüngeren Generation zugänglich ist. Und noch eins: Man wird diesem Buch den Vorwurf, es sei obszön, kaum ersparen. In der Tat trifft dies zu. So mag es nicht überflüssig sein, noch einmal Friedrich Schlegel zu zitieren: »Jeder vollkommne Roman«, heißt es in seinen ›Fragmenten‹, »muß obszön sein; er muß auch das Absolute in der Wollust und Sinnlichkeit geben«.[3] Das gilt heute auch für den unvollkommenen Roman. Wer sich in der Literatur der Wahrheit über das Leben des Individuums in unserer Epoche nähern will, kann auf das Obszöne nicht verzichten.

Günter Kunert
›Die Beerdigung findet in aller Stille statt‹

Nein, heute wird nicht genörgelt, sondern endlich einmal kräftig in die Harfe gegriffen: Es gilt, ein zwar keineswegs weltbewegendes, aber doch sehr erfreuliches Ereignis zu feiern. Ein Erzählungsband ist es, der, obwohl deutsch und neu, bereitet, was unsere Schriftsteller nur selten zu bereiten imstande sind – nämlich Vergnügen. Dies haben wir dem aus Berlin-O stammenden und in Ost-Berlin lebenden Günter Kunert zu verdanken.

Übrigens kommt sein Buch ›Die Beerdigung findet in aller Stille statt‹ gerade im rechten Augenblick. Denn wieder einmal lassen sich in der Bundesrepublik jene mehr oder minder gescheiterten Autoren vernehmen, denen offenbar nichts anderes übrigbleibt, als ihre in der Tat bemitleidenswerte Impotenz als Ausdruck der Krise einer ganzen Generation oder gar der Literatur schlechthin zu tarnen und an den Mann zu bringen. Mit Hilfe einer snobistisch wohlklingenden Terminologie versuchen sie also, ihr künstlerisches Unvermögen zum ästhetischen Gesetz zu erheben.

Der Schriftsteller, wird uns immer wieder zu verstehen gegeben, könne entweder die sichtbare und greifbare Welt registrieren und beschreiben oder aber nur noch vor sich hin blödeln und die Sprache aus sich herausblubbern lassen. Dokument oder Kalauer, Inventur oder Blödelei – das sei, sollen wir glauben, die einzige Alternative, vor der die Literatur steht. Während uns jedoch die einen mit stumpfsinnigen Aufzählungen langweilen und andere impertinent und schamlos genug sind, ihren Wortbrei als Kunst zu deklarieren, während uns als Höhepunkte der Prosa allen Ernstes unbedruckte Seiten geboten werden (das, wahrlich, scheint mir die allerbequemste Lösung zu sein), während Autoren ihre Bücher mit Aktfotos (unter besonderer Berücksichtigung der Genitalien) schmücken, büßt die fundamentale Frage, wie sich in unserer Zeit und von unserer Zeit erzählen läßt, nichts von ihrer Dringlichkeit und Aktualität ein. Zu der Beantwortung dieser Frage trägt Kunert auf seine Weise bei – nicht mit Erörterungen und Spekulationen, die uns hier am wenigsten weiterhelfen würden, wohl aber mit zehn konkreten Versuchen. Wer bei uns einen Erzählungsband loben will, betont gern, es handle sich nicht etwa um eine Sammlung einzelner Stücke, sondern um einen größeren Zusammenhang, um eine angeblich sorgfältig komponierte Einheit, deren Bestandteile der Autor im Hinblick auf das Ganze verfertigt haben soll. Meist stimmt das überhaupt nicht. Was sich in der Regel dahinter verbirgt, scheint mir nichts anderes zu sein als die bedauerliche Tatsache, daß die kleineren epischen Formen – allen gegenteiligen Beteuerungen zum Trotz – immer noch nicht für voll genommen werden.

Um also Mißverständnissen vorzubeugen: Kunerts Buch vereint Geschichten, die er in den letzten drei, vier Jahren geschrieben hat und die sich voneinander in vielerlei Hinsicht unterscheiden. Sie bilden keinen Zyklus, keine wie auch immer verstandene Einheit. Vielmehr wollen und können sie lediglich als autonome literarische Arbeiten zur Kenntnis genommen werden: Das Ganze ist somit nicht mehr und nicht weniger als die Summe seiner Bestandteile. Dies allerdings hat mit Kunerts Möglichkeiten und Absichten zu tun. Was er erzählt, zielt natürlich auf unsere Zeit ab und ist, wie könnte es auch anders sein, kritisch gemeint. Aber er hütet sich, unsere Epoche zu interpretieren, er verzichtet auf große Auseinandersetzungen, es ist niemals sein Ehrgeiz, auf unsere Welt mit Elementen einer Gegenwelt oder Nebenwelt oder mit Rezepten und Lösungsvorschlägen zu reagieren.

Seine Prosastücke, diese Gleichnisse, short stories und Grotesken – und die besten sind es zugleich und auf einmal, nämlich parabolische Kurzgeschichten mit grotesken Akzenten – sollten eher als kommentierende Miniaturen aufgefaßt werden, als ebenso poetische wie diskrete Fußnoten, mit denen ein vernünftiger und verantwortlicher Artist unsere Gegenwart bedenkt, als phantasievolle und zurückhaltende Anmerkungen und Arabesken eines virtuosen Ironikers.

Da es hier um einen Autor aus der DDR geht, mag es zunächst verwundern, daß das Kunstmittel, dessen er sich am häufigsten und am sichersten bedient, eben die Ironie ist. Sie wirkt niemals höhnisch oder zynisch, sie verletzt nicht, vielmehr benennt und verdeutlicht sie die Phänomene. Diese betont menschenfreundliche und – im Unterschied zur früheren Prosa Kunerts – souveräne und gelöste Ironie richtet sich weniger gegen die im Mittelpunkt stehenden Gestalten als vor allem gegen bestimmte Zustände, Milieus und Konventionen, gegen den Hintergrund, der die Handlungsweise der Akteure begreiflich macht.

Das auffallendste Kennzeichen dieser Akteure ist ihre vollkommene Unauffälligkeit. Die Männer, die Kunerts Szene bevölkern – auch Frauen treten auf, haben aber nur eine einzige Funktion: sie sollen erotische Bedürfnisse wecken und befriedigen – üben ordentliche und durchaus prosaische Berufe aus. Einer arbeitet bei der Post, ein anderer in einem Elektrizitätswerk, einen Lehrer gibt es und einen Technologen, einen Sektionsleiter in einem Amt und einen Lastwagenfahrer in einer Speditionsfirma. Doch diese braven oder scheinbar braven Bürger geraten, nicht immer unschuldig, in heikle Situationen. Am Himmel ballen sich drohende Wolken zusammen – und je mehr sie sich verfinstern, desto flotter und heiterer erzählt Kunert. Er nimmt das Leben sehr ernst, gewiß, aber die Schicksale seiner Figuren regen ihn nicht sonderlich auf: Schließlich sind es ja nur Demonstrationsobjekte. Er betrachtet sie gelassen und distanziert, auf jeden Fall erhebt er nie die Stimme: Was sich hier abspielt – nicht nur die Beerdigung in der Titelgeschichte –, »findet in aller Stille statt«.

Dem Helden dieser Geschichte stehen in dem Amt, in dem er arbeitet, große Unannehmlichkeiten bevor. Denn es mißfällt dort sehr, daß der verheiratete Herr, wie das im Leben so manchmal passiert, auch eine ständige Freundin hat. Da stirbt plötzlich die legale Gattin. War es wirklich nur ein Unfall? Den wahren Sachverhalt erfahren wir am Ende der Geschichte, doch der moralische Chef will ihn gar nicht kennen: Eben noch entschlossen, gegen die amouröse Beziehung des Untergebenen, deren »Auswirkung auf andere Mitarbeiter und Kollegen gewiß keine erstrebenswerte wäre«, energisch einzuschreiten, findet er sich mit einem mutmaßlichen Mord rasch ab.

Das Individuum und der Druck der Gesellschaft – ganz anders behandelt Kunert diese Frage in der Geschichte ›Der Hai‹. Ein Schiff geht unter, zwei Matrosen retten sich in einem Schlauchboot, nur einer kommt zu Hause an. Stimmt es, daß sein Kamerad im Wahnsinn über Bord ging? Oder hat ihn gar der Überlebende, worauf immerhin manches hindeutet, ins Wasser gestoßen? Nein, er ist unschuldig. Aber wie soll er das beweisen, wie den Verdacht widerlegen? Schließlich bleibt ihm, dem Opfer eines systematischen Rufmords, nur ein Ausweg übrig: die Flucht aus der Heimat.

Es sind amerikanische Matrosen, von denen hier die Rede ist, eine Kleinstadt in den USA bildet den Hintergrund. Indes kommen in dieser Geschichte Erfahrungen zum Vorschein, die Kunert in jener Welt machen mußte, in der er lebt. Was immer er erzählt, es bezieht sich auf die DDR. Doch was er in der DDR spielen läßt, trifft mitnichten nur auf die dort herrschenden Verhältnisse zu. »Kein literarisches Produkt« – schrieb Kunert mit Recht – »kann eigentlich realistisch genannt werden, wenn es sich nicht auch von der Realität emanzipiert, von der es lebt, um gültig für andere Realitäten zu werden.«[1] In diesem Sinne sind die Geschichten Kunerts realistisch, zumal ›Die Waage‹, das beste Stück des Bandes.

Am Stammtisch wird gefeiert, denn einer hat den Orden für vorbildliche Planerfüllung erhalten. Nun trinken sie »unter einem fremden Blick«: Es ist der in vier Goldleisten eingezwängte Karl Marx, der sie skeptisch beobachtet, diese »seine Nachfahren, die inzwischen fast alle Probleme gelöst, fast alle Fragen geklärt haben«. Die von ihm aufgedeckten Antagonismen, hört er, seien abgeschafft, nur noch »Gesellschaftsnützliche und Nichtnützliche« gebe es jetzt: »Es ist eine Waage: In der einen Schale steigt die menschliche Spreu nach oben, zu leicht befunden, in der anderen sitzen wir; wir hier um unseren Stammtisch, goldrichtig, schwergewichtig, zukunftsträchtig.« Der den Orden bekommen und zuviel getrunken hat, rast in der Nacht – »auf zwei Rädern durch den selbstgefertigten Lichttunnel« – zum Dienst im Elektrizitätswerk.

Auf der einsamen Landstraße überfährt er einen alten Mann und rast weiter. Fahrerflucht? Ja, aber doch besonderer Art, denn: »Der Abzulösende wartet. Es warten die Generatoren, die Turbinen, die Schornsteine, die Einwohner darauf, daß alles seinen Gang gehe. Da heißt es, sich entscheiden. Abwägen.« Und siehe da: Die eine Waagschale mit den Menschenmassen, den Turbinen und Schornsteinen senkte sich so tief, »so daß die andere Schale völlig aus dem Blickfeld stieg«.

Die Atmosphäre der Geschichte ist unverkennbar: Sie lebt – einschließlich der Szene im Polizeirevier, wo alles endet – von der DDR–Realität. Aber werden jene Waagen, auf denen das Individuum rasch verschwindet, nur östlich der Elbe produziert?

Die Geschichten, in denen Kunert großzügig mit überwirklichen Motiven umgeht, überzeugen mich weniger, doch auch unter ihnen findet sich ein Glanzstück. Er erzählt von einem Juden, der 1933 Berlin verläßt, sich indes von seiner Straße nicht trennen kann: »Er... rollt sie zusammen, als hätte er einen dünnen Läufer vor sich, knickt die Rolle in der Mitte zusammen und verbirgt sie unter dem Mantel.« So nimmt er sie mit auf die Wanderschaft, diese Straße, die ihn überall beglückt und belastet. Und nach dem Krieg bringt er sie wieder nach Berlin, um sie abzuliefern, wo sie hingehört. Er rollt sie auf, er breitet sie aus, »sie will sich aber nicht einfügen, wie er sie auch zurechtrückt und hinpreßt. Sie paßt nicht mehr«, die Straße, »die er oder die ihn einstmals besessen. Genau ist das nicht mehr festzustellen.«

Deutlich verrät diese Prosa ihres Autors Unruhe, unmißverständlich läßt sie erkennen, daß er nicht zu jenen gehört, die sich Illusionen machen. Kunert weiß, was gespielt wird. Doch weiß er auch, daß das, was mit uns und um uns geschieht, den Schriftsteller nicht berechtigt, sein Handwerk zu vernachlässigen. Überdies wird dort, wo er lebt und arbeitet, auf Worte genau geachtet. Wir kennen die Folgen, sie sind oft bitter. Aber wir sollten nicht vergessen, daß da, wo es leichtsinnig wäre, die Sprache aus sich heraussprudeln zu lassen, der Schreibende zu einer Disziplin und Selbstkontrolle genötigt wird, die ja auch ihre Vorzüge hat.

Kunert ist in die Sprache verliebt, doch er, den Brecht schon 1952 »einen der begabtesten unserer jungen Lyriker« nannte,[2] degradiert sich nicht zu ihrem Werkzeug, läßt sich niemals von ihr beherrschen. Dabei war sein Weg vom Vers zur Prosa weder kurz noch einfach. In seinem 1967 erschienenen Roman ›Im Namen der Hüte‹ hatte er auf der Suche nach einer eigenen Diktion mit mühevoll verstellter Stimme erzählt.[3] Die in dem Roman störende, oft verkrampfte und preziöse Ausdrucksweise ist nun fast ganz überwunden – und damit zugleich das Mißverhältnis, das zwischen dem stilistischen Aufwand und dem epischen Ergebnis bestanden hatte.

Jetzt schreibt Kunert eine temperamentvolle und kräftige, anmutige und prägnante, dynamische und rhythmisch federnde, eine evozierende und zugleich kommentierende Prosa, die anschaulich, aber niemals beschaulich ist. Hier, als Beispiel, der Anfang einer der Geschichten:

»Steif gefaltete Mienen: Ergebnis unnatürlicher Mühen, etwas Fehlendes sichtbar zu machen: das Mitleid. Zu jedem dieser künstlich betroffenen Gesichter gehört unabdingbar eine ausgestreckte, zu mitfühlendem Druck bereite Rechte und eine gedämpfte Stimme, Kondolationen haspelnd betreffs des unerwarteten Ablebens der Gattin, der Gemahlin, der Ehefrau, der Else Schöngar, geborene Pilowski, deren Witwer das vorgetäuschte, vielleicht sogar echte Bedauern abkürzt durch Entzug seiner verlegenheitsfeuchten Hand und den Hinweis, die Beerdigung fände in aller Stille statt.«

Summa summarum: zehn Geschichten, von denen fünf vorzüglich und die übrigen jedenfalls bemerkenswert sind. In einer Zeit, in der man uns weismachen will, das Erzählen sei nicht mehr möglich und die Literatur eigentlich ein überflüssiges Relikt, ist das, wie gesagt, ein Ereignis. Günter Kunert in Ost-Berlin sei bedankt und gegrüßt.

Thomas Bernhard
›Prosa‹ und ›Ungenach‹

Reichhaltig, wenn auch nicht umfangreich, nicht überraschend, doch erstaunlich sind die beiden zuletzt erschienenen Publikationen Thomas Bernhards: der Band ›Prosa‹, der einige seiner kleineren epischen Arbeiten, insgesamt sieben Prosastücke, vereint – ihre Entstehungsdaten wären übrigens aufschlußreich, werden aber leider nicht mitgeteilt – und eine längere Erzählung mit dem Titel ›Ungenach‹.

Wer meinte, die vorangegangenen Bücher Bernhards (zumal ›Frost‹ und ›Amras‹) hätten diesen österreichischen Erzähler bereits als eines der originellsten Talente der deutschen Prosa seiner Generation – er wurde 1931 geboren – hinreichend legitimiert, kann eine so hohe Einschätzung hier aufs schönste bestätigt finden. Indes ist es durchaus möglich, daß sich auch diejenigen Kritiker, denen vor allem die Fragwürdigkeit dieser Epik auffiel, in ihren Ansichten nunmehr bestärkt sehen. Ein Meister habe sich auf den Holzweg begeben – schrieb Herbert Eisenreich nach Bernhards Roman ›Verstörung‹.[1] Und beides – die Meisterschaft und den Holzweg – lassen die neuen Veröffentlichungen mit erfreulicher und bedauerlicher, imponierender und beängstigender Deutlichkeit erkennen.

Bernhard ist, wie sich eine seiner Gestalten auszudrücken pflegt, »ein Unikum, durchaus unikumal«. Er gehört zu den Leidenden, den Besessenen und den Verzweifelnden, zu jenen, die von fixen Ideen beherrscht und von Obsessionen geplagt werden, zu den Schriftstellern, die ihre Ziele mit monomanischer Unbedingtheit verfolgen. Er ist ein Erzähler von außergewöhnlicher und sehr eng begrenzter Kraft, ein Künstler mit großem Talent und großen Scheuklappen, wahrscheinlich ebenso unbeirrbar wie unbelehrbar, ein Amokläufer der Literatur, erschreckend und gefährlich.

Wieso gefährlich? Weil alles, was Bernhard bisher publiziert hat, darauf schließen läßt, daß er, der von rationaler Erkenntnis offenbar nichts hält und dem das methodische Denken, wenn nicht überhaupt der normale relativierende Denkablauf gänzlich fremd zu sein scheinen, sich vor allem von düsteren Emotionen und Affekten leiten läßt. Ihn fasziniert auf unheimliche Weise jegliche Auflösung: des Körpers wie des Geistes, des Individuums wie der Gesellschaft. Die Krankheit übt auf ihn eine unwiderstehliche Anziehungskraft aus. In der Erzählung ›Ungenach‹ lesen wir von der »Faszination der Sinnlosigkeit«, die – heißt es – »uns nicht in eine regelrechte Verzweiflung hineinkommen« ließ.

Aber hinter allen diesen Vokabeln – Auflösung, Krankheit, Sinnlosigkeit – steht ein einziges Wort, im Deutschen wie in den meisten Sprachen dunkel und einsilbig: Tod. In der ›Verstörung‹ nennt Bernhard die Menschheit eine »Sterbensgemeinschaft« und die Welt »die Schule des Todes«.

In einer in diesem Jahr geschriebenen Rede bekannte er: »Der Tod ist mein Thema, weil das Leben mein Thema ist, unverständlich, unmißverständlich.« Und: »Wir sterben ab, Einzelgänger unserer Ohnmacht, die wir sind.« Wir seien – sagte er in einer anderen Rede – »Geschöpfe der Agonie«.[2] Ja, sie sind es, die auf seiner unheimlichen Szene agieren: die »Einzelgänger unserer Ohnmacht«, die Erliegenden und die Kapitulierenden, Idioten, Wahnsinnige und Selbstmörder, allesamt Opfer des Lebens und »Geschöpfe der Agonie«. Und wo immer Bernhard die Handlung spielen läßt – in Wien oder in einem Dorf, in der Steiermark oder in Kärnten, in Tirol oder im Salzburgischen –, jede Landschaft erweist sich als ein Bezirk der Auflösung und des Todes. Denn: »Wir bevölkern ein Trauma.« Jene »finstere Wollust«, der sich einst ein junger Hamburger im schweizerischen Hochgebirge tapfer widersetzt hatte,[3] ist wohl Bernhards eigentliches Element und seiner schriftstellerischen Bemühungen Motor und Untergrund.

Übrigens setzt die Erzählung ›Ungenach‹ merkwürdigerweise – dies kann freilich auch ein nichtssagender Zufall sein – nicht weit von Davos ein, nämlich in Chur. Und gleich sehen wir, daß die Strenge und die Härte, die sich sonst in Bernhards Prosa gegen alles Österreichische richtet, jetzt auch auf Schweizerisches ausgedehnt wird: »Die Stadt Chur ist eine der kältesten, die es gibt, die finsterste, die ich kenne, und die Graubündener sind tief – oder schwach – oder einfach widersinnig vor Finsternis und vor Kälte.«

Jedenfalls ist es der Ich-Erzähler dieses Buches, ein noch junger Chemieprofessor namens Robert Zoiss, der nicht nur Chur, sondern auch die ganze Welt als kalt und finster und widersinnig empfindet. In Österreich habe er als Wissenschaftler keine Chancen gehabt, ja, er sei hinausgeworfen worden, – »wie man alle diese genialen Leute, die einen zu großen Kopf, will sagen, einen zu großen Kopfinhalt haben für dieses kleine absurde Land, hinauswirft« –, weshalb er seit einigen Jahren in den USA lebt und lehrt. Jetzt allerdings mußte er die verhaßte Heimat kurz besuchen, um sein Millionenerbe, die gigantische Besitzung Ungenach, zu übernehmen und gleichzeitig aufzulösen und zu verschenken. Auf dem Rückweg nach Amerika hält er sich einige Tage eben in Chur auf, um uns über seine Situation zu berichten und um den schriftlichen Nachlaß seines vor einem Jahr ermordeten Bruders Karl zu sichten. Die Aufzeichnungen des Robert Zoiss füllen die erste Hälfte der Erzählung, während die zweite aus Notizen, Briefen und literarischen Versuchen jenes Bruders Karl besteht. Beide Brüder sehen in der Ungenach genannten Welt ihrer Herkunft lediglich eine »präpotente«, eine »furchterregende Last«, beide wollten aus dieser Welt ausbrechen, doch was dem einen offenbar gelang, daran scheiterte der andere, Karl, der in Afrika Zuflucht suchte, aber zurückkehrte und schließlich an Ungenach zugrunde ging.

Daß die »Großwaldbesitzung« Ungenach, die »zu einer einzigen Unnatürlichkeit geworden« sei, zugleich eine Chiffre ist, liegt auf der Hand. Zu entscheiden, wofür diese Chiffre stehen soll – für Österreich oder für Europa, für unsere Gesellschaft oder für die heutige Welt schlechthin – bleibt dem Leser überlassen. Gleichwohl kann nicht mißverstanden werden, daß die immer wieder apostrophierte Auflösung Ungenachs auf die vollkommene Auflösung unserer Ordnung hinzudeuten hat. Am Ende heißt es klipp und klar:

»Wir existieren alle in Katastrophenstimmung. Unsre Anlage ist eine zur Anarchie neigende ... Immer unerträglicher ist uns die Welt. Daß wir das Unerträgliche aushalten, ist die lebenslängliche Qual- und Schmerzbefähigung jedes einzelnen, ein paar ironische Elemente in ihm sind es, ein irrationaler Idiotismus, alles andere ist Verleumdung.«

Mit dieser Auflösung, was alles sie auch betreffen mag, korrespondiert nun die psychische Auflösung des Individuums. Während sich bei Robert Depressionssymptome und »gefährliche innere Ruhelosigkeit« bemerkbar machen, ist der Zustand seines Bruders ungleich bedenklicher: Offensichtlich wehrt er sich gegen eine Geisteskrankheit. »Mit Recht werden Sie auf den Gedanken kommen« – schreibt er in einem Brief –, »ob ich nicht in der Zwischenzeit verrückt geworden bin, denn nichts ist leichter, als verrückt zu werden.«

Und dieser vielfachen Auflösung soll auch noch die radikale Auflösung der literarischen Form entsprechen: Das Ganze ist aus kleinen Bruchstücken komponiert, aus häufig abreißenden Aufzeichnungen, aus bisweilen wirren und unzusammenhängenden Notizen, die sich hier und da auf Stichworte beschränken. Das Skizzenhafte und Fragmentarische wird von Bernhard so ostentativ betont und so konsequent realisiert, daß es schon einem Programm gleichkommt, keinem neuen, gewiß – schließlich hat es sich seit den Tagen der Romantik in immer wieder anderen Abwandlungen bewährt –, aber einem legitimen und gerade hier einleuchtenden. Indes ist mir dabei nicht ganz wohl.

Nichts liegt mir ferner, als Bernhard zu verdächtigen, er mißbrauche die Möglichkeiten, die das Bruchstückhafte bietet, um seine handwerklichen Schwierigkeiten zu tarnen: Was heutzutage oft als ein Alibi für künstlerisches Unvermögen dient, erweist sich hier als ein in der Regel sinnvoll angewandtes Ausdrucksmittel. Und doch habe ich den Eindruck, daß das Offene und Fragmentarische die Disziplin und Selbstkontrolle Bernhards eher beeinträchtigen und seinen Rückzug ins Unverbindliche, das schon seine früheren Bücher bedroht hat, leider begünstigen.

Damit mag es zusammenhängen, daß in ›Ungenach‹, ähnlich wie in großen Teilen des Romans ›Verstörung‹, die epische Substanz deutlich verkümmert und verdrängt wird von Reflexionen, Aperçus und direkten Kommentaren zu allgemeinen Fragen. Bernhard liebt es – und dies scheint mir eine wenig glückliche Liebe zu sein –, seine Gestalten über Staat und Kirche, Revolution und Demokratie, Kommunismus und Sozialismus, Volk und Vaterland, Leben und Tod meditieren zu lassen. »Die Existenz ist immer extrem und die Anstrengung zu existieren an sich schon größenwahnsinnig« – an solchen Aphorismen ist in der Erzählung kein Mangel. Besonders liebevoll geht Bernhard mit Österreich um: »Natürlich herrschen in diesem Land die fürchterlichsten Zustände, die man sich vorstellen kann, ein unvorstellbarer Schwachsinn kurbelt an unserer Staatsmaschine ...« Und etwas weiter: »Das Vaterland ist nichts anderes mehr als ein ordinärer, brutaler Idiotismus.«

Doch mehr als die Tatsache, daß Bernhards Reflexionen meist zwar radikal, aber zugleich etwas banal, daß sie kühn, aber nicht unbedingt ernst sind, beunruhigt mich ihre nahezu komplette Austauschbarkeit: Ob er in seinem epischen Universum junge oder alte Menschen auftreten läßt, einen Fürsten oder einen Studenten, einen Maler oder einen Juristen, – sie müssen alle ähnliche, wenn nicht sogar gleiche Ansichten äußern. Sie sind Bernhards unmittelbare Sprachrohre, was sich leicht nachweisen läßt, weil sich ebendiese Ansichten auch in seinen publizistischen und essayistischen Äußerungen finden.

Weit weniger hingegen machen sich Bernhards Schwächen in seinen kleineren epischen Arbeiten bemerkbar: Während er sich vom Offenen und Fragmentarischen zu Reflexionen und Meditationen verleiten läßt, zu jenen diskursiven Darlegungen, die oft zu entbehren wären, zwingt ihn die prägnante Form zur Ökonomie der Mittel und zum vorsichtigen Umgang mit Worten und Motiven. Das ergibt sofort drastische Niveauunterschiede: Denn nicht das Argument ist die Sache dieses Schriftstellers, sondern das Bild, nicht der Kommentar, sondern die Vision. Mit anderen Worten: Zu evozieren ist er da, nicht zu räsonieren.

Die Geschichten des Bandes ›Prosa‹ spielen in der gleichen bedrückenden und beklemmenden Welt, sie behandeln ähnliche Milieus, Gestalten und Fragen. Nicht viel ereignet sich in diesen Prosastücken, und doch scheinen sie vor Handlung fast zu bersten, die freilich ganz nach innen verlegt ist: Was immer auch geschieht, sie bewahren ihren unerbittlich monologischen Charakter. Alle diese Geschichten könnten wie eine Erzählung von Ingeborg Bachmann betitelt sein: »Unter Irren und Mördern«. Es sind abgründige psychologische Studien menschlicher Leiden, es sind literarische Diagnosen pathologischer Zustände und Fälle, die sofort und wie von selbst die Grenzen des Einmaligen sprengen und ins Exemplarische verweisen. Die sachlichen Befunde erweisen sich als poetische Parabeln.

»Ich habe nur mehr noch zu mir selbst Kontakt« – heißt es in der Geschichte ›Jauregg‹; »eine riesige eiskalte Bühne war seine Kindheit, war seine Jugend, war sein ganzes Leben gewesen« – lesen wir in der Geschichte ›Das Verbrechen eines Innsbrucker Kaufmannssohns‹. Das gilt für alle diese Unglücklichen: für einen Lehrer, der von seiner Schlaflosigkeit und ihren Folgen berichtet; für einen Angestellten, der offensichtlich von Verfolgungswahn geplagt wird; für einen Krüppel, den seine grausame Familie in den Selbstmord treibt; für einen Zimmerer, der einst einen Menschen ermordet hat und der sich nun, nach der Entlassung aus dem Zuchthaus, im Leben nicht mehr zurechtfinden kann.

Am deutlichsten werden die Eigentümlichkeiten und Qualitäten der Bernhardschen Erzählkunst in der Geschichte ›Die Mütze‹, die ich nicht zögern würde, als ein Meisterstück der zeitgenössischen deutschen Prosa zu bezeichnen. Ein junger Forstwissenschaftler berichtet hier mit unheimlicher Exaktheit von seiner psychischen Krankheit, von seiner Einsamkeit, seinen Selbstmordgedanken und Zwangsvorstellungen, von seiner schrecklichen Angst vor dem Wahnsinn. Im Wald findet er eine Mütze: »Ich habe sie sofort, nachdem ich wieder zu Hause war, in meinem Zimmer verstecken wollen ..., aber ich habe keinen für die Mütze geeigneten Platz finden können, also habe ich sie aufgesetzt. Ich habe sie nicht mehr anschauen, aber auch nicht wegwerfen, vernichten können.« Er wird nun von dem Gedanken an diese Mütze, ein ganz alltägliches Kleidungsstück, vollkommen beherrscht: »Sie ist mir eine fürchterliche Last, als ob sie mir ein Schmied auf den Kopf geschmiedet hätte.« Er muß sich dieser Last entledigen, den Besitzer der Mütze ausfindig machen. Aber wohin er auch geht, niemand vermißt sie, denn: »Alle haben sie eine solche Mütze auf, dachte ich ... Ich fürchtete mich vor mir selber, und nur um mich nicht mehr ... zu Tode fürchten zu müssen, habe ich mich hingesetzt und diese paar Seiten geschrieben.«

In den Geschichten, im ›Zimmerer‹ vor allem und in der ›Mütze‹, erreicht Bernhards Sprache eine geradezu irritierende und insistierende Ausdruckskraft: Diese zuweilen langen und schwerfälligen, umständlichen und immer wieder verschachtelten Sätze, diese mühseligen und qualvollen Wortgefüge ergeben eine beharrlich bohrende Prosa, die die Mühsal und Qualen der Gestalten mit verblüffender Anschaulichkeit benennt und beschwört. Ungeheuerliche Wirkungen kann Bernhard der ständigen, geradezu hämmernden Wiederholung einzelner Worte und Wendungen abgewinnen. Hier erweist sich die in seinen größeren Arbeiten gelegentlich ermüdende Monotonie als ein raffiniertes, den Leser aufschreckendes Kunstmittel, das der Autor der ›Mütze‹ meisterhaft anzuwenden weiß. So bereitet die Lektüre einiger dieser epischen Studien ein sonderbar-qualvolles, ein fast schon masochistisches Vergnügen.

Übrigens sagte Bernhard in einer Rede: »Wir sind Österreicher, wir sind apathisch ..., wir haben nichts zu berichten, als daß wir erbärmlich sind.« Das ist sein Thema, seine Aufgabe: zu berichten, wie erbärmlich wir alle sind, wir, die »Geschöpfe der Agonie«, die »Einzelgänger unserer Ohnmacht«.

1969

Wolf Wondratschek
›Früher begann der Tag mit einer Schußwunde‹

Noch ein cleverer, ein gewandter und gewitzter Schreiber und nicht mehr? Sehr möglich. Oder haben wir doch Anlaß, ein neues, ein wirkliches Talent der jungen deutschen Literatur zu begrüßen? Ich bin meiner Sache da durchaus nicht sicher. Denn was ich im stillen vermute und hoffe, kann ich vorerst weder schlüssig beweisen noch hinreichend belegen. Eigentlich ist sein Büchlein ›Früher begann der Tag mit einer Schußwunde‹, eine kleine Sammlung mit allerlei Skizzen, Miniaturen und Etüden, eher dürftig geraten. Aber dieser Autor gefällt mir. Geboren wurde Wolf Wondratschek im Jahre 1943. Er gehört also jener literarischen Generation an, die sich bisher am deutlichsten, glaube ich, in der Prosa von Rolf Dieter Brinkmann, in den Sprechstücken von Peter Handke und in den Bühnenwerken von Martin Sperr artikuliert hat. Alle diese Schriftsteller wurden während des Zweiten Weltkrieges geboren.

Natürlich sind es sehr verschiedene Individualitäten, die sich glücklicherweise nicht unter einen Hut bringen lassen. Was sie dennoch miteinander gemein zu haben scheinen, ist die (keineswegs alltägliche) Verbindung einer bisweilen schon unheimlichen Rage mit imponierender Zielstrebigkeit und auch Selbstbeschränkung. Das zeigt sich unter anderem darin, daß es ihnen sehr rasch gelang, jene Themen zu finden, in denen sie ihr Verhältnis zur Umwelt mit maximaler Klarheit und Schärfe formulieren konnten, und daß sie diese Themen nicht nur mit bohrender Intensität behandeln, sondern auch mit immerhin erstaunlicher Konsequenz.

Denn ob sich Brinkmann mit der Sexualität der Jungen befaßt, Handke mit der Sprache der Deutschen oder Sperr mit der Mentalität der bayerischen Kleinbürger – diese unterschiedlichen künstlerischen Manifestationen haben ihren gemeinsamen Ursprung in der gleichen Revolte gegen die heutige Gesellschaft und in einer zumindest ähnlichen und sehr verständlichen Obsession. Es sind Dichter der elementaren Auflehnung, gewiß, aber ihr Sturm und Drang hat Plan und Maß, ihr Zorn ermangelt nicht der Methode, ihr Schrei ist diszipliniert, ihrem Ungestüm entspricht ihr nicht geringeres Kommunikationsbedürfnis: Das Esoterische und Artifizielle der gestrigen deutschen Avantgarde, die unentwegt – um ein Wort von Nietzsche zu verwenden – ihre flachen Gewässer trübte, damit sie tief schienen, ist ihnen verpönt und verhaßt. Sie möchten vor allem verstanden werden und wirken. Dies hat ihre Ausdrucksweise und ihre formalen Mittel in hohem Maß bestimmt.

Auch für den jungen Wolf Wondratschek scheint dies zu gelten. Er hütet sich vor sprachlichen Überspanntheiten und stilistischen Verkrampfungen, vor Affektation und Extravaganz. Sein Vokabular entstammt ausschließlich dem Wortschatz des Alltags, das Fundament seiner Prosa ist der einfache und meist sehr kurze Aussagesatz. Programmatisch erklärt er: »Ich habe mir abgewöhnt, die Unverständlichkeit der Verständlichkeit vorzuziehen.« Deutlicher als sein Thema wird in diesem ersten Buch Wondratscheks das formale Prinzip erkennbar, das er stets anstrebt und in den besten seiner Versuche und Etüden auch realisiert: Er erzählt, indem er aufzählt.

Nun ist das additive Verfahren in der deutschen Prosa der vergangenen Jahre hinreichend kompromittiert worden: Wenig begabte Autoren, zum Teil Nachahmer des französischen *nouveau roman*, haben Elemente der sichtbaren und greifbaren Welt so lange mit geradezu verbissener Wut registriert, bis die vor Langeweile ächzenden Leser endgültig verscheucht waren. Das stumpfsinnige Katalogisieren wurde zur bequemen Zuflucht für jene, die unbedingt schreiben wollten, aber leider nicht konnten.

Wondratschek hingegen, der mit Recht spöttisch bemerkt, diese Welt mache es den Fotografen wirklich leicht, reiht nicht Gegenstände aneinander, sondern Wahrnehmungen und Beobachtungen, nicht Requisiten, sondern Feststellungen und Behauptungen, nicht Dinge, sondern Sätze. Wozu eigentlich? Er sagt: »Nur die Sätze zählen. Die Geschichten machen keinen Spaß mehr.« An einer anderen Stelle seines Buches – und sie scheint mir aufschlußreicher – heißt es: »Diese Sätze beziehen sich auf diese Sätze. Sie beziehen sich auf die Pausen zwischen den Sätzen. Sie beziehen sich auf unterschlagene Sätze.« Und: »Die Summe von einigen Sätzen ist eine beliebig unterbrochene (und: beliebig unterbrechbare) Geschichte.«

Gewiß könnte man gleich erwidern, daß sich in der Epik stets die Sätze auf sich selber, dann auf die Intervalle und schließlich auf das Ausgesparte beziehen oder doch zumindest beziehen sollten. Zugegeben, doch Wondratscheks Programm, mag es auch banal anmuten, wird originell durch die Art seiner Verwirklichung. Seine Sätze fügen sich zu keiner fortlaufenden Darstellung zusammen, bieten indes Anhaltspunkte für die Imagination des Lesers, der sich zu bestimmten Gedanken und Vorstellungen angeregt und genötigt sieht. Mit der vielsagenden Ausklammerung vor allem und mit der augenzwinkernden, aber meist nicht aufdringlichen Anspielung weiß Wondratschek gut umzugehen.

Mit anderen Worten: Das Indirekte ist seine starke Seite, diese Prosa lebt von dem, was in ihr nicht gesagt wird, es sind die Pausen, mit denen sie ihre Höhepunkte erreicht. So kann sich hier die Summe von einigen Sätzen als eine Geschichte erweisen, die man in der Tat im Sinne seines zitierten Postulats beliebig unterbrechen mag. Alle diese Miniaturen zielen – dies ist der Titel des längsten Prosastücks – auf »Zustände und Zusammenhänge« ab; auf bundesrepublikanische Zustände und auf zeitgenössische Zusammenhänge. Ein anderer Titel lautet: ›Es geschieht etwas und es geschieht etwas anderes‹. Darauf kommt es Wondratschek an: auf jene Parallelität im Alltag, die sich mit den Vokabeln »Schein« und »Sein« andeuten läßt.

Wovon erzählen seine Sätze? Von Deutschen, die nicht mehr so aussehen, »als würden sie heute noch Maier und Müller heißen. So weit haben wir es inzwischen gebracht«, von Autoreisen (»Auf der Gegenfahrbahn beginnen die Ferien«) und Urlaubsgewohnheiten (»Das Mittelmeer ist wieder eine deutsche Badeanstalt«), vom Theater, das sich während einer Theatervorstellung im Zuschauerraum und im

Foyer abspielt (mit dem Fazit: »Der Autor ist anwesend. Er sieht eigentlich ganz normal aus«), von »Beinen, die sehr einsam machen« und vom Beischlaf, der als »das Libretto für den totalen Kult« und als »Pointe unseres Selbstbewußtseins« bezeichnet wird. Wondratscheks Sätze sprechen von den zufriedenen Vätern, die rot sehen (»Am Ende war wieder keiner für den Anfang verantwortlich«), von ihren unzufriedenen Söhnen, die schwarz sehen (»Manche Kinder haben das Pech, Eltern zu haben«), und von unserer Demokratie, die »auf den Polizeihund gekommen« sei (»Die Jugend ist ein Risiko, auf das sich die deutsche Bevölkerung nicht mehr einlassen will«).

Die meist isolierten Sätze Wondratscheks, seine mehr oder weniger geglückten Wahrnehmungen und Überlegungen, Feststellungen und gelegentlich sogar Entdeckungen sind nur Splitter und Bruchstücke – und sollen es natürlich auch sein. Was sich in ihnen spiegelt, was die abrupten Übergänge, die Gedankensprünge und Pausen dieser Prosa spüren und erraten lassen, ist nichts anderes als jene Welt, in der die Landstraßen so angelegt sind, »daß man auch bei Höchsttempo die Kirche im Dorf sehen kann«, und wo die Holzwege entweder »aus deutscher Eiche« sind oder, wie es an einer anderen Stelle heißt, »als Parkett getarnt« werden.

Oft erzielt Wondratschek Effekte lediglich durch die Nachbarschaft simpler Aussagesätze. Da finden sich in einem Prosastück solche Feststellungen wie: »Ferngespräche kosten Geld«, »Überall sterben Menschen«, »Barthaare wachsen nach«, »Sicherungen brennen durch« – und so weiter. Doch dazwischen werden uns – gewissermaßen mit einer treuherzigen Miene – auch ganz andere Sätze geboten, etwa: »Ehen gehen gut«, »Wir kennen keine Langeweile«. Wie die Aneinanderreihung verstanden werden soll, kann der Leser dem ironischen Titel dieses Prosastücks entnehmen. Er lautet: ›Zufälle‹.

Ironisch und nüchtern, forsch und schnoddrig gibt sich Wondratschek meist, doch will es mir scheinen, daß in manchen dieser Miniaturen – und es sind keineswegs die schlechtesten – nicht nur ein trauriger Ton durchklingt, sondern sich eine fast schon schwermütige Klage verbirgt. Das gilt etwa für das Prosastück ›Off limits‹, in dem disparate, nicht ohne Souveränität eingeführte Akzente und Motive den Hintergrund für die Geschichte zweier Frauen ergeben: »Sie kommen aus den umliegenden Dörfern, machen den Führerschein und gehen lange zum Frisör. Dann hoffen sie auf mehr.« Die beiden sind in der Hamburger Hafengegend tätig (»In der Regel entscheiden sich Ausländer wesentlich schneller«), doch was sie erreichen möchten, gelingt ihnen nicht. Gegen Ende lesen wir: »Monica tut, was sie kann. Lilo kennt alle Höhen und Tiefen. Dazwischen arbeitet die Polizei mit allen Mitteln. Es hat keinen Zweck. Vielleicht haben Monica und Lilo ihren Führerschein umsonst gemacht. Vielleicht gehen sie eines Tages wirklich als Fabrikarbeiterinnen zurück in die Provinz. Sie verkaufen die praktischen Kleider mit den Reißverschlüssen. Sie vergessen auch die schwierigen Namen der Parfums. Möglicherweise sieht man ihnen nachher nichts mehr an. Sie kaufen wieder Gemüse.«

Das Thema vom verfehlten Leben schlägt Wondratschek auch in der ›Mittagspause‹ (einer Stenotypistin) an, einer Idylle mit resignierten Tönen: »Sie sitzt im Straßencafé. Sie schlägt sofort die Beine übereinander. Sie hat wenig Zeit.« Dann heißt es: »Wenn sie nicht angesprochen wird, stellt sie sich vor, wie es wäre, wenn sie ein Mann ansprechen würde. Sie würde lachen. Sie würde eine ausweichende Antwort geben.« Und später: »Obwohl sie regelmäßig im Straßencafé sitzt, ist die Mittagspause anstrengender als Briefeschreiben.« Im Schlußabsatz taucht zweimal das Wort »Katastrophe« auf.

Hier und da zeigt sich auch eine ausgemacht artistische Begabung – so etwa in einer erotischen Miniatur, deren Sätze alle mit dem Pronomen »sie« beginnen; nur für den letzten Satz hat sich Wondratschek einen anderen Anfang vorbehalten. Was indes im ersten Augenblick als eine Spielerei anmutet, erweist sich als zweckvolles und raffiniertes Ausdrucksmittel. Das gilt auch für ein witziges und im wahren Sinne des Wortes ungewöhnlich prägnantes Prosastück, in dem auf einer einzigen Seite das Verhalten zahlreicher Mädchen charakterisiert wird – etwa so: »Didi will immer. Olga ist bekannt dafür. Ursel hat schon dreimal Pech gehabt. Heidi macht keinen Hehl daraus. Bei Elke weiß man nicht genau. Petra zögert.«

Insgesamt hat Wondratschek in dem kurzen Prosastück auf diese Weise nicht weniger als 43 Mädchennamen untergebracht. Natürlich ist der Titel – ›43 Liebesgeschichten‹ – ironisch gemeint. Doch will mir auch diese Skizze durchaus nicht forsch oder gar zynisch vorkommen, sondern eher bitter und elegisch. »Ich habe mir abgewöhnt« – bekennt Wondratschek –, »die Phantasie als Voraussetzung für Genauigkeit zu unterschätzen.« Und in der Tat appelliert er – in sämtlichen Stücken des Bandes – auch an die Phantasie des Lesers.

Was in dem Band offensichtlich mißglückt ist, braucht hier nicht einmal erwähnt zu werden. Kein Zweifel: Wer will, kann reichlich mit Zitaten aufwarten, die gegen diesen Erstling sprechen. Aber nicht als Ergebnis sollte man das Buch ›Früher begann der Tag mit einer Schußwunde‹ betrachten, sondern als Ansatz, als Ankündigung. Denn Wondratscheks Prosa verweist, glaube ich, auf Veränderungen des literarischen Ausdrucks, die symptomatisch sind und die auf keinen Fall ignoriert werden dürfen. Und das ist schon sehr viel.

Christa Wolf
›Nachdenken über Christa T.‹

Christa Wolfs ›Nachdenken über Christa T.‹ strotzt von Widersprüchen; und dennoch ist das Buch überraschend einheitlich. Traditionsbewußt und vielen Vorbildern verpflichtet, erweist es sich trotzdem als durchaus eigenwillig und modern zugleich. Es ist ein leicht angreifbares und schwer greifbares Stück Literatur, ein Roman, der Interpretationen geradezu herausfordert und der sich schließlich, nicht ohne Grazie und Koketterie, jeglicher Interpretation entziehen möchte. Kurz: ein höchst erfreulicher Fall.

Die 1929 geborene DDR-Autorin Christa Wolf – und dieser Ausdruck zielt nicht nur auf ihren Wohnort ab, sondern auch auf die Tatsache, daß sie sich ostentativ zur DDR bekennt – verdankt ihren nicht unbeträchtlichen Ruhm dem Roman ›Der geteilte Himmel‹.

In dieser Geschichte einer Liebe, die im Sommer 1961 an der Teilung Deutschlands scheitert, war zweierlei aufgefallen. Weder wurde der junge Chemiker, der sein Mädchen verließ, um nach der Bundesrepublik zu gehen, als Agent oder Schweinehund beschimpft, noch das in der DDR zurückbleibende Mädchen als jugendliche Heroine gefeiert; derartiges schien damals, 1963, schon rühmenswert. Und zweitens hatte sich die Erzählerin linkisch zwar, doch ziemlich entschieden einiger Darstellungsmittel des modernen westlichen Romans bedient.

Ein biederes und aufrichtiges Buch, naiv und betulich und recht sentimental, bemerkenswert auf dem Hintergrund der DDR-Literatur und bestimmt keine bedeutende künstlerische Leistung – so etwa präsentierte sich ›Der geteilte Himmel‹. Wer jedoch glaubte, die Grenzen der epischen Begabung der Christa Wolf bereits erkannt zu haben, der wird jetzt eines Besseren belehrt: ›Nachdenken über Christa T.‹, weder bieder noch betulich, übertrifft den Erstling in jeder Hinsicht. Sentimental freilich ist auch dieser Roman, nur in einem ganz anderen Sinne.

Ein Mensch ist gestorben, eine noch junge Frau, knapp 35 Jahre alt. Nein, weder Mord noch Selbstmord, auch kein Unfall. Anders als im Fall jenes Eisenbahners Jakob Abs, der quer über die Gleise ging, unterliegt die Todesursache keinem Zweifel: Leukämie. Das Leben dieser Frau, der Christa T., wird hier erzählt. Also kein sonderlich origineller Ausgangspunkt? Aber auch die Umrisse ihrer Geschichte sind so einfach und alltäglich, so banal wie nur möglich. Der Schulzeit während des Krieges folgen die üblichen Stationen: Flucht, Umsiedlung, Neubeginn im Nachkriegschaos. Dann studiert jene Christa Germanistik in Leipzig, sie lernt die Liebe kennen, wird Lehrerin, wendet sich enttäuscht von ihrem Beruf ab, heiratet einen Tierarzt, bringt Kinder zur Welt und lebt ruhig, meditierend und schreibend, irgendwo im Mecklenburgischen. Und um der Banalität die Krone aufzusetzen, ist ihr Ehepartner ein braver und langweiliger Kerl, jener aber, der die Ehe gefährdet, ein junger und fescher Jägersmann.

Doch sind diese Männer kaum mehr als Statisten. Neben der Christa T. gibt es in dem Roman nur noch eine wichtige

Figur: die Ich-Erzählerin. Sehr merkwürdig: Sie informiert uns über ihre Person äußerst karg, das wenige indes, das sie uns beiläufig mitteilt, ähnelt auf auffallende Weise der Biographie der Christa T. Die Ich-Erzählerin ist ihre Generationsgenossin, sie stammt aus derselben Gegend, sie waren in derselben Schule, sie haben zusammen Germanistik studiert, auch die Ich-Erzählerin wird Lehrerin, Ehefrau und Mutter. Natürlich haben wir es mit zwei verschiedenen Gestalten zu tun. Aber mit der Zeit zeigt sich – und weder gegen den Willen der Autorin noch zum Nachteil des Buches –, daß sie, allen direkten Benennungen zum Trotz, nicht immer und nicht so sicher als zwei autonome epische Figuren erkennbar sind. Dies wiederum hängt mit der Substanz und der Konzeption des ganzen Romans zusammen.

Die Ich-Erzählerin, die die Geschichte der 1963 gestorbenen Freundin erst zwei oder drei Jahre nach deren Tod aufschreibt – nein: aufzuschreiben versucht –, weiß sehr wohl, daß ihre Erinnerung schon zu verblassen beginnt und daß ihre Kenntnisse so ungenau wie lückenhaft sind. Was der Ehemann und die Bekannten hinterher zu berichten haben, ist nur selten brauchbar. Immerhin bleiben noch allerlei Dokumente: die persönlichen Aufzeichnungen der Toten, ihre literarischen und germanistischen Arbeiten. Sie liefern zwar einige zentrale Stellen des Buches, doch letztlich ist die Ich-Erzählerin auf ihre Intuition und Intelligenz angewiesen – und, versteht sich, auf ihre Phantasie.

Hier setzt das reizvolle Spiel dieses Romans an – und es ist glücklicherweise kein Puzzle-Spiel. Man kennt das ja hinreichend: Eine Biographie soll rekonstruiert und somit ein mehr oder weniger dunkler Sachverhalt aufgedeckt werden. Der Beauftragte des Autors sammelt fleißig Material und findet auch allerlei, doch nie genug. Am Ende bekennt er sich zur Niederlage, denn, so hören wir mit schöner Regelmäßigkeit, eines Menschen Weg und Wesen lassen sich niemals gänzlich erfassen und darstellen. Christa Wolf erspart uns die Reprise dieses Spiels, das ihrige findet auf einer anderen Ebene statt.

Gewiß will die Ich-Erzählerin das Leben der Freundin möglichst genau erkunden und erkennen. Aber sie kann nicht anders, als – bewußt und unbewußt, offen und insgeheim – ihre eigenen Erfahrungen in die Geschichte der Toten zu projizieren. Andererseits zieht sie verschiedene Reaktionen und Äußerungen der Christa T. heran, um das zu begreifen und zu deuten, was sie selber erlebt hat. Diese Wechselbeziehung bildet gewissermaßen das Rückgrat des Romans: Vor allem der Subjekt-Objekt-Relation (und natürlich auch ihrer Umkehrung) verdankt er seine eigentümliche, bisweilen geradezu kontrapunktische Spannung.

Die insistierende Bemühung um das Porträt eines anderen Menschen erweist sich also bei näherer Betrachtung als Versuch der Selbstverständigung und Selbstdarstellung, ja als Introspektion. Und wie die beiden Frauen Komplementärfiguren sind, die mitunter zu einer einzigen verschmelzen, so präsentiert sich hier häufig als Dialog, was im Grunde ein einziger Monolog ist. Nicht »Christa T.« lautet ja der Titel des Buches, sondern ›Nachdenken über Christa T.‹

Doch warum gerade über diese und keine andere Person, über eine, die »nicht beispielhaft« und »als Gestalt kein Vor-Bild« sei, über eine DDR-Bürgerin, »auf die doch keines der rühmenden Worte paßt, die unsere Zeit, die wir mit gutem Recht hervorgebracht haben«? Wenige Zeilen weiter findet sich die überraschende Antwort: »Einmal nur, dieses eine Mal, möchte ich erfahren und sagen dürfen, wie es wirklich gewesen ist, unbeispielhaft und ohne Anspruch auf Verwendbarkeit.« Und lange will es scheinen, als sei dies die Ansicht auch der Christa Wolf. Denn jene Christa T., in der sich die Ich-Erzählerin so oft wiedererkennt, wird uns von vornherein – und immer wieder – als ein besonders empfindliches und recht mysteriöses Wesen geschildert, das »überall zu Hause und überall fremd zu sein« schien, und beides »in der gleichen Sekunde«. Sie möchte »der dunkleren Hälfte der Welt entrinnen«, von ihrer bedenklichen »Versunkenheit« ist die Rede, manche werfen ihr vor, sie sei nicht nur »anders als andere«, sondern auch »wirklichkeitsfremd« und »unzeitgemäß«, sie sei – bekennt sie selber – »ein bißchen anfällig für Überirdisches«.

Eine solche Romanheldin hat die DDR-Literatur bisher nicht gekannt. Aber sollte diese Figur tatsächlich »unbeispielhaft und ohne Anspruch auf Verwendbarkeit« sein? In der zweiten Hälfte des Buches läßt die Ich-Erzählerin die

Katze aus dem Sack: »Wer die Achseln zuckt, wer von ihr, Christa T., weg und auf größere, nützlichere Lebensläufe zeigt, hat nichts verstanden. Mir liegt daran, gerade auf sie zu zeigen.« Wozu?

Es ist die Geschichte ihrer Generation, die Christa Wolf hier erzählt, die Geschichte jener, die kurz nach 1945, damals kaum achtzehn oder zwanzig Jahre alt, begeistert und emphatisch die Morgenröte einer neuen Zeit grüßten und die sich wenig später inmitten des grauen und trüben Alltags von Leipzig und Ost-Berlin sahen. Sie glaubten, den Sturm der Revolution entfesselt zu haben, doch was kam, war nur der Mief der DDR.

So betrachtet sind beide – ebenso Christa T. wie ihre berichtende und analysierende Freundin – in hohem Maße typische und exemplarische Gestalten, sensibler freilich und intelligenter als die meisten Generationsgenossen. »Sie muß frühzeitig Kenntnis bekommen haben« – heißt es von Christa T. – »von unserer Unfähigkeit, die Dinge so zu sagen, wie sie sind. Ich frage mich sogar, ob man zu früh klarsichtig, zu früh der Selbsttäuschung beraubt sein kann.« Und während andere sich vom »Rausch der Neubenennungen« hinreißen lassen, tut Christa T., was viele in ihrer Umwelt für unverzeihlich halten: Sie zweifelt – »an der Wirklichkeit von Namen, mit denen sie doch umging«.

Die Folgen heißen: Lustlosigkeit, Depression, Resignation. Ja, die von des Gedankens Blässe angekränkelte DDR-Germanistin meditiert schon fast wie jener zweifelnde Prinz, den alle Intellektuellen so lieben: »Einen Weg kenn' ich, den ganzen Jammer auf einmal und von Grund auf loszuwerden. Ich kann meine Gedanken nicht mehr davon losmachen.« Für den Arzt ist der Fall klar: »Todeswunsch als Krankheit. Neurose als mangelnde Anpassungsfähigkeit an gegebene Umstände.« Das wahrlich ist ein vollendeter Euphemismus: »gegebene Umstände«. Sagen wir klar: Christa T. stirbt an der Leukämie, aber sie leidet an der DDR. Was bleibt, ist Kapitulation: Rückzug in einen windstillen Winkel des Arbeiter- und Bauernstaates, Flucht in den Alltag der Ehefrau und Mutter.

In einer 1954 geschriebenen Examensarbeit der Christa T. findet die Ich-Erzählerin die Sätze: »Die Rettung der Poesie vor der drohenden Zerstörung der menschlichen Persönlichkeit an den Rand des Geschehens«. Und: »Ihn hat der Konflikt zwischen Wollen und Nicht-Können in den Lebenswinkel gedrängt ...« Das bezog sich auf Theodor Storm, das gilt natürlich auch für Christa T.: Ihr Husum liegt in Mecklenburg.

Ist also die einzige Rettung vor dieser »drohenden Zerstörung der menschlichen Persönlichkeit« der Rückzug ins Innere? Werden wieder, wie so oft in der deutschen Literatur, die alten Antithesen – Geist und Materie, Idee und Wirklichkeit, Kunst und Leben – zur klassischen Gegenüberstellung von Innenwelt und Außenwelt verdichtet? Wird noch einmal – mehr oder weniger romantisch – das Primat der Innenwelt verkündet?

Diesem Roman, der die dialektische Wechselbeziehung zwischen dem einzelnen und der Gesellschaftsordnung andeutet und umspielt, der so behutsam wie unmißverständlich die Frage nach der Selbstverwirklichung der Persönlichkeit in jener Welt stellt, die sich sozialistisch nennt, der sich nicht scheut, auch und vor allem die Selbstentfremdung des Individuums zu zeigen – und drüben ist der Begriff noch nicht zum Modewort degradiert und entwertet –, diesem Roman also fehlt auch die Spur von der fröhlich-optimistischen Perspektive, die die Kulturfunktionäre ihren Schriftstellern abzuverlangen versuchen.

Indes hieße es, glaube ich, Christa Wolf gründlich verkennen, wollte man sie für die Sachwalterin einer neuen Innerlichkeit halten. Daß sich Christa T. genötigt sah, für ihr Haus einen von den Zentren des Lebens offenbar weit entfernten Winkel auszusuchen und also an die Peripherie abgedrängt wurde, haben wir wohl symbolisch zu verstehen. Das gilt aber auch für den Umstand, daß sie dieses Haus eben doch in der DDR baut. Gewiß verweist Christa Wolfs Buch auf die Flucht in die Idylle als die einzige Möglichkeit, die der enttäuschten, der desillusionierten und ernüchterten Generation geblieben war. Aber nicht gegen die Außenwelt schlechthin wird hier die Innenwelt – eher leise drohend als resignierend – ausgespielt, sondern gegen jene, die den Weg dieser Generation zu verantworten haben – gegen die »eisern Gläubigen«. Die Ich-Erzählerin stellt knapp fest: »Mir graut vor der neuen Welt der Phantasielosen. Der Tatsachenmenschen.«

So wie es hier kein einziges Wort gegen die DDR oder gar gegen den Kommunismus gibt, so richtet sich jedes der zwanzig Kapitel dieses melancholischen Plädoyers gegen die »Phantasielosen« und die »Tatsachenmenschen«. Ihnen muß das Buch, trotz der eindeutigen Entscheidung der Erzählerin, schon deshalb auf die Nerven gehen, weil es poetisch ist und sich daher allen »eisernen Definitionen« entzieht. Und es knüpft überdies – auch das eine Überraschung – an eine sehr entlegene literarische Tradition an.

Paraphrasierend nähert sich Christa Wolf ihrem Thema, sie geht es von verschiedenen Seiten an, weicht wieder zurück und umspielt es aufs neue. Allerlei malerische und düster klingende Lyrismen versagt sie sich nicht: »Gestern noch wäre man in die Küche gelaufen, wo die Schwester mit der Mutter die Abendsuppe kocht, allein, wie sie sich ausgebeten hat. Heute muß man statt dessen ans Tor gehen, die Hände an die Latten klammern, muß mit ansehen, wie die Zigeuner das Dorf verlassen...« Und: »Da sind auch die Kirschen wieder, da der Teich. Abends die Frösche. Kilometerweit fahren mit dem Rad über Land. An den Zäunen stehn und mit den Leuten reden.« Oder: »... Und die Feuer sind Fackeln, und in ihrem flackernden Licht treten die festlich gekleideten Gutsbewohner mit ihren Gästen aus dem Portal, der frischgebackene Ritterkreuzträger mitten unter ihnen.«

Sind das gar Cornet-Reminiszenzen? Demian-Töne? Dekoratives jedenfalls ist der Erzählerin Christa Wolf nicht unlieb, Wehmütiges durchaus nicht fremd, vom Geheimnisvollen läßt sie sich gern faszinieren, häufig, allzuhäufig beschwört sie den Himmel, die Nacht und die Dämmerung, den Mond und die Sterne. Bisweilen mutet sie uns etwas viel zu: »Manchmal, selten, schrieb sie einen Brief, oft las sie oder hörte Musik. Der Mond kam über dem See hoch, sie konnte lange am Fenster stehen und zusehen, wie er sich im Wasser spiegelte.«

Aber anders als in ihrer ›Moskauer Novelle‹ und im ›Geteilten Himmel‹ tauchen derartige Akzente oft – nicht immer – in ironischer Brechung auf und werden mit leicht relativierender Distanz geboten: »Jetzt ist die Sonne in die Hekken gefallen. Fehlt bloß noch, daß sie quer über eine Wiese laufen und das ausgebreitete Heu duftet. Also gut, sie laufen, und das Heu duftet, das haben wir ja alles in der Hand. Jetzt soll sie ihn nach den Pappeln fragen ...«

Trotzig fast und ostentativ betont Christa Wolf das Bruchstückhafte und das Ungewisse: »So kann es gewesen sein, aber ich bestehe nicht darauf«; »Es spielt ja gar keine Rolle, ob sie (die Geschichte) sich genauso zugetragen hat oder nicht.« Auch Christa Wolf gefällt es – mit Frisch zu sprechen –, Geschichten wie Kleider anzuprobieren,[1] eine Begegnung beispielsweise der Christa T. mit ihrem künftigen Mann wird uns in verschiedenen Fassungen geboten: »Wir können noch einen Versuch machen. Nicht jenes Kostümfest soll es gewesen sein, das sowieso erfunden ist, sondern eine einfache Ankunft, noch dazu in einem Landstädtchen.«

Dieser Roman könnte also auch heißen: ›Mutmaßungen über Christa T.‹ oder ›Ansichten über eine Germanistin‹ oder ›Mein Name sei Christa T.‹ Ja, Christa Wolf hat sich tüchtig umgesehen in der neueren deutschen Prosa, und sie hat von ihnen allen, von Johnson, Böll und Frisch und vielleicht auch noch von Grass und Hildesheimer manches gelernt. Doch ist nichts mehr von der rührenden Unbeholfenheit aus dem ›Geteilten Himmel‹ zu spüren – über die Techniken und Ausdrucksmittel, die Christa Wolf offenbar von westlichen Autoren übernommen hat, verfügt sie jetzt sehr sicher und ganz natürlich.

Vor allem aber: Nicht hier, sondern in einer anderen Welt und Epoche ist ihr Vorbild zu suchen. Freundschaftskult, Naturschwärmerei und Gefühlsüberschwang, weiche Lyrismen und subtile Stimmungen, das Belauschen seelischer Regungen und Reaktionen, die vielen Konfessionen und Selbstanalysen in Briefen und Tagebüchern, die Verbindung des Elegischen und Idyllischen mit dem Diskursiven und Reflexiven – woher kennen wir eigentlich das literarische Modell, in dem sich dies alles zusammenfindet?

Es ist – und Christa Wolf selber spielt darauf innerhalb ihres Buches an – der deutsche Roman der Empfindsamkeit, der sentimentale Roman jener im ›Werther‹ gipfelnden Epoche, der hier nicht fröhlich zwar, doch schwermütig Urständ feiert. Die Empfindsamkeit aber war, wie man weiß, nichts anderes als die Reaktion auf einen allzu engstirnigen Rationalismus. Auf diese längst vergessene Tradition greift Christa Wolf zurück, die sie – im Hegelschen, im dreifachen Sinne – aufhebt.

Sie, die einst unfreiwillig sentimental geschrieben hatte, macht nun die Sentimentalität bewußt und kunstvoll zum Hauptelement ihrer unruhigen Elegie – der poetischen Verteidigung des Individuums gegen den Anspruch der »eisernen Definitionen«.

Hans Habe
›Das Netz‹

Wo ist der Unterhaltungsroman, der deutsch und doch nicht dämlich wäre? Wird hierzulande immer nur das als leicht und amüsant empfunden, was auch seicht und penetrant ist? Muß ein Buch, das sich als Lesestoff für das breite Publikum eignet, gleich von Sentimentalität und Geschmacklosigkeit triefen? Solche und ähnliche Fragen gehören seit mindestens anderthalb Jahrhunderten zum ständigen Repertoire der deutschen Feuilletons. Aber nicht einmal die Kritik hat Lust, daraus praktische Folgerungen zu ziehen.

Gewiß, der ausgesprochene Trivialroman wird gelegentlich analysiert, wobei sich die Rezensenten meist bemühen, ihren Arbeiten eine betont wissenschaftliche Note zu geben. Um Bücher hingegen, die sich eventuell als diskutable Unterhaltungsliteratur erweisen könnten, macht die deutsche Kritik immer einen großen Bogen. Auch in den Literaturblättern der Weimarer Republik befaßte man sich eher mit dem eindeutigen Fall Hedwig Courths-Mahler als mit der Prosa von, sagen wir, Vicki Baum oder Bernhard Kellermann. Die Behandlung nämlich der Übergangsformen, die ihren Platz zwischen der offensichtlichen Kolportage und der tatsächlichen oder vermeintlichen großen Kunst haben, ist ein weder einfaches noch dankbares Geschäft. Ja, die freundliche Besprechung eines Unterhaltungsromans wird sogar gern gegen ihren Verfasser ausgespielt. Der Kritiker habe sich, triumphieren dann seine Gegner, selbst entlarvt: Nun wüßte man, welche Literatur sein heimliches ästhetisches Ideal sei.

Es ist traurig, aber wahr: Wer in Deutschland einen Unterhaltungsroman lobt, der liefert seinen Gegnern bequeme Argumente. Denn wie man die Sache auch drehen und wenden mag: Ein Unterhaltungsroman ist und bleibt ein Zwitter, ein mehr oder weniger fragwürdiges und stets leicht angreifbares Gebilde; nur kann man ihm nie mit ausschließlich literarischen Kriterien beikommen. Kein Zweifel auch, daß jeder Unterhaltungsschriftsteller viele und sehr verschiedene Zugeständnisse machen muß. Und keineswegs scheint mir derjenige der beste zu sein, der von Kompromissen nichts wissen will, sondern eher jener, der die größten Zugeständnisse mit dem größten Können verbindet – und sie somit wenn auch nicht zu tarnen, so doch immerhin zu kompensieren vermag.

Außergewöhnliche Leistungen lassen sich in dieser Hinsicht Hans Habe nachrühmen. Ich kenne seine früheren Bücher nicht, doch sein neuestes Werk, der Roman ›Das Netz‹, beweist, daß dieser Schriftsteller auf jeden Fall ungleich besser ist als sein Ruf. Seine nahezu märchenhaften Erfolge haben also ihre triftigen Gründe. Während die meisten Autoren spannender Unterhaltungsromane eine verwickelte Handlung auf ziemlich simple Weise zum besten geben, wählt Habe den umgekehrten Weg: Seine Geschichte ist einfach, doch erzählt er sie effektvoll und schon beinahe raffiniert.

In Rom wird im Jahre 1967 ein aus Wien stammendes Call-girl ermordet. Die Frage nach dem Täter löst Habe sofort: Zusammen mit dem Reporter einer großen Illustrierten erfährt der Leser gleich am Anfang, daß es sich um einen älteren und gescheiterten Schriftsteller handelt, einen Psychopathen, der die junge Generation haßt und daher zur Feier seiner Geburtstage hübsche Mädchen umzubringen pflegt. Zwischen drei Parteien spielt sich der Kampf in diesem Buch ab. Da ist zunächst die Illustrierte, die den Lustmörder nicht etwa anzeigt, sondern beauftragt, seine Memoiren zu schreiben, und die ihn den Behörden erst im letzten Augenblick ausliefern will – womöglich zusammen mit seinen bereits gedruckten Bekenntnissen. Da haben wir ferner die Kriminalpolizei, die den Täter sucht und die zumindest ahnt, daß die Illustrierte ihn bereits gefunden hat und mit ihm höchst dubiose Geschäfte machen will. Und da ist schließlich der Mörder selber, der das gigantische Honorar für die Memoiren kassieren und zugleich seine Auftraggeber betrügen möchte, weil er zu Recht vermutet, daß sie nicht ernsthaft daran denken, ihm zur versprochenen Flucht nach Südamerika zu verhelfen.

Aber Habes Buch ähnelt niemals einer puren Denksportaufgabe. Denn ist es nicht die Frage, was nun weiter passieren und wer schließlich siegen wird, die diesen Roman vorwärts treibt, sondern vor allem jene nach den Charakteren und den Handlungsmotiven der zentralen Gestalten. Es sind ihrer acht: der Mörder, drei Illustrierten-Leute und ihr schweizerischer Rechtsanwalt, ein Kriminalchef und endlich zwei Personen aus der Umgebung des Ermordeten, nämlich ihr Vater, ein Wiener Selchermeister, und ihre Freundin, ebenfalls ein Call-girl.

Diese acht Figuren sind die Ich-Erzähler des ›Netzes‹. Für jeden hat sich Habe eine mit allerdings simplen und etwas groben Mitteln individualisierte Sprache zurechtgebastelt: So schreibt der hochgebildete Mörder ein geschraubtes und antiquiertes Deutsch, die Ausdrucksweise des Kriminalchefs ist knapp, sachlich und konkret, dem Reporter wird ein besonders forscher und flotter Slang zugewiesen und dem Selchermeister wenn auch kein Dialekt – das Buch soll ja für alle gut verständlich und überdies leicht übersetzbar sein –, so doch ein charakteristischer Wiener Tonfall. Der millionenschwere Illustrierten-Potentat wiederum darf sich, wenn ich mich nicht ganz irre, in Hans Habes ureigenster Sprache äußern.

Trotz der individuellen Merkmale, die unser Autor so nachdrücklich betont und so häufig wiederholt, daß sie selbst dem Klassenletzten nicht entgehen können, haben die Helden des ›Netzes‹ erstaunlich viel miteinander gemein. Im Laufe des Romans wird ihr Scharfsinn mehrfach auf die Probe gestellt, und stets erweist es sich, daß Habe getan hat, was im Rahmen seiner Möglichkeiten war, um jede seiner Figuren mit Intelligenz und meist auch mit Spitzfindigkeit auszustatten. Sogar der primitive Selchermeister ist durchaus nicht blöde, sondern eher ein Schlitzohr und ein Pfiffikus. Daß diese Ich-Erzähler intelligente und gewitzte Leute sind, hat dem ›Netz‹ keineswegs geschadet.

Zugleich verspüren sie alle immer wieder den Drang, sich über das Leben und die Natur des Menschen zu äußern, über die Politik und die heutige Jugend, über die Vergänglichkeit der männlichen Potenz und der weiblichen Schönheit, über die lästigen Behörden, den Verfall der Moral und die allgemeine Ungerechtigkeit auf Erden. Allen seinen Geschöpfen gönnt Habe überdies die Fähigkeit, die Phänomene unserer Welt auf die einfachsten Formeln zu bringen. Welchen Beruf die Ich-Erzähler auch ausüben mögen, sie scheinen immer – das Call-girl nicht ausgenommen – potentielle Schlagzeilen-Redakteure von Abendzeitungen zu sein. Jedenfalls finden sich in dem Roman in knappen und regelmäßigen Abständen sentenzartige Bemerkungen, die man bei einigem guten Willen als Bonmots gelten lassen kann.

Aufschlußreich scheint mir ferner, daß Habe zwar klare Farben und unmißverständliche Töne liebt, sich jedoch vor der Schwarz-Weiß-Malerei hütet. Abgesehen von dem allzu edel geratenen Kriminalchef ähneln seine Gestalten weder Engeln noch Teufeln: Sie haben viele Schwächen, Sünder sind sie allzumal, keinem versagt Habe etwas Mitleid. Auch der Millionär ist eigentlich ein armer Hund, besonders da er noch einen Herzinfarkt überstehen muß; auch der Mörder wäre gewiß ein ganz anderer Mann geworden, hätte ihn das Leben nicht so stiefmütterlich behandelt; auch der böse Selchermeister ist letztlich ein Produkt seiner Zeit und Umwelt. Daher vermutlich fällt es den Lesern nicht schwer, sich mit dieser oder jener Figur Habes zu identifizieren: Wer je seine Frau oder das Finanzamt betrogen hat, wem sein rebellischer Sohn oder sein hochmütiger Chef Sorgen bereitet, wer unter dem Ehrgeiz seiner Gattin leiden muß oder sich von seiner Geliebten nicht trennen kann, mag hier einige seiner Regungen und Gedanken wiederfinden, allerdings nicht gerade die originellsten.

Diesen Prozeß der mehr oder weniger bewußten Identifikation erleichtert noch der Umstand, daß die Hauptpersonen einerseits genug Lebenskraft haben, um als glaubhaft empfunden zu werden und sich jedenfalls dem Gedächtnis des Lesers hinreichend einzuprägen, daß aber andererseits die Reflexionen, Handlungen und Reaktionen dieser Personen nie sonderlich überraschen und im Grunde stets bestimmten Normen und Konventionen entsprechen. Das deutsche Call-girl ist fleißig, pünktlich und sparsam, liebt gute Organisation und pedantische Buchführung und hat, wie es sich für ein Roman-Nuttchen schickt, natürlich auch ein weiches Herz. Der Zürcher Rechtsanwalt verspottet die simplifizierenden Vorstellungen, die sich die Ausländer von den Schweizern machen, doch kommt sein Porträt eben diesen Vorstellungen haarscharf nach. Der alternde Kriminalchef, der bald pensioniert werden wird, ist natürlich ein stiller und unscheinbarer Beamter, ein Mann der einsamen Entschlüsse, pflichtbewußt und vorbildlich und doch, wie sein Hobby beweist, liebenswert und menschlich: Er kocht gern und sammelt Kochbücher in vielen Sprachen.

So ungefähr sind alle Figuren des ›Netzes‹ gezeichnet. Warum? Weil es Habe nicht anders kann? Nein, ich glaube, er wußte genau, was er tut, und er hatte seine guten Gründe. »Klischees sind doch das beste Medium der Verständigung« – heißt es in dem ›Netz‹. Und an einer anderen Stelle ist von »Konfektionsseelen« die Rede, die in den Illustrierten zu finden seien: »Es gibt Seelen für alle Größen, alle Bedürfnisse, alle Preise, man muß sie nur vom Bügel hängen. Man schlüpft in die präfabrizierte Seele: Keine Seele nach Maß kann so bequem sein ...«. Das trifft genau, nur liefert Habe Klischees mit der individuellen Note und mit sorgfältig ausgewählten Verzierungen; er offeriert zwar präfabrizierte Seelen, aber in solider, in allerbester Qualität.

Und wie die Habeschen Seelen, so ist auch seine ganze Prosa: eben »bequem«. Nie braucht man einen Satz mehr als einmal zu lesen, nie wird ein Name oder ein Begriff aus der Weltgeschichte oder aus dem Bereich der Kunst und Literatur erwähnt, ohne daß eine unauffällige Erläuterung folgen würde (etwa: »Yvette sagte: Ein italienischer Tschitschikow, er handelt mit toten Seelen, wie bei Gogol«), alles ist durchsichtig und überschaubar. Irritationen oder gar Anstrengungen werden den Lesern nie zugemutet, nichts stört die gemütliche Lektüre. Sobald Habe befürchtet, das Interesse des Publikums könnte nachlassen, fügt er eine Beschreibung ein: Vier Lustmorde werden uns mit allerlei Details geboten, zahlreiche Dolce-vita-Szenen mit und ohne Phantasie, simple und raffinierte Orgien und zwischendurch auch gänzlich harmlose Anekdoten und Histörchen. Nicht immer handelt es sich um Neuanfertigungen. Aber mit rührender Umsicht ist hier für jeglichen Bedarf gesorgt.

Doch was immer Habe erzählt – Unappetitliches bleibt uns stets erspart, das Vulgäre ist seine Sache nicht. Ja, auch jene Leser, deren moralische Kriterien besonders streng sind, hat er keineswegs vergessen: Denn manche Schilderungen können als Illustrationen verstanden werden, die lediglich dazu bestimmt sind, den Wißbegierigen die Verderbtheit der Sitten und die Perversität in unseren Tagen vor Augen zu führen. Der pikanten Episode folgt oft die moralische Entrüstung. So wird der Wolf satt und das Schäfchen bleibt heil. Indes wäre es falsch und ungerecht, Habe etwa für zynisch zu halten. Im Gegenteil: Die Art, wie er hier auf über fünfhundert Seiten das Leben in verschiedenen Milieus darstellt, beweist – und das mag das tiefste Geheimnis seines Erfolgs sein –, daß er Routine und handwerkliche Perfektion mit einer Unbefangenheit zu verbinden weiß, die mitunter schon an Treuherzigkeit grenzt. Denn nur ein Autor, dessen Verhältnis zur Realität, die er zu zeigen wünscht, nahezu unschuldig ist und den nicht der geringste Zweifel an der Erzählbarkeit unserer heutigen Welt plagt, konnte ein derartiges Buch verfertigen.

Mit der Wirklichkeit – sagt einer der Helden Habes – sei es nicht möglich, die Menschen zu unterhalten: »Sie können aus der Wirklichkeit in die Abstraktion fliehen. Das ist das *Show*-Geschäft der Intellektuellen. Oder sie können aus der Wirklichkeit in die Illusion fliehen. Das ist das *Show*-Geschäft der Massenmedien.« Sowenig man Habe die Flucht in die Abstraktion vorwerfen kann, so sicher verhilft er dem Publikum zu allerlei Illusionen. Denn obwohl er konventionell erzählt, kann der Eindruck entstehen, dies sei ein Beispiel moderner Literatur. Obwohl er vornehmlich offene oder halboffene Türen einrennt, verschafft er den Lesern die

Illusion, es handle sich um kühne Gesellschaftskritik und subtile Menschenkenntnis. Ein unzweifelhaft intelligentes Produkt werden manche für einen hochintelligenten Roman halten. Amerika mag hier wiederfinden, was es sich unter Europa, und das Publikum der kommunistischen Welt, was es sich unter dem dekadenten Westen vorstellt. Und zahllose Leser in jenen sechzehn oder siebzehn Ländern, in denen man das Buch jetzt schon übersetzt oder druckt, werden gern glauben, das, was ihnen hier gezeigt wird, sei ein Stück zeitgenössischer Wirklichkeit.

Aber Hans Habe hat ein unterhaltendes und spannendes Buch geliefert – das ist eine Tatsache und keine Illusion. Wir dürfen auch nicht vergessen, daß es außergewöhnliche Fähigkeiten sind, die diesen Welterfolg ermöglicht haben: Viele Kapitel des Romans ›Das Netz‹ bieten, meine ich, ein Maximum dessen, was mit Routine überhaupt zu erreichen ist.

Statt eines Nachworts
Die deutschen Schriftsteller und die deutsche Wirklichkeit

Meine Damen und Herren,

nun sag, wie hast du's mit der Wirklichkeit? Mit dieser Frage werden deutsche Schriftsteller seit Jahrhunderten bedrängt. Sie ist so alt wie die Literaturkritik, und sie muß stets wiederholt werden, denn sie zielt auf Fundamentales ab, auf die Substanz ebenso wie auf die Funktion der Literatur. Lessing vergißt diese Frage nie, und auch Herder kehrt zu ihr oft zurück, etwa wenn er klagt, daß die Deutschen »für Stufengelehrte und ekle Rezensenten« schrieben und daß die klassische Literatur »so bunt, so artig, ganz Flug, ganz Höhe und – ohne Fuß auf die deutsche Erde« sei.[1] Goethe und Schiller stellen diese Fragen in ihren kritischen Schriften und natürlich auch und vor allem die großen Romantiker, so Friedrich Schlegel, der seine Vorlesungen über die ›Geschichte der alten und neuen Literatur‹ mit Gedanken über das Verhältnis der Literatur zum Leben und über ihren Einfluß auf die Realität einleitet. Nun sag, wie hast du's mit der Wirklichkeit? – fragen, bisweilen etwas aufdringlich und vordergründig, die Kritiker des Jungen Deutschland die Schriftsteller ihrer Zeit. Für Fontane ist diese Gretchenfrage der Kritik ebenso selbstverständlich wie für Kerr, wenn er sich, beispielsweise, mit dem Drama Hauptmanns oder Sudermanns befaßt. Für die Kritik, die die gesellschaftskritischen Aspekte des literarischen Werks betont und auf soziologische Kategorien größten Wert legt – von Franz Mehring über Benjamin und Lukács bis zu Adorno und Hans Mayer –, muß dieses Problem oft im Mittelpunkt stehen. Wer immer heute über deutsche Literatur schreibt – von Robert Minder und Peter Demetz bis zu Werner Weber und Walter Jens –, behandelt die Frage, ob, in welchem Maße und auf welche Weise der Schriftsteller die ihn umgebende Wirklichkeit in den Griff bekommt.

Wenn wir aber davon ausgehen, daß jedes literarische

Werk, dem eine gewisse Qualität nachgesagt werden kann, von seiner Epoche zeugt und – ob der Autor es gewollt hat oder nicht – ihr Ausdruck ist, dann läßt es natürlich stets auch das Verhältnis dieses Autors zu seiner Umwelt erkennen. Mithin gibt es auf unsere Gretchenfrage so viele Antworten wie Schriftsteller, nein, noch mehr: so viele wie Werke. Damit freilich ist uns wenig gedient. Denn wir wollen wissen, ob sich das Verhältnis der Schriftsteller nach 1945 zur deutschen Wirklichkeit durch besondere Merkmale auszeichnet, die sie miteinander gemein hätten. Läßt sich die deutsche Literatur nach dem Zweiten Weltkrieg auf gewisse gemeinsame Nenner bringen? Dies wird uns, glaube ich, nur dann gelingen können, wenn wir uns zu Vereinfachungen, Vergröberungen und Überspitzungen entschließen. Aber machen wir uns nichts vor: Die Kritik kann fast nie auf Vereinfachungen verzichten. Novalis hat dies gewußt, als er forderte: »Formeln für Kunstindividuen finden, durch die sie im eigentlichsten Sinn erst verstanden werden, macht das Geschäft des artistischen Kritikers aus, dessen Arbeiten die Geschichte der Kunst vorbereiten.«[2] Und eine Formel für ein Kunstindividuum läßt sich nur durch Reduktion und also auch durch Vereinfachung erlangen. Robert Musil verlangte von den Kritikern die »Übersetzung des teilweise Irrationalen ins Rationale« und fügte sofort hinzu, daß sie zwar nie völlig gelingen könne, »aber was Vereinfachung, Auszug, ja Auslaugung ist, hat zugleich mit den Nachteilen auch die allseitige Beweglichkeit und den großen Umfang der Verstandesbeziehungen«. Eine solche Übersetzung – meinte Musil – sei »ein Weniger und ein Mehr«; zwar bleibe sie dem Leben »viel einzelnes schuldig«, doch verleihe sie ihm dafür »etwas Allgemeines«.[3] In diesem Sinne wollen wir jetzt vereinfachen und jenen, die hinterher sagen sollten, es sei ja alles viel komplizierter, von vornherein und gern recht geben.

Zunächst einmal brauchen wir eine einigermaßen übersichtliche Ordnung. Wie soll man die Fülle der literarischen Phänomene seit 1945 aufteilen? Strömungen, Schulen, Gruppen, Ideologien, Programme? Damit kommen wir nicht weiter, philosophische, ästhetische oder politische Kategorien scheinen zu versagen, und auch der Rückgriff auf die traditionellen Gattungen – Lyrik, Dramatik, Epik – würde uns wenig helfen, da die Grenzen zwischen diesen Gattungen immer mehr verschwimmen. Wie aber wäre es mit einer Aufteilung in Generationen? Nur sollten für unsere Zwecke nicht biologische Gegebenheiten den Begriff »Generation« determinieren, sondern Fakten des literarischen Lebens. Zu einer literarischen Generation würden also nicht jene Schriftsteller gehören, die gleichzeitig geboren wurden, sondern diejenigen, die etwa gleichzeitig zu publizieren begonnen haben. Früher konnte man eine solche Unterscheidung entbehren – die meisten Expressionisten oder die Autoren der Neuen Sachlichkeit waren Altersgenossen und haben auch ungefähr gleichzeitig debütiert. Nach dem Zweiten Weltkrieg hingegen beginnt der literarische Weg einer Anzahl deutscher Schriftsteller, die, obwohl nicht gleichaltrig, doch als Generationsgenossen betrachtet werden sollten. So Hans Erich Nossack, geboren 1901, und Ilse Aichinger, geboren 1921, so Alfred Andersch, Heinrich Böll, Wolfgang Borchert, Paul Celan, Stephan Hermlin, Arno Schmidt, Wolfdietrich Schnurre. Sie alle veröffentlichten ihre ersten Arbeiten zwischen 1945 und 1948. Mehrere Autoren, die schon vorher einiges publiziert hatten, deren Hauptwerke jedoch unzweifelhaft nach dem Zweiten Weltkrieg entstanden sind, möchte ich nur zur selben Generation zählen: Marie Luise Kaschnitz, Günter Eich, Wolfgang Koeppen, Gerd Gaiser.

Welches Lebensgefühl ist für diese Schriftsteller der ersten deutschen Nachkriegsgeneration charakteristisch? Man kann es den Titeln ihrer Werke ablesen. Denn nach dem ›Interview mit dem Tode‹ (Nossack) erzählen sie von der ›Sterbenden Jagd‹ (Gaiser) und vom ›Tod in Rom‹ (Koeppen), sie beschwören ›Nekyia‹ (Nossack) und den ›Totentanz‹ (Kaschnitz). Sie singen vom ›Sand aus den Urnen‹ (Celan) und von den ›Straßen der Furcht‹ (Hermlin). Ihr Gedicht ist eine ›Todesfuge‹ (Celan). Diese Generation der ›Geschlagenen‹ (Richter) und der ›Umsiedler‹ (Schmidt) steht ›Draußen vor der Tür‹ (Borchert). Sie stellt die Frage: ›Wo warst du, Adam?‹ (Böll). Diese Schriftsteller versuchen, die vom ›Leviathan‹ (Schmidt) bedrohte Welt zu zeigen, sie beklagen das ›Haus ohne Hüter‹ (Böll), sie bemühen sich um eine ›Inventur‹ (Eich). Wogegen sie sind, wissen sie genau: Sie sagen ›Nein‹ (Jens) und ›Man sollte dagegen sein‹ (Schnurre). Doch erschöpft sich ihr Verhältnis zur Umwelt nicht nur in Negation und Abwehr. Sie verbinden den heftigen zeitkritischen Protest mit der Sehnsucht nach den ›Kirschen der Freiheit‹ (Andersch) und dem Glauben an die ›Zeit der Gemeinsamkeit‹ (Hermlin). Es sind Dichter der ›Größeren Hoffnung‹ (Aichinger).

Exemplarisch für das Verhältnis der Schriftsteller dieser ersten Nachkriegsgeneration zur bundesrepublikanischen Wirklichkeit, wie sie sich im Laufe der fünfziger Jahre kristallisiert, scheint mir die Haltung von drei Romanciers zu sein: Heinrich Böll, Alfred Andersch und Gerd Gaiser.

In seinen Büchern ›Und sagte kein einziges Wort‹, ›Haus ohne Hüter‹, ›Billard um halb zehn‹ kritisiert Böll vor allem – ähnlich wie Koeppen oder Nossack – eine seiner Ansicht nach für die westdeutsche Gesellschaft besonders charakteristische Diskrepanz: zwischen äußerem Aufstieg und innerem Abstieg, zwischen hektischer Betriebsamkeit und der Hohlheit des Lebens. In Bölls Epik bewirkt der materielle Wohlstand nahezu automatisch die seelische Verkümmerung der Individuen. Doch ist sein Protest von einem etwas kleinbürgerlichen Beigeschmack nicht frei. Denn gegen den Stil der Neureichen, gegen die Moral großbürgerlicher Familien und gegen den Opportunismus und Zynismus der Intellektuellen spielt Böll die angeblich gesunde Welt der kleinen und armen Leute aus, der braven Handwerker und der einfachen Plebejer. In seinem Protest dominieren antibürgerliche und antiintellektuelle Elemente.

In Anderschs Roman ›Die Rote‹ ist die Flucht einer erfolgreichen Dolmetscherin aus einer persönlichen Konstellation zugleich als radikale Abwendung von ihrem bisherigen Lebensbereich im bundesrepublikanischen Wohlstand zu verstehen. Anderschs Heldin verzichtet auf ihre gesellschaftliche Position und die damit verbundenen beträchtlichen Vorteile: Sie wird, nachdem sie in einer proletarischen Familie Unterkunft gefunden hat, als gewöhnliche Arbeiterin in einer Seifenfabrik tätig sein. Allerdings bemüht sich Andersch, die Not jener Familie durch den italienischen Hintergrund einigermaßen malerisch wirken zu lassen, ferner handelt es sich, wie ausdrücklich vermerkt, um wohlduftende Seife, die die deklassierte Dame produzieren wird, und schließlich muß sie zwar in einem engen Zimmer wohnen, doch kann sie aus ihrem Fenster den Blick auf die Lagune von Venedig genießen. Wie auch immer: Andersch spielt gegen die Schicht der Arrivierten und Besitzenden ein geradliniges, militantes und moralisch hochstehendes proletarisches Milieu aus. In seinem Protest dominieren antikapitalistische Tendenzen.

Auch die Protagonisten Gerd Gaisers lehnen die bundesrepublikanische Welt entschieden ab, freilich aus ganz anderen Gründen. Sie trauern ihrer heroischen Zeit nach, den Jahren des Krieges, der als romantisches Abenteuer und als die Zeit der Bewährung männlicher Tugenden besungen wird. Während die Helden Gaisers (meist ehemalige Offiziere) stolz auf das Provisorische ihres Daseins sind und ins Seelische, in die Innerlichkeit fliehen, erweisen sich als die Nutznießer des westdeutschen Wirtschaftswunders – etwa in dem Roman ›Schlußball‹ – entweder Ausländer, fremdstämmige Menschen, oder ehemalige Unteroffiziere, also plebejische Emporkömmlinge. In dieser Epik, in der die Zivilisation im Gegensatz zur Natur steht, werden gegen die bundesrepublikanische Wirklichkeit die Seele, die Stimme des Blutes und die Beständigkeit des Bodens ausgespielt. Gaisers Protest entspringt vornehmlich einem antizivilisatorischen Affekt.

Böll, Andersch, Gaiser – drei Prosaisten, die, so verschieden sie auch sind, doch viel miteinander gemeinsam haben: Alle drei verurteilen sie die westdeutsche Wohlstandsgesellschaft. Ob Bölls Fred Bogner und, später, sein Clown, ob Anderschs rothaarige Dolmetscherin oder Gaisers von der Natur schwärmender Lehrer Soldner – sie alle wenden sich von der neuen Wirklichkeit mit Abscheu ab, sie wollen nicht mitmachen, sie ziehen sich zurück. Und ob sie dabei in Deutschland bleiben oder sich nach Italien absetzen, ist ziemlich gleichgültig. Denn alle drei Schriftsteller halten der verurteilten bundesrepublikanischen Gesellschaft, wenn auch bisweilen nur am Rande ihrer Romane, Kontrastwelten entgegen, die trotz der unterschiedlichen Ausgangspositionen ein gemeinsames Fundament haben. Einst sang Brecht, frei nach Villon: »Nur wer im Wohlstand lebt, lebt angenehm.« Böll, Andersch und Gaiser singen hingegen: Nur wer im Elend lebt, lebt angenehm. In der Epoche des Wirtschaftswunders wird in der deutschen Literatur, im Roman vor allem, die Armut zum moralischen Faktor und zum Wert an sich.

Da diese Schriftsteller an etwas glauben, worauf sie sich offenbar verlassen, können sie der von ihnen kritisierten Welt auch Rezepte, Vorschläge und Angebote unterbreiten. Böll, der Katholik, glaubt an die Einfalt, die Schlichtheit, die Naivität; Andersch, der Exkommunist, bleibt dem Klassenbewußtsein und der Solidarität des kämpfenden Proletariats treu; Gaiser läßt sich vom Mythos des Blutes und des Bodens faszinieren. Bezeichnend für die Kontrastwelten dieser Schriftsteller sind archetypische Figuren – bei Böll die brotschneidende Mutter, bei Andersch der geigende Revolutionär, bei Gaiser der Lehrer mit der Sehnsucht nach dem Lagerfeuer im deutschen Wald. Für diese drei Schriftsteller gilt wie für ihre Helden: Enttäuschte sind es, und aus einer tiefen Enttäuschung resultiert ihr Verhältnis zur deutschen Wirklichkeit nach 1945.

Von einer derartigen Haltung kann bei den Vertretern der zweiten deutschen Nachkriegsgeneration keine Rede sein. Ihnen blieb in der Regel eine ideologische Enttäuschung erspart. Denn sie haben nie an eine Ideologie geglaubt. Zu dieser zweiten Generation zähle ich Schriftsteller, deren Weg Mitte oder Ende der fünfziger Jahre begann. Ich denke an Ingeborg Bachmann, Johannes Bobrowski, Heinz von Cramer, Herbert Eisenreich, Hans Magnus Enzensberger, Günter Grass, Uwe Johnson, Siegfried Lenz, Jens Rehn, Peter Rühmkorf, Martin Walser, Gabriele Wohmann.

Auch sie mißbilligen offensichtlich die bestehende moralische Ordnung. Sie warten jedoch mit keinerlei Rezepten auf, sie hüten sich, ein moralisches System anzubieten. Gegenwelten wird man bei ihnen vergeblich suchen. Diese Autoren haben, versteht sich, Grundsätze, aber von einer Satzung wollen sie nichts wissen. Dogmen sind ihnen verhaßt, Normen kommen ihnen verdächtig vor. Mit Begriffen wie »Christentum« und »Katholizismus«, »Marxismus« und »Kommunismus«, »Pazifismus« und »Antifaschismus« lassen sich die Schriftsteller dieser Generation nicht mehr charakterisieren. Sie können im Grunde mit keiner Weltanschauung oder Religion, mit keiner Kirche, Partei oder Organisation identifiziert werden. Wo sie es versucht haben – so Günter Grass mit der SPD, um nur dieses prominenteste Beispiel anzuführen –, mußten sie ihren Irrtum rasch einsehen. Es sind Moralisten ohne Kodex und Gläubige ohne Glaubensbekenntnis. Engagierte Schriftsteller? Ja, natürlich – aber engagiert ohne Programm.

Für das Lebensgefühl der Vertreter dieser zweiten Generation scheinen mir wiederum einige ihrer Buchtitel bezeichnend zu sein: In ihnen ist nicht mehr vom Tod, vom Sterben und vom Ausgestoßensein die Rede, vielmehr deuten sie häufig Gefühle der Unsicherheit und der Vorläufigkeit an. Nicht der ›Sand aus den Urnen‹ wird jetzt besungen, sondern die ›Gestundete Zeit‹ (Bachmann). Nicht das ›Interview mit dem Tode‹ hören wir, vielmehr wird jetzt die ›Halbzeit‹ (Walser) verkündet. Die Jahre, da es einfacher war, das Gute vom Schlechten zu unterscheiden und zu protestieren, sind vorbei, jetzt sehen die Autoren deutlicher die Ambivalenz der Phänomene, jetzt heißt es: ›Böse schöne Welt‹ (Eisenreich). Seltener werden Gewißheiten geboten, häufiger ›Mutmaßungen‹ (Johnson). War das Gedicht der Generation einst die ›Todesfuge‹, so ist es jetzt ›Zweifel‹ (Enzensberger) betitelt. Und die wichtigste Anthologie dieser Zeit nennt sich ›Transit‹ (Höllerer).

Verändert hat sich auch die Zentralgestalt und ihre Funktion. Borchert, Böll und Schnurre, Koeppen und Arno Schmidt, Andersch und Gaiser zeigten vor allem das leidende Opfer der Geschichte. Fast immer endete es mit der Klage des Borchertschen Beckmann: »Gibt denn keiner Antwort?« Die Schriftsteller der zweiten Generation hingegen zeigen im Mittelpunkt Menschen, die sich häufig als Medien erweisen und die vor allem Beobachter der Vorgänge sind und sein sollen. Das gilt, beispielsweise, für den Handelsvertreter in Walsers ›Halbzeit‹, für den Journalisten Karsch im ›Dritten Buch über Achim‹ und auch für den Helden der Grass'schen ›Blechtrommel‹, für Oskar Matzerath, der überall Zugang hat und alles beobachten kann, weil er für ein kleines Kind gehalten wird.

Indes macht sich Anfang der sechziger Jahre bei vielen Zentralgestalten deutscher Romane und Erzählungen eine erstaunliche Labilität bemerkbar. Ihr Verhältnis zur Umwelt verdeutlichen zahlreiche Autoren am Beispiel von Individuen, die sich mit Ansprüchen des Lebens konfrontiert sehen, denen sie nicht gewachsen sind oder zumindest nicht gewachsen zu sein glauben. Meist zeichnen sich die Figuren durch übermäßige Affektbereitschaft aus, immer häufiger kommt es zu akuten Störungen ihres psychischen Gleichgewichts, ja sogar zu gänzlichen Zusammenbrüchen. Auf jeden Fall reagieren diese Menschen auf die bundesrepublikanische Wirklichkeit vornehmlich hysterisch, es sind Neurotiker und Neurastheniker, bisweilen leiden sie an schweren Psychosen.

Das gilt zunächst einmal für die Protagonisten jener Schriftsteller, die wir der ersten deutschen Nachkriegsgeneration zugerechnet haben. Schon in den fünfziger Jahren fielen bei den wichtigsten Figuren Bölls – etwa bei Fred Bogner aus ›Und sagte kein einziges Wort‹ oder bei dem Architekten Robert Fähmel aus ›Billard um halb zehn‹ – Zeichen von Gemütserkrankungen auf. Der Clown Hans Schnier, der schließlich weinend und bettelnd auf der Treppe des Bahnhofs von Bonn sitzt, scheint vollends ein pathologischer Fall zu sein – mit allen Symptomen einer regelrechten und akuten Hysterie. Der Ich-Erzähler in Bölls nächstem Buch, ›Entfernung von der Truppe‹, sagt selber, er sei ein Neurotiker. Ähnlich äußern sich Alfred Anderschs Gestalten in dem Erzählungsband ›Der Liebhaber des Halbschattens‹; die Titelgeschichte endet mit einem Nervenzusammenbruch ihres Helden. Auch in Schnurres Erzählungsband ›Funke im Reisig‹ leiden die meisten Gestalten an psychischen Störungen, hier vor allem an zwangsneurotischer Angst. Von Nervenkranken erzählt nicht selten Marie Luise Kaschnitz in ihren Geschichten. Vermutlich ist auch Melitta, die Ich-Erzählerin des Buches ›Das kennt man‹ von Nossack, psychisch krank, was sich allerdings nicht mit Sicherheit sagen läßt, weil wir einzig ihre Fieberphantasien hören.

Trifft das alles nur auf die Bücher der Autoren jener ersten Generation zu? Die psychische Struktur der Menschen, von denen Ingeborg Bachmann im ›Dreißigsten Jahr‹ erzählt, gerät ebenfalls schnell ins Wanken: Einer erkennt selber, daß er nicht mehr zurechnungsfähig ist, eines anderen muß sich der Nervenarzt annehmen, ein dritter muß im Krankenhaus untergebracht werden. Der Journalist Karsch, der in Johnsons ›Drittem Buch über Achim‹ ein offenbar gesunder Mann war, erweist sich in der Erzählung ›Eine Reise wegwohin, 1960‹ als ein von Schlaflosigkeit geplagter Neurastheniker, der schließlich in einer Nervenklinik – übrigens in Italien – landet. Und daß Oskar Matzerath »Insasse einer Heil- und Pflegeanstalt« ist, erfahren wir schon im ersten Satz der ›Blechtrommel‹.

Aber ist dies nur für die westdeutsche Literatur typisch? In dem Roman ›Der geteilte Himmel‹ der 1929 geborenen Ostberlinerin Christa Wolf, einer Generationsgenossin also der Grass, Walser und Enzensberger, hören wir von einem jungen Paar, dessen Liebe an den politischen Verhältnissen scheitert: Er geht nach dem Westen, sie bleibt in der DDR. Die Geschichte ist aus der Perspektive des Mädchens erzählt. Wo? In einem Krankenhaus, in das dieses Mädchen nach einem Nervenzusammenbruch eingeliefert werden mußte. Und an einer schweren psychischen Krankheit leidet die Landarbeiterin, die im Mittelpunkt der Erzählung ›Böhmen am Meer‹ von Franz Fühmann steht.

Und gilt das alles etwa nur für die Epik? Nein, auch die Dramatiker sind in diesen Jahren an der Psychiatrie ganz besonders interessiert: In Irrenanstalten spielen Dürrenmatts ›Physiker‹, Peter Weiss' ›Verfolgung und Ermordung Jean Paul Marats‹, Walsers ›Schwarzer Schwan‹.

Meine Damen und Herren: »Wer über gewisse Dinge den Verstand nicht verlieret, der hat keinen zu verlieren« – läßt Lessing seine Gräfin Orsina sagen, wobei er selber freilich nie in der Gefahr war, seinen Verstand zu verlieren. Wenn der deutsche Schriftsteller heutzutage zum Psychotherapeuten oder zum Psychiater geht, trifft er im Warteraum seinen Kollegen. Und nicht nur die Schriftsteller sind immer häufiger auf die Hilfe von Psychoanalytikern und Psychiatern und auf allerlei Drogen angewiesen. Es gibt wahrlich mehr als genug Gründe für derartige Tendenzen in der neuen deutschen Literatur, wobei nur am Rande vermerkt werden soll, daß die Irrenanstalt oder das Nervensanatorium als

Schauplatz literarischer Werke nicht immer die gleiche Funktion erfüllt – es ist eine andere in den ›Physikern‹ von Dürrenmatt und eine andere im ›Marat‹ von Weiss und wiederum eine andere in der ›Blechtrommel‹. Ferner handelt es sich hierbei mitnichten nur um ein deutsches Phänomen. Von den vielen möglichen Beispielen aus der Weltliteratur des letzten Jahrzehnts nur eins – Saul Bellows Roman ›Herzog‹ beginnt mit den Worten: »Wenn ich den Verstand verloren habe, dann soll's mir auch recht sein.« Das außergewöhnlich intensive Interesse deutscher Autoren Anfang der sechziger Jahre für psychiatrische Motive ist also vollauf begreiflich – und dennoch beunruhigend. Bisweilen will es nämlich scheinen, daß wir es hier mit zwar naheliegenden, aber auch allzu bequemen literarischen Lösungen zu tun haben. Anders ausgedrückt: Der Verdacht ist nicht immer von der Hand zu weisen, daß manche Schriftsteller mit der Unzurechnungsfähigkeit, die sie ihren Helden zuschreiben, eigene künstlerische Schwierigkeiten zu bemänteln versuchen.

Nicht weniger charakteristisch für das Verhältnis deutscher Schriftsteller zur deutschen Wirklichkeit in diesen Jahren ist wohl auch die große Anhäufung der Utopien. Nossacks ›Nach dem letzten Aufstand‹, Gaisers ›Am Paß Nascondo‹, Schmidts ›Gelehrtenrepublik‹ und ›Kaff, auch Mare Crisium‹, Bölls ›Schluck Erde‹, Schnurres ›Los unserer Stadt‹, Cramers ›Leben wie im Paradies‹ – immer wieder werden utopische Welten entworfen, deren Elemente, versteht sich, unserer Zeit entnommen sind oder aus ihr abgeleitet wurden. Kein Zweifel, in diesen Büchern dominiert die Auseinandersetzung mit der Gegenwart. Aber sind es nicht mitunter auch unbewußte oder bewußte Ausweichmanöver der Autoren? Wie also? Rückzug in die Irrenanstalt oder Flucht in die Utopie? Der wahnsinnige oder nervenkranke oder jedenfalls nicht ganz zurechnungsfähige Protagonist und andererseits der reduzierte Held wie etwa Oskar Matzerath, der es ablehnt, in einer solchen Welt ein Erwachsener zu sein? Gibt es nur diese Alternativen? Oder können wir vielleicht von einer dritten Phase der deutschen Nachkriegsliteratur sprechen?

Schon 1962 wurden die ersten Zeichen einer Gegenbewegung bemerkbar, die man mit der »Neuen Sachlichkeit« vergleichen könnte und die ein verändertes Verhältnis zur Wirklichkeit und zur Gegenwart erkennen ließ. Man war allmählich des Abstrakten, des Esoterischen und des Artifiziellen überdrüssig geworden. Dieser Abkehr entsprach wiederum die Hinwendung zum Stoff und zum Konkreten, zu unserer tatsächlichen Umwelt und zum greifbaren Gedanken. Den Platz von Chiffren und Symbolen nahmen wieder Fakten und Details ein.

Besonders deutlich ist diese Veränderung und Gegenströmung im Drama, wo sie sich als Reaktion auf das absurde Theater erweist. Wieder stehen zeitgeschichtliche und oft auch politische Themen im Vordergrund, Dokument, Chronik und Protokoll gewinnen erneut Bedeutung. So begann der Weg des Bühnenautors Peter Weiss mit dem absurden Einakter ›Nacht mit Gästen‹ und führte über das ›Marat‹-Drama zum Dokumentarstück ›Die Ermittlung‹. Ähnlich verlief die Entwicklung des Stückeschreibers Walser vom ›Abstecher‹ über ›Eiche und Angora‹ bis zum ›Schwarzen Schwan‹. Grass debütierte als Dramatiker mit dem Stück ›Hochwasser‹ und ist mittlerweile bei dem deutschen Trauerspiel ›Die Plebejer proben den Aufstand‹ angelangt: statt der abstrakten Parabel, in der eine Naturkatastrophe die Menschheitskatastrophe symbolisieren sollte, nun das Drama von der konkreten politischen und moralischen Katastrophe; und es spielt mitnichten immer und überall, sondern am 17. Juni 1953 im Theater am Schiffbauerdamm in Ost-Berlin. Hochhuths ›Stellvertreter‹, Kipphardts ›In der Sache J. Robert Oppenheimer‹ und ›Joel Brand‹, Siegfried Lenz' ›Zeit der Schuldlosen‹, Michelsens ›Helm‹, Tankred Dorsts Stück ›Ernst Toller‹ – alle diese Werke beweisen, daß die deutsche Schaubühne wieder als moralpolitische Anstalt betrachtet wird.

Mit diesem Wandel hängt auch die auffallende Veränderung der Zentralgestalt im zeitgenössischen deutschen Drama zusammen. In den fünfziger Jahren hatten wir eher anonyme Helden – auch und vor allem in den bedeutendsten Stücken. Herr Biedermann und der Güllener Ill sind wenig bemerkenswerte, ja fast schon gleichgültige Figuren. Wichtig ist lediglich die Situation, in die sie geraten: durch das Eindringen der Brandstifter oder durch den Besuch der alten Dame. Jetzt hingegen scheinen die Bühnenautoren nicht mehr von den Situationen und Konstellationen auszugehen, sondern primär von den Hauptgestalten – und das sind nicht mehr durchschnittliche Menschen, sondern ausgeprägte Persönlichkeiten, meist übrigens Politiker oder Schriftsteller und Wissenschaftler, die sich mit politischen Fragen befassen: Marat, Marquis de Sade, Toller, Pius XII., Brecht, Robert Oppenheimer.

Während die Dramatiker die Konflikte des Individuums auf dem Hintergrund der Weltgeschichte zeigen, während in der Lyrik politische Motive eine wachsende Rolle spielen und auch hier die größere Gegenständlichkeit und Lesbarkeit auffällt – etwa in den Versen von Günter Grass, von Peter Rühmkorf, Horst Bienek und Erich Fried und, jenseits der Elbe, von Wolf Biermann und Günter Kunert –, zeichnet sich die neue Phase in der erzählenden Prosa zunächst einmal durch erfreuliche und konsequente Selbstbeschränkung der Autoren aus. Mehr als vorher begnügen sie sich mit bescheidenen Ausschnitten, und mehr als vorher gilt ihre Aufmerksamkeit den Details. Ein Vergleich des großzügig konzipierten Romans ›Billard um halb zehn‹ von Böll mit seinem späteren Buch ›Ende einer Dienstfahrt‹ scheint mir in dieser Hinsicht besonders aufschlußreich. Auch die vier Prosabücher Johnsons zeugen in zunehmendem Maße von seinen Bemühungen um Reduktion und Konzentration.

Dies gilt aber vor allem für mehrere jüngere Prosaisten, die in den sechziger Jahren debütierten, u. a. für Thomas Bernhard, Peter Bichsel, Rolf Dieter Brinkmann, Hubert Fichte, Günter Herburger, Alexander Kluge, Reinhard Lettau, Hugo Loetscher, Rolf Schneider, Günter Seuren.

Nichts liegt mir ferner, als diese sehr verschiedenen Schriftsteller gewaltsam unter einen Hut zu bringen. Indes ist unverkennbar, daß sie sich alle auf wenige Motive und Figuren und auf eng umgrenzte Schauplätze beschränken. Die Erzählung wird bevorzugt, die Form der Geschichte und auch die Prosaminiatur. Und wenn diese Autoren Romane schreiben, dann sind sie fast immer auffallend kurz. Neben dem Hang zum Sachlichen und zum Nüchternen kann man den Debütanten der sechziger Jahre auch einen sicheren Blick für reale Gegebenheiten und für konkrete gesellschaftliche Milieus nachsagen. Bisweilen wird auch die Arbeitswelt berücksichtigt, immer bemüht man sich um die Gegenwart. Wenn die Schreibweise realistisch ist oder doch zu sein scheint, dann handelt es sich jedenfalls um einen offenen und aufgeklärten, einen undogmatischen Realismus, der sich glücklicherweise jeder programmatischen Festlegung entzieht. Illusionen machen sich diese Erzähler offenbar nicht: Häufiger als um die großen Probleme, vor denen sie eher zurückschrecken – und das ist verständlich –, geht es ihnen um die Darstellung des Nächstliegenden, etwa des Alltags des kleinen Mannes. Das Exemplarische wird meist im Gewöhnlichen und Mittelmäßigen, ja im Banalen gesucht.

Auch die dritte Phase der deutschen Nachkriegsliteratur gibt sich, glaube ich, in manchen Buchtiteln dieser Jahre deutlich zu erkennen. Man könnte etwa sagen: Die Schriftsteller wollen vor allem die ›Einzelheiten‹ (Enzensberger) bewußt machen, an die ›Lebensläufe‹ (Kluge) der Zeitgenossen erinnern und die ›Gleichmäßige Landschaft‹ (Herburger) unseres Alltags zeigen. Hieß es einst ›Mutmaßungen über Jakob‹, so heißt es jetzt ›Zwei Ansichten‹ (Johnson). Die Titel werden sachlicher und rationaler. Und symptomatisch scheint auch der Titel einer neuen Zeitschrift jener Jahre zu sein: ›Kursbuch‹. Man hat sich übrigens schon Gedanken gemacht, wie man diese Phase der deutschen Literatur eigentlich nennen soll. Walter Höllerer schlug den Begriff »Neuer Realismus« vor,[4] Martin Walser sprach von einem »Realismus X«.[5] Beide Bezeichnungen überzeugen mich nicht ganz: Ich befürchte, daß sie entweder die Vielfalt der jetzigen Gegenströmung ungebührlich einschränken oder aber den Begriff »Realismus« so sehr erweitern, daß vor seiner Anwendung dringend gewarnt werden müßte. Vielleicht sollte man die Bezeichnung »Literatur der kleinen Schritte« erwägen? Das ist allerdings eine nicht gerade exakte und auch eine sehr allgemeine Formel, was aber ein Nachteil und ein Vorteil zugleich sein kann.

So präsentiert sich also die deutsche Literatur seit 1945 in drei Phasen. Nach dem Interview mit dem Tode wurde gefragt: Wo warst du, Adam? Dann kam die Zeit des Zweifels und der Mutmaßungen – und dann die der Einzelheiten und der Lebensläufe. Die Phasen folgen aufeinander wie These, Antithese und Synthese. Eine übersichtliche und handliche Aufteilung, doch eben das sollte uns mißtrauisch machen. In Wirklichkeit ist die Literaturgeschichte vielschichtiger und verworrener. Die Wege der Schriftsteller kreuzen und überschneiden sich immer wieder, die Schattierungen und Möglichkeiten kennen glücklicherweise keine Grenzen, alle Versuche, eine literarische Landkarte zu entwerfen, müssen die Phänomene schematisieren und simplifizieren. So provoziert fast jede Behauptung eine Frage, und auf fast jede Frage gibt es mehr als *eine* Antwort. Auch aus unserem Spiel mit den Titeln – denn ein Spiel ist es natürlich, wenn auch, wie ich hoffe, ein nützliches – ergeben sich viele Fragen, aber vielleicht auch einige jener Formeln, auf deren Notwendigkeit einst Novalis hinwies.

Und schließlich und endlich, meine Damen und Herren: Was immer der zeitgenössischen deutschen Literatur vorgeworfen werden muß, ihren Vertretern kann man, glaube ich, bestätigen, was Nietzsche für ein Merkmal der guten Schriftsteller gehalten hat – daß sie es vorziehen, verstanden statt angestaunt zu werden. Auch das weist darauf hin, daß sie die alte Frage nicht zu fürchten brauchen – die Frage: Nun sag, wie hast du's mit der Wirklichkeit?

Anhang

Anmerkungen

Heinrich Böll: ›Ansichten eines Clowns‹

1 Der Aufsatz über Bölls *Ansichten eines Clowns*, der in der *Zeit* Nr. 19/63 vom 10. Mai 1963 erschienen war, löste eine (ebenfalls in der *Zeit* gedruckte) Diskussion aus, an der teilnahmen: Joachim Kaiser (Nr. 22/63), Werner Ross (Nr. 22/63), Ivan Nagel (Nr. 23/63), Walter Widmer (Nr. 23/63), Rudolf Augstein (Nr. 24/63), Reinhard Baumgart (Nr. 25/63) und Rudolf Walter Leonhardt (Nr. 25/63).

2 Bölls Äußerungen über das Engagement finden sich u.a. in: Horst Bienek: *Werkstattgespräche mit Schriftstellern*, München 1962, S. 149.

Günter Grass: ›Hundejahre‹

1 Kurt Lothar Tank: *Günter Grass*, Berlin 1965, S. 80.

2 Walter Jens' Analyse der *Hundejahre* erschien in der *Zeit* vom 6. September 1963.

3 Günter Grass' *Rede von der Gewöhnung* war in der *Frankfurter Allgemeinen Zeitung* vom 20. März 1967 gedruckt.

4 Rudolf Hartungs Kritik findet sich in: *Neue Rundschau*, Heft 4 (1963), S. 654.

Wolfdietrich Schurre: ›Funke im Reisig‹

1 Zu Schnurre vgl. auch das Nachwort des Verfassers in Wolfdietrich Schnurre, *Die Erzählungen*, Olten, 1966, S. 429–442.

Alexander Kluge: ›Schlachtbeschreibung‹

1 Friedrich Sieburg schrieb in der *Frankfurter Allgemeinen Zeitung* vom 20. Oktober 1962 (Nachdruck in: F.S.: *Verloren ist kein Wort*, Stuttgart, 1966, S. 299–303), Kluge habe sich in den *Lebensläufen* als »ein mitreißender Erzähler, als ein Künstler ersten Ranges« erwiesen, sein Buch »beschere uns eine Erschütterung reinster und tiefster Art«.

2 Helmut Heissenbüttel meinte zu Kluges *Lebensläufen* in der *Deutschen Zeitung* vom 20. Oktober 1962: »Form und Inhalt haben hier endlich einmal in der jüngeren deutschen Literatur eine diskutable Einheit gefunden.«

3 In den *Lebensläufen* von Kluge sah Heissenbüttel »seit langem zum

ersten Mal wieder einen Anknüpfungspunkt zur Prosa des Expressionismus und weiter zurück bis zu Büchner und Hebel«.

Martin Walser: ›Lügengeschichten‹ und
Heinrich Böll: ›Entfernung von der Truppe‹

1 Walsers Essay *Freiübungen* wurde zunächst als Einführung zu dem Buch *Vorzeichen 2 – Neun deutsche Autoren,* Frankfurt/M., 1963, veröffentlicht. Nachdruck in: M. W.: *Erfahrungen und Leseerfahrungen,* Frankfurt/M., 1965, S. 94–110. Ebendort (S. 59–65) ist auch der zunächst 1962 in der *Zeit* gedruckte Aufsatz *Vom erwarteten Theater* enthalten.

Max Frisch: ›Mein Name sei Gantenbein‹

1 Hans Mayers für *Die Zeit* geschriebene Analyse des Romans *Mein Name sei Gantenbein* ist auch zu finden in: H. M.: *Zur deutschen Literatur der Zeit,* Reinbek bei Hamburg, 1967, S. 204–213.
2 Max Frisch: *Tagebuch 1946–1949,* Frankfurt/M., 1958, S. 339–343.
3 Hans Mayers Studie *Anmerkungen zu »Stiller«* erschien in: H. M., *Dürrenmatt und Frisch – Anmerkungen,* Pfullingen, 1963. Nachdruck in: H. M.: *Zur deutschen Literatur der Zeit,* a. a. O., S. 189 bis 204.
4 Vgl. Max Frisch: *Tagebuch 1946–1949,* a. a. O., S. 42.
5 »Ein individuelles Engagement an die Wahrhaftigkeit« forderte Frisch in der 1958 gehaltenen Rede zur Verleihung des »Georg-Büchner-Preises« der Deutschen Akademie für Sprache und Dichtung in Darmstadt. Nachdruck in: M. F.: *Öffentlichkeit als Partner,* Frankfurt/M., 1967, S. 36–55.

Peter Bichsel: ›Eigentlich möchte Frau Blum den Milchmann kennenlernen‹

1 Walter Benjamins Aufsatz über Robert Walser ist enthalten in: W. B.: *Illuminationen – Ausgewählte Schriften,* Frankfurt/M., 1961, S. 370 bis 373.

Hans Erich Nossack: ›Das kennt man‹

1 Nossacks 1963 in Braunschweig gehaltene Rede zum Wilhelm-Raabe-Preis wurde zuerst in *Jahresring 64/65,* Stuttgart, 1964, S. 237 bis 247, gedruckt. Sie findet sich auch in: H. E. N.: Die *schwache Position der Literatur,* Frankfurt/M., 1966, S. 122–134.

Günter Seuren: ›Das Gatter‹

1 Max Frisch: *Tagebuch 1946–1949,* a. a. O., S. 22.

Herbert Eisenreich: ›Sozusagen Liebesgeschichten‹

1 Die angeführte Formulierung Herbert Eisenreichs findet sich in seinem Beitrag zu dem Sammelband *Schwierigkeiten heute die Wahrheit zu schreiben.* Herausgegeben von Heinz Friedrich, München, 1964, S. 52.

Willi Heinrich: ›Maiglöckchen oder ähnlich‹

1 Die Information über die Weltauflage der Bücher Willi Heinrichs stammt aus: Franz Lennartz: *Deutsche Dichter und Schriftsteller,* neunte, erweiterte Auflage, Stuttgart, 1963, S. 266.

Uwe Johnson: ›Zwei Ansichten‹

1 Mit der Kritik über Johnsons *Zwei Ansichten,* die in der *Zeit* Nr. 39/65 vom 24. September 1965 gedruckt war, wurde eine Diskussion über diesen Roman eröffnet, an der sich beteiligten: Horst Krüger (Nr. 40/65) und Walter Jens (Nr. 41/65).

2 Vgl. Johnsons Skizze *Berliner Stadtbahn (Merkur,* H.8, 1961, S. 722 bis 733), der die zitierte Äußerung entnommen ist.

Günter Grass: ›Die Plebejer proben den Aufstand‹

1 Alfred Kerr: *Die Welt im Drama,* herausgegeben von Gerhard F. Hering, Köln, 2. Auflage 1964, S. 207.

Anna Seghers: ›Die Kraft der Schwachen‹

1 Anna Seghers: *Woher sie kommen, wohin sie gehen. Über den Ursprung und die Weiterentwicklung einiger Romangestalten Dostojewskijs, besonders über ihre Beziehung zu Gestalten Schillers.* Die bemerkenswerte Abhandlung findet sich in dem Buch: A. S.: *Über Tolstoi – Über Dostojewskij,* Berlin, 1963, S. 53–122.

Horst Krüger: ›Das zerbrochene Haus‹

1 Karl Kraus: *Literatur und Lüge,* München, 1958, S. 351.

Martin Walser: ›Das Einhorn‹

1 Die Kritik über Walsers *Einhorn,* die in der *Zeit* Nr. 36/66 vom 2. September 1966 erschienen war, löste eine Diskussion aus, an der teilnahmen: Rudolf Walter Leonhardt (Nr. 37/66) und Uwe Nettelbeck (Nr. 38/66).

2 Vgl. Martin Walser: *Erfahrungen und Leseerfahrungen,* Frankfurt/M., 1965, S. 98.

Marie Luise Kaschnitz: ›Ferngespräche‹

1 Die angeführten Äußerungen von Marie Luise Kaschnitz finden sich in: Horst Bienek: *Werkstattgespräche mit Schriftstellern,* München, 1962, S. 42, sowie in Marie Luise Kaschnitz' Interview mit sich selbst,

das unter dem Titel *Die Schwierigkeit, unerbittlich zu sein* in der *Welt der Literatur* vom 11. November 1965 gedruckt war.

Günter Seuren: ›Lebeck‹

1 Karl Kraus gebrauchte den Begriff »Relativkritiker« – übrigens gegen die Verteidiger Arthur Schnitzlers und Hugo von Hofmannsthals – in dem Aufsatz *Warnung vor der Unsterblichkeit* (K. K.: *Literatur und Lüge*, München, 1958, S. 351).

Franz Fühmann: ›König Ödipus‹

1 Fühmanns Haltung während des Tauwetters dokumentieren u. a. seine in der Monatsschrift *Aufbau* veröffentlichten Gedichte *Narrenfreiheit* (Jg. 1956, Heft 3, S. 283) und *Die Demagogen* (Jg. 1956, Heft 12, S. 1059).
2 Die Erzählung *Das Gottesgericht* findet sich in: *Auch dort erzählt Deutschland – Prosa von »drüben«.* Herausgegeben von Marcel Reich-Ranicki; München 1960.

Thomas Bernhard: ›Verstörung‹

1 Heinrich Bölls Rede zur Eröffnung des Schauspielhauses in Wuppertal war in der *Zeit* vom 30. September 1966 gedruckt und ist auch enthalten in dem Band: H. B.: *Aufsätze – Kritiken – Reden;* Köln, 1967.

Günter Grass: ›Ausgefragt‹

1 Die angeführte Äußerung von Grass findet sich in: *Lyrik unserer Zeit. Gedichte, Daten und Hinweise.* Gesammelt und herausgegeben von Horst Wolff, Dortmund, 1958. Zitiert nach: *Doppelinterpretationen. Das zeitgenössische deutsche Gedicht zwischen Autor und Leser.* Herausgegeben und eingeleitet von Hilde Domin. Frankfurt am Main, 2. Auflage 1966, S. 277.

Gabriele Wohmann: ›Erzählungen‹

1 Hugo von Hoffmannsthal: *Der Rosenkavalier, Komödie für Musik*, Frankfurt/M., 1962, S. 45.

Arno Schmidts Werk oder Eine Selfmadeworld in Halbtrauer

1 Helmut Heissenbüttels Essay *Annäherung an Arno Schmidt* erschien zuerst im *Merkur*, Heft 3 (1963), S. 289. Nachdruck in: H. H.: *Über Literatur*, Olten, 1966, S. 56-70.
2 Jürgen Mantheys Studie *Arno Schmidt und seine Kritiker* ist gedruckt in: *Frankfurter Hefte*, Heft 6 (1962), S. 408. Einen weiteren Aufsatz von Manthey über Schmidt enthält der Sammelband *Schriftsteller der Gegenwart – Deutsche Literatur;* herausgegeben von Klaus Nonnenmann, Olten, 1963, S. 279–286.

3 In dem vom Verlag Herder herausgegebenen *Lexikon der Weltliteratur im 20. Jahrhundert,* Zweiter Band, K–Z, erste und zweite Auflage, Freiburg im Breisgau, 1961, zitiert der Verfasser des Artikels über Arno Schmidt, Karlheinz Deschner, eine Äußerung Holthusens, dem zufolge Schmidts »rabiater Antichristianismus u. Antiplatonismus ... einem naiven Lästerungsdrang die Zügel schießen läßt« (S. 882). Das in der Herder-Bücherei erschienene *Kleine Lexikon der Weltliteratur im 20. Jahrhundert,* herausgegeben von Helmut Olles, Freiburg im Breisgau, 1964, S. 312f., übernimmt den Artikel über Schmidt unverändert, läßt jedoch die Äußerung von Holthusen weg.

4 Hans Mayer schrieb über Arno Schmidt in der *Zeit* vom 13. März 1964, Herbert Singer in der *Stuttgarter Zeitung* vom 3. Oktober 1964, Hans Wolffheim in der *Welt der Literatur* vom 5. Januar 1967.

5 Hans Egon Holthusen: *Der unbehauste Mensch,* dritte Auflage, München, 1955, S. 283.

6 Vgl. Alfred Döblin: *Aufsätze zur Literatur* (Ausgewählte Werke in Einzelbänden, in Verbindung mit den Söhnen des Dichters herausgegeben von Walter Muschg), Olten und Freiburg im Breisgau, 1963, S. 16f., 21 und 288f.

7 Robert Minder: *Dichter in der Gesellschaft,* Frankfurt/M., 1966, S. 285.

8 Die Äußerung von Günter Grass ist der Rede entnommen, die er aus Anlaß der Verleihung des Fontane-Preises an Arno Schmidt hielt und die in der *Frankfurter Allgemeinen Zeitung* vom 19. März 1964 gedruckt war.

9 Zur Naturbeschreibung in der expressionistischen Lyrik vgl. Karl Ludwig Schneider: *Das Bild der Landschaft bei Georg Heym und Georg Trakl,* in: *Der deutsche Expressionismus,* herausgegeben von Hans Steffen, Göttingen, 1965, S. 44–62.

Rolf Dieter Brinkmann: ›Keiner weiß mehr‹

1 Die Rezension des Erstlings von Rolf Dieter Brinkmann (*Die Umarmung*) erschien in der *Zeit* vom 7. Mai 1965 und ist in diesem Buch zu finden.

2 Friedrich Schlegel: *Fragmente zur Poesie und Literatur I.* (Kritische Friedrich-Schlegel-Ausgabe. Herausgegeben von Ernst Behler unter Mitwirkung von Jean-Jacques Anstett und Hans Eichner. Zweiter Band.) Verlag Ferdinand Schöningh, Paderborn, 1981, S. 112.

3 Ebenda, S. 133.

Günter Kunert: ›Die Beerdigung findet in aller Stille statt‹

1 Kunerts Äußerung über den Realismus stammt aus seiner Selbstinterpretation in: *Ein Gedicht und sein Autor. Lyrik und Essay.* Heraus-

gegeben und mit Einleitung versehen von Walter Höllerer, Berlin, 1967, S. 333.

2 Brechts Urteil über den jungen Kunert findet sich in einem an den polnischen Regisseur Leon Schiller gerichteten Brief vom 25. April 1952.

3 Zu Kunerts Roman *Im Namen der Hüte* vgl. Marcel Reich-Ranicki: *Lauter Verrisse,* München, 1970, S. 113–119.

Thomas Bernhard: ›Prosa‹ und ›Ungenach‹

1 Herbert Eisenreich schrieb über Bernhards *Verstörung* im *Spiegel* Nr. 19/67.

2 Die beiden zitierten Reden Bernhards wurden gedruckt in: *Neues Forum,* Heft 173 (1968), S. 347–349.

3 In Thomas Manns *Zauberberg* heißt es im Kapitel »Schnee«: »Ich will dem Tode Treue halten in meinem Herzen, doch mich hell erinnern, daß Treue zum Tode und Gewesenen nur Bosheit und finstere Wollust und Menschenfeindschaft ist, bestimmt sie unser Denken und Regieren.«

Christa Wolf: ›Nachdenken über Christa T.‹

1 »Ich probiere Geschichten an wie Kleider!« – heißt es in Max Frisch: *Mein Name sei Gantenbein*, Frankfurt/M., 1964, S. 30.

Die deutschen Schriftsteller und die deutsche Wirklichkeit

1 Herders Formulierungen finden sich in seiner Arbeit: *Von Ähnlichkeit der mittleren englischen und deutschen Dichtkunst nebst verschiedenem, das daraus folgt.* Der Aufsatz ist enthalten in: *Meisterwerke deutscher Literaturkritik.* Erster Band. Herausgegeben und eingeleitet von Hans Mayer. Berlin, 1954, S. 268.

2 Novalis: *Werke und Briefe.* Herausgegeben von Alfred Kelletat, München, 1962, S. 350.

3 Musils Äußerungen über die Kritik finden sich in seinem aus dem Jahre 1926 stammenden Aufsatz *Bücher und Literatur.* Vgl. Robert Musil: *Tagebücher, Aphorismen, Essays und Reden* (Gesammelte Werke in Einzelausgaben). Herausgegeben von Adolf Frisé, Hamburg, 1955, S. 697.

4 Vgl. Walter Höllerer: *Die Kritik angesichts der Poesie,* in: *Der Monat,* Heft 196 (1965), S. 41; *Veränderung*, in: *Akzente,* Jg. 1964, Heft 5/6, S. 386.

5 Martin Walsers aus dem Jahre 1964 stammender Vortrag *Imitation und Realismus* findet sich in: M. W.: *Erfahrungen und Leseerfahrungen,* a. a. O., S. 66–93.

Zu dieser Ausgabe

Dies ist ein Buch, das in den sechziger Jahren über die deutsche Literatur der sechziger Jahre geschrieben wurde. Ein altes Buch ist es also, gleichwohl wendet es sich auch und vielleicht sogar vor allem an junge Leser.

Was geht uns heute die Literatur aus jenen Jahren an? Schon wahr, viele der Schriftsteller, von denen hier die Rede ist, leben nicht mehr: so Marie Luise Kaschnitz und Anna Seghers, Max Frisch, Heinrich Böll, Arno Schmidt und Friedrich Dürrenmatt, Thomas Bernhard, Erich Fried, Franz Fühmann, Uwe Johnson und Hubert Fichte – um nur diese hier zu nennen. Aber ohne sie kann man sich die deutsche Literatur unserer Epoche nicht mehr vorstellen. Überdies werden hier Autoren abgehandelt, die nach wie vor im Mittelpunkt unseres literarischen Lebens stehen – so Günter Grass, Martin Walser, Christa Wolf, Günter Kunert, Adolf Muschg.

Nichts anderes hatte ich im Sinn als eine kritische Auseinandersetzung mit den charakteristischen, den wichtigen Schriftstellern von damals: Ohne sich je von den unmittelbaren Gegenständen der Betrachtung zu entfernen, wollte ich das Exemplarische aufspüren und verdeutlichen. Die Plädoyers für oder gegen einzelne Werke sollten beides zugleich sichtbar machen – die Bedeutung und die Fragwürdigkeit der deutschen Literatur der Gegenwart.

Das Buch ›Literatur der kleinen Schritte‹ erschien zuerst 1967. Eine Taschenbuch-Neuausgabe folgte 1971, und zwar in einer etwas anderen Zusammenstellung: Vier Aufsätze habe ich damals weggelassen, vier andere aus den Jahren 1968 und 1969 (über Prosa von Hubert Fichte, Günter Kunert, Thomas Bernhard und Christa Wolf) hinzugefügt. Die vorliegende Neuausgabe ist abermals ergänzt: Um das Bild der Literatur der sechziger Jahre zu vervollständigen, wurden drei weitere (1968 und 1969 publizierte) Kritiken aufgenommen – über Bücher von Rolf Dieter Brinkmann, Wolf Wondratschek und Hans Habe.

Gelegentlich finden sich in den in diesem Band vereinten Arbeiten Formulierungen oder auch Urteile, die mir heute nicht mehr ganz einleuchten. Dennoch habe ich an dem Text kein Wort geändert. Literaturkritik ist zeitbedingt und war es immer schon. Daher geraten aus späterer Sicht vorgenommene Korrekturen oder Revisionen in die Nähe von Entstellungen, wenn nicht gar Verfälschungen.

Aber der Leser wird dringend gebeten, nicht zu vergessen, wann diese Aufsätze geschrieben wurden – in der Zeit von 1963 bis 1969, jeweils unmittelbar nach der Veröffentlichung der behandelten Bücher. Eine Ausnahme: Die Kritik des Romans ›Hundejahre‹ (1963) von

Günter Grass stammt aus dem Jahre 1967, ich habe sie für das Buch ›Literatur der kleinen Schritte‹ geschrieben. Auch der Aufsatz ›Die deutschen Schriftsteller und die deutsche Wirklichkeit‹, dem ein 1965 und 1966 an deutschen und ausländischen Universitäten gehaltener Vortrag zugrundeliegt, wurde in diesem Buch erstmalig veröffentlicht. Alle anderen in der ›Literatur der kleinen Schritte‹ enthaltenen Arbeiten waren in der Wochenzeitung ›Die Zeit‹ gedruckt.

Frankfurt am Main, im August 1991 M. R.-R.

Alphabetisches Verzeichnis der behandelten Bücher

Thomas Bernhard: ›Verstörung‹, Roman; Insel Verlag, Frankfurt/M., 1967.

›Prosa‹; edition suhrkamp 213, Suhrkamp Verlag, Frankfurt/M. 1967.

›Ungenach‹, Erzählung; edition suhrkamp 279, Suhrkamp Verlag, Frankfurt/M., 1968.

Peter Bichsel: ›Eigentlich möchte Frau Blum den Milchmann kennenlernen‹, 21 Geschichten; Walter-Druck 2, Walter-Verlag, Olten und Freiburg, 1964.

Heinrich Böll: ›Ansichten eines Clowns‹, Roman; Verlag Kiepenheuer & Witsch, Köln und Berlin, 1963.

›Entfernung von der Truppe‹, Erzählung; Verlag Kiepenheuer & Witsch, Köln und Berlin, 1964.

Rolf Dieter Brinkmann: ›Die Umarmung‹, Erzählungen; Verlag Kiepenheuer & Witsch, Köln und Berlin, 1965.

›Keiner weiß mehr‹, Roman; Verlag Kiepenheuer & Witsch, Köln und Berlin, 1968.

Friedrich Dürrenmatt: ›Theater-Schriften und Reden‹; herausgegeben von Elisabeth Brock-Sulzer; Verlag der Arche, Zürich, 1966.

Herbert Eisenreich: ›Sozusagen Liebesgeschichten‹; Sigbert Mohn Verlag, Gütersloh, 1965.

Hubert Fichte: ›Die Palette‹, Roman; Rowohlt Verlag, Reinbek bei Hamburg, 1968.

Erich Fried: ›Kinder und Narren‹; Carl Hanser Verlag, Munchen, 1965.

Max Frisch: ›Mein Name sei Gantenbein‹, Roman; Suhrkamp Verlag, Frankfurt/M., 1964.

Walter Helmut Fritz: ›Abweichung‹, Roman; Deutsche Verlags-Anstalt, Stuttgart, 1965.

Franz Fühmann: ›König Ödipus‹, Gesammelte Erzählungen; Aufbau-Verlag, Berlin und Weimar, 1966.

Günter Grass: ›Hundejahre‹, Roman; Hermann Luchterhand Verlag, Neuwied am Rhein, 1963.

›Die Plebejer proben den Aufstand‹ – Ein deutsches Trauerspiel; Hermann Luchterhand Verlag, Neuwied am Rhein, 1966.

›Ausgefragt‹, Gedichte und Zeichnungen; Hermann Luchterhand Verlag, Neuwied am Rhein, 1967.

Martin Gregor-Dellin: ›Einer‹, Roman; Walter-Verlag, Olten und Freiburg, 1965.

Hans Habe: ›Das Netz‹, Roman; Walter-Verlag, Olten, 1969.

Willi Heinrich: ›Maiglöckchen oder ähnlich‹ – Die Aufzeichnungen der Simone S., Roman; Rütten & Loening Verlag, München, 1965.

Günter Herburger: ›Eine gleichmäßige Landschaft‹, Erzählungen; Verlag Kiepenheuer & Witsch, Köln und Berlin, 1964.

Uwe Johnson: ›Karsch und andere Prosa‹; Nachwort von Walter Maria Guggenheimer; edition suhrkamp 59, Suhrkamp Verlag, Frankfurt/M., 1964.

›Zwei Ansichten‹; Suhrkamp Verlag, Frankfurt/M., 1965.

Hermann Kant: ›Die Aula‹, Roman; Rütten & Loening Verlag, München, 1966.

Marie Luise Kaschnitz: ›Ferngespräche‹, Erzählungen; Insel Verlag, Frankfurt/M., 1966.

Alexander Kluge: ›Schlachtbeschreibung‹; Walter-Verlag, Olten und Freiburg, 1964.

Horst Krüger: ›Das zerbrochene Haus‹ – Eine Jugend in Deutschland; Rütten & Loening Verlag, München, 1966.

Günter Kunert: ›Die Beerdigung findet in aller Stille statt‹, Erzählungen; Reihe Hanser II, Carl Hanser Verlag, München, 1968.

Reinhard Lettau: ›Auftritt Manigs‹; prosa viva I, Carl Hanser Verlag, München, 1963.

Adolf Muschg: ›Im Sommer des Hasen‹, Roman; Verlag der Arche, Zürich, 1965.

Hans Erich Nossack: ›Das kennt man‹, Erzählung; Suhrkamp Verlag, Frankfurt/M., 1964.

›Die schwache Position der Literatur‹, Reden und Aufsätze; edition suhrkamp 156, Suhrkamp Verlag, Frankfurt/M., 1966.

›Jahrgang 1901‹ in: Paul Sethe/Hans Erich Nossack/Erich Pfeiffer-Belli: ›Jahr und Jahrgang 1901‹; Hoffmann und Campe Verlag, Hamburg, 1966.

Arno Schmidt: ›Leviathan‹; Rowohlt Verlag, Hamburg und Stuttgart, 1949.

›Nobodaddy's Kinder‹, Trilogie (›Aus dem Leben eines Fauns‹ – ›Brand's Haide‹ – ›Schwarze Spiegel‹); Rowohlt Verlag, Hamburg, 1963.

›Das steinerne Herz‹ – Historischer Roman aus dem Jahre 1954; Stahlberg Verlag, Karlsruhe, 1956.

›Die Gelehrtenrepublik‹ – Kurzroman aus den Roßbreiten; Stahlberg Verlag, Karlsruhe, 1957.

›Fouqué und einige seiner Zeitgenossen‹, Biographischer Versuch; Stahlberg Verlag, Karlsruhe, 1958.

›Rosen & Porree‹ (enthält ›Seelandschaft mit Pocahontas‹, ›Die Umsiedler‹, ›Alexander‹, ›Kosmas‹ sowie ›Berechnungen I und II‹); Stahlberg Verlag, Karlsruhe, 1959.

›Dya Na Sore‹ – Gespräche in einer Bibliothek; Stahlberg Verlag, Karlsruhe, 1958.

›Kaff, auch Mare Crisium‹; Stahlberg Verlag, Karlsruhe, 1960.

›Belphegor‹ – Nachrichten von Büchern und Menschen; Stahlberg Verlag, Karlsruhe, 1961.
›Sitara und der Weg dorthin‹ – Eine Studie über Wesen, Werk und Wirkung Karl Mays; Stahlberg Verlag, Karlsruhe, 1963.
›Kühe in Halbtrauer‹; Stahlberg Verlag, Karlsruhe, 1964.
›Die Ritter vom Geist‹ – Von vergessenen Kollegen; Stahlberg Verlag, Karlsruhe, 1965.
›Trommler beim Zaren‹; Stahlberg Verlag, Karlsruhe, 1966.

Rolf Schneider: ›Brücken und Gitter‹ – Ein Vorspruch und sieben Geschichten; R. Piper & Co. Verlag, München, 1965.

Wolfdietrich Schnurre: ›Funke im Reisig‹, Erzählungen; Walter-Verlag, Olten und Freiburg, 1963.

Anna Seghers: ›Die Kraft der Schwachen‹ – Neun Erzählungen; Aufbau-Verlag, Berlin und Weimar, 1965.

Günter Seuren: ›Das Gatter‹, Roman; Verlag Kiepenheuer & Witsch, Köln und Berlin, 1964.
›Lebeck‹, Roman; Verlag Kiepenheuer & Witsch, Köln und Berlin, 1966.

Martin Walser: ›Lügengeschichten‹; edition suhrkamp 81, Suhrkamp Verlag, Frankfurt/M., 1964.
›Das Einhorn‹, Roman; Suhrkamp Verlag, Frankfurt/M., 1966.

Gabriele Wohmann: ›Abschied für länger‹, Roman; Walter-Verlag, Olten und Freiburg, 1965.
›Erzählungen‹; Verlag Langewiesche-Brandt, Ebenhausen bei München, 1966.

Christa Wolf: ›Nachrichten über Christa T.‹; Mitteldeutscher Verlag, Halle/Saale, 1968; Hermann Luchterhand Verlag, Neuwied am Rhein, 1969.

Wolf Wondratschek: ›Früher begann der Tag mit einer Schußwunde‹; Reihe Hanser 15, Carl Hanser Verlag, München, 1969.

Atlas – zusammengestellt von deutschen Autoren; Verlag Klaus Wagenbach, Berlin, 1965.

Personenregister